미운 노새 이야기

Tales of
the ugly mule

I

대삶 장편소설

fiore t

미운 노새 이야기 1

초판 1쇄 인쇄 2023년 8월 11일
초판 1쇄 발행 2023년 8월 31일

지은이 대삶
발행인 오광백
편집 편집부
표지·내지디자인 우물
지도·본문편집 오정인
제작 조하늬

펴낸 곳 (주)삼양출판사 · 피오렛
주소 서울시 강북구 솔샘로159
대표 전화 02-980-2112 **팩스** 02-983-0660
블로그 blog.naver.com/dreambookss
출판등록 1999년 3월 11일 제9-00046호

ISBN 979-11-283-9678-6 (04810) / 979-11-283-9677-9 (세트)

+ 이 도서의 국립중앙도서관 출판시도서목록(CIP)은 서지정보유통지원시스템홈페이지(http://seoji.nl.go.kr)와 국가자료종합목록 구축시스템(http://kolis-net.nl.go.kr)에서 이용하실 수 있습니다.

fioret 은 (주)삼양출판사의 로맨스 판타지 문학 브랜드입니다.

I

미운 노새 이야기

대삶 장편소설

Tales of the ugly mule

Contents

『 율리아의 세계 』

orth Pole
안새 공주의 탑
안개의 바다
칼나덴 산맥
겨울성
Eastern
황금성
겨울의 도로
황금 평야
수
여름의 땅
North
West
East
South
에반젤린 해협

prologue

타라는 벽에 귀를 댄 채 마차가 굴러가는 소리를 더듬었다. 그러면 앞으로 도착하게 될 장소가 어떤 곳인지 알 수 있기라도 한 것처럼.

그러나 타라는 곧 도착할 누군가의 집은 물론이요, 지금껏 그녀가 살았던 겨울 성에서도 극소수의 부분을 제외하면 다른 곳에 발을 디뎌 본 적도 없었다.

이 작은 여자아이에게는 최소한의 자유만이 부여되었다. 아니 그걸 자유라고 할 수 있을까. 목줄이 묶여 말뚝 주변만 맴도는 걸 자유라고 할 수는 없을 터다.

기실 그런 개념도 몰랐다. 그녀는 마른 빵 덩어리와 묽은 죽만 받아먹으며, 서릿발 같은 어미와 다른 이들의 시선을 견디고 버티는 방법 외에는 아는 게 없었다.

생쥐처럼 바싹 말라붙어 살고 있는 그녀에게, 어느 날 갑자기 떠나라는 명이 떨어졌다. 타라는 영문도 모른 채 작은 짐 보따리를 쥐고 천 리 길 떨어진 어머니의 친척에게로 보내졌다.

떠나기 직전, 오래간만에 딸을 부른 어미는 새빨간 입술로 이렇게 말했었다.

—네 숙부가 이제 널 맡아 줄 거다. 거슬리지 않도록 하렴.

그조차도 만리타향으로 떠날 딸보다는 손톱을 다듬는 것에 더 신경을 쓰는 듯 보였다. 멍청하게 서서 무정하고 아름다운 얼굴을 멀거니 올려다보고 있는 타라를 시녀들이 먼지를 치우듯 바깥으로 내보냈다.

면전에서 마차 문이 쾅 닫히고, 수정과 눈, 얼음 결정으로 장식된 성곽이 멀어지고 나서야 그녀는 자신이 완전히 버려졌다는 걸 깨달았다.

타라는 잔뜩 경직된 입술을 까칠한 손끝으로 문질렀다.

"숙부…… 라면……."

어머니의 동생? 오라버니? 저 멀리 명예롭고 고귀한 기사가 그녀의 형제라는 이야기는 귀동냥으로 들어 본 적이 있다. 중앙왕국의 수도인 겨울성에서 동쪽으로 한 없이 달려가면 기사왕이 다스리는 영원한 봄의 땅이 있다고. 혹시 그 사람일까? 어찌 되었건 타라는 그의 조카뻘이 되는 셈이었다.

희미하게 눈을 밟는 발굽 소리와 말의 투레질, 춥다고 투덜거리는 마부의 잔기침을 무시하려 애쓰며 타라는 손톱을 잘근잘근 씹었다. 무엇이 기다릴지 모르니 모든 것이 불투명했다.

그가 날 어떻게 할까. 날 왜 맡겠다고 했을까? 그가 해코지하면 어떡하지. 심술맞은 벨비나 부인보다 더 많이! 아니 어쩌면, 그냥 버림받은 건지도 몰라. 그럼 나는 어떻게 되는 거야?

불안이 괴물처럼 자라나 그녀를 삼키기 위해 아가리를 쩍 벌렸던 그 찰나, 마차가 덜커덕 멈춰 섰다. 시근덕거림과 요란한 재채기, 주먹질 같은 노크가 울렸다.

"다 왔습니다. 내리십쇼. 카악, 쿨럭!"

타라는 어깨를 모아 잡고 더더욱 움츠러들었다. 그녀는 정말이지 내리기 싫었다. 초라한 제 침대와 이 빠진 그릇에 담긴 식은 수프마저 너무 그리웠다. 히끅, 목 너머에서 뜨거운 것이 올라왔다.

"공주께서 도착하셨군요."

"어이쿠, 집사님."

다시 문을 때리려던 마부에게 누군가 말을 걸었다. 퍽 높은 사람인지 말을 거칠게 몰던 남자도 제법 공손히 굴었다.

몇 번 말을 주고받더니 잠시 조용해진다. 무릎에 얼굴을 묻고 있던 타라는 귀를 쫑긋 세웠다.

"타라 공주님께 인사 올립니다. 벨벳 성의 집사 안티오크라고 합니다."

문을 열고 얼굴을 보여 주시겠습니까? 그 모습에 타라는 엉뚱하게도 겨울 성 뒤뜰에 종종 나타났던 얼룩 고양이 니니를 떠올렸다.

왜냐하면, 안티오크의 목소리가 고양이가 가르랑거리는 듯 기묘했기 때문이다.

그녀는 한참을 굼뜨게 망설이고 어쩔 줄 몰라 하다 조심스럽게 문을 열었다.

"저를 따라오십시오."

목소리와 달리 냉정하고 신경질적인 그의 인상은 타라를 주눅들게 만들었다.

저가 뭘 바라는지도 모르는 채 애원하듯 마부를 쳐다봤지만, 그는 크게 코를 풀고는 횅하니 마차를 몰고 가 버렸다. 타라는 별수 없이 이미 저만치쯤 멀어진 집사를 종종걸음으로 뒤따랐다.

보따리를 꼭 움켜쥐고 이리저리 눈을 굴리던 타라는 연기를 문지른 듯한 자욱한 안개와 딱딱해 보이는 관목들, 드문드문 드러나는 조각상들에 흠칫흠칫 놀랐다.

한 치 앞도 보기 힘든데, 희한하게 까만 정장을 입은 안티오크와 그가 든 등불 빛만은 선명했다.

타라는 극도의 긴장과 불안에 휩싸인 채 거대한 석문 안으로 안내되었다. 꾸러미를 쥔 손바닥 가득 땀이 찼다.

그리고 드디어 '그'를 보게 되었다.

"주인님. 공주께서 도착하셨습니다."

남자는 천천히 뒤돌아서서 타라를 응시했다. 순간적으로 뒤에서 닫히는 문소리도 못 들을 만큼 타라는 경직되었다.

"아……."

진부한 묘사조차 떠오르지 않을 정도로 압도적이다.

그녀는 홀린 듯 자신을 유심히 뜯어보는 은청색 눈동자를 쳐다보았다. 기이하고 아름다운 눈이었다.

서리 핀 얼음 구슬 같은 눈빛, 고상한 콧날, 냉혹해 보이는 입술, 안개 빛깔 긴 머리카락과 그녀의 턱을 잡아 올리는 손가락에 이르기까지 완벽하지 않은 것이 없었다.

그가 허리를 숙이자 검은 벨벳 망토가 살아 있는 것처럼 흔들렸다.

"'이게' 그 여자의 딸이라고?"

"그렇습니다."

흐음, 남자는 무표정한 짧은 숨을 뱉고는 눈 결정처럼 파리한 눈으로, 겨우겨우 숨을 할딱이는 소녀를 잠시 내려다보았다.

타라는 흥미라기에는 너무 무심한 그 표정에 질리고 말았다. 차게 식은 비석을 보아도 이보다는 온기가 있으리라. 잡힌 턱이 아리고 다리가 저렸다.

그녀는 익숙히 훈련된 본능으로 알아챘다. 그에게 호의라고는 밀알 한 톨만큼도 존재하지 않는다는 걸.

그는 그녀를 전혀 환영하지 않았다. 외려 그 반대에 가까웠다. 긴 집게손가락이 말랑한 살을 갈퀴처럼 움켜쥐고 느리게 좌우로 돌렸다. 그는 뇌까리듯 무덤덤하게 말했다.

"전혀 안 닮았군."

"정말 다행한 일이지요."

이런. 집사조차 타라를 그다지 좋아하지는 않는 눈치다. 그녀는 완전히 겁에 질렸다.

나를 버리려고? 또 버려지는 거야! 여기서 쫓겨나면 어디로 가야 하나?

타라는 어리고 약하고 무지하며, 할 줄 아는 것도 없었다. 눈물을 참기 위해 숨을 죽였다. 경험상 어른들은 그녀가 우는 것을 무척 싫어했으니까.

그렁그렁한 큰 눈과 흐린 푸른 눈이 마주쳤다. 남자의 창백한 얼굴에 일순 묘한 빛이 스쳤다. 그는 그녀를 놓고 물러났다.

"데려가라. 꼴이 엉망이야."

휙 돌아서는 까만 망토 자락이 펄럭였다. 타라의 심장이 쿵 떨어졌다. 데리고 가서 버리라는 얘기인가? 아슬아슬하게 매달려 있던 낭떠러지에서 힘껏 짓밟힌 기분이었다.

타라는 숨이 턱 막혀 엉겁결에 단어 몇 쪼가리를 토해 내었다. 공포가 극단에 몰리니 평소라면 엄두도 못 낼 충동이 솟구쳤다.

"다, 당신이, 제 숙부님인가요?"

필사적이 된 타라는 뒤에서 집사가 경악한 얼굴로 그녀를 보고 있다는 걸 눈치채지 못했다.

남자가 휙 멈춰 서 저를 보자 오금이 저렸다. 그는 불쾌하다 못해 어처구니없어 했다.

"숙부라니?"

"어머니가 숙부님이 절, 맡아 주신다고……."

형편없이 떠느라 목소리가 갈라졌다.

"미친년 같으니."

그는 차갑게 욕설을 내뱉었다. 딱딱하게 얼어붙은 타라는 신경도 쓰지 않고 남자는 낮은 음성으로 제 할 말을 했다.

“그 정신 나간 여자는 아직도 가족 놀이를 하고 싶은 모양이군. 똑똑히 들어라, 꼬마. 너와 나는 피 한 방울 섞이지 않았다. 이 서쪽 대지 어디에도 네 혈육은 없어.”

어떤 생각이 떠올랐는지 은청색 동공에 옅은 조소가 떠올랐다가 재처럼 식어 없어졌다. 무감동한 중얼거림이 타라의 작은 머리 위로 떨어졌다.

“동쪽이라면 모를까.”

다시 자리를 뜨려는 그를 타라가 황급히 붙잡았다. 일평생 안 쓰고 숨겨 온 용기를 여기서 다 쓰는 것 같았다.

“그럼 당신은 누구죠?”

이제 집사 안티오크는 이상한 생물을 보듯 타라를 주시했다. 남자는 눈썹을 올렸다가 무심히 물었다.

“네 어미가 말해 주지 않던가?”

“네.”

“나는 서부의 영주 쥬다다.”

그리고, 넌 내 생각보다 말이 많구나.

그가 짧게 손짓하자 작은 키의 시종이 오소리처럼 후다닥 걸어와 타라를 둘러매다시피 하고 휙 사라졌다. 이 잠깐의 대거리로 기력을 죄 소진한 소녀는 축 늘어진 채로 미동이 없었다.

그 모습을 응시하던 서부의 주인은 가만히 생각에 잠겨 있었다. 안티오크가 조심스레 물었다.

“거슬리시면 눈에 띄지 않게 할까요?”

“그래…… 아니. 아니야.”

쥬다는 짧게 고개를 저었다.

“저게 정말 아델하이트의 자식이라고?”

“예. 타라 공주님이십니다.”

“공주는 무슨.”

그가 코웃음 쳤다. 공주란 정식으로 책봉받은 왕의 여식을 말한다. 일반적인 통념상, 저 여자애는 ‘왕의 자식’이 아니었다. 그는 어렴풋이 흔들리던 커다란 붉은 눈동자에서 익숙한 누군가를 떠올렸다.

“제 피를 탐하는 더러운 버릇을 기어코 못 고쳤군.”

차라리 아비를 닮았는걸.

I

황야의 마법사

서부의 주인, 이티오팔의 무법자, 벨벳 성의 성주, 불사의 마도사이자 천고(千古)의 현자.

그리고, 라 엔포르테의 수문장.

황량하고 거친 서부 대지의 영주인 쥬다에게 따르는 수식어는 많았다. 수세기에 걸쳐 쌓아 온 그의 악연과 악명, 명성이 쌓아 올린 업적이며 금자탑이었다.

지금이야 동면에 든 용처럼 영지에 칩거하여 고요했지만 그 이전에 서부를 지배했던 '광포한 마레사'의 한쪽 눈알을 뽑고 오른손을 잘라 에반젤린 해협 끝자락의 지옥에 거꾸로 처박았던 일화는 전설처럼 남아 있었다.

그의 냉혹한 성정을 알고 있는 클레멤논 왕과 남부의 요정 여왕 타니아도 그와의 마찰을 꺼려 서부의 영토를 침범하지 않았다.

그는 인간과 수족(獸族), 요정이 균형을 지키며 사는 세계 율리아의 다섯 영주 중에서도 독보적인 존재였다.

그러하기에 쥬다는 이번 중부에서 보내온 '선물'이 마뜩잖았다. 선물이라기보다는,

"인질이겠지만."

아니, 그냥 버린 패인가? 타라의 삐쩍 마르고 조그마한 모습을 떠올린 그는 눈매를 좁혔다.

비 내리는 날 쫄딱 젖어 덜덜 떨고 있는 더러운 새끼 강아지처럼 보잘것없었다. 그래도 제 자식일 텐데 그 여자가 그렇게 방치해서 키웠을 줄은 예상하지 못했다.

물론 그 드높은 자기애와 자존심상 의외라는 소리다. 고고한 겨울 성의 안주인은 욕망을 위해 능히 제 새끼도 성벽 밖으로 집어 던질 수 있는 여자였으니까.

"도발일지도 모릅니다."

심기가 편하지 않은 것 같은 주인의 눈치에 노란 얼룩 고양이가 꼬리를 살랑살랑 흔들었다.

나비넥타이에 까만 정장 조끼까지 입은 고양이가 능숙하게 두 앞발로 빈 찻잔에 홍차를 따랐지만, 벨벳 성 집무실에 있는 둘 중 누구도 놀라지 않았다.

"그럴 리가. 왕은 물론이고 그녀도 욕정 덩어리긴 하지만 멍청이는 아니야. 지금껏 그래 왔던 대로 흔한 생색 노름일 거다."

클레멤논 왕에게는 자식과 혈육이 강가의 자갈처럼 많았고, 개

중에는 그네 혈통의 전통대로 망나니와 알코올 중독자, 살인자들도 많았다.

그들 중 한 얼간이가 얼마 전 쥬다의 수족과 시비가 붙어 치명상을 입은 일이 있었다. 왕과 여왕은 사죄한답시고 많은 금은보화를 보냈다.

그걸로도 그의 분노가 풀릴 기색이 안 보이자 오섬 숲을 하사하고 그라니아 강의 이용을 허락해 주었다. 덤으로 딸려 온 게 타라라는 소녀.

"돌려보낼까요?"

안티오크의 조심스러운 질문에 쥬다는 잠시 침묵했다. 사실 그 정적은 안티오크의 의견에 대한 숙고라기보다는, 성가신 물건을 그의 방식대로 처리하기 위한 저울질에 가까웠다.

길고양이처럼 기르던 걸 선물이랍시고 건네다니, 뜻이야 어찌 되었건 알아서 처리하라는 뜻이다. 쥬다는 무미건조하게 턱을 괴었다.

'그냥 죽일까?'

그 여자의 핏줄을 제 영역 안에 두는 것 자체가 껄끄럽다. 그냥 죽여서 치워 버릴까. 벌레를 눌러 죽이는 것보다 쉽게, 아주 빨리 끝날 텐데.

거의 그쪽으로 결정이 기우는 순간, 우연히 시계를 장식한 소박한 석류석 구슬이 그의 눈에 들어왔다. 어제 보았던 똘망한 계집아이의 눈동자처럼. 여리고 잔뜩 겁에 질린 주제에 용케 자신을 마주봐 오던 그 꼬마.

그는 변덕스럽게 마음을 바꿨다.

"안티오크."

"네, 주인님."

고양이는 재빨리 앞발을 바로 세우고 반듯이 앉아 강대한 마법사에게 공손히 고개를 조아렸다.

세월이 무색할 정도로 아름다운 남자는 상아를 깎아 만든 의자에 등을 기댄 채 검지로 툭툭 책상을 두드렸다. 고아하고 절제된 움직임이었다.

"레오니다스의 생일이 언제였지?"

쥬다와 같은 다섯 영주 중 하나이자, 북부의 주인인 푸른 사자왕 레오니다스는 인간 계집을 좋아했다. 애인이 바뀔 때마다 새빨간 장미꽃 다발을 들고 꿀 떨어질 듯 갖은 비위를 맞추는 모습은 왕이 아니라 애완견 같았다.

영민하게 주인의 뜻을 알아챈 고양이 집사가 딱, 앞바닥을 마주쳤다.

"아하! 레오 님께 선물로 드릴 생각이시군요! 어어, 하지만 너무 어리지 않을까요?"

"상관없어. 어린 계집애는 빨리 자라니 그때까지 키우다가 적당히 자라면 넘겨야지."

그는 시큰둥하게 대꾸하며 깃펜으로 영지의 양피지 서류에 사인했다. 한동안 영지를 비워서 할 일이 많았다. 그러자 안티오크는 그가 결재한 서류들을 받아 들고 한쪽에 차곡차곡 정돈했다.

그리고 까만 인주를 묻혀 성주가 사인해야 할 새 서류에 집사의 인장을 찍었다. 검은 고양이 발자국이 선명하게 찍히자 만족스레 고개를 끄덕인다.

한참 서류 작업에 열중하던 충직한 집사는 갑자기 든 우려에 제 아래턱에 난 수염—흰 털—을 긁으며 걱정스레 말했다.

"한데 박색으로 자라면 어쩌지요? 레오 님도 예쁘고 고운 것을 좋아하실 텐데."

"친부도 박색은 아니니 괜찮을 거다."

게다가…… 눈은 그래도 퍽 예뻤던 것 같기도 하고……?

그는 고개를 젓고는 요정 여왕이 보내온 서신을 읽는 데 시선을 고정했다. 타니아의 불꽃이 일렁이는 듯 아름다운 문체를 보고 있자니, 정반대인 반듯하고 꾸밈없는 글씨가 떠올랐다.

쥬다는 어느덧 손을 놓고 턱을 괴었다. 엄밀히 말해서 쥬다는 '그'에게 큰 유감이 없었다. 그 여자와 달리 정갈하고 돼먹은 인간이었으니까.

어지간한 인간에게 공평하게 무관심한 쥬다이나, 그들 중 굳이 괜찮은 부류를 꼽자면 예의를 아는 자들이었다.

"꼬마가 겨울 성에서 여기에 저런 꼴로 내쫓긴 걸 그는 알고 있나?"

"아마…… 모르지 않을까요? 아는 사람도 몇 되지 않은데, 아비 되는 자에게 알리기나 했겠습니까."

"흠……."

"이 일로 그와 척을 질 일은 없을 겁니다. 공주는 그에게도 치부일 테니까요."

"하긴."

사실 그 보수적이고 딱딱한 성정을 알고 있는 쥬다로서는 타라의 탄생 자체가 보고도 못 믿겠는 종류이긴 했다.

황당하기 그지없다. 겉만 봐서는 속내를 모른다는 건가? 아니, 아니지. 아마 뱀 같은 그 여자가 음탕한 수를 썼으리라. 오래되어 잊고 있던 썩고 부패한 폐기물을 우연히 발견한 것처럼 그는 드물게 인상을 썼다.

유쾌하지 못한 게 떠올랐어.

반쯤 마신 찻잔을 구석으로 밀었다. 거친 손길에 레이스 티매트에 불그스름한 얼룩이 졌다. 성실히 직접 짰던 것이 엉망이 되자, 안티오크가 차마 주인에게 따지지 못하고 나비넥타이를 발톱으로 벅벅 긁어 대었다.

"그래도 명색이 왕가의 핏줄인데 그런 꼬락서니라니. 길거리 떠돌이 고아라고 해도 놀랍지 않은데."

"고아나 다름없지요. 태생 자체가 축복받지 못한 사생아입니다. 아델하이트 여왕이 본인의 명예를 훼손시킬 존재를 귀히 키웠을 리가 없습니다."

"명예? 저가 한 짓은 금수 같지 않고 명예로웠나 보지? 기가 막히는군."

쥬다는 경멸스럽게 입술을 뒤틀었다. 어미란 자의 발칙하고 추잡스러운 행동의 결과를 온전히 아이에게 떠맡기는 행태가 꼴불견이었다.

기분이 차게 식자 그의 마력에 반응한 성이 부르르 떨었다. 찻잔이 덜컥덜컥 흔들리고 아름다운 크리스털 유리창이 폭풍 맞은 듯 떨리자, 안티오크는 펄쩍 뛰면서 양 앞발과 뒷발로 물건들을 자리에 고정시키려 애썼다.

"아이고! 주인님, 성 부서집니다. 화 좀 내지 마세요!"

"별로 안 냈어. 너나 이 성이나 아무래도 오래되기는 했지."

부실하기 짝이 없는 걸 보듯 은청색 눈이 한심해하자 안티오크는 억울해졌다. 이 벨벳 성과 한창나이 때의 수족인 그는 대단히 멀쩡했다. 단지 대마법사 쥬다의 마력이 지나치게 강력한 탓이다!

오랜 시간을 살아왔지만 그에게는 약자들의 사정을 배려하거나 봐줄 필요성과 이해심이 없었다. 한 걸음 내디딜 때마다 밟혀 죽는 개미를 신경 쓰며 걷는 사람은 없지 않은가?

"이참에 보수하도록. 이번 겨울은 제법 길 테니까."

"물론 그래야지요. 잘못하다 어린 공주님이 오자마자 동사할 수도 있으니까요."

안티오크의 투덜거림에 쥬다는 말없이 까만 창밖으로 끝없이 펼쳐진 황량한 땅과 협곡을 응시했다.

딱딱하게 갈라진 대지에 몇 그루 말뚝처럼 선 앙상한 나무 위를 맹금류가 빙빙 맴돌고, 이리 떼와 까마귀들이 죽은 것들의 시체를 뜯어 먹는다. 잘 뻗은 눈썹이 저도 모를 만큼 미약하게 찡그려졌다.

온통 황무지와 거친 돌 바위뿐인 이런 곳에 그런 계집아이를 보내다니. 말이 선물이지, 시체를 치우라는 것 아닌가? 쥬다는 약해 빠진 것은 딱 질색이었다.

어리고 겁도 많아 보였으니 고분고분 말은 잘 듣겠지. 최소한 죽지 않을 정도로 돌봐는 주겠지만 그래도 버티지 못한다면 그게 다다.

그것을 끝으로 쥬다는 명목상의 피후견인을 머릿속에서 지웠다.

*　　*　　*

—저건 괴물이야.

작은 몸이 움찔 떨렸다. 볼품없는 계집아이는 더더욱 움츠러든다. 그러나 고개 숙인 것마저 남김없이 짓이기듯 악의 섞인 목소리들은 끊임없이 그녀를 괴롭혔다.

—왜 아직도 살아 있는 거지? 보기 싫으니 확 뒈져 버렸으면.

—어휴 짜증 나. 내가 왜 밥을 챙겨 줘야 해?

—손대지 마. 더러운 것.

누군가 애정과 혐오, 적의에 대해서 가르쳐 준 적은 없지만 갓난아이도 본능에 따라 누가 저를 싫어하는지 정도는 안다.

그것이 생존 본능이라면, 사랑을 갈구하는 것도 원초적인 욕구이리라. 기본적인 욕망 중 어느 것 하나 충족되어 본 적이 없지만…… 그녀는 미움 받고 싶지 않았다.

—더러운 핏줄이라고. 저 작은 괴물을 어서 쫓아내야 하는데.

—그러다 다 듣겠어.

—들으라지. 난 저거만 보면 혐오스러워.

저를 냉대하는 어머니처럼 반짝이고 화려한 아인츠는, 아침에 집을 나서며 우연히 밟은 오물을 이야기하듯 짜증스럽게 악담을 했다.

나이만 먹었지 말더듬이에, 모자라고 바보같이 눈치만 보는 게 딱 시궁창 쥐 같다고. 피가 더러워서 그런 게 분명하다고 했다.

타라는 기둥 뒤에서 우산 없이 비를 맞는 사람처럼 그것을 온전히 다 들어야 했다.

—사생아는 왕가의 수치지.

—그것 이상이야. 저건…….

말이 뚝 끊겼다.

한 호흡 사이로 분위기가 천양지차로 바뀌었다. 그들은 우연히 마주친 귀족 영양들과 시시덕대느라 방금까지 험담을 했던 건 까맣게 잊고 통로를 돌아 사라졌다.

홀로 남은 타라는 무릎에 얼굴을 묻고 웅크렸다. 저를 향하던 화살들이 죄 사라졌건만, 그녀의 슬픔은 사라지지 않았다. 외려 깊어졌고, 더 외로웠다.

작은 어깨 뒤에 웅크리고 있던 새카만 어둠이 입을 길게 찢어 웃었다. 모르니?

—아무도 널 좋아하지 않아. 널 사랑하는 사람은 어디에도 없어.

집채만 하게 커진 그림자가 파도처럼 소녀를 덮쳤다.

그 순간 타라는 눈을 번쩍 뜨고 낯선 천장을 올려다보았다. 꿈이었다.

숨이 가빴다. 식은땀을 훔치며 고풍스러운 흑갈색 조각으로 장식된 사주식 침대 기둥과 폭신한 거위 털이 들어간 이불을 경계심 어린 눈초리로 두리번거렸다.

사방이 그녀의 자리가 아니라고 말하는 것처럼 귀하고 곱지 않은 것이 없었다.

아, 그래. 이곳은 겨울 성이 아니다. 서부의 지배자, 강력하게 숙부가 아니라고 부정했던 남자의 집이었다. 어제부로 그녀는 완전히 겨울 성에서 내쫓겼다.

타라는 찬바람이 뻥 뚫고 지나간 듯 싸한 가슴께를 움켜쥐었다가 다시 흠칫 물 맞은 쥐처럼 놀랐다. 녹을 듯 부드러운 실크 잠옷이 어색했다.

침을 꿀꺽 삼킨 그녀는 바들거리는 손으로 침대에 드리운 커튼을 걷었다.

"와아…."

화사하고 아름다운 방이었다. 불안도 잊은 채 그녀는 침대에서 내려와 처음으로 저에게 주어진 개인 공간을 낯선 눈으로 둘러보았다.

덩굴풀이 양각된 우아한 마호가니 의자부터 이국적인 무늬의 양탄자와 고귀한 색감의 천, 은빛이 반질거리는 말간 거울까지.

모든 것들이 경이로웠지만 흰 목련 잎을 덮어 놓은 듯한 작은 티테이블과 그 위로 햇살을 드리우는 아담한 창문이 제일 마음에 들었다.

흠흠, 하는 헛기침 소리에 화들짝 놀라 어깨를 움츠렸다.

"일어나셨습니까, 공주님."

그 차가워 보이는 집사였다. 타라는 의기소침해져서 그의 창백한 안색과 외알 안경, 머리칼 한 올까지 빗어 넘긴 금갈색 머리를 쳐다보았다. 깜박이지 않는 것 같은 노란 눈이 이질적이다.

어떤 말이라도 해야 할 것 같아 타라는 엉겁결에 중얼거렸다.

"저어, 아닌데요."

"예?"

그마저도 모깃소리처럼 가늘었다. 타라는 진땀을 흘리며 애를 썼다.

"전, 공주가 아니에요."

"말씀 낮추십시오."

그녀 딴에는 갖은 힘을 준 한 마디가 끝나자마자 안티오크가 딱딱하게 말했다. 무슨 뜻인지 몰라 타라는 쩔쩔맸다. 어쩐지 집사가 한숨을 쉬는 것 같았다.

"저는 한낱 집사일 뿐이고 타라 공주님께서는 고귀한 혈통이시자 벨벳 성의 객, 주인님의 피후견인이십니다. 당연히 하대하셔야 합니다.”

“제가요?”

타라가 동그란 부엉이처럼 눈을 끔벅거렸다. 어벙하고 무구한 그 표정에 핀잔주듯 입을 열었던 안티오크는 입을 꾹 다물었다. 습관처럼 귀가 쫑긋거렸지만 흠흠, 얼른 목을 가다듬었다.

“그럼요. 설사 말씀하신 대로 공주가 아니시더라 하더라도 당신의 후견인은 서부의 주인 쥬다님이십니다. 제가 모셔야 할 분이지요. 계속 그렇게 저에게 말을 높이시면 제 입장이 곤란해진답니다.”

내 후견인?

타라에게는 태어나서 지금까지 공식적으로 그녀를 책임지는 어른이 없었다. 허울뿐인 말일지라도 타라는 가슴이 콩닥콩닥 뛰는 걸 느꼈다.

타라의 후견인. 배운 것 없는 소녀도 그게 무엇을 뜻하는 것인지는 알았다. 그녀를 보호하고 책임질 사람. 난생처음 보았던 차갑고, 지독히 아름다웠던 남자가 생각났다.

무서운 사람이지만 자신을 돌봐 줄 사람이라고 생각하니 두려움과는 다른 들뜸이 새싹처럼 빼꼼 고개를 내밀었다. 타라는 붉어진 얼굴로 언른 고개를 끄덕였다. 안 그러면 당장 내쫓기기라도 할 것처럼 필사적으로.

“아, 어…… 응. 알았어요.”

“또…….”

“아, 네!”

“…….”

소녀를 골치 아프다는 듯이 보던 안티오크는 땅이 꺼져라 한숨을 쉬었다. 이건 다른 의미로 강적이었다.

"편하게 부르시되, 익숙해지면 꼭 하대해 주십시오. 아시겠습니까?"

"알겠어요."

타라는 열심히 고개를 끄덕였다. 뒤이어 다시 한숨을 내쉰 안티오크가 아침 식사로 오트밀 죽과 계란 반숙 요리, 사과 파이, 얇은 닭고기를 올린 신선한 샐러드에 대해 설명을 늘어놓다가 말끝을 흐렸다.

손을 모아 잡고 공손하게 경청(?)하고 있던 타라는 그의 곱지 않은 시선이 향한 곳을 알아차리고 귀 끝이 붉어졌다. 카펫 위에 서 있는 그녀의 발은 맨발이었다. 조그만 발가락이 꼼지락대며 자라목처럼 오그라들었다.

"……그럼 식사를 대령하겠습니다."

작약 꽃이 핀 듯 뺨부터 열 발가락까지 불그스름하게 달아오른 소녀를 못 본 척한 그가 횡하니 나가자마자, 타라는 예법대로 후다닥 실내화를 찾아 발에 끼워 넣었다. 한데 어디로 갔는지 한 짝이 안 보였다.

어, 어디로 갔지? 첫날부터 물건을 잃어버리다니! 타라는 울상이 되어 손톱을 뜯었다.

"주인님께서 귀한 남부의 무화과를 주셨답니다…… 아?"

아침 식사를 담은 쟁반을 가지고 들어왔던 안티오크는 멍하니 입을 벌렸다.

침대 밑에 엉덩이만 삐죽 나온 타라가 눈 더미에 머리를 박은 강아지처럼 낑낑거리며 발을 동동 구르고 있었다. 고양이 집사는 기가 막혀 소리쳤다.

"지금 뭘 하십니까, 야옹! 헙!"

저도 모르게 본능적인 소리를 낸 안티오크는 낭패하여 앞발, 아니 장갑을 낀 손으로 입을 틀어막았다. 당황하거나 감정적으로 격앙되면 본모습이 튀어나오는 건 그의 오랜 콤플렉스였다.

안티오크는 재빨리 옷매무새를 정돈한 후, 점잖게 타라를 나무랄 말을 골랐다. 이런 경망스럽고 품위 없는 행동이라니!

"아, 찾았어요!"

이불더미에서 쑥 튀어나온 그녀의 손에는 찌그러진 슬리퍼가 쥐어져 있었다. 파아란 물망초 색 머리카락에 기쁨으로 반짝이는 말간 눈의 소녀를 멍하니 보던 안티오크가 떨떠름하게 고개를 끄덕였다.

짧은 순간이었지만 그 나이 또래의 해맑은 여자애 같았다. 지금처럼 음침한 게 아니라 어두운 그늘이 싹 가신 낯이 제법, 덜 핀 꽃봉오리처럼 시선을 끌었다.

역시 주인님의 눈썰미는 대단해. 커도 박색이지는 않겠군.

'다만 예절은 상당히 부족한데. 가르칠 게 많겠어.'

안티오크는 꼼꼼하게 준비 사항을 체크했다.

타라가 깨작깨작 새 모이 주워 먹듯 그럭저럭 아침 식사를 마치자 그는 목을 가다듬었다.

"그럼, 공주님."

물을 마시던 타라가 켁켁 목 졸린 소리를 냈다. 결국 그는 한숨처럼 말을 정정했다.

"좋아요. 타라 님. 타라 님께서는 앞으로 주인님의 후원을 받으며 이 벨벳 성에서 생활하게 되실 겁니다. 겨울 성에서 타라 님을 어찌 모셨는지는 모르겠으나……"

노란 눈이 깡마른 타라의 몸집과 불안하게 움찔거리는 손가락을 향했다.

"이곳에서 마땅한 대우를 받으실 겁니다. 불편하신 것이 있다면 언제든 말씀해 주시고요. 본관이 아니라면 성의 어디든 가실 수 있습니다."

"네?!"

타라가 놀라 목소리를 높이자 안티오크는 역시나 싶어 한숨을 쉬었다.

"본관은 온전히 주인님이신 쥬다 님의 영역이니 이는 어쩔 수 없습니다. 이해해 주시길 바랍니다."

"이 방 밖으로 나가도 되나요? 그렇게 마음대로 돌아다녀도 될까요?"

"……."

방 밖으로 나가도 되느냐고? 애완견도 아니고 당연하지 않은가! 대체 지금까지 어떻게 자라 온 거야?

뜻밖의 혜택에 놀라고 신기해하는 타라를 보며, 안티오크는 멍한 표정을 지었다.

*　*　*

타라는 아델하이트 여왕의 사생아였다.

클레멘논 왕은 갓 태어난 공주를 보자마자 요람에 내던지고는 다시는 그녀를 찾지 않았다. 겨울 성에 첫울음이 터진 지 하루도 안 되어 모든 이들이 배냇물이 마르기도 전에 버림받은 아기에 대해 알았다.

여왕이 외도했음이 분명한 증거가 아기에게 있었던 탓이다. 그녀는 왕의 아이가 아니었다.

친모가 젖을 물리는 것도 귀찮아했기에 어린아이는 최소한의 보호도 없이 경멸과 비난의 눈초리 가운데에 덩그러니 방치되었다.

원죄는 원인이 아니라 힘없는 결과의 책임이 되었다. 부당함에 반항할 틈도 없이 속수무책으로 형체 없는 화살에 얻어맞다 보니, 타라는 어딘가 불안하고 또래보다 왜소하고 깡말랐으며, 미숙한 아이가 되었다.

정에 굶주려 저에게 향하는 시선과 관심 한 줄에 목말라 정신 팔린 듯 들이켜다가도, 받은 생채기가 워낙 많아 덜컥 체하듯 움츠러들거나 덜덜 떨며 눈치를 보았다.

개중에는 특출나게 그녀를 싫어하는 사람들이 있었다. 왕의 유모인 벨비나 부인이나 여왕의 조카인 아인츠와 아벨라 남매는 타라를 죽이지 못해 아쉬운 해충 취급을 했다.

하루는 이런 날도 있었다. 영악한 아벨라는 왕의 정원으로 들어가서 황금 사과를 따 오면 타라를 귀족 영애들의 모임인 '소녀의 다

과회'에 끼워 주겠다고 말했다.

왕의 정원은 누구도 함부로 들어갈 수 없는 곳이었으나, 그녀는 몰랐다. 밤을 틈타 날름 사과만 따 오면 되겠지, 단순하게 생각했다.

사실 겁이 났지만, 그보다는 또래 여자애들 무리에 끼고 싶은 마음이 컸던 것이다. 이런 그녀의 열망을 알아챈 아인츠는 거드름 피우듯 일러 주었다.

—왕의 정원에는 문지기가 있어. 그것은 보름달이 뜰 때면 잠이 드니까 그때 몰래 숨어들면 돼.

그때만 해도 아인츠의 괴롭힘이 그럭저럭 참을 만하던 시절이었다. 이 아름다운 사촌들이 너그럽게 한 번쯤 자신을 봐주려 하는 게 아닐까 혼자 들떠서 보름달이 뜨기를 기다렸다.

정원으로 용감하게 숨어들어 간 그녀는, 겨울 성의 소문 자자한 황금 사과나무를 보았다.

경탄할 만한 장관에 넋을 놓았다. 구름을 두른 달빛이 무지개 빛깔로 바스러져 고상한 가지와 수십 개의 태양처럼 반짝이는 열매를 비추고 있었다.

그날, 타라는 죽을 뻔했다.

왜 아인츠가 문지기를 '그것'이라고 말했는지 알았어야 했다.

세 개의 머리를 가진, 검고 거대하며 사나운 파수견. 왕의 보물을 지키는 문지기는 사나웠고, 어린아이라고 해서 봐줄 만한 인정과 이성이 없었다.

소녀는 살아남은 게 신기할 만큼 크게 다친 채로 주변을 지나던 하인에 의해 발견되었다.

하지만 타라는 살아남았다. 중앙 왕국에서 가장 뛰어난 왕의 주치의가 그녀를 치료했기 때문이었다.

정말 찰나였고, 비록 생사의 고비를 넘기던 시간들이었지만, 그토록 안온하고 정성 어린 보살핌을 받은 적이 없었다. 기가 막힌 사실이나 타라는 고열에 시달리면서도 행복했다.

혹시 많이 아픈 저를 어머니나 사촌들이 불쌍히 여기는 건 아닐까. 어쩌면 그녀를 거들떠도 안 보던 걸 후회하고 이제부터라도 다정히 대해 주려는지도 몰라.

온전히 건강해진 몸으로 불려 갔을 때, 조금쯤 기대했었다. 그리고 그녀의 수줍은 미소는 매서운 손찌검에 산산이 부서졌다.

어찌나 세게 때렸던지 골이 울리고 멍한 시야에, 바닥에 후두둑 떨어진 핏방울이 보였다.

어안이 벙벙해서 신음도 못 지르는 타라를 억센 기사들이 뒤뜰 나무에 거꾸로 매달아 두었다. 세상이 노래져서 빙빙 돌았다.

그 뒤집어진 세상에서는 '본보기 처벌'을 구경하러 빙 둘러선 겨울 성의 시종들, 그 사이에서 웃고 있는 아인츠와 아벨라가 뒤섞여 있었다.

활활 타오르는 지옥의 유황불에서 빼쭉 얼굴만 내민 악마들 같았다. 왕은 황금 사과 도둑이 그냥 죽게 놔두는 것보다는, 다시는 그의 보물을 노리지 못하게 하는 본보기가 되기를 바랐다.

그날 타라는 딱 죽기 직전까지 맞았다. 차가운 골방에서 끙끙 앓는 소녀를 찾아오는 이는 없었다.

긴 밤이 꼬박 지나고 새로 동이 트는 그 차갑고 슬픈 시간 동안 타라는 자신을 죽이는 법, 사랑받고 싶은 욕구를 억눌러 저 밑바닥에 감추고 외면하는 법을 배웠다.

그날, 그녀는 살고자 하는 의지를 버렸다. 아니, '행복하게 살고 싶은 소망'을 버렸다. 처음부터 허락되지 않은 것이었던 양.

타라는 낯선 방에서 식은땀에 푹 절은 채로 잠에서 깼다. 아직 사방이 컴컴한 어두운 밤중이었다.

그녀는 아프게 뛰는 심장께를 붙잡고 낮게 흐느꼈다. 소리를 내면 밉게 볼까 봐, 혼자서 펄펄 끓는 감정 덩어리를 꿀꺽 넘기는 건 습관이 되었다.

아이도 누군가 달래 줄 자가 있어야 소리 내 운다. 그리고 타라에게는 그런 사람이 없다. 이제는 그 정도쯤이야 알 만큼 자랐는데도 오늘 밤은 이상스러울 만큼 서러웠다.

타라는 제 몸만 한 베개를 쥐어뜯으며 오늘 식탁에 올랐던 사과파이를 생각했다. 달고 맛있게만 보였는데 먹으려 집어 들었다가 헛구역질을 할 뻔했다.

향긋한 사과 향이 그리 역겨울 줄이야. 먹어 볼 기회가 없어 저가 그 과일을 싫어한다는 사실도 몰랐다. 눈치가 보여 넘긴 한 입이 독이 되어 눈과 귀, 코, 입에 뜨신 김으로 토해지는 느낌이었다.

작은 입을 틀어막고 바들바들 떨던 타라는 결국 참지 못하고, 침대를 박차고 뛰쳐나왔다. 정신을 차리니 잠옷 바람으로 어두컴컴한 복도를 내달리고 있었다.

탁탁탁, 작은 발이 대리석 바닥을 때리며 어둠을 피해 달아났다. 그러나 절망스럽게도 사방이 어둠이었다.

그녀의 과거, 현재, 그리고 미래였다. 고요하다 못해 외로워 미칠 것 같은 허공에서 지금껏 당하고 들어왔던 깔봄과 비웃음, 손가락질들이 생생히 살아나 타라를 쫓아왔다.

—아무도 널 좋아하지 않아. 널 사랑하는 사람은 어디에도 없어.

눈물이 솟구쳤다. 작은 뺨이 홍건히 젖다 못해 흰 원피스를 적셨다. 이대로 눈처럼 녹아 없어져 버렸으면. 사막의 뙤약볕에 찌든 물한 방울이 흔적도 없이 증발하듯.

아무 고통도 외로움도 없이 그냥, 그렇게…… 절벽 끝으로 몸을 내던지듯 정신없이 뛰던 그 순간, 그녀는 누군가와 세게 부딪쳤다.

작은 몸은 튕기듯이 나가떨어졌다. 엉덩이가 얼얼한 것보다 막 넘칠 듯 끓어오르던 내면의 감정 조각들이 갑작스러운 충격에 울컥 넘칠 듯 넘실거렸다.

아슬아슬한 그것을 반사적으로 삼켜 내자마자 아직 익숙지 않은 나직한 음성이 귓가로 파고들었다.

"뭐냐."

타라는 고개를 들었다. 그 남자였다. 이 성의 주인이자 그녀의 후견인이라고 했던 아름다운 사람.

그는 가장자리가 희게 빛나는 긴 잿빛 머리칼을 한쪽으로 비스듬히 묶고 가지런한 눈썹을 추켜올린 채 온기 없는 눈빛으로 넘어진 소녀를 주시했다.

그가 가볍게 손을 휘젓자 허공에 떠 있던 램프의 빛이 강해졌다. 신기하게도 별을 담아 놓은 듯 짙푸른 불이었다. 두 사람의 얼굴과 표정이 한층 더 적나라하게 드러났다.

타라는 저가 다시 꿈을 꾸나 얼빠진 생각을 했다. 그만큼 상대가 너무도 비현실적이었기 때문이다.

한겨울 별자리가 수놓은 전설 속의 왕, 천 년 빙하에 갇혀 잠이 든 요정처럼 싸한 낯은 고상하고 우아했으며, 동시에 흰 고목만치 견고했다.

파리한 조각 같다가도 싸늘하게 빛나는 벽안을 보자면 흉포한 수룡 같다. 그가 풍기는 치열하고 생생한 침묵에 목이 졸릴 듯한 압박감이 느껴졌다. 그러함에도 아름다웠다.

마치 예전 죽음이 목전까지 닥친 줄도 모르고 왕의 정원에서 넋을 놓았던 그때처럼 타라는 온 정신이 경도되었다. 남자가 등지고 선 창문의 푸른 달도 희미하고 무의미했다. 가짜가 진짜 앞에서 빛이 바래듯이.

잠깐의 시간 동안 그녀를 위아래로 훑어본 쥬다는 상황을 파악했다. 혀 차는 소리에 타라의 어깨가 굳었다.

"안티오크가 말하지 않던가. 본관으로는 들어오지 말라고 일렀을 텐데."

—본관은 온전히 주인님이신 쥬다 님의 영역이니 이는 어쩔 수 없습니다. 이해해 주시길 바랍니다.

들었었다. 그것도 오늘 낮에.

타라는 화들짝 놀라 주변을 둘러보았다. 정신없이 달리다 보니 길을 잃었나 보다.

덜컥 겁이 올라왔다. 보란 듯이 하지 말라는 짓을 했다. 경험상 어른들이 금지한 행동을 실수로라도 했을 경우 돌아오는 상황은 타라에게 전혀 호의적이지 않았다.

이제 쫓겨나고 말 거야! 불안하게 흔들리던 붉은 눈에 정갈한 입술 선이 움직이는 게 보였다. 타라는 어떤 사고 과정도 없이 찬 바닥에 넙죽 엎드렸다.

"죄, 죄송해요. 모르고 그랬어요. 잘못했어요. 잘못했어요."

입술이 닳을 듯 잘못을 빌던 소녀는 돌아오는 대답이 없자 눈물이 날 것 같았다. 그녀는 시큰한 코를 훌쩍이며 슬쩍 고개를 들었다.

치렁한 긴 망토 자락이 똬리 튼 구렁이처럼 미동이 없었다. 불시에 탁 터진 음성에 작은 몸이 화들짝 놀랐다.

"네 어미가 비굴함을 가르쳤을 줄은 내 미처 몰랐구나."

목소리에 혐오나 경멸은 없었지만, 타라가 위축될 정도로 충분히 쌀쌀맞았다. 보통 그녀를 싫어하는 이들은 그녀가 납작 엎드리면 은근히 만족스러워했다. 그들은 고고한 여왕의 피붙이를 업신여길 수 있다는 것에 뒤틀린 희열을 느꼈으니까.

그러나 타라의 새 후견인은 외려 전보다 더 냉랭했다. 왜인지 모르겠지만 쥬다는 쉽게 저자세를 취하는 행동을 마음에 들어 하지 않는 듯했다.

어떻게 해야 하지? 타라는 더 고개를 숙이는 법밖에 알지 못했기에 더더욱 껍데기 속 애벌레처럼 움츠러들었다.

어?

갑자기 고개가 보이지 않는 무형의 힘에 의해 휙 위로 젖혀졌다. 큰 손아귀에 잡힌 양 허리도 빳빳이 펴졌다.

딱딱하게 굳어 눈만 굴리는 그녀에게 한 걸음 다가온 쥬다가 차갑게 말했다.

"한 가지 경고하마."

의문과 겁으로 얼룩덜룩 번진 앳된 얼굴을 내려다보는 은청안이 가늘어졌다.

"함부로 머리 숙이지 마."

"네, 네?"

"지금처럼 빌빌거리며 굽실거리지 말란 얘기다. 저잣거리 아이도 너보다는 자존심이 있을 거다. 네가 하고 있는 행동은 노예나 하는 짓이야."

좋든 싫든 이제 너는 내 피후견인이니, 네가 고개를 숙임은 곧 내 명예를 땅에 내려놓는 것이나 다름이 없어.

어쩐지 본관에 함부로 들어온 것보다 잘못을 비는 걸 더 싫어하는 듯한 쥬다의 말이 타라에게는 어려웠다.

하지만 뒤이은 엄명은 차라리 이해하기 쉬웠다. 제 행동이 그의 품격을 떨어뜨리니 하지 말라는 뜻이었다. 타라는 얼른 얌전히 고개를 끄덕였다. 홍옥 구슬 같은 두 눈을 잠깐 들여다보던 쥬다가 말했다.

"일어나."

말 잘 듣는 타라는 서둘러 일어났다가 약간 쥐가 나서 비틀거렸다. 엉거주춤 서는 모양새를 약간의 짜증과 한심함을 담아 응시하던 대마법사는 성가신 잡초를 뽑듯이 휙 손을 움직였다.

타라는 다리에 닿는 차고 매끈한 감촉에 흠칫거렸다. 영영 닿을 수 없는 창공의 맹금 같던 남자가, 그녀의 얄팍한 다리에 손을 대고 있었다.

흠 없는 검지가 강가의 돌을 굴리듯 찌릿한 부위를 어루만졌다. 놀랍게도, 그 손끝에서 타라는 일말의 온기를 느꼈다. 착각일지도 모르지만. 찰나 여린 피부를 훑은 그는 긴 망토를 조매며 딱딱하게 턱짓했다.

"똑바로 서."

다리가 전혀 아프지 않았다. 신기함에 타라는 흰 나뭇가지 같은 그의 손을 힐끔거렸다. 그랬다가 싸늘한 벽안과 정면으로 마주치고는 숨을 삼켰다.

너무 아름다운 건 무섭기도 한 거구나. 새로 깨달은 사실에 침을 꿀꺽 삼켰다. 그때 괘종시계가 뎅— 묵직하고 길게 울었다. 새벽을 알리는 종소리였다. 쥬다는 새파란 남청빛으로 밝아 오는 창을 힐끗 보며 말했다.

"네 방으로 가라."

축객령이었다. 얼어붙어 있던 타라는 넙죽 허리를 숙였다가 아차 싶어 다시 고개만 푹 숙이고는 후다닥 뒤돌아 갔다. 얼마 못 가 추상같은 목소리에 사례가 걸렸지만.

"거기가 아니라 반대쪽이다."

"예? 네, 네! 죄송……"

타라가 꼬랑지에 불붙은 새앙쥐처럼 도로 후다닥 발길을 돌리자 쥬다는 한숨처럼 눈을 감았다. 그는 긴 손가락으로 시린 관자놀이를 눌렀다.

"그쪽 말고 그 옆."

"……죄송해요."

작은 소녀는 시뻘게져서 고개를 조아렸다. 사실 몇 세기에 걸쳐 증축으로 새 통로를 만들어 온 벨벳 성은 미로 같은 복잡함을 자랑했지만 타라로서는 알 수 없는 일이었다.

얼굴이 토마토처럼 붉어진 그녀를 장신의 남자가 소리 없이 지나쳤다. 우물쭈물, 손가락을 움찔대던 그녀는 그의 부름에 번쩍 얼굴을 들었다.

"따라와."

타라는 입을 쩍 벌렸다가 그의 등이 멀어지자 재빨리 그 뒤를 따랐다. 얼떨떨하고 낯설었고, 믿기지 않았다.

지금껏 단 한 번도, 길 잃은 그녀에게 길을 가르쳐 주거나 데려다 준 사람을 만난 기억이 없었다. 일부러 잘못 가르쳐 줘 골탕을 먹인 적은 있어도.

침을 꿀꺽 삼키고는 마법의 불빛을 받아 푸르게 일렁이는 그의 잿빛 머리칼, 밤처럼 늘어진 망토와 그 위로 수놓인 은백색 초승달과 흰 까마귀를 훔쳐보았다.

그를 이루는 모든 것들이 경이로울 만치 찬연했다. 혹시 아직까지 꿈을 꾸고 있는 건 아닐까? 그게 외려 신빙성 있을 듯했다.

하지만 꿈은 금방 끝이 났다.

눈 깜짝할 사이 그들은 타라가 뛰쳐나갔던 별채의 입구에 도착했다. 그제야 달랑 걸친 잠옷 바람에 눈물과 땀으로 엉망이 되었을 얼굴과 머리카락, 무엇보다 쌩한 맨발임을 자각한 타라는 쥐구멍에 숨고 싶었다.

"들어가도록. 이후 밤에는 나오지 마라. 필요한 것이 있으면 집사를 부르든가."

"아, 아니요! 필요한 건 없는데."

손사래를 치는 타라의 말을 무시한 쥬다는 무미건조하게 제 할 말을 끝마쳤다.

"밤은 완벽히 나만의 시간이다. 나는 나를 방해하는 것들을 좋아하지 않아."

간결하고 단정한 몇 마디였지만 그 속에 드리운 새파란 냉기를 모를 수가 없었다. 들뜨던 심장이 한순간 싸하게 식었다. 이윽고 얼어붙은 귀에 나직하고 매끄러운 충고가 뱀의 비늘처럼 미끄러졌다.

"그리고 그건, 네게 좋지 않겠지."

그녀의 일생에서 손에 꼽을 만한 친절을 베푼 그는 눈썹 한 올, 목소리 한 톤 높이지 않은 채 가장 정확하고 적절한 위협을 가했다.

그에게 보잘것없는 계집애 하나 죽이는 건 아무렇지도 않은 하찮은 일이라는 걸 가르쳐 주듯이.

그녀는 어렴풋이 서부의 마법사의 잔혹함에 대해 기억해 냈다. 심장이 얼음으로 되어 있다고 했었다. 소문이 맞았다. 그는 잔인할 만큼 냉정하고 차가웠다.

사실상 쥬다의 무기질적인 눈은 타라가 어떤 짓을 하건 큰 변화 없이 처음부터 끝까지 그대로였다. 쥬다가 타라를 해치지 않은 건 단순히 그럴 필요도 없을 정도로 저가 하찮기 때문이었다.

이런 종류의 경시는 처음이었다. 숨이 턱 막히는 안전함. 발치를 건드는 나비를 방치하는 성가심. 무감동한 무시.

입을 꾹 다물고 빤히 올려다보는 표정에서 쉽게 긍정을 읽은 쥬다는 미련 없이 돌아섰다. 가지런하고 고아한 뒷모습이 멀어지는 걸 지켜보던 타라는 태어나서 생전 유일하게 기이한 충동을 느꼈다.

그건 작은 풀꽃에 무심한 맹수가 못 들을 걸 알면서도 외치는 메아리에 가까웠다.

"저, 저기……."

이때껏 억눌러 왔던 수많은 것들이 일말의 안전을 확인하자마자 터져 나오는 걸지도 모른다. 여전히 무섭고 스스로의 갑작스러운 만용이 이해가 안 갔음에도 그녀는 말하고 싶었다.

그리고, 쥬다는 그녀를 돌아보았다. 가슴이 뻐근하게 부풀었다.

"그럼 낮에는요?"

낮에도 당신을 만나게 되면 방해하지 않도록 눈에 띄지 말아야 하나요?

쥬다는 말없이 물끄러미 타라를 내려다봤다. 이제야 처음 대면한 것처럼. 이윽고 고요한 목소리가 찬 새벽 공기를 울렸다.

"그럴 일은 없어."

타라의 눈에 물음표가 떠올랐으나 이미 그는 바람처럼 멀어져 있었다. 한동안 우두커니 서 있다 발이 꽁꽁 얼듯 시려워서 방으로 돌아왔다.

침대 속으로 기어들어 가며 뜻밖의 만남을 생각했다. 다시 떠올릴 필요도 없었다. 타라의 머릿속은 달밤의 동행자로 이미 꽉 차 있었다.

그럴 일은 없다니. 무슨 말이지? 제 후견인은 밤에만 돌아다니는가 보다.

타라는 어슴푸레한 어둠 속에서 몇 번 눈을 깜박이다 하암, 길게 하품을 하고는 눈을 감았다.

여느 때와 달리 그녀는 해가 뜰 때까지 깊은 잠에 빠져들었다.

* * *

일주일의 시간이 흘렀다. 그동안 타라는 대부분의 시간을 방 안에서 그녀에게 내려진 필수 소지품과 고풍스러운 가구들을 구경하고, 낮잠을 자며, 테라스에서 벨벳 성의 몇 안 되는 정원을 감상하는 것으로 보냈다.

따로 하는 일이 거의 없는 따분한 일상이었지만 타라는 그 따분함이 좋았다. 그토록 평화로운 일상은 그녀에게 낯설고 기적 같은 일이었다.

낮의 벨벳 성은 고요하기만 했다. 지금껏 타라가 본 사람도 성주인 쥬다와 집사 안티오크, 그 외의 한둘 정도 되는 시종뿐이었다.

고요한 정적이 무서울 법도 하건만 아주 조금 쓸쓸하긴 해도 그녀는 마냥 좋았다.

안티오크가 지나가듯이 정원에 산책하러 나가도 된다고 말했으나 타라는 방 안에서만 머무는 걸 택했다. 병적으로 자유의지가 소박한 탓이기도 했고, 이미 한번 밉보였는데 태연히 돌아다닐 정도로 간이 크지 않았다.

그날도, 그러던 어느 날이었다.

평소처럼 안티오크는 타라의 아침상을 차리고 있었다. 그러다 문득, 익숙한 감각을 느꼈다.

'이런.'

그는 동그란 안경을 추켜올리며 구슬땀을 흘렸다.

'타아나 시기가 생각보다 빨리 왔어.'

짐승과 인간의 모습 둘 다 가지고 있는 수족은 한 달에 한 번 짐승으로 돌아가서 며칠을 보내게 되는데, 이를 타아나 시기라 불렀다.

안티오크는 당장에라도 꼬리가 튀어나올 것 같고 귀 주변이 간질거려 미칠 것 같았다. 저도 모르게 귓가를 벅벅 긁을 뻔했던 그는 합 숨을 몰아쉬면서 스푼을 뜨는 타라의 눈치를 살폈다. 오늘따라 그 숟가락질이 너무 더디게만 보였다.

타라는 입이 짧았다. 편식이 심하다든가 까다로운 입맛을 가졌다는 게 아니었다. 그저 그녀의 위장이 일정 이상의 음식물을 받아들이는 걸 벅차 했다.

영양가 있는 음식을 실컷 먹어 본 적이 없을뿐더러, 늘 죽지 않을 정도의 음식만이 제공되었기 때문이다.

집사 안티오크는 유능한 이라 타라가 식사 때마다 음식을 남긴다는 것을 알아챘다.

음식을 가리나— 싶어 식단을 바꿔 보기도 하고 입맛에 안 맞으시느냐 물어도, 겨울 성과는 차원이 다른 요리들에 경탄하고 있던 소녀는 아주 맛있다고 큰 눈을 끔뻑거리기만 했다.

"정말 맛있어요."

"와! 이런 음식 처음 먹어 봐요!"

이래 놓고는 정작 쥐꼬리만 하게 먹는다. 여하튼 이런 사정으로 한 술이라도 더 먹는 걸 기꺼워해야 할 안티오크가 오늘은 그런 걸 신경 쓸 여력이 되지 못했다.

몸을 비비 꼬는 그가 이상해 보였던 타라가 개미만 한 목소리로 조심스럽게 물었다.

"저, 괜찮으세요?"

"하하. 괜찮…… 습니다."

고춧물을 들인 듯 시뻘게진 얼굴로 괜찮다고 하면 어느 누가 믿겠는가. 타라는 정말 그가 걱정되었다.

"혹시 화장실이 급하시면……."

"아닙니다!"

"네에."

고개를 갸웃거린 타라는 묻는 걸 안 좋아하나 보다, 하고 잠자코 있었다. 그리고 그 더딘 침묵 속에서 안티오크의 얼굴 거죽은 시뻘게졌다가 이내 하얗게 질려 갔다.

변신을 참는 수족(獸族)의 감각은 사흘 숙성된 대변을 참는 것보다 더 강한 인내력을 요구했다.

고개를 수그리고 삶은 감자를 포크로 쑤시고 있던 타라는 왜인지 모르겠지만 화난 것 같은(?) 집사의 눈치를 보다가 안티오크의 기분이 좋아질지도 모르는 화제를 꺼냈다.

"제 후견인님은, 그러니까 영주님은 낮에는 잘 밖으로 다니지 않으시나요?"

겨울 성의 귀족들은 하루에 꼭 한두 번 티타임과 산책 시간을 가졌다. 사교는커녕 무덤처럼 적막하기만 한 이곳에서는 눈을 씻고 찾아볼 수도 없는 광경이었다. 아니나 다를까, 안티오크는 조금이나마 혈색을 찾았다.

"아무래도 그러시지요. 종일 서책을 읽으시거나 연구를 하신답니다. 외출은 물론이고 손님도 그리 좋아하시지 않는걸요. 가끔은 한 달에 한 번 방 밖으로 나올까 말까 한 적도 있습니다."

"하지만 밤 산책은 하던데……."

"네?"

"네?"

"밤에 본관으로 들어가신 적이 있으십니까?"

"아니요!"

반사적으로 부정했다가 양심이 콕콕 찔려 와 가슴이 따끔거렸다. 눈이 튀어나올 듯 부라리며 자신을 바라보는 안티오크도 무서웠다.

결국 타라는 기어들어 가는 목소리로 긍정했다.

"길을 잃어서 딱 한 번……"

말이 끝나기도 전에 안티오크가 다다다 쏘아붙였다.

"예에?! 맙소사. 어쩌자고 그랬습니까?! 그분이 화를 내지는 않던가요? 세상에! 살아 돌아오신 게 기적입니다!"

"어어, 그 정도인가요?"

보기보다는 친절하던데.

……경고는 받았지만.

"다시는, 다시는 그런 무모한 행동을 하지 마세요. 알겠습니까? 예전 타니아 여왕의 친척분이 사절로 오셔서 본관 2층에 발을 들인 적이 있습니다. 그랬다가 전쟁이 날 뻔했지요."

"왜…… 요?"

"왜긴요. 여왕도 사촌이 똥파리처럼 날개가 잘리고 냉동구이가 되어 돌아오면 기분이 좋을 리가 없지 않습니까? 요정들은 언제나 빚을 갚는 종족이지요. 특히 복수에서는요. 자신과 결혼한 인간 남편이 바람을 피웠다고 익사시켜 죽여 버린 물의 요정도 있는걸요."

"……."

타라는 요정의 복수심을 무서워해야 할지 그런 요정과 기꺼이 척을 진 쥬다를 두려워해야 할지 헷갈리기 시작했다. 그냥 둘 다 무서웠다.

"그러니까 본관에 들어가는 건 미친 짓이라고요! 주인께서 다행히 너그러우셔서 망정…… 어딜 보십니까?"

"저어, 안티오크. 안티오크의 엉덩이에서 뭔가 튀어나온 것 같아요."

순진무구한 붉은 눈동자 앞에서 눈을 끔벅거리던 안티오크는 느리게 손을 뻗어 제 엉덩이를 더듬었다. 뽀송하고 말랑한 뭔가가 두툼하게 잡혔다.

잠깐 침묵이 흘렀다. 핼쑥한 낯으로 휙 돌아보는 그에게 타라가 걱정스럽게 말했다.

"안티오크 얼굴빛이 상한 옥수수 수프 같아요."

"……그렇습니까?"

"네. 어어어!"

"왜요. 왜요!"

"귀가 파닥파닥…… 평평하게 늘어졌어요. 수염, 수염 났어요!"

펑!

갑자기 깔끔하게 다듬은 머리칼 사이로 삐죽 고양이 귀가 솟았다. 안티오크는 텁, 제 귀를 부여잡은 채 입을 벌렸으나 별소리는 나오지 않았다.

그는 시뻘게져 금방 터질 듯한 표정으로 후다닥 방을 뛰쳐나갔다.

쾅! 큰 소리로 닫힌 문의 면전에서 타라는 얼떨떨하게 서 있었다. 놀란 가슴이 작은 새가 들어간 듯 콩콩거렸다. 폭신한 카펫 위로 안티오크의 안경이 떨어져 있었다.

어쩌지. 안경이 없으면 불편할 텐데. 타라는 잠깐 안절부절 문

앞에서 시간을 지체했다.

갖다줄까? 에이, 이따가 오면 주지 뭐. 하지만 안티오크는 너무 창피해 보였어. 혹시 이제 직접 안 오고 다른 사람이 식사를 챙겨 주려나?

이제 안 와? 귀를 보여 준 게 창피해서?

그렇게 생각하니 타라는 조금 슬펐다. 짧은 시간이지만 은근히 잘 챙겨 주는 안티오크에게 정이 든 탓이다. 희한하게 용기가 샘솟았다.

그래, 갖다주자. 안티오크도 안경을 가져다주면 기뻐할 거야! 그리고 보이기 싫은 걸 봐서 미안하다고 해야지.

밖으로 나오자 매끈한 돌바닥에 검은 재킷이 툭 떨어져 있었다. 안티오크의 것이었다. 타라는 그것을 집어 들고 작은 설치류처럼 쭉 고개를 뺐다.

몇 걸음 못 가서 또 뭔가 떨어져 있다. 쪼르르 달려가 징검다리 건너듯 검은 바지와 실크 조끼, 셔츠, 나비넥타이를 주워 들었다. 그러길 한창.

"그래서, 네 모습을 들켰단 말이야?"

타라는 흘러내리는 옷 더미들을 재차 다시 끄집어 올리다가 어느 문틈에서 들려오는 소리를 들었다. 안티오크의 것인 듯 묘하게 날카로운 목소리가 쨍하니 울렸다.

"빌어먹을! 외간 여자에게 내 알몸뚱이를 들키다니! 이제 나는 장가 다 갔어. 내 미래의 아내에게 뭐라고 변명한담!"

"이봐, 그 꼬마 숙녀분은 외간 여자라기에는 너무 어리다고. 열셋? 열넷?"

웃음기 섞인 목소리가 타라를 언급했다. 성별이 분간 안 가는 짙고 부드러운 음성에 그녀의 볼이 붉어졌다. 열넷이라니…… 그, 그렇게는 안 어린데.

"타아나 시기가 이렇게 빨리 올 줄은 몰랐어. 크흑흑! 엉엉!"

뭐야. 안티오크가 우나? 덜컥 놀라 얼굴을 더 바짝 문고리에 들이밀었다. 비스듬히 열린 문 사이로 아궁이와 부엌 한편에 보송보송하니 들썩이고 있는 노란 털 뭉치가 보였다. 타라는 저도 모르게 입을 벌렸다.

그것은, 그는 고양이였다! 까칠한 집사의 눈과 꼭 같은 노란 눈동자를 가진 고양이의 주둥이에서 익숙한 목소리가 흘러나오자 부정할 수도 없었다.

타라는 놀라 침을 꿀꺽 삼켰다. 안티오크가 고양이 수족이었구나.

"수치스러워. 내가 이런 수모를 당하다니……!"

고양이, 아니 안티오크는 흰 솜방망이 같은 앞발로 눈을 가리며 야옹야옹 흐느꼈다. 본인은 매우 비통하지만 보기에는 귀여워서 피식 웃음이 나올 장면이었다.

그의 친구도 확실히 그렇게 생각했던지 웃음인지 기침일지 모를 괴상한 소리를 냈다가 목을 가다듬었다.

"걱정 말라니까. 밖에다 떠들고 다닐 분 같아 보이지 않았어. 조용하고 얌전한 여자애던데."

"그게 아니야! 모르겠어, 이델? 나는 내 순수한 육체를 내 암컷이 아닌 계집에게 보인 것 자체가 수치스럽다고!"

"우리네들처럼 평생 한 명하고만 함께하는 것도 아니잖아? 고양이들이야 짝짓기 철마다 짝을 바꿔 대면서 뭘 그리 유난인지 모르겠네."

심드렁한 중얼거림에 발끈한 안티오크가 캬악, 거리면서 전신의 털을 세웠다.

"너희 늑대들만 순정이 있는 게 아니야! 다른 애들은 그럴지는 몰라도 나는 안 그렇다고. 넌 내게 모욕감을 줬어!"

"사실인데 모욕까지야……."

"캬오오옹!"

"알았어. 알았다고. 그러니 털 좀 그만 세워. 정신 사나우니까 꼬리 좀 휙휙 치지 마."

"이건 생리적 현상이야!"

"하아, 벌써 털 날리는군. 부엌인데 청결도가……."

나직한 투덜거림과 함께 무쇠솥과 그릇들이 부딪치는 소리가 났다. 타라는 저리기 시작한 팔을 달달 떨면서 언제 노크를 해야 할지 고민했다.

그러는 사이 안티오크가 마구 뛰어올라 나무 테이블이고, 부엌 선반이고 그 위로 빙글빙글 돌아다녔다.

"어떡하지. 어떡하지! 생각 같아선 망각의 물약이라도 먹이고 싶어! 세 시간 후에 또 얼굴 봐야 하는데!"

망각의 물약이라니. 한 방울에 하루의 기억이, 한 모금 마시면 한 달의 기억이 사라진다는 위험한 물질 아닌가. 암만 그냥 해 보는 말이라도 애한테 그런 걸 먹인다니. 성격 좋게 받아 주던 이델도 짜증을 냈다.

"가만히 좀 있으라니까! 그럼 뇌물이라도 바치면서 입막음하든가!"

숫제 함께 성질을 내던 이델의 목소리가 잦아든 건 그 순간이었다. 약간 열린 문 사이의 작은 그림자. 벨벳 성에서 그토록 작은 체구의 사람은 없었다. 딱 한 명을 제외하면.

"헹! 뇌물은 무슨. 그 꼬마는 보물이나 이런 것에 관심도 없어. 아니 감히 엄두를 못 낸다고 해야 하나? 사생아라 그런가 왕족이면서 영 의기소침해서는……."

"잠깐, 안티오크!"

"왜?"

노란 고양이가 앞발을 핥다가 고개를 들고는 딱딱하게 굳었다. 나비넥타이가 부엌 바닥에 떨어져 있었다. 그는 타라와 눈이 마주치고는 혀에 묻은 털에 사레가 걸려 요란하게 기침을 했다.

접시 하나라도 깨진 듯한 어색한 정적 속에서 타라는 민망한 듯 조심스럽게 웃었다. 그러고는 어쩔 줄 모르다가 용기를 내어 부엌 안으로 들어왔다.

작은 손이 올려놓는 제 옷가지와 안경을 본 안티오크의 낯빛이 퍼레졌다.

"저, 안경을 두고 가셔서……."

아무 말도 하지 못하는 안티오크는 석화된 고양이상 같았다. 타라는 얼른 말했다.

"그럼 가 볼게요."

수염까지 굳어 버린 안티오크를 힐끗 보고 혀를 찬 이델이 타라 앞으로 나섰다.

"제가 모셔다드리겠습니다, 타라 님. 아시다시피 벨벳 성은 복잡하니까요."

"아……."

타라는 첫눈에 이델이 마음에 들었다. 저에게 지체 없이 예쁜 미소를 짓는 것 자체가 이델을 싫어할 수 없게 만들었다.

담갈빛 머리에 온기 있는 초콜릿 빛깔 눈이 타라를 상냥하게 굽어보았다.

이델은 앞치마를 벗어 던지고는 예의 바르게 부엌문을 열어 타라가 나갈 수 있게 배려해 주었다. 금방 기분이 좋아진 타라는 도도도 나가려다 머뭇 돌아섰다.

안티오크는 아직 뻣뻣하게 그 자리에 미동도 없이 있었다. 망설이다가 입을 열었다.

"전 괜찮아요. 다들 그렇게 말하니까……."

타라는 제 푸른 머리칼을 비비 꼬았다. 부끄럽고 민망할 때, 억지로 위안을 곱씹을 때 하는 버릇이었다.

"이미 익숙한걸요. 너무 신경 쓰지 마세요."

이상한 일이었다. 타라는 있는 용기 없는 용기 끌어모아 나름대로 불편한 상황을 풀어 보려 한 일인데 외려 분위기는 안개가 퍼진 듯 더욱 무거워졌다. 심지어 그나마 쾌활하던 이델까지 조용했다.

영문을 몰라 하는 그녀를 이델이 눈치 좋게 밖으로 인도했다.

타라는 실어 날라지듯 나와서 눈을 끔벅이며 자신이 무엇을 잘못했는지 고민했다. 그래서 말없이 옆에 있는 이델의 눈치를 살피다가, 갑작스레 웃음이 터지자 화들짝 놀랐다.

“푸하하하! 저 깐깐한 고양이 녀석이 꿀 먹은 벙어리가 된 건 처음이네. 어떤 의미에서는 대단하네요. 타라 님이라고 불러도 될까요?”

“네? 네? 네!”

작은 새처럼 일일이 열심히 대답하는 타라를 진한 갈색 눈이 온화하게 응시했다. 그녀는 순간적으로 그 다정한 눈 안쪽에 찰나 스친 그것이 어떤 감정인지 알아챘지만 검지 손톱을 문지를 뿐 티를 내지 않았다.

타라를 아는 많은 이들의 눈에 떠올랐던 ‘동정심’들은 악의보다는 나았으나 결국에는 부드러운 가시처럼 그녀를 얕게 찔렀다. 누군가를 불쌍히 여기기란 웃음 한 조각보다 쉽고, 또 그만큼 쉽게 사그라졌다.

그러니 믿지 않는다. 그리고 믿지 않는 만큼 매달렸다. 단돈 몇 푼짜리 싸구려라도 아쉽고 아쉬워서.

어쨌건 그래도 타라는 이델이 좋았다. 이델은 타라를 동정했을지언정 곧바로 감추고 내색하지 않는 배려가 있었다.

“제가 대신 사과드릴게요, 타라 님.”

“왜요?”

“저 녀석도 지금 미안해서 어쩔 줄 모르고 있을 거예요. 말본새가 나쁘지만 타라 님을 정말 싫어한다거나 하는 건 아니라는 걸 알아

주셨으면 좋겠어요."

"하지만, 저는 정말 괜찮은걸요."

타라는 고개를 갸웃거렸다. 이델은 잠깐 말문이 막힌 듯했다가 한숨처럼 웃었다. 그리고 조용히 말했다.

"아니요. 괜찮은 게 아닙니다. 전적으로 안티오크 저 녀석이 잘못한 거예요. 선량하신 타라 님. 안티오크는 타라 님께 사과해야 합니다."

"그런 거예요?"

"예."

뭔가 더 말하고 싶은 얼굴이었지만 이델은 화제를 돌렸다.

"벨벳 성의 생활은 편하신가요? 서부는 너무 황량한 곳이라 타라 님 같은 소녀분이 지내기에는 사실 척박하지요?"

"음, 그건 아니에요. 나는 이곳이 너무너무 마음에 들어요. 침대랑 이불, 창문도 좋아요. 특히 내 침대 커튼이요. 거기에 코를 박으면 무척 좋은 냄새가 나거든요."

타라는 제 안부를 묻는 말에 신이 나서 재잘재잘 떠들었다. 벨벳 성에 온 이래 감탄하고 흥분했던 것들을 어디에 털어놓을 데도 없었던 터라 더 흥분했다.

누군가와 이리 '일상적인' 대화를 해 본 적이 너무 오랜만이었기에 가슴이 뛰었다. 다행히 이델은 웃으며 귀를 기울여 주었다.

"아마 그 좋은 냄새는 라일락 향일 거예요. 영주님의 마법 정원에 라일락 무리가 가득하거든요. 그곳에서는 온갖 꽃이 다 피고 지지요. 요정 여왕 타니아도 부러워하는, 세계에서 가장 아름다운 정원이랍니다."

"와. 정말요?"

마차 밖으로 본 바깥의 황폐함을 타라도 알고 있었다. 그래서 기후나 계절과 상관없이 수많은 꽃과 과일이 있다는 그곳은 너무나 신기하게 느껴졌다. 그 아름다운 곳을 홀로 독점해서 달밤 아래를 거닌다는 수수께끼의 아름다운 대마법사도.

타라의 반짝이는 붉은 눈을 흐뭇하게 내려다보며 이델이 검지로 입술을 가렸다.

"사실 저도 그곳을 본 적은 없어요. 영주님은 정원사 덴버를 제외하면 친우이신 사자 왕에게도 개방하지 않으시거든요."

"참 예쁘겠네요."

"가 보고 싶으신가요?"

짓궂게 웃는 이델에게 타라는 아무 망설임 없이 대답했다.

"아니요."

"왜요?"

"허락되지 않은 걸 탐하는 죄는 크니까요."

봄바람에 꺾여 버릴 듯 작고 연약한 소녀의 입에서 나왔다고 하기에는 섬뜩한 말이었다.

이델의 웃음이 그쳤다. 그러곤 호기심 어린 눈초리로 사방을 둘러보는 타라의 푸르고 둥근 머리를 빤히 내려다보았다. 이 작은 머리에는 대체 어떤 것들이 들어 있을까.

이델은 환기하듯 짝 손뼉을 쳤다.

"그러고 보니 제 소개를 안 했네요. 저는 벨벳 성의 요리장이자

약제사인 이델이라고 합니다. 무례하게도 정식으로 인사를 드리지 못했네요. 용서해 주시길."

"아니에요. 이름은 아까 들어서 알았어요. 이델이라고……."

"상냥하신 분. 그럼 제가 늑대 수족이라는 것도 들으셨나요? 늑대족이라 무서우신 건 아닌지……."

"네? 그, 그럴 리가요."

정곡을 콕 찔린 것처럼 타라는 손사래를 쳤다. 한술 더 떠 저가 더 눈치를 보는 기세다. 어떤 의미로는 다루기 어려운 아가씨로군. 이델은 속으로 혀를 찼다.

"이델은 어, 다정해서 괜찮아요. 사실 전 늑대보다 개가…… 무섭거든요."

"개가요? 겨울 성에서는 귀부인들이 푸들을 많이 기른다고 알고 있었는데……."

"아니요. 그런 개 말고…… 크고, 까맣고, 어둡고…… 눈이 번뜩거리는 그런 개."

점점 말소리가 바스러지는 낙엽처럼 잘게 부서졌다. 이델이 그 음울한 침묵에 놀라 그녀에게 눈을 돌렸을 때, 이미 그녀는 다시 예의 어색하고 수줍은 미소를 짓고 있었다.

그 미소가 마치 연약한 초식동물이 간신히 쳐 놓은 버팀목 같았기에 이델은 입을 꾹 다물었다가 이내 마주 웃었다.

"그러시군요."

이델은 타라를 방에 데려다주고 몇 걸음 못 가서 안절부절못해

하는 고양이 한 마리와 마주쳤다. 다시 나비넥타이를 목에 맨 안티오크는 리본을 쥐어뜯으면서 홀 가운데서 서성이고 있었다. 이델을 보자마자 그가 펄쩍 뛰며 외쳤다.

"아휴, 깜짝이야!"

"놀라기는. 지은 죄가 찔려서 그런가 보지?"

"……."

안티오크는 끄응, 신음을 흘리면서 머리를 문질렀다. 주춤거리던 그는 애써 소리쳤다.

"내가 뭘! 틀린 말도 안 했구만."

"그런데 왜 여기서 똥 마려운 강아지처럼 굴어?"

"그거 엄청 모욕이야. 고양이 보고 개 같다니!"

"딴소리 말고. 할 말이 있어서 여기까지 온 거 아니야?"

솜 같은 앞발은 이제 수염을 꾹꾹 당기고 있었다. 그러더니 야옹! 신경질적으로 울었다.

"내가 알아서 해!"

"그러겠지."

이델은 여상히 대꾸하고는 꼬리를 신경질적으로 휙휙 돌리기 시작한 안티오크를 내버려 두고 갔다.

"또 오지랖."

인적이 드문 복도로 들어서자마자 대뜸 찔러 오는 싸늘한 목소리에도 이델은 놀라지 않았다. 검은 그림자가 넘실거리듯 일렁이더니 차가운 인상의 사내가 벽에 기대 서 있었다.

그림자 조각들은 불티처럼 떨어져 내리더니 스륵 망토로 변해 그의 몸을 감싸 안았다. 쥬다는 짧게 혀를 찼다.

"넌 늑대치고 너무 정이 많아."

"원래 늑대는 정이 많습니다. 자기 무리와 가족을 지키기 위해 사자에게도 달려드는 게 저희니까요."

이델은 어깨를 으쓱했다. 게다가 샘솟는 모성애를 어쩌라고요. 쥬다는 코웃음 쳤다.

"정 따위 필요 없어. 적당히 크면 북부로 넘길 테니까."

"북부는 어떤 의미에서는 인간 여자가 살기에 더 힘든 곳입니다."

"어쩌라고. 레오니다스는 제 암컷에게 끔찍하니, 여기나 겨울 성보다는 더 나은 취급을 받겠지."

"꼭 그러셔야 합니까?"

이델의 눈이 탓하듯 봐 오자 쥬다의 찬 얼굴이 비스듬히 기울었다. 입술 끝이 뱀의 비늘처럼 길게 찢어졌다.

"웃기는군. 내가 왜 저 꼬마의 사정을 봐줘야 하는데?"

"물론 그러시죠."

이델은 실망도 없이 웃었다.

"하지만 영주님. 저 어린것이 가엾지도 않으십니까?"

"나야말로 이해가 안 가. 얼마나 알았다고 그리 신경을 쓰나?"

"쥬다 님, 인간은 탐욕스러운 존재입니다."

쥬다는 잠자코 이델을 응시했다. 사금파리 조각처럼 싸한 두 눈에는 일말의 온기도 없었지만 수천 번 벼려진 듯 견고했다. 어디 하고 싶은 대로 떠들어 보라는 오만한 시선이었다.

"그건 기본적으로 인간의 본능적인 욕구이지요. 어릴수록 순수한 본능이 더 적나라하게 드러납니다. 먹고 싶다, 자고 싶다, 나를 봐 달라, 그런 욕망을 표현하기 위해 아이는 울고 떼를 쓰고 사랑스럽게 굽니다."

"그래서 시끄러운 거고."

딱 잘라 냉혹한 평가를 내리면서 쥬다는 눈 하나 깜박하지 않았다.

그의 기준은 단순하되 명확했다. 제 소유의 제 것, 어찌 되든 상관없는 대다수. 또는 봐줄 만한 소수를 제외한 그 밖의 기타 등등. 난데없이 떠맡게 된 타라는 당연히 무가치했다.

"하지만 저 아이는 평범한 아이와 달라요. 본인에게 잘못한 이에게 사과를 받아야 하는 것조차 모르고, 누구나 품는 작은 기대나 희망도 희박하지요. 겉보기에는 멀쩡해 보이지만, 저 안에 상처가 얼마나 많을지……"

"안티오크의 말이 옳아."

쥬다는 목을 문지르며 자못 따분하게 중얼거렸다.

"한동안 북부에 못 갔다지? 새끼가 어지간히 보고 싶은가 보구나."

"……쥬다 님. 제 말을 듣기나 했습니까?"

"물론. 그러니 휴가를 준다고 하지 않나."

이델은 나직하게 한숨을 쉬었다. 긴 중지와 엄지를 튕겨 작은 푸른 불꽃을 만들어 내고 있는 주인은 이델을 쳐다도 보지 않고 있었다. 결국 포기하고 쥬다가 흥미를 느낄 다른 사안을 꺼냈다.

"세랑트 님이 성 앞에 찾아와 계속 본인의 날개를 돌려주시길 요구하고 계십니다."

"타니아가 혈육 교육은 뒷전인 모양이야. 아직도 그런 소리를 지껄이나."

피식 웃음을 짓는 낯이 소름 돋을 만치 아름다웠지만, 아름답기만 하다면 이 사내가 거친 서부의 지배자일 수 없을 것이다. 귀찮은 듯 손사래를 치자 그의 주변을 떠도는 불이 파삭 꺼졌다.

"다음에 또 그러면 남은 것도 잘라 버리겠다 해."

"전번에 그분의 두 쌍의 날개는 이미 다 도려내시지 않으셨습니까?"

"아니. 날개 말고."

쥬다의 은청안이 연하게 휘어졌다. 남은 게 그밖에 더 있나.

머리.

*　　*　　*

타라는 이델과 금방 가까워졌다. 변덕스러운 동정이 아닐까, 생각했던 것과 달리 이델은 한결같이 친절했고, 다정했으며 타라의 말을 진지하게 들어 주었다.

아직 완전히 경계를 푼 것은 아니었지만 그것과는 별개로 이제 타라는 온종일 이델이 찾아오는 시간을 은근히 기대하게 되었다.

"이델에게 새끼, 어, 자식이 있다고요?"

토끼처럼 커진 붉은 눈동자를 귀엽게 쳐다보며 이델이 고개를 끄덕였다.

"예. 아들이 여섯이나 된답니다."
"여, 여섯이나."
타라는 입을 쩍 벌렸다. 이델은 겉보기에 훤칠하고 따뜻한 인상의 20대 청년으로 보였다. 그런데 아들이 여섯이나 된다니.
"전혀 생각도 못 했어요……."
"수족은 인간과 수명과 성장, 노화 속도가 다르니까요. 모르실 만도 합니다."
"며, 몇 살인데요?"
"어디 보자. 보기보다 안 많습니다. 한 백사십 살 정도?"
"헉."
이번에야말로 이델이 인간이 아니라는 걸 확실하게 느꼈다. 아마 특정 시기가 되면 안티오크처럼 이델도 수족의 모습으로 변할 것이다.
그녀가 신기하다는 듯 영락없는 사람 귀인 이델의 귀를 곁눈질하자 이델은 손가락으로 제 귓바퀴를 톡톡 건드리며 웃었다. 만져 봐도 똑같습니다. 너스레에 타라가 까르르 웃었다.
마음을 조금씩 열자 기가 죽어 있던 소녀도 금방 웃음이 전보다 부쩍 늘었다. 이델은 병아리를 보는 어미 닭처럼 푸근한 눈을 했다. 이런 걸 보면 새끼와 오래 떨어진 덕에 그런 거라는 쥬다의 평도 아예 틀린 건 아닌 것 같았다.
"아 참, 타라 님은 나이가 어떻게 되세요?"
왠지 없던 딸이 하나 생긴 양 들뜬 이델의 질문에 타라가 고개를 갸웃거렸다.

"열일곱이요."

"……보기보다 어른스러우셨군요."

이델이 드물게 말을 더듬었다. 빈약하고 조그마한 타라는 아무리 많이 봐 줘도 열네다섯 살 정도였고, 딱 보기에는 열셋 언저리였다.

게다가 기본적인 교육과 인간 교류가 결핍되어 있는 타라는 여러모로 미성숙한 자라지 못한 아이에 가까웠다.

언행도 서툴고 외소하기까지 했으니 이델이 놀랄 만도 했다. 세상에, 일 년 중에 반을 굶겼나? 분노에 가까운 놀람도 잠시 이델은 아아, 알았다는 듯 손바닥에 주먹을 쳤다.

"하긴 타라 님은 왕족이시니까 일반적인 인간들과 다르겠군요."

"제가요?"

"네. 고대 인류의 혈통을 잇는 소수 인간들은 수명이 긴 만큼 성장 속도가 무척 느리다고 들었어요. 특히 고왕국(古王國) 직계 왕가의 경우에는 각성기를 거쳐 성인이 된다고 듣기는 했는데……."

하지만 타라는 왕가의 직계는 아니었다. 아마 고생하며 자란 탓에 유독 느린 거겠지. 이델은 대수롭지 않게 생각했다.

"이곳에서 밥도 잘 먹고 잘 자면 무럭무럭 금방 자랄 겁니다."

고개 숙인 소녀를 응시하는 이델의 눈이 온화하게 접혔다. 머리에 따뜻한 온기가 닿았다.

"언젠가, 이 성이 타라 님께 진정한 집이 되기를 바랍니다."

타라는 머리를 쓰다듬어 주는 이델을 커다랗게 떠진 눈으로 올려다보았다.

쥬다의 계획대로라면 타라가 영영 이곳에 살 수는 없겠지만. 이델은 안타깝게 속으로 혀를 찼다. 그래도 다행히 사자 왕 레오니다스가 제 식구에게는 정 많은 인사이니 고달프지는 않으리라.

"아, 그리고…… 제가 휴가를 받아 성을 비워야 할 듯합니다."

"정말? 언제까지요?"

"걱정 마세요. 늦어도 열하루면 곧 돌아온답니다."

"네에."

소녀의 작은 어깨가 풀이 죽어 내려앉았다. 모정에 굶주린 아이는 저도 모르게 비슷한 감정을 가지고 저를 봐 주는 이델에게 끌렸고, 더 많은 애정을 원했다. 그러면서도 움츠러들어 주춤주춤 눈치를 본다. 기대와 희망이 짓밟히고 내쳐진 적이 수도 없이 많아서.

그런 보이지 않는 흉터들이 훤히 내다보여서 이델은 타라를 볼 때마다 참 마음이 아팠다. 그래서 일부러 더 밝게 웃으며 쭈그려 앉아 새끼손가락을 내밀었다.

"정말입니다. 금방 올 거예요. 그때까지 밥도 잘 먹고 건강히 잘 있어야 합니다?"

"응. 이델도요."

타라는 머뭇거리며 손가락을 내밀어 고리를 걸었다. 작은 얼굴이 발그레했다.

*　*　*

벨벳 성의 낮은 길지 않았다. 유황불 같던 뙤약볕이 타들어 가는 대지를 지지다가 보랏빛 어둠과 안개가 밀려들어 사방에 검은 손을 드리우면 허연 달이 밤하늘에서 눈을 뜨곤 했다.

이불처럼 깔린 적막을 헤집은 건 그리 크지 않은 소리였다. 잠이 오지 않아 그림책을 보고 있던 타라는 귀를 쫑긋 세웠다. 이게 무슨 소리지?

"도와줘! 도와줘—!"

저도 모르게 벌떡 일어났다. 하지만 명백히 바깥에서 들리는지라 그녀는 주춤 멈춰 섰다. 어떡하지? 안티오크를 부를까? 침대에 달려 있는 빨간 줄을 당기려던 타라는 문 너머로 들었던 안티오크의 목소리를 떠올렸다.

—아니 감히 엄두를 못 낸다고 해야 하나? 사생아라 그런가.

사생아……. 어느새 줄을 잡았던 작은 손이 낙엽처럼 떨어져 있었다. 타라는 울적하게 손톱을 뜯었다. 그사이 밖에서는 가냘프고 힘없는, 다 죽어 가는 목소리가 계속 들리고 있었다.

딱, 약한 손톱 끝이 부러졌다. 어떡하지? 타라는 계속 들려오는 불쌍한 소리를 모른 척 도저히 잠에 들 수 있을 것 같지가 않았다. 저 부름은 마치, 예전의 어린 타라 자신의 목소리 같았다.

결국 타라는 이렇게 별채의 문턱에 서 있었다. 망설이고 망설이다 문을 조금 열었을 뿐인데 어느새 홀린 듯이 밖으로 나와 여기까지 왔다. 정말 눈 하나 깜짝할 새에.

타라는 몽롱하니 취한 듯 발을 움직이면서도 어딘가 이상하다는 걸 깨닫지 못했다. 마치 실에 이끌려 움직이는 인형이 된 것 같았다. 이제 정체 모를 구원 요청은 무시할 수 없게 커졌다가 다시 확 줄어 웅얼거리는 소리로 바뀌었다.

그녀는 크게 심호흡한 다음, 별채 문고리를 당기고 밖으로 발을 디뎠다.

찬바람에 잠옷 바람인 몸이 달달 떨렸다. 추운 어깨를 감싸 안고 어둑해진 관목이 우거진 주변을 둘러보았다. 밤의 벨벳 성은 완전히 다른 공간이 된 것 같았다.

멋들어진 정원수도 아이를 잡아먹는 마녀의 그림자처럼 보여서 침을 꿀꺽 삼켰다.

얼마나 갔을까. 의문의 소리를 따라 지척까지 다가선 타라는 조그맣게 물었다.

"거기 누구예요?"

귀신처럼 소리가 뚝 끊겼다. 정적이 흘렀다.

서늘한 손이 목덜미를 훑는 것 같았다. 이상야릇한 불길함에 뒷걸음치려는 그 순간, 차갑고 오만한 목소리가 그녀를 잡아챘다.

"이게 뭐야? 왜 여기에 인간 꼬마가 있지?"

타라는 헛숨을 쉬며 황급히 뒤돌아섰다. 달빛이 환하게 낯선 이를 비추고 있었다. 마치 늘씬한 버섯이 어여쁜 소년 얼굴을 한 것 같았다.

기이한 감상이지만 정말 그랬다. 길쭉길쭉한 팔다리에 낭창한 몸과 긴 머리, 아름다운 얼굴. 그러나 그의 비인간적인 무언가가 타라를 공포에 질리게 하였다.

그녀를 내려다보는 청년의 긴 귀가 더듬이처럼 팔랑거렸다. 아니 다시 보니 그건 뿔이었다. 응? 뿔이라니, 요정?

"뭐 아무래도 상관없지. 꼬마야, 네가 나를 도와줘야겠다."

길고 창백한 얼굴에 걸린 길게 찢어지는 미소가 섬뜩하다. 타라는 눈을 크게 뜨고 가까이 다가오는 긴 손가락을 쳐다봤다. 수십 상의 반지가 반사되어 피와 살점이 없는 무생물의 그것 같았다.

그러나 자신만만한 웃음은, 타라가 반사적으로 피해 물러서는 순간 어긋났다.

줄바꿈그는 기함하며 다시 타라를 빤히 노려보았다.

"너 누구냐? 왜 내 매혹술이 통하지 않는 거지?"

"네?"

"이럴 리가 없는데?"

잘은 모르지만 열심히 하는 게 잘 안 되는 모양이었다. 남자는 경악하더니 이를 뿌득뿌득 갈았다.

"젠장. 설마 날개를 잃었다고 이런 간단한 마법 하나 안 되는 건가? 빌어먹을 쥬다 자식."

그가 말하는 바를 알아듣지는 못해도 방금의 언사에서 확실한 건 하나 있었다. 아뿔싸, 이 사람은 벨벳 성의 사람이 아니었다. 타라는 후다닥 도망치려 했다. 하지만 손가락 튕기는 소리와 함께 몸이 굳었다.

"동작 그만."

타라는 찡하니 붙박였다. 돌이 된 듯 굳은 소녀의 주위를 요정

청년이 빙글빙글 맴돌았다. 마치 잡아먹을 먹잇감을 보는 하이에나처럼.

"으응? 이건 된단 말이지. 너 대체 정체가 뭐냐?"

딱 보기에는 그냥 인간이 맞는데. 왜 의식을 조종할 수 없는 거지? 구시렁거리던 그는 불쑥 얼굴을 들이밀어 타라를 주시했다.

세모꼴인 꽃술 같은 그의 동공에 타라의 겁에 질린 얼굴이 비쳤다. 요정은 위협적으로 긴 손톱을 그녀의 눈앞에 들이밀었다. 금방이라도 안구를 도려낼 듯이.

"빨리 대답해. 요즘 내 인내심이 더더욱 부족하거든."

타라는 알 수 있었다. 그가 양심의 가책 없이 저를 핏물로 만들 수 있다는 걸. 요정이 희희낙락했다.

"희귀한 눈 빛깔이군. 인간 여자애 수집품에 추가해도 되겠어. 머리카락 색도…… 어라?"

죽을 거야. 죽을지도 몰라. 죽는 거야? 박제된 양 굳어 그를 올려다보는 타라의 눈에 눈물이 맺혔다. 요정의 아름다운 눈동자 속 타라도 눈물을 흘리며 웃었다…… 웃었다? 타라는 눈을 깜박거렸다.

온 사지에 뜨거운 피가 돌기 시작한 것처럼 짜르르한 온기가 퍼져 나갔다. 손가락이 움직이고, 주먹이 쥐어졌다. 마비가 풀렸다!

"너, 그 머리 색…… 윽?!"

있는 힘껏 요정을 뿌리치고 내달렸다. 어찌 된 영문인지는 모른다. 마치 그녀를 지켜보던 또 다른 그녀가 힘을 준 것처럼 움직일 수 없던 몸이 날개 돋친 듯 쌩쌩해졌다.

심장과 머리에 시원한 불이 난 듯했다. 짜릿하고 가슴이 벅찼다.

뒤에서 요정이 화를 내며 쫓아오고 있었지만 그건 걱정되지 않았다. 우리에 갇혀 있던 범이 달아나듯 기이한 희열과 자유로움이 혈관을 타고 날뛰고 있었다.

타라도 영문을 몰랐지만, 지금은 죽어라 달리는 수밖에 방법이 없었다. 그러다 보니 어느 순간 요정이 뒤쫓아오는 게 느껴지지 않았다.

타라는 숨을 몰아쉬며 뒤를 돌아보았다. 아무도 없었다. 커다란 나무 밑에 숨어 헉헉 호흡을 정돈하며 연신 힐끔거려도 그는 보이지 않았다.

사방이 어둡고 유일한 빛은 머리 위의 달뿐이었다. 아직 흥분이 가라앉지 않은 탓에, 타라는 주변이 지나치게 조용하다는 걸 알지 못했다.

[크르르르.]

그때였다. 짐승의 낮은 으르렁거림이 들린 것은.

눈도 깜박이지 못했다. 타라는 굳은 채 앉아 있다 느릿느릿 시선을 돌렸다. 시커먼 어둠 속에서 불구덩이 같은 두 눈이 그녀를 노려보고 있었다.

이내 그것이 한 발짝 두 발짝 다가왔고, 긴 주둥이와 날카로운 이, 빳빳한 털 등이 드러났다.

거대한 개였다. 갑자기 들이닥친 타라에게 화가 났는지 등을 구부리고 거칠게 짖어 댔다. 침이 뚝뚝 흙을 적셨다. 멍한 뇌리에 끔찍한 옛 기억이 악몽처럼 떠오른다.

환한 밤, 황금 사과나무, 아인츠의 교활한 속삭임, 그리고 '그것'.

—왕의 정원에는 문지기가 있어. 그것은 보름달이 뜰 때면 잠이 드니까 그때 몰래 숨어들면 돼.

거짓말이었다. 그것은 눈을 시퍼렇게 뜨고 깨어 있었고, 타라가 정원에 숨어들자마자 공격했다.

울며불며 살려 달라 애원하고 접질린 다리를 질질 끌며 도망쳐도, 아무도 작은 소녀를 도와주지 않았다.

더더욱 절망적인 사실은, 눈물로 얼룩진 시야 저 멀리 급히 자리를 뜨는 빨간 구두가 있었다는 거다. 타라의 아름다운 사촌 아벨라는 항상 빨간 구두를 신었었다. 멍청하게도 그 간단한 진실을, 처벌장에서 아벨라의 예쁘장한 눈웃음을 보고 나서야 깨달았다.

크르르, 저를 노려보는 개의 머리가 세 개로 보였다. 그 위로 아인츠의 웃음이, 수천 번 꿈속에서 타라를 짓밟았던 빨간 구두가 겹쳤다.

정신적인 공포와 육체적인 공포, 양쪽에서 잡아먹히듯 타라의 심신 모두가 공포에 잠식되었다. 무기력하게 덮쳐 오는 이빨을 응시했다. 선 채로 죽은 이처럼.

그리고 사냥개의 다리 하나가 날아갔다.

깨갱—거리며 바닥에 처박힌 짐승이 길게 짖어 댔다. 붉은 구덩이가 원을 그리며 퍼졌다.

뻔히 보았으나 말로 설명 안 되는 소름 끼치는 광경이었다. 보이지 않는 절대자가 가볍게 잡아채 던져 버린 양, 현실감이 없었다.

"내가 분명 밤에 나오지 말라고 이른 것 같은데."

쥬다였다. 달빛에 물든 긴 은백색 머리칼을 늘어뜨린 남자는 무표정하게 타라를 내려 보았다. 잊을 수 없을 만큼 아름다운 그의 얼굴이 흐릿하게 보이는 게, 눈물이 나온 모양이었다.

저가 우는 줄도 몰랐다. 타라는 보상이라도 받듯 몰려오는 안도감에 속수무책으로 무너졌다. 작게 흐느끼더니 히끅대며 펑펑 운다.

본격적으로 엉엉 울어 대는 소녀를 보통 어른이라면 달래고 보겠지만 쥬다는 물론 보통 어른이 아니었기에, 발칙하게 대답도 안 하고 느닷없이 울어 대는 타라에게 짜증스럽게 미간을 찡그렸다.

"시끄러워."

"읍! 죄, 죄송…… 흐엉!"

눈물 콧물이 다 질질 흘렀다. 엉망이 된 벌건 뺨을 물끄러미 본 쥬다는 솔직한 감상을 말했다.

"못생겼어."

"으어어엉!"

이상하게 지금껏 들어온 온갖 욕보다 더 서럽게 들리는 한마디였다. 타라는 넙죽 엎드려 훌쩍거렸다. 작은 토끼가 웅크려 올망올망 떠는 모양새였다. 그 머리 위로 무심한 부름이 떨어졌다.

"꼬마."

"흑! 예에?"

"죽고 싶나?"

신기하게도 바로 울음이 멈추고 딸꾹질이 나왔다. 생존 본능인 모양이다. 타라가 우스꽝스럽게 딸꾹거리든지 말든지 쥬다는 쌀쌀맞게 지껄였다.

"함부로 고개 숙이지도 말고 밤에 나오지도 말라고 했던 경고는 죄 까먹은건가. 내 성에서 내 말을 바로 알아듣지 못하는 종자치고 멀쩡히 살아 나간 자가 없는 편이지."

달밤 아래 선연한 낯이 흉흉하기 짝이 없다. 이번에야말로 다른 생명의 위기가 찾아왔다.

타라는 큰 눈을 또록거리며 딸꾹대다가 쥬다의 냉한 시선과 마주치자 본능적으로 두 손으로 입을 가렸다.

히끅히끅, 나오지 못한 딸꾹질 탓에 작은 몸이 펄쩍펄쩍 뛰었다. 살의가 일려다가도 너무 같잖아서 의지가 푸시식 식는 몸짓이었다.

쥬다는 느리게 한숨을 쉬었다. 그는 미간을 문지르며 턱짓했다. 타라의 경험상 저건 심기가 불편하니 어서 눈앞에서 꺼지란 뜻이었다.

주춤대며 일어서던 그녀는 얼른 분부대로 퇴장하려다 곧장 고꾸라졌다. 발에 쥐가 났나 보다. 정말 아파 죽겠고, 속상해서 눈물이 찔끔 났음에도 등 뒤의 침묵이 무서워서 목덜미가 뻣뻣하게 굳었다.

발가락이 오그라들었다. 타라는 최선을 다해 기어서라도 쥬다의 시선을 피하기 위해 용을 썼다. 그리고 그녀의 작은 몸이 붕 떠올랐다.

"성가셔."

으어어?! 허공에서 버둥버둥거리는 타라를 그대로 띄운 채 쥬다는 휙 앞서 걸었다. 타라의 몸은 저절로 그를 따라서 둥둥 떠 갔다. 쥬다는 허우적대는 타라에게 딱 한마디만을 던졌다.

"가만히 있어."

거슬리니까. 그 후 타라는 말린 육포처럼 숨소리도 조심하며 눈만 끔벅거렸다. 이 쌀쌀맞은 남자는 타라가 조금이라도 거슬리면 주저 없이 바닥에 내팽개쳐 버릴 것 같았다.

그들은 얼마 못 가 정신 사납게 주변을 서성이고 있는 고양이 집사 안티오크와 마주쳤다. 밤중 성내에서 일었던 소란을 집사인 그가 지금껏 모르고 있을 리가 없었다. 이상이 있다는 걸 알아차리자마자 부랴부랴 서쪽 별관으로 달려온 참이다.

안티오크는 냉막한 기색의 주인을 보고 폴짝 뛰었다가 곧바로 타라와 눈이 마주치고는 목이 졸린 소리를 냈다.

"저저, 이게 어찌 된……."

"이 꼬마를 방에 던져 놓고 와라. 케랄이 다쳤으니 수습하고."

"예에? 기사 셋이 달려들어도 죽이기 힘든 짐승이 어쩌다가? 세랑트가 케랄까지 건드렸습니까? 이 미친 요정이!"

"내가 그랬다."

"다리몽둥이를 분질러 버릴…… 예?"

"내가 그랬다고."

쥬다는 입을 쩍 벌리고만 있는 안티오크를 내버려 두고 휙 사라져 버렸다.

타라는 어쩐지 기분이 유쾌하지 않은 듯한 그와 마주치는 사람이 있다면 퍽 운이 없을 것 같다는 불길한 예감을 느꼈다. 그러다가 어색한 정적을 느끼고 입술을 꾹 다물었다.

그날 이후 안티오크와 타라는 단둘이 한 공간에 머무른 적이 없었다. 서먹하게 서로를 힐끔거리던 그들은 어찌어찌 방으로 돌아왔다. 그동안 일체의 대화도 없었음은 물론이다.

사실 타라는 안티오크에게 큰 유감이 없었다. 하지만 눈도 안 마주치는 안티오크의 태도에 괜스레 이쪽도 불편해졌다.

'역시 안티오크도 내가 껄끄러운 거구나.'

그리 받아들이니 마음이 편해졌다. 어떤 것이건 포기를 전제로 하면 큰 타격과 마음의 상처가 덜하다.

침실에 도착하고 나서 타라는 둥지에 숨어드는 새처럼 포르르 침대 속으로 기어들어 갔다. 조금 전의 일들에 기진맥진했던 탓에 방에 들어서자마자 피곤함이 몰려왔다. 하지만 어쩐지 나가지 않고 우두커니 서 있는 안티오크가 이상해 고개를 갸웃거렸다.

"안티오크?"

보송한 고양이 귀가 쫑긋거렸다. 꼬리가 휙휙 파리 쫓듯 정신 사납게 움직인다. 기분 탓일지 모르지만 순간 그가 망설이는 것처럼 느껴졌다.

안티오크는 돌연 성급하게 말했다.

"대체 아까 그곳에는 왜 계셨던 겁니까?"

아, 그게…….

"이상한 소리가 나서 잠을 깼거든요. 그래서……."

타라가 자초지종을 설명하자 얇은 고양이 꼬리는 신경질적으로 살랑거리다가 이내 바닥을 탁탁 쳐 댔다.

그나저나 그는 정말 고양이 수인이었다. 낯설고 신기하지만 본인이 워낙 자연스럽게 행동하는 터라 이 고양이가 깐깐한 집사 안티오크라는 걸 느낄 수 있었다.

분명 타라 앞에서 본모습을 드러내는 걸 싫어했던 것 같은데, 이제 그런 것은 안중에도 없는 듯했다.

"……그렇게 된 거예요."

"쥬다 님께서 타라 님 때문에, 아니 타라 님을 구하려고 케랄을 공격하셨다고요?"

말하자면 그렇게 되나? 틀린 건 아닌 것 같아서 타라는 고개를 주억거렸다.

안티오크는 다른 모든 사안보다 그것에 제일 놀라고 충격을 받았다. 케랄은 쥬다의 친우인 레오니다스가 선물로 보낸 고대 늑대의 피가 흐르는 귀한 종족이다.

본인의 소유물에 관심을 없을지언정 어지간해서는 당신 손으로 흠집을 내지 않던 분인데 어찌 된 일인지?

머리 아프게 골몰하던 안티오크는 결국 포기했다. 에이 모르겠다. 그분 변덕이 하루 이틀인가.

"그럼 그 목소리 때문에 밤에 외출하셨단 말입니까?"

"네에……."

"저를 부르셨어야죠! 어리석으셨습니다."

"부르려고 했는데……."

타라는 웅얼거렸다. 둘 다 같은 것에 생각에 미치자 동시에 입을 다물었다.

다시 어색한 침묵이 깔렸다. 빳빳하게 굳은 꼬리가 축 늘어졌다. 떠밀리듯이 안티오크가 말을 돌렸다.

"아마 그 목소리에 이끌려 갔던 건 세랑트의 매혹의 마법 때문일 겁니다. 그런 마법에 있어서는 도가 튼 자니까요. 그는 인간들을 홀려 끌어들인 다음 수집하는 걸 좋아하지요. 특히 어린아이들을요."

"수집이요?"

"그게…… 그런 게 있습니다."

안티오크가 앙증맞은 분홍빛 코를 찡그렸다.

"세랑트는 요정 여왕 타니아의 친척인데, 예전 주인님께 죄를 지어 두 쌍의 날개를 전부 빼앗겼답니다. 요정의 마력은 날개에 깃들어 있으니 고향에 돌아가서도 비웃음과 무시를 당했을 겁니다. 그래서 여왕의 명을 어기고 여기로 숨어든 게지요. 어리석은 파리 같으니."

그러고 보니 예전에 들은 것도 같다. 그의 영역을 침범해서 못 볼 꼴이 되어 쫓겨났다고.

"아까 그 사람은 역시 요정이었군요."

자신을 겁박하던 요정의 잔인한 미소를 떠올리니 등골이 서늘해졌다. 어쩐지 타라는 악명 높은 대마법사인 쥬다보다도 그 요정이 꺼림칙하고 무서웠다.

어쨌거나 쥬다는 그녀를 만날 때마다 도와주지 않았던가? 개에 물려 죽을 뻔했던 공포에서 건져 줬다는 것만으로도 타라가 쥬다를 좋게 생각할 이유는 충분했다.

"요정은 어떻게 되었나요? 무섭게 쫓아왔었는데……."

"뭐, 결코 좋은 꼴은 못 보고 있겠죠. 어쩌면 해협 바닥에 처박혀 있을지도……."

"네?"

"아닙니다. 몰라도 됩니다."

궁금했지만 얌전히 수긍했다. 그런 타라를 빤히 쳐다보던 안티오크는 귀를 움찔거리고 다시 꼬리를 파리 쫓는 것처럼 흔들어 댔다. 그는 결국 참지 못하고 불쑥 물었다.

"왜 제게 화를 내지 않으십니까?"

"무슨 말인지 모르겠어요."

"저는 타라 님께 잘못을 저질렀습니다. 중앙 왕국의 손님이자 주인님의 피후견인분께 차마 말로 할 수 없는 모욕을 주었고, 제대로 사과도 하지 않았지요. 자기가 잘못한 주제에 손님 접대를 소홀히 하고 피하기만 했습니다. 하나부터 열까지 전부 잘한 게 없습니다! 그런데 왜 화를 안 냅니까? 아니, 화도 안 나요? 댁이 화를 안 내니까 나만 더 나쁜 놈 같고 속이 엉망이잖아!"

말하다 보니 저가 열을 받았는지 마지막에는 캬옹! 쇳소리까지 섞였다. 타라는 눈을 끔벅이며 듣고 있다가 얼떨떨하게 더듬더듬 말했다.

"어어, 화를, 내야 하나요?"

"내야지요! 소갈머리도 없습니까? 왜 화가 안 나요?!"

안티오크는 솜방망이 앞발로 쾅 바닥을 내리쳤다. 그 거친 몸짓에 간이 콩알만 한 소녀는 큰 베개를 안고 겁먹은 토끼처럼 흠칫거렸다.

“죄, 죄송해요.”

타라가 엉겁결에 사과하자 안티오크의 눈에서 불똥이 튀었다. 그는 제 가슴을 퍽퍽 쳤다.

“아니 그러니까 왜 사과를 하냐고! 여기서는 그런 말이 아니라 저더러 나쁜 새끼, 못 돼먹은 살쾡이 놈이라고 욕을 해야 하는 겁니다! 아셨습니까?!”

“네, 네!”

“따라 해요. 나쁜 놈!”

“예? 나, 나쁜 놈?”

“좀 더 크게!”

“나쁜 놈!”

한참 일장 연설을 한 고양이가 체력이 떨어져 헉헉거리자 타라가 얼른 옆에 있는 물컵을 내밀었다.

고맙습니다. 안티오크는 미간을 문지르며 털 달린 앞발로 컵을 받아 마셨다. 타라는 내심 고양이가 사람처럼 벌컥벌컥 삼키지 않을까 했는데 그건 아닌지 혀를 내밀어 할짝대며 마셨다.

그렇게 조신하게 목을 축인 후 고양이 집사는 컵을 탁 내려놓고는 앞발로 척 타라를 가리켰다. 칼에 찔린 듯이 타라의 어깨가 위로 올라갔다.

“앞으로는 좀 더 스스로에게 당당해지세요! 대체 뭘 잘못했다고 그렇게 수그리고 다니십니까? 앞뒤 사정이 어떻든 간에 당신은 고귀한 왕실의 후예이고, 위대한 서부 주인의 후원을 받으시는 분입니다. 어떤 사람에게든 권리를 누리고 조아림을 받으실 충분한 이유가 있으세요! 저한테도 반말도 하고! 막 부리세요. 막!"

타라는 안티오크가 왜 지금 이렇게 화를 내고 있는지 이해가 가지 않았다. 하긴 지금까지 타라에게 향하는 화를 온전히 이해한 적은 사실 없었다.

하지만 안티오크의 화는 다른 것들처럼 슬프고 아프지 않았다. 머리가 아닌 가슴으로, 그가 그녀를 위해 화를 내고 있음을 어렴풋이 깨달았다.

그건 놀랍게도…… 황홀할 만큼 들뜬 기쁨을 안겨 주었다. 쑥스러움 따위 모를 만치 하늘 위로 붕 뜨는 기분이다.

왜 타라가 그를 막 대해야 하는지 열두 가지 이유에 대해서 설명하던 안티오크는 발그레한 소녀를 보고 미심쩍은 듯 주춤 뒤로 물러섰다.

"그러니까…… 왜, 왜 그런 표정입니까?"

"고마워요, 안티오크."

"예?"

"나, 이런 야단맞는 거 처음이에요."

"……."

감동 받은 듯 눈까지 반짝이는 그녀를 보며 안티오크는 할 말을 잃었다. 어처구니없으면서도 며칠간 얼기설기 쌓여 있던 것들이 눈 녹듯 허무하게 무너졌다.

그는 헛웃음을 지으며 이마를 짚었다. 결국 색안경을 낀 것도, 저 순수하고 안쓰러운 소녀를 제대로 보지 않은 것도 전부 그의 잘못이다. 지금까지 저가 무슨 멍청한 짓을 한지 모르겠다.

결국 고양이 집사는 정중하게 허리를 숙였다.

"정식으로 사과드립니다. 죄송합니다."

제 사과를 받아 주시겠습니까? 그의 진지한 눈빛에 놀란 타라는 머뭇거리다 헤실 웃었다.

"그럼 이제부터 날 안 피하는 거예요?"

안티오크는 한숨처럼 웃었다. 물론이지요.

* * *

쥬다는 지하 문을 닫아걸었다. 그러곤 망토 자락에 묻은 핏방울을 무심히 털어 내었다. 긴 어둠이 물러가고 동이 틀 시기였다.

싸늘하게 식은 새파란 공기에 비릿한 향이 희미하게 섞였다. 그는 무미건조한 얼굴로 텅 빈 차가운 복도를 가로질러 구불구불 올라가는 긴 계단을 올랐다.

그러다 잠시 걸음을 멈추고 두꺼운 벽에 뚫린 물웅덩이 같은 창을 빤히 응시했다. 아까부터 생경한 의문이 가슴을 콕콕 찌르고 있었다.

안티오크의 의문은 사실상 옳았다. 쥬다 본인 또한 왜 그 꼬마가 죽는 걸 방관하지 않았던 건지 내심 의아했으니까.

평소 쥬다의 가치관상 제 것을 해치느니, 물려 죽건 말건 상관하지 않고 떡하니 보고 있었을 확률이 높았다. 하지만 그는 타라를 살렸다.

쥬다는 잠시 날이 밝아 오는 밖을 내다보다 시선을 돌렸다. 여명이 남자의 그림자를 길게 찢어 늘렸다. 그는 며칠 전 우연히 귀에 들어왔던 타라와 이델의 대화를 떠올렸다.

—가 보고 싶으신가요?

—아니요.

—왜요?

—허락되지 않은 걸 탐하는 죄는 크니까요.

거기에서 쥬다는 다시 한번 타라가 아델하이트와 전혀 다른 생명체임을 실감했다.

탐욕스러운 여왕은 절제를 몰랐고 금기된 것을 탐하는 걸 좋아했다. 아니, 광적인 집착을 보였다. 그것이 금지되고 해서는 안 될 것일수록 더더욱 달려들었고, 그 열정에 휘말린 이들이 어떤 피해를 보고 파멸을 하는지는 전혀 신경 쓸 성정이 못 되었다.

정작 이기적인 욕망에 의해 태어난 저것은 어미와 달라도 너무 다르다. 외양도 외양이지만 하는 짓이 영 딴판이니.

거대한 장서관을 지나 흑단 나무와 주단 커튼이 드리운 방에 들어선 남자는 모피가 깔린 의자에 앉아 턱을 괴었다.

—허락되지 않은 걸 탐하는 죄는 크니까요.

그때 꼬마가 지었던 표정을 보고 나서야 타라에 대한 일말의 관심이 생겼는지도 모른다.

이델도 미처 보지 못했던 그 얌전한 처참함을 생생히 목격한 쥬다는 처음으로 아델하이트의 딸이나 준비된 선물이 아닌 그녀의 본질에 흥미를 느꼈다.

길가에 자라난 이름 모를 꽃에 어쩌다 한 번 눈이 가서 걸음을 골라 내딛듯이, 그런 별거 아닌 얄팍한 주의. 그래서인지 저도 모르는 사이 먼저 손이 갔을 뿐이다.

원래 그는 의지가 있다면 큰 고민 없이 즉각 제 뜻대로 움직이고 실행에 옮겼다. 그럴 힘이 있고, 망설일 필요도 없으니까.

이런 자기중심적인 면모는 그를 비롯해 율리아 통치자의 핏줄들에서 으레 찾아볼 수 있는 특징이었다. 그의 혐오하는 옛 의붓누이가 그러하듯.

어쩌면 동족 혐오일지도 모르지. 쥬다는 냉소적으로 중얼거렸다. 냉철하며 번잡스러운 걸 싫어하는 그도 이제 오랜 고목만큼이나 나이가 들어 때로는 맥락 없이 사고하고 행동할 때가 종종 있었다.

그럴 때마다 세상은 약한 접촉에도 둥근 파문으로 번지는 수면처럼 거세게 흔들렸지만 결국 이내 잠잠해지고, 언제나 그렇듯 다시 지겹고 무료한 고요가 쥬다를 찾아왔다.

그런 의미에서 꼬맹이는…… 조금 눈이 가는 물건이라고 해 둘까.

삶은 지루하며, 따분하고 우습다. 유치하고 어리석은 희극들이 뒤엉킨 싸구려였다. 그것을 긴 생 동안 너무 일찍 깨달아 버린 그에게 삶이란 서서히 화석화돼 가는 느리고 숨 막히는 과정에 불과했다.

보통은 길디긴 연속성에 정신이 버티지 못하고 미치기라도 하겠지만, 쥬다는 그조차도 아니었다. 그의 핏줄이 타고난 축복에는 영혼 자체에 부여된 강인한 영속성이 존재했다. 그것은 그가 마도의 길을 걸으며 인간의 한계를 넘어서고 나서는 더욱 견고해졌다.

그를 낳아 준 이들은 그것이 축복이나 저주라고 말했다. 세상 모든 해악이 감히 너를 해하지 못하나, 동시에 만물의 즐거움이 너에게 스며들 날도 없으리라고. 마치 모든 것이 잿빛으로 보일 색맹을 보듯이 그리 안쓰러워했다.

쥬다는 물론 그게 유쾌하지 않았지만 크게 신경 쓰이지도 않았다.

어차피 희로애락이라 하는 그런 자잘한 조각들은 얼마 안 가 빛이 바래 산산이 부서질 불완전한 것들이다. 뭐하러 그런 것들에 감정과 시간을 낭비해야 하는가? 그는 현재의 자신에게 만족했다.

"부르셨습니까, 주인님?"

갈색 줄무늬의 고양이가 소리 없이 사뿐사뿐 들어와 그의 발치에 앉아 등을 꼿꼿이 폈다. 쥬다는 눈을 가늘게 뜬 채 충실한 심복을 내려다보았다.

"대체 그 잡스러운 요정이 왜 내 집에 들어와 있는 거지?"

"죄송합니다. 제 불찰입니다."

"설명해."

"아마도 요나를 매혹술로 잠들게 하여 뒷문으로 들어온 것 같습니다. 그녀는 아직 혼수상태입니다."

"그 멍청이가 누군데?"

"……주인님의 유일무이한 하녀입니다만."

안티오크는 땅이 꺼져라 한숨을 쉬며 대답했다. 그들의 무심한 주인은 극소수의 총애하는 하수인들을 제외하면, 몇 년이 되도록 누가 있는지도 몰랐다.

그는 그를 거스르지 않으며 배반하지 않고 오래도록 곁에 머물 만한 이들에게만 신경을 기울였다. 나머지야 다 거기서 거기니까.

불쌍한 요나는 이번 일로 성 밖으로 내쫓길 것이다. 서부의 영주는 부리는 자들의 실수에 관대하지 않았다.

안티오크의 예상대로 쥬다는 귀찮은 듯 손사래 쳤다.

"치워."

"네. 그리고 이제 별관은 저와 남은 두 명의 하인들로만 관리해야겠네요."

푸념처럼 구시렁거리는 그에게 쥬다가 한쪽 눈썹을 올렸다.

"그래서?"

"아니요. 그냥 그렇다는 겁니다. 하하하. 세랑트 그 작자는 어찌 하셨습니까?"

"안 죽었다면 살아 있겠지."

대수롭지 않은 말투인데 소름이 돋는 건 뭘까. 고양이 집사는 땀 나는 발바닥을 문질렀다. 이러다 정말 남부와 전쟁이라도 하는 건 아닌지 모르겠군.

"타니아 여왕에게는 어쩌실 요량이신지……?"

"물론 유감을 표해야지 않겠나. 그녀가 이 무례와 실례를 어떻게 보상할 생각인지 궁금한데."

역시나 쥬다는 눈곱만큼도 본인 쪽의 과실은 인정하지 않고 있었다. 그의 불쾌함을 달래면서도 우회적으로 그의 과한 손속을 질책하던 타니아의 노력이 부질없어지는 순간이었다.

이번 기회에 아름다운 요정 여왕의 머리가 희게 셀지도 모른다. 열 받아서. 안티오크는 그녀를 동정했지만 가재는 게 편이라고 쥬다가 무조건 옳다고 생각했다.

걸리면 남녀노소 종족을 불문하고 필살이라는 걸 뻔히 아는 주제에 먼저 침입한 놈이 잘못한 게 지당하지 뭘.

하지만 전쟁은 손짓 한 번으로 도시 하나를 초토화시키는 무시무시한 대마도사에게는 쉬워도 고양이 집사에게는 귀찮은 일이라, 안티오크는 안경을 올리면서 말했다.

"여왕이 교섭 의지를 보인다면 날개 한 쌍을 돌려보내는 건 어떨는지요? 약간의 아량으로 번거로운 걸 피하는 것도 좋은 방법입니다."

안티오크의 의견에 은회빛 머리를 삐딱하게 기울인 청년은 생각에 잠긴 눈을 느리게 깜박였다. 촘촘히 돋은 흰 속눈썹이 벽안에 가느스름한 그림자를 드리운 것이, 밤바다 위로 싸라기눈이 흩날리는 듯했다. 쥬다는 입꼬리를 올렸다.

"그래. 좋은 생각이야."

"그럼 서신을……."

"그리고 몰래 숨어든 멍청한 놈의 머리도 잘라서 보내도록. 어찌 나올지 궁금한데."

크크크 웃음을 터뜨리는 은청안에 서슬 퍼런 살기가 번뜩였다. 안티오크는 목덜미의 털이 쭈뼛 곤두서는 것 같았다.

쥬다는 한때 서부의 사분지 일을 깡그리 쓸어버렸던 악명 높은 파괴자였다. 내키는 대로 죽이는 학살마는 아니었으나 필요하다면 망설이지 않았다.

"주, 주인님. 그러시면 여왕이 가만히 있지 않을 텐데요!"

"가만히 있지 않으면 어쩔 텐가."

"그야 당연히……. 피를 보고 싶으신 겁니까?"

빽 소리를 치려다가 안티오크가 속삭이듯 물었다. 무표정하게 응시해 오는 쥬다를 보며 안티오크는 소름이 끼쳤다. 때로 이런 텅 빈 듯 공허한 주시를 받으면, 공기 없는 우주에 내동댕이쳐진 것처럼 전신이 쪼그라드는 압박감에 졸도할 것 같았기 때문이다.

그는 쥬다가 분노하는 걸 수없이 많이 봐 왔지만 이럴 때만큼은 도저히 적응되지를 않았다. 바짝 엎드린 고양이를 빤히 보다 흥이 식은 듯 시선이 떨어지자, 그제야 숨죽인 호흡이 터졌다.

쥬다는 언제 들떴냐는 양 열 없는 눈빛으로 갓 동이 터 오는 하늘을 바라보았다.

"그것도 괜찮을지도. ……아니, 모르겠어."

순간 그것도 재미있을 것 같다는 생각이 들었거든.

"하지만 역시 몸소 움직이는 건 귀찮구나. 안티오크 네가 알아서 해라."

목 끝까지 범람해 오던 태풍이 순식간에 사라져 버렸다. 빙글 돌아앉는 주인의 눈치를 보며 고양이 집사는 남몰래 한숨을 쉬었다.

그가 볼 때 쥬다는 동면에 든 게으르고 흉포한 고대의 용과 흡사했다. 어지간하면 성가신 걸 질색했지만 화가 나면 눈에 뵈는 거 없이 죄다 짓밟는다.

다행히 용은 이번에는 제 동굴로 기어들어 온 벌레를 짓이기고 도로 잠이 들려나 보다. 밀려오는 안도감에 넙죽 고개를 조아렸다. 원하시는 대로.

고양이가 살금살금 날렵하게 움직여 방을 나가고 나자 고요가 찾아왔다.

황야의 저편에서 붉게 번져 오는 빛을 받으며 쥬다는 눈을 감았다. 용암이 들끓는 휴화산처럼.

2

우리 친해질까요?

안티오크는 이델과 마찬가지로 타라의 나이를 듣고 경악했다. 그리고 단순히 그녀의 영양 상태를 걱정했던 이델과는 달리 당장 예절 수업을 하자며 바리바리 책을 싸 들고 왔다.

그런 다음에는 타라가 글을 모른다고 말하자 기막히다 못해 어처구니없어 했다. 그는 타라의 표정을 본 후 얼른 아무렇지 않은 척 안경을 추켜올렸다.

"이거 큰일이군요. 아니, 대체 겨울 성에 있는 것들은 전부 노닥거리는 놈팡이들이랍니까?"

타라는 그저 어색하게 웃을 수밖에 없었다. 밥 얻어먹는 것도 감사해 할 팔자였는데 누가 왕족 같지도 않은 소녀에게 손수 글을 가르쳐 주겠는가.

결국 안티오크는 한숨을 내쉬며 예절 책을 덮었다.

"우선 글부터 배우도록 하죠. 그건 기본적인 소양입니다."

"죄송해요……."

"또 그러시네요. 타라 님이 왜 죄송합니까?"

안티오크는 갑갑하다는 듯 눈살을 찌푸렸지만 또 한바탕 잔소리하고 싶은 걸 참고 넘어갔다. 아직 어리니 시간이 지나면 나아지겠지.

"그나저나 아쉽게 되었군요. 모처럼 이델이 타라 님께 편지를 보냈는데."

"이델이요?"

이델이 벨벳 성을 비운 지 며칠밖에 되지 않았지만 허전한 건 허전한 거였다. 타라의 붉은 눈이 번쩍 들려 반짝이는 걸 본 안티오크가 헛웃음을 지었다.

"그렇게 좋으십니까?"

"네! 이델이 뭐라고 했는데요?"

"흠, 잠깐만 기다려 보세요."

안경을 추켜올린 안티오크가 그 특유의 가르랑거리는 목소리로 이델의 편지를 읽기 시작했다.

귀를 쫑긋 세우고 있던 타라는, 이제 사람 모습인 안티오크의 그림자를 우연히 힐끗 봤다가 깜짝 놀랐다. 네 개의 다리, 팔랑이는 꼬리까지, 영락없는 고양이의 그림자였다. 잘못 보았나? 눈을 비비고 다시 보았지만 그대로였다.

"타라 님? 눈에 뭐가 들어가셨나요?"

"어, 아니, 아무것도 아니에요."

말끝을 흐리면서 다시 힐끔거렸다가 입이 벌어졌다. 분명 고양이의 것으로 보였던 그림자는 멀쩡한 사람 모습을 하고 있었다. 그러나 헛걸 보았다고 하기에는 너무 선명했다.

안티오크가 그릇이 담긴 트레이를 끌고 나가자 타라는 창가에 앉아 멍하니 방금 일을 반추해 보았다.

안티오크의 고양이 그림자. 그것은 그의 본질이 그대로 드러난 것이다. 수족은 다 그러나, 싶었지만 무언가 이상했다. 그리고 사실, 이런 일이 처음이 아니었다.

언제부턴가 이상한 것들이 보인다든지, 평소 안 일어나던 이상한 일들이 일어났다. 타라는 그 시점을 어렴풋이 알아채고 있었다.

—너 누구냐? 왜 내 매혹술이 통하지 않는 거지?

—이럴 리가 없는데?

정확히 요정에게 죽을 뻔했던 그 밤 이후부터였다.

뭐라고 단정 지어 표현하기 뭐했지만 무언가 달라졌다. 예컨대 소금을 빼먹은 크림수프를 은 숟가락으로 휘젓다가 한 입 먹으면 갑자기 맛이 좋아진다든지, 붉은 커튼을 보며 초록색을 무심코 상상했다가 어느 순간 돌아보니 색이 바뀌어 있었다.

물론 이 변화들은 찰나와 같아서 타라 본인이 아니면 아무도 눈치채지 못했다.

안티오크에게 말해 볼까?

그녀는 싱숭생숭한 기분에 잠겨 앙상한 나뭇가지를 응시하다 고개를 설레설레 흔들었다. 확실치 않은 일로 바쁜 그를 성가시게 하기는 싫었다. 이델이 돌아올 때쯤에는 다시 아무렇지 않아질지도 몰라.

타라는 작은 주먹을 꼭 움켜쥐며 입술을 앙다물고는 휙 커튼을 쳤다. 그녀가 돌아선 자리, 창가의 나뭇가지에 작은 꽃이 피었다는 걸 눈치채지 못한 채. 희고 작은 별꽃처럼 피어난 눈꽃은 곧 녹아들듯 빛 가루로 변해 사라졌다.

그리고 이 시각, 기이한 현상의 당사자도 알아차리지 못한 변화를 가장 먼저 느낀 자가 있었으니, 타라의 후견인이자 성의 주인인 쥬다였다.

나른히 안락의자에 앉아 서책을 읽고 있던 쥬다는 책장을 넘기던 손을 멈췄다. 안경 너머의 눈썹이 미세하게 움찔거렸다. 그는 책을 테이블에 내려놓고 날카롭게 수하를 불렀다.

"안티오크."

허공에서 돌연 푸른 불꽃이 터지더니 공간을 가르고, 무언가를 토해 내듯 고양이 한 마리가 펑— 튀어나왔다. 안티오크는 갑자기 소환당한 자신의 모습에 정신이 없다가 앞발로 마른세수를 하고는 얼른 사람의 모습으로 변신했다.

"부르셨습니까?"

갑자기 이 시각에 무슨 일이시람. 안티오크는 얼떨떨했다. 그의 당혹감을 싹 무시하며 쥬다가 긴 손가락을 구부렸다.

"내 성에서 마력의 움직임을 느꼈다."

"예? 세랑트 말입니까?"

"아니. 그보다 훨씬 미약한 것."

너무 옅고 연해서 감지한 게 오히려 의아한, 약하디약한 종류였다. 조그맣게 핀 야생화의 가녀린 향취처럼. 문제는, 쥬다가 여태껏 이런 마력을 느껴 본 적이 없다는 거다.

제 영역 안의 일은 손바닥 위에 놓은 듯 죄 꿰뚫고 있는 그의 입장에서 갑작스럽게 나타난 낯선 마력은 사막 한가운데서 갑자기 자라난 장미와 다를 바가 없었다.

쥬다의 미간이 살포시 찡그려졌다. 또 어느 간 부은 요정이 몰래 숨어들어 왔나? 금방 흐릿한 흔적만 남기고 사라진 마력을 더듬고 있는 쥬다에게 안티오크가 조심스레 답했다.

"제가 알기로 성에 침입자는 없습니다."

"내가 잘못 느낄 리가 없어."

그건 안티오크도 동의했다. 피 한 방울에도 수천 리를 달려오는 상어처럼, 마력에 한해서는 이 율리아 전체를 통틀어 쥬다만큼 민감한 이도 없었으니.

쥬다는 관자놀이를 받친 채 아몬드형 눈을 내리떴다. 안개 낀 호수 빛 눈이 깊게 가라앉았다. 그렇단 말이지.

"직접 확인해 보는 수밖에."

그는 한순간 성 전체를 휘감고 있는 본인의 마력을 확 풀어헤쳤다. 보이지 않는 넓은 그물이 사방팔방을 에워쌌다.

간단한 의지의 발현으로 벨벳 성의 모든 것을 제 손아귀에 쥐고 더듬는 과정과 같았다.

잠시 허공을 빤히 쳐다보던 그는 돌연 일어나 눈 깜짝할 사이 사라졌다. 말도 없이 가 버린 주인의 빈자리를 보며 안티오크는 입맛을 다시는 수밖에 없었다.

그렇게 사라진 쥬다는 지금 별관 후원에 서 있었다. 그는 냉막한 시선으로 정확히 방금 전 눈꽃이 피었던 빈 가지를 응시했다.

가까운 곳에 서 있으니 잔상처럼 스쳤던 마력의 잔향이 좀 더 짙게 신경을 자극했다. 이슬비에도 금방 지워질 듯 약해서 어지간해서는 그것을 느끼지도 못할 것이다.

그는 마른 입술을 혀로 핥았다. 그런데 이상하지. 이리 별 볼 일 없는 마력인데 어찌 된 일인지 묘하게 거슬렸다.

버석한 대지에 유일하게 떨어진 한 방울의 물방울인 양, 남김없이 삼켜지고 얼룩만 남았는데 그게 유독 눈에 띈다.

그리고, 쥬다는 거슬리는 걸 그저 넘겨 버리는 유하고 널널한 성정과는 거리가 멀었다.

그의 맹수 같은 눈길이 이어진 실을 좇아가듯이 맞은편 창가에가 박혔다.

그가 눈을 느리게 감았다 떴을 때, 그는 무법자처럼 한쪽 발로 창틀을 밟고 타라의 방으로 들어서고 있었다. 쥬다는 마치 계단을 내려가듯 유유히 카펫 위로 내려섰다.

폭신한 크림빛 침대와 도톰한 베개, 레이스 방석과 천, 소녀용 의자와 이델이 가져온 게 분명한 통통한 곰 인형이 놓여 있는 작은 방은 쥬다의 성과는 영 딴 세상인 양 보드랍고 소녀스러운 공간이었다.

쥬다는 무관심하고 생경한 시선으로 그것들을 대강 훑다가 이내 의자 등받이 너머로 삐죽 나온 동그란 소녀의 뒷모습을 발견했다.

사실, 저것이야말로 이곳에서 가장 생소한 물건이지.

타라는 안티오크가 가져다준 그림책을 열심히 읽고 있었다. 겨울 성의 귀족 소년 소녀들이 따분하게 넘기고 있던 예쁜 그림책을 멀리서 구경한 적은 있어도 직접 본 적은 없던 터라, 글자 없는 그림들뿐이어도 거기에 정신없이 빠져 있었다.

고사리손이 책장을 넘기다 멈칫하고, 만지작대다 멈춰 서서는 눈을 반짝이며 코를 박을 듯 고개를 수그린다.

쥬다는 아직 제 방에 누가 들어왔는지도 모르는 무방비한 토끼 같은 그 모양을 바라보다 뚜벅뚜벅 걸어갔다. 단 두 발자국 만에 둥근 이마와 어깨, 나비의 날갯짓처럼 팔랑이는 속눈썹이 훤히 들여다보였다.

재미있는 걸 보고 있는지 타라가 탄성을 질렀다. 귓가를 깃털로 간질이는 듯한 소리였다. 그는 아무 이유 없이 한 발자국 뒤로 물러섰다.

다시 붉고 반짝이는 커다란 눈동자가 시야에 들어왔다. 그리고 그 눈이 침엽수처럼 서 있는 쥬다를 발견했다.

"어?"

타라는 현실감이 없이 놀란 소리를 냈다. 몇 초 후에는 흠칫하며 일어난다.

"어, 어떻게? 어어어?"

석류 빛 눈이 데굴데굴 굴러가며 얌전히 닫혀 있는 문과 무표정한 쥬다를 번갈아 보았다.

들어오는 소리 못 들었는데— 대략 이런 생각 중이지 않을까. 쥬다는 햇살 아래서 더 적나라한 타라의 자잘한 몸짓들에 무심코 조그마한 동물들을 떠올렸다. 그런 감상과는 달리 타라에게 건네는 말투는 무미건조했지만.

"네 것이냐? 아까 그 마력."

"네? 무슨 말이세요? 앗!"

쥬다는 두말하지 않고 검지를 까딱거렸고, 타라의 작은 몸이 허공에 붕 떠올랐다.

그의 앞까지 끌려간 타라는 바로 코앞에서 아름다운 얼굴과 마주하자 여러 의미로 심장이 불규칙하게 뛰어 댔다.

그들은 서로를 각기 다른 감상으로 주시했다. 사실상 거의 짓눌리듯 압도당한 타라를 쥬다가 일방적으로 뜯어본 것에 가까웠다.

말랑말랑해 보이는 작은 입술과 콧방울, 스치듯 지나 말똥거리는 빨간 눈동자를 보던 그의 반듯한 콧등이 보일 듯 말듯 찡그려졌다.

"너."

기분 탓인가? 감칠맛 나는 달큰한 향이 났다. 정말 우연히 들이쉬는 숨이 아니고서야 제대로 느껴 보지도 못할 듯 희미하게. 쥬다는 잠깐의 탐독 후 결론을 내렸다. 이건 정말이지…… 그조차 예상치 못한 결과였다.

"마력 향이군."

"……?"

타라는 영문 몰라 하며 사뿐히 탁자에 앉혀졌다. 그리고 딸꾹질을 할 뻔했다. 그의 서늘해 보이는 두 손이 그녀의 양옆으로 내려앉았다.

반사적으로 움찔 뒤로 물러서는 소녀를 남자는 지체 없이 따라왔다. 영락없이 우리에 가둬진 새 모양이었다.

침을 꿀꺽 삼키는 타라를 내려다보며 쥬다는 표정 없이 중얼거렸다. 찬 눈빛에 숨길 수 없는 의문과 호기심이 깃들었다.

“처음 봤을 때 분명 마력은 쥐꼬리도 없었다. 이게 어떻게 된 일이지. 핏줄은 핏줄이라 이건가?”

“저, 무, 무슨 말인지 잘…….”

“그럴 리가. 넌 노새나 다름없어.”

그 냉정하고 모욕적인 평가는 그녀에게 말하되 타인에게 말하듯 허공에 흩어졌다. 어떤 경멸이나 악의도 없는 깨끗한 진실을 천명하기 때문인지도 모른다.

당혹으로 벌어졌던 조그만 입술이 살며시 닫혔다. 쥬다는 무관심하게, 혹은 집요하게 그런 모든 변화를 낱낱이 관찰하고 있었다.

이윽고 그의 입꼬리가 칼의 곡선처럼 금속성의 냉기를 띠고 올라갔다. 그는 도톰한 뺨을 타고 흘러내리는 푸른 머리칼을 몇 가닥 집으며 속삭였다.

“네가 왜 푸른 머리를 갖고 태어났는지 알고 있나?”

타라는 가만가만 고개를 저었다. 모른다. 아무도 알려 주지 않았다. 아, 다른 방식으로 얼마쯤 가르쳐 주기는 했다. 더러운 피라서 그러하다고. 그녀의 생각이 뻔히 보인다는 듯이 쥬다는 짐짓 부드럽게 말했다.

“사생아라 그렇다고 하던가? 차라리 그런 뜻이면 쉽지. 네가 타고난 색은 그보다 더 희귀하다.”

순간 기묘하게 뒤틀린 미소를 짓는 남자가 온갖 재앙이 담긴 상자를 내미는 우아한 악마처럼 보였다. 보랏빛 벨벳 뚜껑을 두드리며 까딱까딱 열쇠를 흔드는 것처럼.

“네 태생은 절대 마력을 가질 수 없어.”

심장이 크게 뛰었다. 쩡 얼어붙은 것 같은 붉은 눈이 멍하니 쥬다를 올려다보았다. 혼 없이 반질거리는 진주 인형 같았다. 그 모양을 찬찬히 바라보고 있던 쥬다의 눈 밑이 움찔 떨렸다.

다시 그 향이다. 이번에는 좀 더 진했다. 탐스럽게 막 피어나는 꽃송이를 발로 짓밟기라도 한 듯 갑작스레 훅 들어왔다. 위로 올라갔던 입술이 어느새 느슨하게 다물렸다.

들숨 날숨을 따라 이 작은 여자애에게서 퍼진 향기가 폐부 깊숙이 밀려 들어왔다.

쥬다는 애매하고 묘한 경계선에서 멈춰 선 이처럼 타라의 체념한 듯 절박한 눈빛과 마주했다. 발밑의 작은 불꽃처럼 아른거린다. 그 빛에 넋을 잃었다가 그슬려도 모를 듯이.

무어라 말을 이으려 입을 열었을 때, 그는 바싹 목이 마르다는 걸 깨달았다.

“주인님!”

문이 벌컥 열리고 안티오크가 다급히 뛰어들었다. 여까지 뛰어왔는지 땀에 젖어 있다. 돌연 환기된 공기를 타고 물러나듯 쥬다는 느리게 타라에게서 몸을 물렸다.

무슨 생각을 하는지 모를 두 사람이 서로를 물끄러미 보고 있는 사이, 안티오크는 호흡을 정돈하며 말을 쏟아 냈다.

“설마 아까 느끼셨던 게 타라 님의 것이었습니까? 하지만 그녀는 마법의 마 자도 모르시는……”

“언제부터였나? 말해.”

안티오크의 변호를 잘라 버리며 쥬다가 냉정히 명령했다. 잠에서 깨어나듯 타라는 움찔 떨었다.

“그…… 요정과 만날 때요.”

두서없는 설명이 이어졌다. 쥬다는 눈을 가늘게 뜨고 그것을 듣고 있다 조용히 읊조렸다.

“하긴. 이상하긴 했지. 암만 날개가 없는 병신이라 해도 여자애 하나 잡지 못한 건 이상했으니까.”

지하실에 처박혀 있는 그것에게 물어볼 게 더 생긴 셈이다. 하지만 납득하듯 말하긴 했어도 여전히 눈앞의 꼬마는 미스터리였다.

기실 그가 한 말들은 전부 옳았다. 율리아의 모든 영주들은 특별한 능력을 가지고 있고, 마력도 그것에 포함된다.

타라의 어미만 따지자면 그 딸에게 마력이 있는 건 놀랍지 않으나, 태생이 문제였다. 고귀하고 위대한 혈통, 가계에 있어서는 안 되는 혼종이었으니.

하지만, 아직도 후각과 피부를 은근히 자극하는 이 향과 마력은 뭐란 말인가. 도저히 해결되지 않는 의문에 쥬다는 턱을 문질렀다.

귀찮은 것을 싫어하는 그라도 유일무이하게 열정을 가지는 게 있다면 마도사로서의 알고자 하는 욕구였다. 은청안이 흥미로운 듯 고개를 반쯤 떨군 모습인 타라를 훑었다.

오래간만에 재미있다. 이건 대체 뭐지? 그 여자가 묘한 걸 보내왔군.

쥬다의 머릿속은 이미 이것의 본질과 속을 파헤쳐 볼 기대로 분주했다. 그런데 참 이상하게도, 시선이 앙다문 작은 턱과 움츠러든 손가락에 이르자 그의 뇌는 약간 다른 기억을 끄집어 올렸다.

—허락되지 않은 걸 탐하는 죄는 크니까요.

재를 씹듯 씁싸래한 웃음. 떫은 내가 가득해 마비된 혀에 자기 위안 같은 단맛이 아리게 퍼지는. 빤히 타라를 보던 쥬다는 짧게 내뱉었다.

"밤에 내 서재로 와라."

여기에 놀란 건 타라가 아니라 안티오크였다. 지극히 놀라 평정심도 깨진 그는 당황한 듯 그들을 번갈아 보다 휙 몸을 돌리는 쥬다를 따라나섰다.

"어쩌려고 그러십니까?"

드물게 그의 의중을 캐물어 오는 안티오크에게 쥬다는 심드렁히 대꾸했다.

"자연 법칙상 있을 수 없는 일이 일어났으니 알아봐야지 않겠나."

"아니 그러니까 어떤 방법으로…… 타라 님은 어리고, 너무 약하십니다. 얼마 전에 마력 각성을 했다면 통제도 잘못할 터인데."

"그래서. 저 모래알만 한 힘 때문에 내가 다칠 성이라도 싶은가."

"그럴 리가요. 전 반대의 경우를 걱정하고 있습니다만."

안티오크가 우울하게 중얼거리니 그의 주인은 삐딱하게 그를 돌아보았다.

"너도 이델에게서 옮았나? 답지 않은 오지랖은."

"저도 저답지 않은 건 압니다만, 어지간하면 저 소녀가 다치지 않았으면 좋겠습니다. 고분고분 순해서 말도 얼마나 잘 듣는다고요."

"저게 어미를 닮은 부분이 하나 있기는 하구나."

"예?"

"주변을 쉽게 홀리는 것 말이다."

강아지 새끼인 줄 알았더니 새끼 여우인 모양이다. 농담인 듯 진담인 듯 중얼거리자, 안티오크는 할 말을 잃고 끄응, 신음을 흘렸다. 어찌 되었건 쥬다는 하고 싶은 대로 다 해야 직성이 풀릴 것이다.

한번 몰입해 불이 붙은 건, 어지간하면 질릴 때까지 오랜 시간이 걸리는 그이기에 옆에서 지껄여 보았자 씨알도 안 먹히겠지. 안티오크는 길게 한숨을 내쉬었다.

"뭐가 되었건 살살 하십시오. 살살."

* * *

밤이 되었다. 타라는 거대한 묵빛 문 앞에서 주춤거리고 있었다.

굳게 닫힌 뒤를 힐끗 돌아보았지만, 걱정스레 여러 가지 잔소리를 늘어놓던 안티오크는 더 이상 보이지 않았다.

그녀는 괴물의 아가리처럼 횅하게 트인 어두운 복도를 침을 꿀꺽 삼키며 바라보았다. 그리고, 땅이 꺼져라 심호흡한 후 천천히 깊은 곳으로 발을 옮겼다.

처음 와 보는 본관은 심해 같은 침묵과 고요가 덮여 있었다. 얼마나 걸었을까. 타라는 끝자락에 우아한 덩굴무늬가 조각된 또 다른 문에 당도해 있었다.

머뭇대며 고리에 손을 올리는데, 마치 안에서 연 것처럼 소리 없이 문이 열렸다.

"들어와."

쥬다의 부름에 타라는 떠밀린 듯 후다닥 들어섰다. 밖이 아니라 안인데도 이상스레 더 춥게 느껴졌다. 아마 냉기가 풀풀 날리는 저 사람 때문이 아닐까.

타라는 순간적으로 붉은 난로 빛이 일렁이는 남자의 매끄러운 은회빛 머리칼에 시선을 빼앗겼다.

심장이 떨릴 만치 아름다운 사내였다. 부드럽게 흘러내리는 가운을 입고 느슨히 걸터앉은 모양새였지만 그게 건방지기는커녕 당연해 보였다. 그는 보던 책을 덮고 안경을 벗었다.

"내가 널 왜 부른지 아나?"

그가 턱을 괴면서 대뜸 묻는다. 타라는 눈을 굴렸다.

"제 마력, 이라는 것 때문에요?"

"그래."

“하지만 저는 그게 있는지도 잘 모르겠는걸요. 안티오크가 말하길 제 것은 무척 미약하다고…….”

타라는 이 모든 게 얼떨떨했다. 그녀도 제 혈족들이 특별한 능력을 갖고 있는 걸 안다.

타라의 어머니 아델하이트는 빙계(氷系) 마법을 능수능란하게 부리는 위명이 자자한 얼음의 마녀였고, 사촌인 아인츠와 아벨라 남매는 거의 모든 사물을 마음대로 움직일 수 있는 염동력을, 다른 자식들도 가지각색의 이능을 지니고 있었다.

한데 외톨이 타라는 그마저도 없었다. 그녀의 혼란을 무심히 방치하던 쥬다는 짧게 긍정했다.

“맞다. 네 것은 네 혈육들에 비하면 정말 미약하기 짝이 없지. 쓸모로 따지자면 뒤떨어지다 못해 있으나 마나 할 정도야.”

그는 천천히 몸을 일으키며 별달리 자존심이 상하지도 않은 것 같은 타라를 바라보았다.

타라의 동그란 시선이 저를 지나 천장까지 진열된 거대한 서가로 걸어가는 쥬다의 뒷모습을 좇았다.

“찾아본 결과, 너와 같은 사례는 지금껏 없었다. 넌 노새가 뭔지 아나?”

분필 같은 손가락이 낡은 가죽 장정들을 주륵 훑다 한 금박 책등에서 멈췄다. 타라는 목이 멘 듯 약한 기침을 했다가 말했다.

“말과…… 당나귀 사이에서 태어난, 망아지처럼 생긴 짐승, 말인가요?”

—넌 노새나 다름없어.

"정확해."

무심히 흘리듯 비식거린 쥬다는 팔락팔락 빛바랜 책장을 넘겼다. 갈색빛으로 얼룩진, 옛 고왕국 시대 인류의 오래된 삽화를 보던 눈이 우두커니 선 타라를 가늘게 돌아보았다.

"네 아버지는 퍽 뛰어난 인간이었다. 그나마 눈에 차는 몇 안 되는 이였지. 운은 없었던 것 같지만."

그렇지 않고서야 어찌 그런 년에게 물려서 인생의 오점을 남겼겠는가. 그의 낮은 중얼거림은 타라를 얕고 깊게 할퀴고 지나갔다. 타라는 저도 모르게 급히 되묻는 자신을 막을 수 없었다.

"제, 아…… 버지를 아세요?"

쥬다는 물끄러미 창백히 질린 입술을 깨무는 타라를 내려다보았다.

"그래."

"그럼……."

묻고 싶은 건 많았다.

왜 그 사람은 나를 보러 오지 않죠? 혹시 아버지도 어머니처럼 나를 싫어하나요? 그래서 버린 건가요? 그렇게 대단하고 뛰어난 사람의 자식인데도 왜 나는 이렇게 비참하고 보잘것없는 걸까요. 왜 당신은 내가 절대 마력을 가질 수 없을 거라고 말하는 거지요?

하지만 어느 것 하나 입술 밖으로 튀어나오지 못했다. 묻고 싶었으나 돌아오는 대답이 무엇일지 겁이 났으니까. 타라는 대신 가까스로 이리 물었다.

"그분은 어떤 사람이죠?"

"궁금한가?"

"네."

쥬다는 희미하게 웃었다. 설핏 흘러나온 미소는 달빛이 자아낸 실타래가 한 올 우연히 풀린 듯 찬연했지만, 바삭 스러질 유리 조각처럼 온기가 없었다. 두근거리는 귓가에 그의 정곡을 찌르는 목소리가 울렸다.

"그런 주제에 왜 두려워하지?"

심장이 덜컥 내려앉았다. 타라는 어느새 번쩍 고개를 들어 쥬다의 서늘한 눈과 마주하고 있었다. 어딘가를 향하는지도 모를 묵직한 덩어리가 속을 짓눌렀다.

원망. 숨기지 못할 절절한 원망이었다. 하지만 체념만 배운 소녀는 그것이 원망인지도 몰라서 먹먹한 가슴만 콩콩 작은 손으로 두드렸다. 그런 그녀를 보던 그가 조용히 말했다.

"울지 마."

어느샌가 눈가에 눈물이 그렁그렁 고였다. 슬픔에 취한 머리가 평소에 그녀를 짓누르던 공포를 몰아내고 격앙된 감정으로 마비시켰다.

오열이 소심함과 겁도 날려 버렸다. 새로운 사실을 깨달았다. 항상 타라는 울지 말라는 어른들이 정말 싫었다. 타라는 속수무책으로 훌쩍이며 뭉개듯 물었다.

"왜요? 왜 울면 안 되죠?"

"시끄러우니까."

인정머리 없는 남자는 단조롭고 시큰둥하게 대꾸했다. 그 말에 타라는 히끅 소리를 내며 어깨를 들썩거렸다. 크고 거친 덩어리를 삼키고 나니 참을 만했다. 타라는 거의 먹혀들어 가는 목소리로 웅얼거렸다.

"시끄럽게 안 할게요. 지금은 울고 싶어요."

그 와중에 닭똥 같은 눈물이 후두둑 작은 볼을 타고 떨어졌다. 쥬다의 시선이 반짝이며 떨어지는 물기를 따라 움직였다. 작은 몸이 더운 흙을 이고 움트는 새싹만치 오르락내리락한다.

너무도 질기며 가냘픈 흔들림이었다. 그는 대답 대신 책을 건성으로 던져 놓고 책장에 기대, 팔짱을 꼈다. 무언의 허락인지 아닌지 가늠할 정신도 없었다.

크게 숨을 내쉰 타라는 이윽고 목 졸린 양 울었다. 여우비가 소리 없이 젖어 들듯, 그리 흔적도 없이 목 놓아 통곡했다.

나 봐 달라고 하는 울음이 아니라서 더 처절했다. 쥬다는 그녀를 달래지도 인내하지도 않았다. 또한, 내치지도 않았다. 그저 가만히 지켜보았다. 뚫어질 듯이, 물 먹은 속눈썹과 울먹이는 눈빛, 벌건 뺨을 만져 보고, 눈물 한 방울씩 전부 세어 보는 것처럼.

한참이 지나 제 풀에 지쳐 거의 사그라졌을 때, 그는 검지로 가리키며 타라에게 명했다.

"앉아."

조금 우스꽝스럽게 희끅희끅 딸꾹질을 하면서도 타라는 어기적어기적 시키는 대로 제 몸보다 큰 소파 위로 기어 올라가 얌전히 다리를 모으고 앉았다.

말은 참 잘 들었다. 풀 죽은 듯 고개를 숙인 그녀를 맞은편에서 관찰하던 쥬다가 나지막하게 비평했다.

"우니까 더 못생겼구나."

타라의 고개가 이제는 땅에 처박을 듯 기울었다. 저가 기죽인 주제에 그는 그 모습을 보는 것을 짜증스러워 했다. 함부로 머리 숙이지 말라고 말했던 것 같은데 저건 간이 제 몸만 한 건가, 생각하면서. 가히 하늘을 찌를 듯한 뻔뻔함이었다.

작은 턱에 대롱대롱 또다시 눈물이 맺혔다. 아까부터 희미하게 주변을 채우던 달큼한 향도 한층 짙어졌다.

반쯤 충동적으로 그는 팔만 뻗어 턱을 잡고 위로 올렸다. 흠뻑 젖어 든 얼굴이 놀란 듯 그와 맞닥뜨렸다. 동그랗고 빨개서 토끼 눈 같다.

워낙 작아 한 손에 다 들어갈 듯 말랑한 볼을 쓸던 단단한 엄지가 여린 눈가를 쓸었다. 토옥, 이슬방울 같은 눈물이 주륵 손등을 타고 그에게로 흘러들었다. 느리고, 짙게.

"아비가 그리운가?"

전혀 궁금하지 않은 말투로 묻는다. 타라는 긍정하듯 부정하며 입술을 달싹였다.

"모르겠어요."

나는 그를 본 적조차 없는걸요.

"한 가지 확실한 건 네 아비와 어미는 절대 엮여서는 안 될 인연이었다는 거지."

너는 어떨까? 쥬다는 손을 뗐다. 타라에게서 스며들어 온 물기는 증발하듯 보이지 않았다. 그는 나른하게 웃었다.

"재미있는 생각이 났어."

"……?"

"너, 마법을 배워 볼 생각 있나?"

네가 배우고 싶다면, 가르쳐 주겠다.

파격적인 제안이었다. 안티오크가 이 자리에 있었다면 놀라 바로 고양이 귀가 튀어나왔을 것이다. 눈을 동그랗게 뜬 타라에게 쥬다는 유혹하듯 말했다. 다시 그가 악마처럼 보이는 건 착각이 아니리라.

"힘을 갖고 싶지? 단 한 번도 그런 열망을 가져 보지 않았을 리가 없지. 널 들개처럼 취급한 이들에게 보복하고, 복수하고 싶지 않냐고. 운이 좋다면 널 여기다 버린 네 어미나 평소 눈엣가시 같았던 것들에게 본때를 보여 줄 수도 있다. 어떤가?"

구렁이가 쉭쉭거리듯 속삭였다. 그의 말과는 달리 타라는 복수 같은 걸 기대하거나 바란 적이 없다. 그러나 저 마음속 깊은 곳에서 솔깃해하는 교묘한 뒤틀림이 있었다.

티 없이 맑은 눈에서 그것을 곧바로 읽어 낸 쥬다의 입꼬리가 올라갔다.

인간의 본성과 탐욕, 욕망을 모를 그가 아니었다. 이 꼬마라고 다를 리 없고. 아마 뻔히 보이는 결과일 테지. 그러함에도 왠지 쥬다는 그 과정과 끝을 보고 싶다는 충동이 생겼다. 진부한 복수극이라도 타라가 하는 건 볼만할 것 같다는 직감이 들었다. 게다가 상대가 그 미친년이라니, 이 얼마나 재미있는 희극인가.

무엇보다 불가능한 기적이 일어났고, 어디까지 갈 수 있을지 마법사적인 호기심이 강렬하게 고개를 들었다.

"전……."

한참 만에 타라가 입을 열었다.

"저는 아는 게 많지 않아요. 그래서 그것도 잘 모르겠어요. 그런데요. 하나만 물어도 될까요?"

"말해."

의자 등받이에 몸을 기대며 쥬다는 심드렁히 내뱉었다. 타라는 조심스레, 그리고 미약한 희망을 담고 물었다.

"그, 복수란 걸 하고 나면…… 전 행복해지나요?"

"……."

참 놀랍게도, 세상에 수천 가지 진리와 숨겨진 진실을 알고 있는 대마법사는 작은 소녀의 질문에 바로 대답하지 못했다. 쥬다는 물끄러미 타라의 천진한 낯을 응시했다. 입가가 얄팍하게 피식거렸다. 김이 팍 식기도 했지만 또 다른 흥이 돋았다. 이것 봐라.

"맹랑하고 쓸 만한 질문이구나. 답을 하자면, 그건 신도 모른다. 결국 네 마음먹기 달린 건데 줏대 없는 바람이 어디로 향할지 내가 어떻게 알아."

"그럼 왜 나더러 복수하라는 건데요?"

"재밌을 것 같으니까."

"당신의 흥미를 위해서요?"

"그리고 보통 인간들은 복수를 원해."

"왜 그러는 거죠? 그렇게 하면 모두 행복해지는 걸까요."

"행복을 위해 복수를 하는 머저리는 없어. 복수는 자기만족을 위해 하는 거다. 당장 굶주려 뭐든 닥치는 대로 먹어 치우는 것이 행복 나부랭이를 위해 하는 짓이라고 보나? 죽을 것 같으니 그저 달려드는 거지."

냉소적이었지만 직설적이고 날카로운 답변이었다. 눈을 깜박이던 타라가 말했다.

"결국 복수가 꼭 행복은 아니라는 거네요."

"마음대로 생각해."

"그럼 하지 않을래요. 애써 이뤄 냈는데 행복하지 않다면 너무 힘들고 불행할 것 같아요."

"재미없는 꼬마군. 모든 인간이 너 같다면 세상의 소음이 절반 이상 줄 거다."

보기보다 덜 고통스럽게 자랐나? 그래도 살 만했나 보지. 쥬다는 시큰둥하게 결론을 내리고는 고개를 삐딱하게 기울였다.

"그럼 네 아버지는? 네 아비에 대해서 알고 싶다 했었지."

"알고 싶어요."

"마법을 배워 봐. 제대로 배운다면 가르쳐 주지."

"정말요?! 그, 만약 잘 못 배우면……."

"그때 가서 생각해 보겠다."

결국 하는 거 봐서 ― 란 거다. 기대가 서리던 작은 얼굴이 시무룩해졌다.

토끼의 큰 귀가 축 늘어진 것 같다. 쥬다는 비스듬히 머리를 기댄 채 고양이가 생쥐들을 툭툭 치며 가지고 노는 이유를 알 것 같다고 생각했다.

악취미다. 요새 들어 따분하긴 했나, 짧게 혀를 차며 쥬다는 손가락을 튕겼다. 책장에 있던 책 한 권이 저절로 뽑혀 휙 타라에게로 날아들었다.

"읽어 봐."

타라는 물끄러미 두꺼운 책을 만지작거리다가 쥬다를 올려다보았다. 뭘 보냐는 듯 눈썹을 올리는 그에게 조그맣게 웅얼거렸다.

"저기……."

"뭐냐."

안티오크가 말하지 않았나? 지금껏 까막눈이라는 것에 별다른 지장이나 부족함을 느끼지 못했건만 지금 이 순간 이 남자 앞에서 말하는 게 어찌나 창피한지.

새빨개져서 어쩔 줄 몰라 하며 팔다리를 배배 꼬아 대는 타라와 영문 모를 묵비권에 점차 싸늘해져 가는 쥬다 사이에서 긴 침묵이 흘렀다. 입을 꾹 다문 소녀에게 그가 짜증스럽게 말했다.

"말해. 마법을 배우기 싫은 건가?"

"아니요. 그게……."

"그럼 뭐?"

"그…… 전……."

인내심이 들쭉날쭉한 대마법사는 무미건조하게 그녀의 망설임을 박살 내 주었다.

"5초 이내로 입을 열지 않으면 황무지로 내던져 버리겠다. 하나……."

"전 글을 읽을 줄 몰라요!"

눈을 질끈 감고 바락 소리치고 나자 다시 정적이 깔렸다. 얼굴이 터질 것 같았다.

타라는 빼꼼히 눈을 떴다가 무표정한 쥬다와 마주치고는 아예 고개를 바닥 쪽으로 처박았다.

다시 방향 없는 원망과 부끄러움이 뭉게뭉게 피어올랐다. 짧은 한숨이 들린 것도 같다. 그녀는 느릿느릿한 쥬다의 목소리에 슬며시 머리를 들었다.

"가르칠 게 많구나."

괜히 마법을 배우라고 했나? 벌써부터 귀찮아진 쥬다는 턱을 쓸며 타라를 저울질하듯 바라보았다.

어쩐지 이 꼬마가 오고부터는 은근 충동적으로 결정한 것들이 많았다. 그냥 다 물릴까, 고민했지만 이왕 내뱉은 말이니 건성으로라도 가르쳐 보자 마음을 바꾼 후, 깔봄과 비웃음이 없는 그의 얼굴을 넋을 잃고 쳐다보고 있는 타라에게 말했다.

"내일부터 당장 안티오크에게 글부터 배워라."

바늘에 찔린 양 타라가 고개를 끄덕였다.

그럼 이제 나가. 쥬다는 턱짓하고는 다시 안경을 끼고 손짓으로 책을 소환했다.

다시 책을 읽을 모양이다. 곧바로 몰입해 네다섯 줄을 읽어 내려가던 그는 문 닫히는 소리가 없자 고개를 들었다.

작은 소녀가 문고리를 잡은 채 저를 가만히 바라보고 있었다.

"왜."

사실 타라도 자신이 왜 이 무서운 사람의 방을 바로 나가지 않고 이러고 있는 건지 잘 몰랐다. 다만, 지금 그녀가 느끼는 감정을 그에게 표현하고 싶다는, 약한 소망이 얇은 발목을 붙잡았을 뿐이다.

꽃망울처럼 벌어졌던 연약한 입술은 몇 번 달싹이다 결국 다물어졌다. 대신하듯 고개를 꾸벅 숙이고 후다닥 달아났다.

"잘 자요."

타닥타닥 자맥질하듯 연한 발소리가 천천히 멀어져 갔다.

쥬다는 다시 책으로 눈을 돌렸다. 소녀가 들어오기 전의 방의 정경은 같은 그림인 양 다를 바가 없다. 단지 문장을 훑어내려 가는 그의 시선이 좀 더 느려진 걸 제외하면.

탁, 책이 덮였다. 그는 물끄러미 맞은편 움푹 들어간 조그만 자리를 바라보았다.

새가 앉았다가 포르르 날아가 버린 흔적 같다. 사라질 듯 희미한 주인 없는 향기가 주변을 떠도는 가운데, 쥬다는 한동안 그곳에 시선을 고정했다. 봄바람을 모르는 겨울나무처럼.

*　　*　　*

글을 배우는 건 겁먹었던 것보다는 순조로웠다. 다행히 타라의 머리가 기준치 이하는 아니었던 모양이다. 타라는 그럭저럭 만족하는 것처럼 보이는 안티오크의 눈치를 살피고는 안도감을 느꼈다.

그리하여 타라는 고양이 집사 겸 선생님의 도움을 받아, 이델에게 보낼 편지의 답장도 어느 정도 완성해 가고 있었다.

"꽃을 한 송이 꺾어 보내는 건 어떻습니까? 이델이 그래 봬도 꽃을 참 좋아하거든요."

늑대 수인인 주제에 이델은 안 어울리게 꽃을 가꾸고 물을 주는 게 취미였다. 옷차림이나 외양, 행동도 젠틀해서 수컷보다 암컷에게 인기가 많은 이델의 유일하게 분홍분홍한 취향이기도 했다.

"꽃이요? 어디서 꽃을 구할 수 있죠?"

"그야 꽃은 정원에 있지요."

"그래도 되나요? 전번에 이델이 말하길 그곳은 영주님만 드나들 수 있다고."

"그 정원과 바깥의 정원은 엄연히 다릅니다. 쥬다 님도 타라 님이 꽃 하나 꺾는다고 뭐라 하지는 않을 것 같거든요."

안티오크는 애매모호하게 웃었다.

타라에 대한 쥬다의 파격적인 결정에 그는 매우 큰 충격을 받았다. 그건 정말 쥬다 '답지 않은' 일이었기 때문이다. 성가신 걸 극도로 싫어하는 그가 친히 어린 여자애를 상대하다니.

한창 전성기의 쥬다는 정말이지 상상도 못 할 일도 무심한 낯으로 대수롭지 않게 저질러 댔는데.

어쨌건 확실한 건 쥬다가 오래간만에 그의 흥미를 자극한 타라를 쉬이 내치거나 할 것 같지는 않다는 거였다.

그리해서 타라는 정원으로 나가 꽃다발을 만들기 시작했다. 소녀는 절로 신이 나서 보물찾기하듯이 정원을 뛰어다니다가, 흰 꽃잎에 갈색빛 줄이 있는 작은 백합처럼 생긴 꽃을 꺾어 품에 안았다.

이델이 보면 좋아할까? 타라는 소박하게 얼기설기 엮은 꽃다발에 코를 박으며 헤헤 웃었다.

"안티오크! 이것 좀 봐요! 안티오크?"

타라의 웃음이 뚝 그쳤다. 아무리 두리번거려 봐도 안티오크의 깐깐한 얼굴이 보이질 않았다.

어라. 여기가 어디지? 타라는 이곳이 제 방이 보이는 뜰이 아니라, 전혀 낯선 곳이라는 걸 깨달았다. 정신이 꽃다발에 팔려서 어느새 완전히 다른 곳으로 와 버렸나 보다. 어쩌지. 길을 잘 모르는데.

그때였다.

[크르르르.]

뒷골이 섬뜩한 소리였다. 타라는 붙박인 듯 서서 소리가 들려오는 방향을 뚫어져라 응시했다. 절로 힘이 들어간 손가락이 꽃줄기를 꽉 움켜쥐었다.

으슥하게 그늘진 곳에서 움직이는 짐승의 그림자를 보며 타라는 마른침을 삼켰다. 심장이 쿵쿵 뛰어 댄다. '그것'이 천천히 기듯 움직여 다가왔다. 형체가 보일 만큼 와서야 그게 절뚝거리는 거란 걸 깨달았다.

불현듯 사냥개의 다리가 눈앞에서 절단 나던 모습이 뚜렷하게 떠올랐다. 어떻게 내내 잊고 있었을까? 아마 그것을 행한 것이 쥬다였기 때문일 것이다.

그는 자연재해나 끔찍한 참상마저도 아무렇지 않게 느껴지게 하는, 기이할 정도로 강렬한 존재감을 갖고 있었기에.

"아……."

사냥개는 목줄이 걸려 묶여 있었다. 그것 외에 타라에게 달려들지 못하는 이유는 더 있었다. 두꺼운 쇠창살이 그들 사이를 가로막고 있었다.

그 사건 때문에 이렇게 갇힌 걸까.

안전하다는 걸 깨달았지만 뿌리 깊은 공포심 때문에 타라는 가까이 가지 못했다. 개는 위협적으로 짖어 대다 그녀가 움찔하자 낮게 으르렁거렸다.

시뻘겋게 노려보는 눈이 무서워 타라는 주춤주춤 물러섰다. 무작정 뒤돌아 도망치려던 발이 갑자기 머릿속에서 울린 소리에 멈칫했다.

[아파.]

어? 잘못 들었나 싶어 눈을 깜박이는데, 다시 들려왔다.

[아파 죽겠어. 아파.]

설마. 타라는 고개를 돌렸다. 큰 덩치의 사냥개가 빤히 그녀를 쳐다보고 있었다. 마치 말을 거는 것처럼. 낮게 월월 짖는다.

[주인이 왜 나를 버린 거지? 내가 뭘 잘못했다고.]

"지금……."

개가 말을 하고 있는 거야? 타라는 입을 쩍 하고 벌렸다.

[잘린 다리가 너무 아파…….]

이제 개는 울듯이 흐느꼈다. 아니, 타라에게는 그렇게 느껴졌다. 순식간에 짐승의 감정이 밀려와서, 터무니없게도 개가 아닌 자신의 다리가 없는 것 같은 느낌이 들었다. 눈이 마주친다.

[너무 아파. 난 버려졌어.]

버려졌다는 마지막 말이 창처럼 그녀를 관통했다. 타라는 우두커니 서서 순식간에 머리를 꿰뚫는 과거의 기억들을 바라보았다. 가슴이 불규칙하게 요동쳤다. 머리가 깨질 것 같다…….

"타라 님? 타라 님!"

—널 사랑하는 사람은 어디에도 없어.

낮게 키득거리는 음성을 들으며 타라는 정신을 잃었다.

*　　*　　*

타라에게 유모는 없었지만 전담해서 그녀를 돌봐 주는 하녀가 있기는 했다. 그녀의 이름은 델피. 타라 역시 눈도 채 못 뜨던 젖먹이 시절이 있었으니 당연히 최소한의 손길이 있어야 생명을 유지하지 않았겠는가.

굴러다니는 돌 취급이긴 했지만 친모가 죽이려 하지는 않는 이상 숨을 붙여 두기는 해야 했다. 잘못됐다간 모조리 시종들의 책임이 될지도 모르니 말이다.

서로 미루고 미루다 결국 타라는 깡마르고 소심한 새내기 하녀에게 넘어갔다.

그녀는 저에게 떨어진 큰 부담에 제대로 항변도 못 하고 떠맡게 된 것이 억울해서, 갓난아이에게 데우지도 않은 우유병을 신경질적으로 들이밀며 다른 하녀들의 욕을 늘어놓았다.

앞에서는 아무 말도 못 하면서 뒤에서 상스러운 악담을 지껄이는 델피의 얼굴을 말똥말똥 올려다보는 아기는 아무것도 모르고 방긋방긋 웃어 대고 칭얼거렸다.

태어나자마자 버림받은 아이의 세상에는 델피가 전부였다. 그녀가 화를 내면 똑같이 화가 나고, 그녀가 일하기 싫다며 훌쩍이면 저는 그보다 배 이상으로 슬퍼했다.

심지어 타라는 델피가 세상에서 가장 예쁜 사람인 줄 알았었다. 긴 코에 툭 튀어나온 앞니와 얇고 핏기 없는 입술, 작고 누런 눈으로 연신 눈치 보기 바쁜 그 여자에게서 최상의 것만 보았을 정도로 맹목적인 애정이란 건 참 대단한 것이었나 보다.

—귀찮게 하지 마세요.

—어휴, 짜증 나. 내가 왜 밥을 챙겨 줘야 해?

어쩌면 마음 저 깊은 곳에서는 진실을 알았을지도 모른다. 하지만 이따금 적선처럼 던져 주는 아주 사소한 것들을 부여잡을 만큼 정에 굶주린 소녀는 어정쩡하게 델피에게 기대 관심을 구걸했다.

그러나, 아슬아슬한 자기 세뇌마저도 어느 날 부서졌다. 차라리 타라가 실수라도 해서 그랬으면 모르겠는데, 그냥, 일상처럼, 원래도 뻔히 보이는 걸 저만 몰랐다는 듯, 그리 갑자기.

—말도 마. 어찌나 징징거리는지. 피가 더러워서 그런가 우는 것도 얼마나 듣기 싫은데?

이유 없이 속이 뒤집혀서 토한 날, 비척비척 그녀를 찾다가 골방 화롯가에 앉아 수다를 떠는 하녀들의 목소리가 마른 귓가로 박혀 들어왔다.

그중 가장 선연한 칼. 하늘로 쏘았는지 모르지만 결국 저가 맞은 화살.

찬 벽에 기대 앉아 발치를 스치는 오렌지색 불빛을 보는데, 따뜻한 색감을 보는 눈이 얼음 알갱이가 들어온 양 시렸다.

눈물을 흘렸는지 아닌지 기억이 희미하다. 아마 울지 않았을 것이다. 델피가 그런 그녀를 혐오스럽다, 더럽다고 말했기 때문이다. 타라는 말을 잘 듣는 아이였다. 언제나. 너무 잘 알아들어서, 그 이후 울지도 못했다.

그녀에게 울어도 된다는 듯 말없이 허락해 준 사람은 쌀쌀맞은 대마법사 한 사람뿐이었다. 그도 우는 소리가 시끄럽다고 했지만, 결국 소녀의 눈물을 건성이나마 닦아 주었다.

처음 있는 일이었다. 드러난 슬픔이 멸시받지 않고, 외려 위로를 받은 건. 남들이 다 차갑다 손가락질하는 사람이 저에게는 가장 따뜻하다니…… 뭐 이런 아이러니가 있나.

아마 타라의 온도는 남들과 다른 모양이다. 모두가 몸 사리던 고독 어린 겨울은 소녀에게 평온을 주었다.

—가르칠 게 많구나.

다소 귀찮지만 무지가 경멸스럽지는 않다는 듯 무감동한 그 얼굴이 얼마나 환희를 가져다주었는지 아무도 모르겠지. 그마저 경멸할 주제도 안 되어서 그런 거라도 좋았다.

합당한 괄시에 시달리다 보면 무관심한 수용이 너무도 달콤하다. 생전 처음 맛보는 그의 식솔로서의 따뜻한 돌봄도.

—너무 아파. 난 버려졌어.

—널 사랑하는 사람은 어디에도 없어.

다리 잘린 개가 슬프게 울며 그녀를 바라본다. 거대한 어둠이 꿀꺽 전신을 삼켰다. 타라는 막연한 두려움에 질려 떨었다. 그리 무섭던 개에게 저가 겹쳐 보였다.

무서워. 무서워. 무서워.

버려지기 싫어!

*　　*　　*

"주인님! 주인님!"

우당탕탕 쿵쿵쿵 복도를 울리며 달려온 이가 거칠게 문을 열어젖혔다. 원래라면 참 가당치도 않은 짓거리인지라 쥬다는 책장을 넘기며 중얼거렸다.

"이리 수선 떠는 건 퍽 오랜만인데. 마레사가 지옥에서 튀어나오기라도 했던가?"

"헉헉! 큰일 날 소리 마십시오!"

생각만 해도 끔찍하다는 듯 안티오크가 캬앙 울었다. 쥬다는 책을 탁 덮고는 빤히 수인화한 그의 고양이 집사를 내려다보았다. 눈빛에 서린 일말의 흥미가 그에 부응하지 않을 경우 가만두지 않으리란 건 자명한 사실이었다.

노란 줄무늬 고양이가 앞발을 휘휘 저으며 다급히 말했다.

"타, 타라 님이 쓰러지셨습니다!"

사실 안티오크는 주인이 시큰둥하게 '그래서?'라고 반문할 줄 알았다. 급히 말을 이으려던 그는 쥬다가 다른 걸 묻자 속으로 약간 놀랐다.

"왜."

"예? 그…… 저도 잘 모르겠습니다. 개 때문에 놀라신 것 같기도 하고."

개? 쥬다의 눈썹 한쪽이 올라가자 안티오크가 손짓 발짓하며 상황을 설명했다.

잠자코 듣던 쥬다는 타라가 식은땀을 흘리는 쇼크 상태라 의사에게 보여야 할 것 같다는 것까지 듣고는 검지로 관자놀이를 문질렀다. 그는 이제 슬슬 타라가 손이 많이 가는 꼬맹이라고 느끼고 있었다.

"이델은? 며칠 남았나."

"아직 오려면 멀었습니다만, 전서구를 띄울까요?"

"됐다."

심각하게 아플 이가 없는 벨벳 성에서는 의사가 상주하지 않았다. 그나마 있는 게 약제사인 이델이었는데, 어쩔 수 없지. 쥬다는 약한 한숨을 뱉고는 자리에서 일어났다.

주인의 낌새를 알아차린 안티오크가 얼른 폴짝 몇 번 도약하여 쥬다의 어깨 위에 앉았고, 그들은 푸른 불꽃과 함께 화륵 사라졌다가 순식간에 타라의 방 침대 앞에 나타났다.

쥬다는 성큼 걸어가 이불 속에 축 늘어져 있는 소녀를 내려다보았다.

타라는 마치 폭풍우에 흠뻑 맞은 작은 꽃 같았다. 땀에 젖어 남빛으로 보이는 머리카락이 창백한 얼굴에 달라붙어 있었고, 말라

갈라진 조그만 입술에서는 연신 뜨거운 숨결이 터졌다.

긴 손가락이 뺨에 묻은 머리칼을 느리게 옆으로 치우자 낯선 손길에 잠깐 정신을 차렸는지 얇은 눈꺼풀이 반쯤 열리고 물기 어린 붉은 눈이 드러났다.

쥬다는 손을 거두지 않은 채 물끄러미 허공을 헤매는 그녀를 보았다.

몽롱하게 방황하던 시선은 쥬다를 발견했는지 한참을 느리게 깜박였다. 깜박깜박, 멀리 안개 낀 바다 너머 흐린 등대 불빛처럼. 얼마의 시간이 흐르건 경과의 속도를 모를 만치 그들은 서로를 응시했다.

안티오크가 망부석처럼 미동이 없는 주인을 불러야 하나 초조하게 막 헛기침을 하려 할 무렵, 쥬다는 그제야 느릿느릿 엄지로 작은 이마를 쓸더니 입을 열었다.

"마력 고갈이다."

"예? 그럼……."

"가벼운 몸살 정도니 큰일은 아니야."

그는 덤덤히 덧붙이고는 붉은 천이 놓인 등나무로 짠 의자에 다리를 꼬고 앉았다. 그의 찬 손끝이 둥근 이마에서 미끄러져 조그만 귓불, 얇은 목덜미를 쓸었다.

"타라 님은 마법을 쓰실 일이 없는데 어찌 된 일일까요?"

"썼을지도 모르지."

자기도 모르게. 마력에 대한 자각이 부족하고 여러모로 불안정한 이 꼬마라면 가능성이 높다.

"그럼 약이라도 지어야 할까요? 이델의 약재 방에 뭔가 있을지도 모릅니다."

"이델이 제조한 약물들은 어린아이에게는 너무 독하다. 자체 치유가 가장 좋아."

쥬다는 무심히 대꾸하고는 명령했다.

"케랄을 보고 이리되었다고?"

"예. 아무래도 전번에 놀라신 것도 있고……."

"아예 보이지 않게 치워."

안티오크는 입을 조금 벌리고 삐딱하게 턱을 괸 쥬다를 돌아보았다. 그의 은청안은 무심히 타라의 얼굴 위를 배회하고 있었다.

"이왕이면 이 꼬마가 아예 가지도 못할 곳으로."

무미건조한 어투에도 의외성이 가시지 않은지라 고양이 집사는 켕켕거리며 겨우 알았다고 대답했다.

잘 먹이고 잘 재워. 그럼 괜찮을 테니. 할 일 다 했다는 듯 쥬다는 자리에서 일어났다. 하지만 그는 멈춰 서서 힐끗 아래를 내려다보았다.

그의 새끼손가락을 작은 손이 필사적으로 부여잡고 있었다. 다시 눈을 들자 타라가 안간힘을 쓰듯 입술을 달싹거렸다. 고개를 설레설레 흔든다. 필사적인 작은 얼굴을 주시하던 쥬다의 낯에 묘한 표정이 걸렸다.

"그러지 말라고?"

끄덕끄덕.

이내 큰 눈에서 별똥별처럼 눈물방울이 후드득 떨어졌다.

찬 벽안이 주륵 흐르는 물기를 훑어 내렸다. 너무 맑아서일까. 이 꼬마의 감정은 특별히 관심을 기울이지 않아도 너무도 쉽고 뚜렷하게 눈에 들어왔다. 지나치게 잘 보여서 무시 못 할 얼룩 같다.

그는 무표정하게 고개를 수차례 흔드는 소녀를 내려다보다 긴 손가락으로 그녀의 얼굴을 덮었다.

낙엽처럼 덮인다. 그의 손이 느리게 떨어지자 그녀는 어느새 고른 숨을 내뱉고 있었다. 긴 속눈썹 알알이 맺힌 습기에서 눈을 뗀 쥬다가 뒤돌아섰다.

*　　*　　*

온몸이 물먹은 솜처럼 무겁고 머리가 지끈거렸다. 마치 지독한 감기에 걸린 것 같다. 타라는 어질한 시야에 들어오는 동그란 수프 그릇을 멀거니 보고만 있었다.

"타라 님. 안 드십니까?"

다시 사람 모습인 안티오크가 걱정스럽게 한숨을 쉬었다. 평소의 타라라면 그의 눈치를 봐서라도 몇 숟갈 뜨겠지만, 현재의 그녀는 병적인 무기력 상태에 놓여 있었다.

그녀는 결국 쟁반을 슬슬 밀어 버리고는 누워서 이불을 뒤집어썼다.

아무것도 하기 싫었다. 세상에서 가장 무가치하고 쓸모없는 물건이 된 것처럼. 그냥 어떤 방해도 없이 끝없이 자고 싶었다.

안티오크는 잠시 그녀를 바라보다가 쉬라는 말을 하고 조용히 방을 나갔다. 여러 차례 구슬려도 보고 으름장도 놓았지만 그 소심하고 말 잘 듣던 소녀는 어디로 갔는지 쇠고집이 따로 없었다.

문이 닫히는 소리를 들으며 타라는 눈을 감고 익숙한 어둠이 찾아오기를 기다렸다. 이대로 영영 눈을 뜨지 못하는 것도 좋겠다 생각하면서.

그리고 그녀는 희미하게 느껴지는 요의(尿意)에 잠에서 깼다. 이불을 걷으니 사방이 깜깜한 밤이었다.

타라는 벌떡 일어나 눈을 비비며 어기적어기적 어두운 방을 가로질러 욕실로 들어갔다. 이리저리 부딪치는 통에 물병이 와락 엎질러졌지만 알아차리지 못했다.

잠시 후 볼일을 마치고 다시 엉금엉금 걸어와서 침대 속으로 기어들어 가려 했던 타라는 화들짝 놀라 손을 뗐다. 무릎께의 잠옷과 손바닥이 축축했다.

놀라서 주춤 물러섰다가 바닥을 구르는 병이 발에 걸렸다. 찰박, 맨발도 축축한 게 바닥도 흥건히 물이 쏟아진 모양이다. 찬물에 닿으니 정신이 번쩍 들었다.

타라는 눈을 깜박이며 어둠에 익숙해지려 애썼다. 더듬더듬 기억을 헤맨 끝에 촛불 하나를 켜는 데 성공했다. 역시나 물병이 전부 쏟아지는 바람에 침대며 침구며 전부 엉망이었다.

생전 처음 미약한 짜증과 초조함이 울컥 올라왔다. 까득 손톱을 물어뜯다가 어쩔 수 없이 머뭇 줄을 잡아당겼다. 이 시간에 안티오크를 부르는 게 내키지 않지만 어쩔 수 없다. 그렇게 쭈그려 앉아 얼마나 기다렸을까. 안티오크가 오지 않았다. 혹시 너무 깊이 잠들어서 타라의 부름을 못 듣는 걸까.

그리 생각하니 미안함에 침울해졌다. 풀 죽은 눈망울이 젖은 침대와 굳건한 문을 번갈아 쳐다보았다. 문뜩 부엌에서 보았던 담요가 생각났다. 그게 있으면 침대 한쪽에서 웅크려 잘 수는 있을 것 같았다.

타라는 조심스럽게 복도로 나왔다. 차게 식은 공기가 횅하니 잠옷 사이로 찬 입김을 불어넣었다.

대가리가 반쯤 녹은 촛불 빛이 그녀의 그림자를 안고 바닥에서 느리게 출렁거렸다. 까치발을 들고 종종걸음 치던 타라는 우여곡절 끝에 부엌을 발견하는 데 성공했다.

하지만 담요 같은 것은 어디에도 없었다. 재를 옴팡 뒤집어쓴 것을 요리사가 내다 놨다는 걸 타라가 알 턱이 없었다. 어기적 문을 닫고 나온 그녀는 사람 한 명 없이 고요한 텅 빈 통로 한복판에서 달갑지 않은 사실을 깨달았다. 헛걸음했다.

“하아.”

갑자기 힘이 쭉 빠져서 발치에 촛불을 내려놓고 무릎에 얼굴을 묻었다. 목덜미와 귓등, 드러난 맨살이 시렸다. 공허한 적막감이 귓바퀴에 들러붙는다. 춥고 우울했다. 그리고, 외로웠다.

우스꽝스럽게도 죽고 싶었던 주제에 심장이 얼얼할 만큼 외롭다. 눈가가 시리고 따끔거렸다.

그렇게 잠시 멍하니 있던 그녀는, 코를 훌쩍이다가 문득 긴 그림자를 발견했다. 어? 천천히 그 자락을 따라서 시선을 옮기자 원래부터 걸려 있던 그림인 양 서 있던 남자와 눈이 마주쳤다.

"여기서 뭐 하나."

"……."

정말이지 처음부터 끝까지 한결같은 눈빛이었다. 냉정하니 관조하는 시선. 조금 달라진 게 있다면 저 푸른 눈이 그녀에게 머무는 찰나가 좀 더 길어졌다는 것뿐이다. 타라는 입을 작게 벌리고 그를 올려다보다가 달싹거렸다.

"죄송해요."

쥬다는 별로 놀랍지 않다는 듯 나직하게 말했다.

"왜 이 시간에 밖에서 헤매고 있는 건지 묻는 거다만."

"부엌에 가려고……."

"거긴 왜."

그는 손가락을 튕겨 근처에 떠 있던 등불 빛을 약하게 줄였다. 허연 달빛이 진주 분처럼 그의 가장자리와 마른 손가락에 수북이 내려앉았다.

타라가 직접 요정을 만나지 않았다면 이 사내를 요정이라 착각했을 것이다. 멍하니 홀린 듯 대답했다.

"그, 침구가 다 젖어서요."

타라는 쥬다의 등 안에 있는 푸른 불이 반딧불이처럼 반짝반짝 살아 있는 듯 움직이는 것에 시선을 빼앗겼다. 그러나 곧장 들린 냉랭한 목소리에 펄쩍 뛰었다.

"오줌 쌌나?"

"아니요!"

저도 모르게 바락 소리쳤다가 쥬다를 힐끔 보고는 작게 웅얼거렸다. 아니에요, 진짜로. 저가 아무리 덜떨어졌더래도 오줌싸개라는 놀림을 받고 싶지는 않았다.

“물병을 쏟았어요.”

“이 시간에?”

“화장실 가려다가…… 진짜예요!”

어쩐지 의심하는 듯한 그의 눈빛이 타라는 억울했다. 거의 울먹거리는데도 쥬다는 시큰둥했다.

“어린애들이 자주 그런다고는 들었다.”

“아니라니까요! 그리고 전 어린애 아니에요.”

이번에야말로 가소롭다는 시선이 날아들었다. 위아래로 훑는 게 ‘니가 어린애가 아니면 뭐냐’인 것 같아서 타라는 우울해졌다. 하긴 저런 대단한 사람에게는 저따위야 깡마른 코흘리개로 보이겠지.

“밖에 나와서 죄송해요. 그리고 안티오크를 불러 주세요. 부탁드려요.”

거의 바닥에 고개를 처박은 그녀는 어느 틈엔가 바로 앞에 있는 반질한 구두코에 깜짝 놀랐다. 일어나. 명령 다음에는 기다릴 틈도 없이 허리가 확 들렸다.

타라는 눈 깜짝할 사이, 가까이에 있는 서늘한 사내의 얼굴에 딱딱하게 굳었다. 허리춤에 날붙이처럼 큰 손이 단단하게 얽혀 있었다. 가뿐하게 소녀를 안아 든 그는 바로 걸음을 옮겼다.

“안티오크는 지금 성에 없어.”

“왜, 왜요?”

타라는 절로 말을 더듬었다. 은청안이 바로 저에게로 날아드니 딸꾹질이 나올 것 같았다.

"할 일이 있으니까. 내일쯤은 돌아오겠군."

딱히 불편하게 안은 것도 아닌데 타라는 거미줄에 걸린 나비처럼 경직되어 있었다. 보폭이 큰 탓에 바닥에 덩그러니 놓인 작은 촛불에서 순식간에 멀어졌다.

방에 도착할 짧은 침묵 동안 타라는 조심스럽게 수려한 그를 훔쳐보았다. 제 품에 있는 게 그녀가 아니라 무생물이어도 같은 표정일 것이다.

잠시 눈을 감고 그의 심장 소리를 듣기 위해 애썼다. 지금이 아니라면 그와 자신이 같은 피가 흐르는 존재라는 걸 느낄 기회가 영영 없을 것 같아서.

"엉망이야."

그녀의 푹 젖은 침대를 보고 난 후 쥬다의 감상평이었다. 타라는 이게 제…… 그, 오, 여하튼 그것이 아니라고 주장하기 위해 애썼으나 그는 듣는 둥 마는 둥이었다.

그가 손가락을 가볍게 튕기자 흐트러지고 축축한 이부자리가 말끔히 정리되었다.

보고도 안 믿겼다. 그 위에 얼떨떨한 소녀를 툭 내려놓는다. 타라는 바로 가려는 듯 몸을 트는 그를 얼떨결에 붙잡았다.

"저, 저기."

사실 쥬다가 옷자락만 툴툴 털고 휙 하니 가 버릴 줄 알았다. 하지만 그는 돌아보았다. 저에게 한결같이 하등 관심 없는 것 같은 무심한 그 눈에 이상한 안심이 들었다. 타라는 작은 목소리로 물었다.

쥬다의 소매를 꼭 움켜쥐면서.

"그, 개는 어떻게 되었나요?"

간결한 대꾸가 돌아왔다.

"치웠다."

"주, 죽……?"

"안 죽였어."

아. 안도의 한숨이 나왔다. 그런 그녀를 쥬다는 이상스럽게 응시했다.

"그것 때문에 이 꼬락서니가 됐으면서 왜 걱정을 하지?"

무서워하는 게 뻔히 보이는데. 타라는 무구한 새끼 짐승처럼 고개를 갸웃하다 말했다.

"모르겠어요. 그냥, 외롭고 다치는 건 싫어요."

"목덜미를 물어뜯기고도 그런 말이 나올지 궁금한데."

순식간에 창백해지는 작은 얼굴을 보는 벽안이 가늘어졌다.

"동정인가? 그리 무서워하는 주제에?"

"무서워요."

즉각 튀어나온 말이었다. 쥬다는 팔짱을 끼고 타라를 똑바로 바라보았다. 얌전히 포개진 작은 손이 덜덜 떨리고 있었다.

"그런데, 무서운 것보다 버림받는 것이 더 무서워요."

버림받는 것보다 더한 최악은 없다. 타라는 바들거리는 손을 진정하려 애쓰며 저를 지켜보는 후견인에게 충동적으로 물었다. 필사적이고 자기 파괴적으로. 이 순간 묻지 않고는 견딜 수가 없었다.

"당신도 날 버릴 건가요?"

내 어미처럼, 아비처럼, 델피처럼. 그 개를 내버렸듯이.

핑 눈물이 돌 것 같은 눈이 쥬다를 끈질기게 올려다봤다. 세상 어디에도 발 디딜 곳이 없어 초월적인 신에게 매달리는 가엾은 인간, 하늘에서 내던져진 천사처럼.

왜인지 모르겠으나, 쥬다는 그녀의 눈빛이 제법 마음에 들었다. 손가락을 뻗어 짓씹어 피가 나는 작은 입술을 누른다. 아이 특유의 따끈한 온기가 금방 살갗에 엉겨들었다. 느릿하게 묻은 핏방울을 혀로 핥은 입꼬리가 초승달처럼 휘어졌다.

"왜 그걸 묻나."

"나를 싫어하잖아요."

모든 사람들이 그렇듯이. 심장이 아프게 뛰었다. 덜 아문 피딱지를 제 손으로 잡아 뜯은 양 욱신거렸다. 쥬다는 말없이 묘하게 웃었다.

"내가 널 왜 싫어하지?"

"……."

"싫지 않아."

조용히 내면으로 걸어들어 온 벼락이었다. 이번에야말로 어떤 소리도 내지 못하는 소녀의 턱을 만지작거리던 그가 한 걸음 물러섰다.

그림자에 반쯤 가려진 그 얼굴은 하얀 실크 가면이나 무의식의 파편이 도드라진 추상화 같았다.

타라는 그를 붙잡고 싶은 강렬한 욕망을 느꼈다. 정말 내가 싫지 않아요? 정말요? 몇 번이고 물어서 같은 대답을 듣고 싶었다. 머리가 터져라 외치는 내면의 부르짖음에 응답하듯 그의 목소리가 울렸다.

"내일 날이 밝으면 나를 찾아오도록."

자라.

어쩌면 그건 마법이었을지도 모른다. 타라는 달빛이 버무려진 그를 흐릿하게 쳐다보다가 곧 까무룩 수마에 휩쓸렸다.

*　*　*

아침이다. 가끔 어떤 아침들에는 어제의 일들이 넘어가는 책장처럼 떠오를 때가 종종 있다. 타라가 지금 그랬다.

—내가 널 왜 싫어하지?

—싫지 않아.

믿기지 않아서 얼굴을 문지르다 움찔했다. 어느새 입꼬리가 헤실, 위로 올라가 있었다.

그러다가 픕 웃음까지 나왔다. 부끄러움에 베개를 꽉 안고 뒹굴며, 보드라운 면에 뺨을 문지르고 있는데 조금 한심해하는 목소리가 귀로 쏙 들어왔다.

"눈 뜨자마자 부산스럽기 그지없어."

잠깐 현실감이 없었다. 타라는 꿈을 꾸는 줄 알고 슬금 고개를 돌려 의자에 앉아 턱을 괴고 있는 쥬다를 쳐다보았다.

창을 뚫고 온 햇살이 그의 머리맡을 희게 비추고 있었다. 그가 걸친 검푸른 망토가 그 빛과 대조적으로 도드라진다. 쪽빛 꽃무리가 가득 덮은 하얀 설원 같았다.

상황을 파악한 타라가 으악! 비명을 지르며 벌떡 일어났다. 슬쩍 한쪽 눈썹을 올리는 그에게 소녀가 어리벙벙하며 말을 걸었다.

"어쩐 일이세요?"

"일단, 먹어라."

쥬다는 긴 손가락으로 테이블에 차려진 음식을 가리켰다. 타라는 어리둥절했지만 쥬다의 기세에 눌려 그의 말대로 주춤주춤 걸어가 테이블 앞에 앉았다.

슬쩍 식기를 집어 들기는 했지만 다시 쥬다를 곁눈질했다. 자연스레 한쪽에 쌓여 있던 노트와 책을 뒤적거려, 하나를 펼쳐 들던 쥬다가 나직이 말했다.

"먹어."

그는 눈길 한번 주지 않았지만 타라는 즉시 착실하게 오트밀을 떠먹었다. 부드러운 달걀 오믈렛을 반절 먹어 치우고, 폭신한 빵을 한입 가득 우물거리다 다시 쥬다 쪽을 힐끔거렸다.

비스듬히 머리를 괴고 책을 넘기는 모습이 제 방에 함께 있음에도 마치 가짜 같았다. 흔한 햇볕 한 줌도 어떻게 저렇게 낯설게 만들까. 타라는 냅킨에 입을 닦고 어렵사리 입을 열었다.

"저기……."

찬 벽안이 무심히 타라가 먹다 만 그릇 쪽으로 향했다. 쿡 찌르는 듯한 눈총에 어깨가 움츠러들었다.

"남겼군."

남은 건 부드럽게 조리한 닭고기 조각과 콩 두 쪽, 감자 샐러드 조금이었다. 그가 가차 없이 말했다.

"다 먹어."

"배부른데."

"난 다 먹으라고 했어. 새 모이만큼 쪼아 먹고 하는 말이 그건가?"

그 이상 별말이 필요 없었다. 새파란 눈에 '귀찮게 하지 마라'라고 쓰여 있었기 때문이다. 타라는 억지로 음식들을 위장 속으로 쓸어 담았다.

절로 끄응, 신음이 나왔다. 배가 불러 터질 것 같았다. 그러든지 말든지 쥬다는 제 할 말을 했다.

"앞으로도 주는 대로 싹 비워라. 또 시답지 않은 식사 거부니 편식이니 하는 소리가 들렸다가는 평생 음식 구경도 못 하게 해 줄 테니까."

안티오크에게서 타라가 거의 식음을 전폐하고 있다고 들은 쥬다는 별 반응은 하지 않았지만 유쾌하지도 않았다. 아니 다소 짜증에 가까우리라.

그는 타라의 볼수록 조그맣고, 건들면 똑 부러지거나 접힐 것 같은 모양이 약간 거슬렸다. 비실거리는 것도 영 마음에 들지 않고. 하기야 그 미친 여자가 애한테 밥이나 제대로 먹였겠는가.

평생 음식 구경도 못 한다—라는 게 죽인다는 건지 굶긴다는 건지 헷갈린 타라가 저도 모르게 맹한 질문을 했다.

"어, 어떻게…… 요?"

"궁금한가?"

"아니요."

얼른 대답했다. 무심코 궁금하다고 했다가는 참 후회할 것 같다. 그러다가 타라는 쥬다가 보고 있는 노트를 발견하고 헛바람을 뱉었다. 요즘 글자 연습을 하고 있는 노트였다. 엉망인 글자들이 언뜻 보이자 얼굴이 시뻘게졌다.

"저기, 그건!"

"아직도 글을 못 뗐나?"

당연한 사실을 마치 덜떨어진 것처럼 말한다. 배운 지 한 달도 채 되지도 않았는데 어떻게 글을 다 뗀단 말인가?

순한 타라는 시무룩해졌다. 안티오크는 그래도 잘한다고 했었는데.

"이제 편지도 조금 쓰는데요……."

"설마 네 어미에게 편지도 보내는 건가?"

"아뇨. 이델이요."

타라는 고개를 붕붕 저었다. 쥬다는 시큰둥하게 면박을 줬다.

"곧 오는데, 뭐하러."

"그래도, 없으면 쓸쓸하니까."

마치 혼난 것처럼 타라가 우물쭈물했다. 작은 새앙쥐가 이슬비에 부들부들 떨어 대는 것 같았다. 그녀를 응시하던 은청안이 조금 짙어졌다. 느슨히 괴고 있던 손을 풀다 가까워진 시야에 소녀와 엄지 두 마디가 우연히 겹쳐졌다.

그는 잠시 무의미하게 작은 꽃을 한 손에 쥐듯 손가락을 구부렸다. 마음만 먹으면 손바닥 하나로 다 잡을 수 있을 것 같은 착각이 들었다.

쓸모없는 생각. 쥬다는 무심히 얄팍한 발목과 연한 손등, 꼼지락거리는 연홍색 손가락들을 지나쳤다.

"안티오크의 부재가 좀 더 길어질 것 같다."

"안티오크가요? 언제까지요?"

금방 휘둥그레져 보아 오는 그녀에게 그는 짧게 고개를 까딱였다.

"내일, 혹은 모레."

"왜요? 어디를 갔는데요?"

"남부. 좀 더 오래 걸릴지도 모르지."

"남부면…… 요정들의 땅이요?"

"그래."

퍽 답지 않게 순순히 자잘한 질문들에 대꾸해 주던 쥬다는 이제 더 묻지 말라는 듯 지그시 타라를 내려다보았다.

재잘대던 타라는 금방 합죽이가 되었다. 눈을 크게 뜨고 저를 병아리처럼 올려다보는 모양에 보일 듯 말 듯 냉한 입꼬리가 올라갔다. 말을 잘 들어서 좋긴 좋다.

"이러다간 글자 배우는 데 일 년이 걸릴 거다. 기본은 뗐나?"

"어, 거의요."

"좋아. 그나마 최악은 아니구나."

사실 배운 기간과 몸 상태를 생각하면 놀랄 정도로 빨랐지만 모든 이의 기준이 똑같은 건 아니었다. 살면서 모든 분야에서 열등해 본 기억이 없는 대마법사는 그럭저럭 멍청하지는 않다— 정도로 평가했다.

새벽, 남부 타니아와의 교섭이 좀 더 길어질 수도 있겠다는 안티오크의 전갈을 받은 후 우연처럼 타라가 떠올랐다.

부실한 꼬맹이를 혼자 둘 수는 없으니 집사가 고용인들에게 알아서 당부는 했겠지만 꼬마의 상태는 어제 보니 그다지 나아져 보이지 않았다.

소일거리나 해 볼까, 해서 쥬다는 변덕처럼 이른 시각 다시 타라를 찾았다. 어쨌건 그녀는 퍽 오래간만에 그의 주의를 끈 살아 있는 생명체였다.

"전번 저녁과 같은 시각에 내 서재로 오도록. 수업을 시작할 테니까."

"마법 말인가요. 하지만 저는 글 읽는 게 서투른데……"

"하면서 배워."

마치 벼랑으로 밀테니 알아서 날라는 듯했다. 불행히도 거부권이 없는 타라는 고개를 주억거렸다. 볼일이 끝난 쥬다는 일어나다 문뜩 눈을 가늘게 떴다.

"너 오는 길은 아나?"

"네? 어, 음, 아마도…… 요?"

한번 간 적은 있는데 여기 길은 워낙 미로라서 자신은 없었다. 급격히 목소리가 졸아드는 그녀를 보는 시선이 못 미더운 걸 보는 듯했다.

하기야 쥬다는 밤중에 나와 헤매는 타라를 이미 몇 번이나 본 적이 있었다. 그중 한 번은 죽을 뻔했고.

쥬다는 짧게 고민했다. 하인을 시켜도 되지만 고용인들의 수가 요사이 퍽 준 탓에 겨우 꼬마의 길 안내를 매일 시키는 건 인력 낭비처럼 느껴졌다.

결정은 단순하고, 실행은 빨랐다.

"……?"

타라에게 우아한 손이 내밀어졌다. 그리고 되물을 새도 없이 그 손이 그녀의 허리를 감고 단박에 안아 들었다. 저도 모르게 숨이 멈췄다.

두 번째로 안기는 품은 마냥 싸늘하지만은 않았다. 서늘한 듯 어딘가 따뜻하다는 생각이 들었다. 착각일지 모르지만. 푸른 불꽃이 그들을 휘감은 찰나 그의 손길이 그녀의 뒷머리에 머무른 것도 같았다.

주변의 풍경이 바뀌어 있었다. 처음 보는 방이다. 타라의 방보다 좀 더 작았고, 오랫동안 안 썼는지 마른 나무 냄새가 났다.

바닥에 내려선 그녀는 멍하니 창가로 새어 드는 아치형의 햇빛들이 박힌 고동빛 나무 바닥, 자잘한 붉은 꽃무늬가 그려진 진줏빛 벽지들을 보았다.

아. 그리고 저 빛이 쏟아지는 창문.

사락거리는 햇살을 밟고 까치발을 드니 까마득하게 사방으로 탁 트인 거칠고 장엄한 메마른 계곡과 황무지가 펼쳐졌다. 진흙을 덧바른 듯한 지평선에는 희미한 물줄기가 녹은 눈처럼 반질거리고 있었다.

와아. 감탄사가 터졌다.

너무너무 마음에 들었다. 이 공간 전체에 밴 공기와 빛, 냄새도 편하고 아늑했다. 신이 나서 창에 코를 박고 발을 동동거리고 있는 그녀의 귓가에 쥬다의 낮은 듯 듣기 좋은 음성이 감겨 왔다.

"당분간 여기서 지내라. 오고 가는 것도 귀찮으니."

그 말에 타라가 놀라 돌아보았다.

"정말요?"

"그래."

"여기가 몇 층인가요? 별관은 이렇게 안 높았던 것 같아요."

"그럴 수밖에. 여긴 본관이니까."

본관? 아, 여기가 본관이구나. 타라는 쫑알거리며 다시 홀린 듯 창밖 정경으로 고개를 내밀었다.

창유리에 입이라도 맞출 듯한 기세에 쥬다는 삐딱하게 고개를 기울이다가 손가락을 튕겼다.

창이 활짝 열렸다. 돌연 거센 바람이 몰아쳐 작은 몸이 휘청하는가 싶더니 단단히 뿌리박는 어린 묘목처럼 창틀에 매달려 고개를 쭉 밖으로 뺐다. 작은 두 발이 대롱대롱 매달렸다.

타라는 감탄사를 터뜨렸다.

미지의 새로운 세상이 전면에 광활하게 펼쳐져 있었다! 수백 명의 거인이 누워 있는 듯한 단단한 대지와 백색 모래언덕, 진녹색 눈동자 같은 늪과 기이하고 험난한 형세의 바위들, 아가리를 벌린 붉은 협곡 위로 새파란 하늘이 짙게 번졌고, 창공에는 검은 독수리가 날아올랐다.

이 순간만큼은 정말이지 믿기지 않는다. 어느 누가 서부를 지옥도라고 부르는가? 타라는 홀린 듯 중얼거렸다.

"정말 아름다워요."

어떤 가식과 꾸밈도 없는 순수한 경탄이었다. 투명한 붉은 눈동자에 선명한 세상이 비치고 흘러갔다. 구름 뚫은 일광이 방향을 바꾼다.

창 모양만 오려 낸 어두운 종이처럼 방이 일순 어두워지고, 소녀의 푸른 머리카락이 햇빛 한 줌에 가득 젖어서 바람결을 타고 너울거렸다. 갓 비상한 바닷새의 날개처럼 흩어진다. 파란 하늘에 녹아들듯이.

쥬다는 조금 오래 그 자리에 서서 그녀를 바라보았다.

*　　*　　*

새 방과 그곳의 가구들, 제법 많은 책, 특히 창가의 멋진 풍경을 온종일 보고 만지고 느끼느라 하루를 다 보낸 후 타라는 들뜬 마음으로 잠자리에 들었다.

그러나 정작 그녀는 뜬눈으로 밤을 지새울 수밖에 없었다. 잠자리가 바뀌고 나니 다시 잠이 오질 않았던 것이다. 벌써 시곗바늘은 정각을 넘어서고 있었다.

소녀는 침대 위에 덩그러니 앉아 무릎을 모아 안았다.

시계 침 지나는 소리, 멀리 황무지에서 들려오는 짐승의 울음소리가 떠다니는 텅 빈 침묵. 저 밑바닥에 가라앉아 있던 감정들과 수만 가지 생각들이 저절로 수면 위로 떠오른다.

타라는 악몽을 꾸다 못해 아예 잠이 오지 않을 때면 예쁘고 귀엽고 사랑스러운, 자신만의 단짝 친구를 상상해 함께 놀았다.

타라의 단짝은 '슈'라는 이름의, 키가 껑충하고 짧은 단발의 곱슬머리에 개구지고 예쁘장한 소녀였다. 그뿐 아니라 슈는 타라가 하지 못하는 것들—냉정한 어머니와 비열한 사촌들, 이중적인 귀족들에 대한 비난과 욕설—을 대신해 줬다.

타라는 오랜만에 슈에게 말을 걸었다.

'슈, 뭐 해?'

'뭐 하긴. 난 언제나 너와 함께 있잖아.'

'잠이 오지 않아.'

'저런. 우리 뭐 하고 놀까?'

'노래를 불러 줘.'

좋아.

슈가 씨익 장난스럽게 웃으며 윙크했다. 타라와 달리 슈는 거의 모든 걸 잘했다. 똑 부러지고 당당했으며, 거침이 없었다. 그리고 절대적으로 타라를 위하고 편들어 주었다.

슈의 분홍빛 입술에서 귀를 간지럽히는 노랫소리가 흘러나왔다. 어느 귀족 여자애가 하프 연주에 맞춰 춤을 추던 광경을 몰래 훔쳐봤을 때 들은 가락이었다.

반짝이는 꽃잎과 눈꽃들이 하늘하늘 내리고 있는 그곳에 타라의 어머니 아델하이트도 있었다.

그 많은 고귀한 여인 중에서도 그녀를 따라올 이가 없었다. 얼음 여왕이라 불리며 미소 한 번 없던 그녀의 연한 웃음을 그때 처음이자 마지막으로 보았더랬다.

타라는 넋을 놓고 그리 눈부시게 빛나는 모친을 올려다보았다. 어쩜 저렇게 아름답나. 그녀가 내게도 웃어 준다면 참 좋을 텐데. 타라는 그 자리에서 한참을 꾸물거리다가 경비병의 눈총에 지레 겁을 먹고 도망갔다.

타라는 쫄쫄 굶은 채로 훌쩍이며 잠에 들어야 했다. 불도 때우지 않아 춥디추운 밤이었다.

기분이 좋아졌다가 갑자기 낙하하듯 우울해진 타라는 꼭 끌어안고 있던 베개를 물끄러미 보다 쭉 다리로 떠밀었다.

떠민 베개가 툭 침대 밖으로 떨어졌다. 소심한 화풀이였다. 그녀는 망설이다 곧장 주우려고 바닥에 내려섰다. 만약 보는 이가 있다면 저게 뭐하는 짓이냐, 했을 것이다.

쥬다도 물론 그랬다.

"어?"

타라는 누군가의 실내화와 마주하고는 눈을 깜박였다. 기시감이 들었다. 삐죽거리며 고개를 드니 '가지가지 한다'하는 얼굴의 쥬다가 서 있었다.

가운 차림의 그는 짜증스럽게 이를 드러냈다.

"뭐 하는 거냐."

"어…… 베개 줍는데요?"

얼빠진 대답이었다. 쥬다의 표정이 더 안 좋아진 걸 보지 않고도 알 수 있었다. 그녀는 눈을 굴리다 조그맣게 중얼거렸다.

"여긴 어쩐 일로……."

그것도 이 시간에? 한층 더 냉막해진 눈을 번뜩인 그는 쌀쌀맞게 으르렁거렸다.

"네가 비 맞은 개처럼 낑낑거리다, 달이 중천인 시각에 대뜸 노래를 부르더니 세간살이를 집어 던지는 얼빠진 짓을 하지 않았다면 내가 여기까지 수고롭게 왔겠나?"

타라의 얼굴이 붉어졌다. 어어, 내가 노래까지 불렀나? 소녀는 후다닥 고개를 조아렸다.

"죄송해요. 잠이 너무 안 와서."

하지만 굽실거리는 모양에 더 짜증이 났는지 그가 딱딱하게 말했다.

"머리 들어. 넌 내 말을 지나가는 개소리로 아는가 보지."

아, 맞다. 함부로 고개 숙이지 말랬지. 타라는 잽싸게 차렷 자세를 취했다. 이제야 똑바로 마주 볼 수 있게 된 쥬다는 안경을 쓴 채 팔짱을 끼고 있었는데, 아마도 독서 중이었던 것 같았다.

그러고 보니 밤은 본인의 개인 시간이니 방해하지 말라고…….

으아아아, 대체 몇 가지나 어긴 거야. 평생 남 눈치 보고 살았던 타라는 저답지 않게 대범한 제 행동들에 뒤늦게 경악했다. 대체 내가 왜 그런 거지?

"저, 저, 죄송해요, 영주님. 절대 일부러 그런 게 아니라……."

"고개 숙이지 말라, 밤에 나오지 말라, 조용히, 얌전하게. 아주 돌아가며 골고루 어기는구나."

쥬다는 느리게 중얼거렸고, 그 목소리는 마치 뱀이 스르륵 미끄러지는 것 같아 타라는 부르르 떨었다. 사실, 그간 그가 꽤 많이 그녀를 봐주었다는 것을 쥬다도 타라도 알았다. 그 변덕 같은 자비가 한계에 다다른 모양이다. 그는 뒷짐을 쥔 채 빙글빙글 소녀의 주변을 맴돌았다. 맹금류가 먹이 위를 돌듯이. 그러다 우뚝 멈춰 서서는 낮게 뇌까린다.

"이런데, 내가 널 왜 살려 둬야 하지?"

"저, 전, 저는, 그러니까……."

다시 죽음의 위기에 처한 타라는 무슨 말이라도 하기 위해 애써야 했다. 방법이 무어 있겠는가. 결국 그녀는 울듯이 중얼거렸다.

"살려 주세요……."

그렁그렁해서는 올려다보는 붉은 눈에 쥬다가 인상을 썼다.

"하지 마."

"네?"

고개는 안 숙였는데?

"그 쥐꼬리만 한 마력도 마력이라고 쥐어짜듯 풀어내는군. 이때다 싶어 풀풀 날려 대기는. 영악스러운 꼬마."

영문을 몰라 하는 타라에게서 한 걸음 물러선 그는 품 넓은 소매로 코를 막았다. 머리가 아픈 듯 관자놀이를 누른다. 은청안이 소녀를 가만히 노려보았다.

"기분 탓이라 여겼는데…… 네 마력 향, 무척 거슬린다."

"아무 냄새도 안 나는데요?"

"네 냄새를 네가 어떻게 맡겠나, 바보야."

날카롭게 일갈하자 타라는 풀이 죽었다. 울적해진 작은 얼굴을 보던 쥬다는 또 뭔가가 걸리적거렸는지 더 험악한 얼굴을 했다. 달큰한 향이 방을 가득 채웠다.

보호를 갈구하는 갓난아이의 젖내처럼 달달하고, 과일에 맺힌 이슬처럼 상쾌하지만 나약한 새처럼 사랑스러운……. 사랑스러운?

어느덧 코를 막던 팔을 내린 채 쥬다는 어처구니없는 표정을 지었다. 저도 멍청한 생각을 할 때가 있군.

그사이에도 은근한 향기가 주변을 맴돈다. 주인을 보호하기 위해 결사적으로 덤벼드는 무언가, 혹은 약한 짐승의 생존 수단처럼.

그의 낯은 한겨울 한파처럼 차가웠으나 반대로 발은 한 걸음 그녀에게로 가까이 다가섰다. 눈 안에 겁먹은 소녀가 비친다.

이건 대체 어떤 물건이지. 긴 손가락들이 갈고리처럼 알팍한 어깨를 움켜쥐었다. 마치 못 벗어날 덫처럼.

타라의 팔을 잡아 붙들고, 쥬다는 해부하듯 차디찬 눈으로 그녀를 내려다보다 눈가를 가늘게 접었다. 그는 툭, 실험하듯 한 마디를 던졌다.

"안 죽여."

놀라운 변화가 일어났다. 신경계를 쥐어 잡듯 밀려오던 향기가 뚝 멎었다. 허공에 희미하게 남은 잔향뿐이다. 그의 눈썹이 꿈틀 위로 올라갔다가 내려왔다.

타라를 놓고 물러나면서 그는 자신이 생각보다 훨씬 소녀에게 밀착해 있었다는 걸 뒤늦게 깨달았다. 쥬다는 생경한 것을 보듯 물끄러미 제 빈손을 들여다보았다.

"너 말이다."

"네?"

영문을 몰라 하는 눈에 대고 그는 단정 짓듯 말했다.

"빨리 마법을 배워라. 네 마력은 네가 통제해. 그것도 못하면 넌 네발짐승과 다를 바가 없어."

타라는 엉겁결에 고개를 끄덕였다. 쥬다는 졸음기가 전무한 똘망한 소녀에게 툭 말을 내뱉고는 몸을 돌렸다.

"따라와."

정신을 차린 순간 그가 바람처럼 문턱을 넘어가고 있었다. 타라는 후다닥 그를 따라나섰다. 쥬다가 얼마 못 가 바로 옆방으로 들어갔기 때문에 고개를 갸웃거렸지만, 들어가는 것밖에 별도리가 없었다.

그곳은 놀랍게도 전번에 왔던 서재였다. 영주의 침실이기도 했고, 그 밖의 모든 업무와 주된 생활이 이뤄지는 곳이었다.

소녀는 눈을 신기하게 굴리며 저도 모르게 말했다.

"와. 옆방이 영주님의 방이었어."

전번과 다른 게 있다면 침실과 서재를 나누던 장막 같은 커튼이 열려 있다는 것뿐이었다. 붉은 와인 빛깔 벨벳이 반지르르하게 바닥에 끌리고 있었다.

"이걸 목에 걸어라."

어디로 휙 사라졌던 쥬다가 돌아와 타라에게 웬 목걸이를 건넸다. 타라는 엉겁결에 넘겨받고는 멀뚱히 그것을 들여다보았다.

은백색 사슬에 푸른 바닷빛 보석이 달려 있었다. 엉뚱하게도, 그녀는 그것을 보자마자 쥬다의 눈과 닮았다고 여겼다.

빼꼼히 고개를 들자 바로 그 얼음 같은 눈과 마주쳤다.

"이게 뭔가요?"

"네 거슬리는 냄새, 아니 마력을 제어시켜 줄 거다."

그는 휘휘 건성으로 손짓하고는 그녀로부터 한 걸음 물러섰다. 타라는 어물쩍거리다 따가운 눈총에 밀려 더듬더듬 그것을 목에 걸었다.

딸깍, 목걸이가 채워지는 순간 차가운 습기가 정수리부터 느리게 내려앉는 기분이 들었다.

"좋아."

쥬다는 만족스러운 듯 아닌 듯 입매를 올렸다. 그리고 곧바로 책 한 권이 휙 날아왔다.

타라는 책을 안아 든 채, 뒤돌아서 길게 허리를 뺀 세티—긴 안락의자—로 걸어가는 그의 뒷모습을 쳐다보았다. 우아한 재규어처럼 거기에 몸을 기대앉은 그는 다리를 꼬며 제 발치 쪽의 자리를 긴 손가락으로 가리켰다.

활활 타오르는 벽난로 빛이 그의 조각 같은 옆모습을 붉게 물들였다.

"읽어."

여기서 글을 잘 못 읽는다고 말하면 저에게 무슨 일이 일어날지 장담할 수가 없었다. 어린 타라도 그 정도 눈치는 있었다.

얌전히 쭈뼛쭈뼛 걸어가 책장을 펴고 고개를 숙였다. 예전에 쥬다가 줬던 책들은 까막눈인 타라에게는 너무 어려워 보였다. 하지만, 얼레? 이건 활자도 크고 그림 삽화도 있고 영 다른 책이었다. 타라는 혹시나 해서 겉표지에 써진 글씨들을 읽어 보았다.

—빨간 모자.

"……."

타라는 놀란 표정으로 이런 책을 건네줬다는 게 안 믿겨 쥬다의 찬 얼굴과 책을 번갈아 보았다.

설마, 그녀를 배려해서? 솔직히 그냥 책을 잘못 줬나 싶지만 그걸 물을 엄두는 안 났다. 결국 타라는 동화책 '빨간 모자'를 열심히 정독하기로 했다.

한동안 서재에는 장작 타는 미미한 소리를 제외하면, 나른한 듯 숨죽인 고요가 이어졌다.

타라는 속으로 끙끙거리며 띄엄띄엄 어렵사리 동화를 읽어 갔다.

옛날 옛날, 빨간 모자를 쓴 소녀가 살았대요. 한 글자 한 글자가 한 문장이 되고, 문장 몇 개를 독파하다 보니 어느새 이야기에 빠져들었다.

타라는 자신의 볼이 발갛게 익어 가는지도 모른 채 동화를 읽었다. 거북이가 기어가듯 느렸지만 생경한 흥분과 즐거움이 내면에서 반짝거렸다. 사실 삽화만 봐도 대충 빨간 모자가 어떻게 집을 떠나 숲으로 가게 되었는지 알 것 같았다.

그러다 모르는 단어가 나왔다. 개? 그림은 개 그림 같은데. 말랑한 입술을 잘근잘근 씹으며 생각했다. 건너뛰고 다음 장으로 넘겼더니 똑같은 단어가 계속 반복된다.

아무래도 개 뭐시기가 이 동화에 중요한 등장인물인가 보다. 말도 못 하고 혼자 낑낑거리던 그녀에게 보다 못한 한마디가 떨어졌다.

"모르면 물어봐."

한숨에 찔린 것처럼 움찔거렸다가 슬그머니 눈을 올리니 쥬다는 책을 막 덮고 있었다. 그의 짙푸른 눈과 마주하니 어쩐지 그가 내내 그녀에 대한 신경을 끄고 있지 않았던 것 같다는 기분이 들었다.

"저기, 이걸 모르겠어요."

검지가 까딱까딱 움직인다. 타라는 책을 안고 걸어가 조심스럽게 내밀었다. 그가 한쪽 손으로 책등을 받치더니 눈만 움직여 글을 훑었다.

"늑대."

"아, 개가 아니라요?"

쥬다는 고개를 까딱이고는 긴 양피지를 소환해 업무를 보기 시작했다. 타라는 다시 제자리로 돌아가 독서에 집중했다.

그러다 얼마 안 가 이제는 세 글자의 단어가 헷갈렸다. 코를 박을 듯 푹 옹송그리고 있으니 뒤통수에 따가운 시선이 꽂혔다. 결국 총총 아까처럼 다가가 단어를 물었고, '할머니'라는 대답을 들었다.

아아, 알겠다는 듯 타라는 고개를 끄덕거렸다. 그 말간 얼굴을 곁눈으로 주시하던 쥬다가 턱을 괴며 물었다.

"넌 네 가계(家系)에 대해 들어 본 적 있나?"

"어…… 제 가족, 이요?"

"그래."

은청색 눈동자가 생전 처음 발견한 낯선 것을 조우한 듯 당황이 서려 있는 타라를 훑었다. 같은 씨앗에서 자라난 장미의 품종을 확인하는 것처럼.

타라는 한참 만에 대꾸했다.

"잘…… 모르겠어요."

어머니와 사촌들이 있기는 하지만, 그들을 과연 자신의 가족이라고 할 수 있을까. 회의적이었다.

"하긴 네 아비에 대해서도 들은 적이 없다 했지."

혼잣말을 하는 쥬다의 말투는 아주 교묘하고 미묘한 뉘앙스라, 어린 타라는 거기에 내포한 뜻을 알아차리지 못했다. 대신 다른 걸 기억해 냈다.

처음 겨울 성을 나와 서부에 오기 전 어머니는 그녀를 숙부에게 보낸다고 했다. 당사자는 그들이 남이라고 강하게 부정했지만, 왜 어머니는 그를 그녀의 숙부라고 불렀을까.

알 수 없는 충동이 샘솟았다. 타라는 고민하다 결국 입을 열었다. 아까 전 쥬다가 툭 던진 말, 지금 그녀를 내려다보고 있는 그리 나쁘지 않은 눈빛에 용기를 얻었다.

—모르면 물어봐.

"저기, 영주님. 그…… 예전에……."

"이름은 가르쳐 줬던 것 같은데. 네가 이 성의 고용인이라도 되나."

쥬다는 거슬릴 정도로 작고 쪼끄만 게 영주님, 영주님거리는 게 새삼 어감이 별로라고 느껴져 딱 잘라 말했다. 그는 저런 꼬마를 하인으로 부릴만큼 불합리한 인간이 아니었다. 그에 아이는 바로 어색하게 입술을 오물오물거렸다.

"어, 쥬다?"

혀끝을 타고 나오는 부름이 낯설다. 기억 그대로 몇 번 곱씹고 만져 보던 이름인데도 꺼내 놓고 보니, 헷갈렸다.

그래서 '님'을 붙이는 것까지 까먹고 말았지만, 쥬다는 굳이 지적하지 않았다.

"그래서."

"아. 예전 처음 이 성에 왔을 때요."

타라는 얼른 이어 종알거렸다. 눈은 절로 아래로 향했다. 오롯이 저에게 집중된 그의 벽안을 마주 보기가 어려웠다. 목이 바싹 말랐다.

"제가 숙부냐고…… 물었……."

평온하던 대리석 같은 미간이 조건반사처럼 찡그려진다. 겁이 덜컥 났다. 이, 이제라도 그만둘까? 하지만 달아나는 정신과는 반대로 패닉 상태에 빠진 혀는 횡설수설을 늘어놨다.

그러니까, 어 그게, 뭘 물으려고 한 거냐면요, 어…….

"왜 어머니가 당신을 숙부라고 말씀하신 거죠? 완전히 남이라면서…….”

얼떨결에 묻고 싶은 것까지 말해 버렸다. 쥬다는 잠깐 침묵했고, 타라는 납작 엎드려 죄송하다고 빌지, 후다닥 옆방으로 도망칠지 갈등했다.

그런데 전전긍긍하는 귓가에 놀랍게도 쥬다의 목소리가 들려왔다.

“한때 그 여자가 내 누이였으니까.”

이게 무슨 소리지?

맑은 빨간 눈을 휘둥그렇게 뜬 얼빠진 토끼 같은 그녀의 표정이 우스꽝스러웠던지 쥬다의 입꼬리 한쪽이 희미하게 올라갔다. 그와는 달리 타라는 혼란스러웠다.

누이면 누이지 한때, 라는 명제는 무슨 뜻일까. 숨기지 못한 궁금증이 덕지덕지 붙어 조그만 연못 속 자갈처럼 훤히 들여다보였다.

그는 남의 과거인 양 무덤덤하게 설명했다.

“내 아비는 잠깐 아델하이트의 모친과 연을 맺었었다. 그러다 헤어졌고. 인간의 고귀족(古貴族) 가문 사이에서는 흔한 일이야.”

중앙 왕국의 왕가를 비롯한 아델하이트 여왕의 가문, 쥬다의 출신 가문 또한 옛 고대에서부터 내려온 고귀한 극소수의 혈통들이었다. 긴 수명과 젊음, 마력과 부, 존귀함을 모두 거머쥔 고결하고 위대한 핏줄.

확실히 그런 적이 있었다. 잘 빚은 도자기 인형만치 아름답고 야망 넘치는 앳된 계집과 한 지붕에서 살았던 때가. 맹세코 그의 일생 중 가장 혐오스럽고 짜증스럽던 시기였다.

"네 어미는 너만 했을 적에도 미친년이었다. 나는 그녀를 단 한 번도 가족으로 받아들인 적이 없어."

그는 놀람이 서린 타라를 물끄러미 보다 발그레한 뺨을 스치듯 만졌다. 나비가 어린 꽃에 잠시 앉았다가 날아가듯이.

"마저 읽어라."

타라는 잠시 멀뚱히 있다가 얌전히 고개를 끄덕이고는 '빨간 모자'를 집어 들었다.

총총총 멀찍이 떨어진 소파로 넘어갔던 그녀는 불과 몇 분 후 다시 단어를 물으러 건너와야 했고, 삼십 분 후에는 아예 쥬다의 옆에 둥지를 틀고 앉았다.

계속 왔다 갔다 하던 소녀의 팔목을 쥬다가 낚아채 옆자리로 끌어당기더니 '정신 사납게 갈팡질팡하지 마.'라고 한마디 했던 것이다.

시계 침이 장난꾸러기 아이의 뜀박질처럼 달려갔다. 잠을 자지 않았음에도 머리가 맑고 들쑥날쑥하던 기분은 잔바람 이는 들판처럼 잔잔했다.

타라는 마지막 장을 넘기고 나서야 푸른 여명이 방 안에 가득 깔렸음을 알았다.

다 읽었다. 무거운 눈을 비비면서 새벽빛이 밝아 오는 창을 바라보았다. 물속으로 잠겨 가는 조약돌처럼 흐릿해져 가는 새벽달과 흰 별들이 잠잠히 빛났다.

벽난로의 불은 반쯤 사그라졌고, 얇게 저며진 붉음이 그보다 가까이 앉아 있는 남자의 얼굴에도 묻었다. 그는 마치 십 년이고 백

년이고 그 자리에 있을 만년설이 쌓인 산 같았다.

그녀는 변함없는 속도로 깃펜을 움직이는 반듯한 손을 보다가, 작게 하품을 했다.

쥬다는 해가 높이 떠 완연한 아침이 되고 나서야 자리를 털고 일어났다. 언제나 변함없는 그의 공간에 달라진 게 딱 하나 있었다. 고개를 삐딱하게 기울인 채 웅크리고 쌔근쌔근 잠이 든 타라를 가만히 내려다보았다.

그도 이만할 때가 있었나.

너무 까마득하여 현실감이 없는 과거다. 타라를 보며 긴 세월을 지샌 마법사는 지난 시간을 반추했다. 이 또한 그잡지 않은 인간적인 행동인지라 쥬다는 희미하게 기묘한 감상을 느꼈다. 나에게도 미성숙하고 나약하여 보호가 필요한 때가 있었던가? 심지어 그 시절이라해도, 어린 쥬다에게서 지금의 타라가 갖고 있는 반짝거림을 찾아볼 수는 없을 것이다.

흔하고 서툴고, 하여 그리 대단할 것도 없지만 계속 반짝거려서 시선이 가는 것. 소박하고 보잘 것 없어 이따금 더 귀하게 느껴지는…….

이 거슬림의 정체가 뭔지 위대한 마법사도 몰랐다.

성가시고 귀찮은데, 계속 신경쓰여서 이제는 알고 싶어졌다.

넌 대체 누구지?

이 생물이 궁금하다.

희고 둥근 낯은 평화롭다. 울퉁불퉁하고 소박한 물진주나 털빛이 연한 새끼 짐승 같기도 하다. 그의 눈길은 아이답게 삐죽삐죽 뻗친 속눈썹을 거쳐 고사리손이 쥔 동화책에 머물렀다.

아슬하게 매달려 있던 걸 잡아 테이블 위에 올려 두니, 작게 얼굴을 찡그리던 소녀는 잠꼬대했다. 추워.

갑자기 그의 등 뒤로 다 죽어 가던 벽난로의 불씨가 화륵 살아났다. 바닥에 주황 얼룩이 일렁인다.

쥬다는 잠시 생각하다 모포를 끌어다 타라의 몸 위에 덮었다. 온기가 좋았던지 꼬물거리며 고치처럼 파고든다. 온 세상 시름은 겪어 보지도 않았던 것처럼, 아늑한 광경이다. 그는 그 앞에 걸터앉았다.

첫눈 싸라기 같은 햇살이 그들의 머리 위로 내려앉았다.

* * *

일어나 앉자 툭 모포가 떨어졌다. 타라는 거기에 향했던 의아한 눈을 돌려 주변을 둘러보았다. 황혼이 내린 것 같았던 밤은 씻은 듯 가시고 어느새 환한 빛이 그녀를 반겼다.

어디에도 푸른 눈의 마법사는 없었다. 어쩐지 속이 허하다. 그 탓일까. 작은 코가 움찔 떨렸다.

어디선가 맛있는 냄새가 난다. 이상하게 식욕이 물씬 올라왔다. 홀린 듯이 소파에서 내려와 타박타박 문을 열고 복도로 나갔다.

익숙한 콧노래 소리를 따라가 난간을 잡고 부스스한 머리를 내미니 홀 응접실에서 식사를 차리고 있는 고양이가 보였다. 타라는 왈칵 솟은 반가움에 소리쳤다.

"안티오크!"

막 샐러드 그릇을 코로 밀고 있던 고양이 안티오크가 고개를 들었다. 노란 눈이 못 볼 것을 본 것처럼 크게 뜨였다. 그는 정신 사납게 중얼거렸다. 뭐지? 내가 잘못 본 건가? 여기가 본관이 아니고 별관이었나?

이제 막 귀환한 그는 어떠한 언질도 듣지 못했다. 그저 식사 한 끼를 더 준비하란 말에 손님이 왔나, 싶어 의아했을 뿐.

그러다 타라가 후다닥 높은 계단을 뛰어내려 오자 화들짝 놀란 안티오크는 흰 솜 같은 앞발을 붕붕 휘저었다.

"타라 님?!"

"안티오크! 언제 왔어요? 오래 걸릴 줄 알았는데…… 앗?!"

우려대로 타라는 달려오다 넘어질 뻔했다. 바로 허리를 낚아채는 손이 없었다면.

통통 튀던 공을 받아 내듯 가볍게 소녀를 안아 든 쥬다는 여러 의미로 말문이 막힌 고양이 집사에게 고개를 까딱거렸다.

식사. 안티오크는 멍한 와중에도 금방 냅킨까지 반듯이 개켜 놓고 물러서 고개를 조아렸다.

쥬다는 아무 일 없었다는 듯 무심한 낯으로 타라를 벨벳 방석이 깔린 의자 위에 내려놓고는 자리에 앉았다.

타라는 놀란 듯 조금 얼떨떨했지만 맞은편에서 스푼을 집어 드는 남자에게 꾸벅 고개를 숙였다.

"가, 감사합니다."

쥬다는 대꾸 없이 식사를 시작했다. 먹으라는 뜻인 것 같아 조금 머뭇거리다 은 식기를 집어 들었다. 구수한 냄새를 풍기는 감자 수프가 모락모락 김을 내고 있었다.

킁킁 눈을 감고 냄새를 맡았다. 좋은 냄새. 절로 미소가 지어졌다. 문뜩 고개를 들었다가 차를 마시다 말고 저를 빤히 응시하는 은청안과 맞닥뜨렸다. 바닥 모를 호수같은 시선이 어색하고 부끄러웠지만 동시에 눈을 뗄 수 없었다.

이상하게 입 안에 침이 말랐다. 그가 시선을 돌리고 나서야 참았던 숨을 내뱉고는, 그릇에 고개를 처박듯 열심히 숟가락질했다.

부드럽게 씹히는 감자 덩어리를 우물대던 타라는 조각상처럼 턱시도 차림으로 빳빳하게 앉아 있는 고양이 집사에게 물었다.

"안티오크. 갔던 일은 다 끝난 거예요?"

타라는 미숙해 몰랐으나, 엄밀히 말해 음식물을 머금은 채 대화하는 건 예법에 어긋났다.

안티오크는 힐끗 쥬다의 눈치를 살폈지만, 그는 불쾌해하는 기색도 없이 간단히 차려진 아침을 비우고는 물끄러미 타라를 보고 있을 뿐이었다.

무료하게 턱을 괸 채 거리낄 것 없이 주시하는 모습이 이상스레 낯설어서 안티오크는 꼬리로 탁탁 테이블 다리를 두드렸다. 어쨌건 그의 주인은 타라에게 비호감이 아닌 방면의 관심을 기울이고 있는 듯 보이니, 공손히 질문에 대답했다.

"네. 그렇습니다, 타라 님."

"와, 다행이다. 갑자기 갔다고 그래서 무슨 일인가 걱정했어요."

요정의 땅에 갔다고 하니 전번의 그 무서운 요정도 생각나고. 무심결에 그 섬뜩한 눈을 떠올린 타라는 부르르 떨었다. 안티오크는 안심시키듯 카랑하게 말했다.

"걱정 마세요. 그자가 자유로이 돌아다닐 일은 이제 없을 테니까요."

"그 사람이 벌을 받았나 봐요……."

"……받긴 했죠. 이미."

안티오크는 묘하게 중얼거리며 슬쩍 주인을 쳐다봤다.

"고향으로 돌아간다 해도 타니아 여왕이 그를 가만두지 않을걸요. 그녀는 제 권위를 침해하는 걸 매우 싫어하거든요."

그런 면에서 보면 요정 여왕도 서부에게는 퍽 져 주는 편이었다. 파괴적 행보도 서슴지 않은 서부의 지배자는, 불같은 성격의 그녀로서도 전면전을 치르기 버거웠기 때문이다.

타니아는 현명했고, 보살필 종족의 안전에 관한 책임이 있었다. 간단히 말해 딸린 게 많은 정상적인 쪽이 한 발자국 물러서는 거다.

그렇게 이번 협상도 잘 마무리 짓고 온 안티오크가 꼬리를 살랑이며 공손히 조아렸다.

"경황이 없어 자세한 보고를 못 드렸습니다. 보고서를 작성해 올리겠습니다."

"상관없다. 지금 해."

"지금…… 이요?"

이 자리에서? 말똥거리고 있는 타라를 어색하게 돌아봤다. 주인의 심경 변화가 적응되지를 않았다. 대체 무슨 일이 있었던 걸까. 어리다 하나 외부인인 타라 앞에서…….

그렇게 치자면 별관이 아닌 본관에 있는 타라도 말이 되지를 않았다.

혼란스러워하는 그를 쥬다가 따분한 듯 재촉했다.

“아래위 주둥이가 붙은 건가?”

“아니요!”

그게 아니라면 친히 나서서 붙여 줄 기세다.

“여왕은 세랑트가 본인의 명령을 어기고 국경을 넘어 서부의 성까지 침입한 것에 대해 노발대발했습니다. 그녀도 망나니인 그를 평소 탐탁지 않게 여겼으니까요. 다만 처분은 본인에게 맡겨 줄 것을 당부했습니다.”

“상관없어.”

쥬다는 다시 꿀 바른 핫케이크를 베어 무는 타라 쪽으로 시선을 옮겼다. 새가 쪼아 먹는 것처럼 블루베리를 하나씩 주워 먹는 모양이 감질 난다. 열심히 먹는 것 같기는 한데, 통 양이 줄지 않는 게 신기할 정도다.

“그럼 세랑트를 남부로 후송 조치하겠습니다.”

타라가 목이 마른지 고개를 쭉 빼고 마실 것을 찾았다. 무뚝뚝하게 그쪽으로 양젖이 담긴 컵을 내밀고 삐딱하게 고개를 기울이는 쥬다가, 안티오크는 매우매우 적응되지를 않았다.

타라가 목을 축이고 귤 조각을 오물거리자 그는 깜박 잊었다는 듯 툭 허락했다.

“그래.”

금속성을 띤 벽안은 식사 내내 거의 반절 이상은 타라를 향해 있었다. 생소한 생명체를 구경하는 것 같기도, 속내까지 캐낼 듯이 이리저리 돌려 보는 것 같기도 한 시선. 한창 연구에 빠질 때와 비슷했지만, 그것과는 뭔가 달랐다. 말로 설명할 수는 없었지만.

안티오크는 분홍 젤리 같은 발바닥을 쪼물거렸다. 이제 쥬다는 요정들과의 마찰 따위 무관심해 보였다.

"그리고 세랑트의 날개에 관해서는, 조율이 필요한 듯합니다."

"되돌려 달라 하던가?"

"돌려 말하기는 했지만…… 예. 그들 처지에서는 당연히……."

"다 먹어."

"예?"

주섬주섬 요정 여왕의 편지를 꺼내 들던 안티오크가 놀라 되물었다.

그 말을 가뿐히 무시한 쥬다는 포크를 내려놓는 타라에게 차분하지만 살벌한 어조로 말을 이었다. 접시에는 음식이 반절은 남아 있었다.

"분명 남기면 음식 구경도 못 하게 해 주겠다고 하지 않았나? 너처럼 간이 부은 꼬마는 처음이다."

냉랭한 눈초리에 저절로 어깨가 움츠러들었다. 타라는 자신 없는 목소리로 웅얼웅얼거렸다.

"너무 배가 불러서요……."

"간이 큰 탓에 위장은 작은가 보구나."

의사가 진단 내리듯 나직했지만 쥬다가 말하니 협박처럼 들렸다. 타라는 어쩔 수 없이 다시 포크를 들었다.

우울하게 깨작깨작 콘 옥수수를 먹기 시작하는 소녀를 내려다보는 쥬다의 눈썹은 살짝 찌푸려져 있었다. 사약 먹듯이 억지로 먹는 게 영 마음에 안 들었다.

저러니 저렇게 자그맣지. 눈칫밥 먹고 자란 타라가 그 기색을 모를 리가 없어서 숟가락질이 더욱 빨라졌다. 허겁지겁 토마토가 곁들여진 토스트를 꿀꺽 삼키고 나서야 남자의 패였던 미간이 펴졌다.

장거리 달리기를 순식간에 끝낸 것처럼 길게 한숨을 쉬며 식기를 내려놓았다. 과식한 속이 더부룩했다.

아무 일도 없었다는 듯 쥬다가 얼빠져 있던 안티오크를 불렀다.

"타니아가 진정 내게 그리 말하던가?"

"예? 아, 아니, 그러지는 않으셨습니다. 저기, 이것을……."

쥬다가 편지를 받아 들고 읽기 시작하자 안티오크는 이번에야말로 본격적으로 평온한 주인과 끙끙거리는 소녀를 정신 사납게 번갈아 보았다.

뭐야, 뭐야, 뭐야! 대체 무슨 일이 일어나고 있는 거지? 아까 그건…… 마치, 마치 '편식하는 아이를 꾸중하는 양육자의 흔한 아침 식사 광경' 같지 않은가!

무엇보다 쥬다는 귀찮아서라도 남이 뭘 주워 먹건 먹고 앞에서 고꾸라지건, 무심하게 구경하다 시체를 밖에 갖다 버리는 이였다.

자기 영역을 침범당하는 걸 그리 싫어하시는 분이 여자애를 본관에 재우지를 않나, 아까 넘어질 뻔했을 때는 친히 잡아 주기까지 했다.

'아. 혹시 인간 아이를 키우는 것에 새로운 학구열이 생기셨나?'

마법사란 본디 엉뚱한 족속이니 권태로우셔서 그런지도 몰라. 그래, 그거겠지. 아니면 대체 뭐란 말인가?

안티오크는 혼란스러웠다.

* * *

타라는 또 앓아누웠다. 추위에 덜덜 떨고 두통을 호소하다가 구역질까지 했다. 명치끝이 아프다며 밥을 넘기지도 못했다. 끙끙 앓는 게 심상치 않자 안티오크도 전전긍긍 쩔쩔매었다.

앞서 했던 대로 다급히 쥬다를 불렀으나, 순식간에 도착한 그는 이불을 말고 있는 타라의 이마를 짚어 보더니 마력은 이상이 없다고 말했다.

"그럼 어찌한답니까! 아오, 이델 그 녀석은 왜 하필 이때 성을 비워서는."

정신 사납게 빙글빙글 돌아 대는 고양이를 무시한 채 쥬다는 침대 곁에 있는 의자에 앉아 통증을 참으려는 듯 꾹 움켜쥔 조그마한 손을 물끄러미 내려다보았다.

그의 냉정한 판단으로는 타라는 치명적인 병을 앓고 있는 건 아니었다. 하지만 그것과 눈을 뗄 수 없는 건 별개였다.

긴 손가락으로 열 오른 주먹을 건드리자 꽃이 개화하듯 갑자기 검지 하나가 꽉 붙잡혔다. 작지만 강하고, 악착같이. 뜨거운 물에 사지 하나가 빠진 것 같았다.

생경한 감각이 느릿느릿 기어서 살갗, 혈관을 타고 심장까지 전달되었다.

이윽고, 푹— 찌른다.

은청빛 눈이 짙어졌다. 코끝에는 예의 좋은 향기가 간질거렸다. 어린아이에게서 자연스레 물씬 풍기는 우유 내, 달큰한 체향, 따끈하게 데워진 보드란 열기.

천천히 눈을 감았다가 뜬 그는 타라에게 잡힌 손가락을 그대로 둔 채 그녀의 손을 덮듯이 손안에서 느슨히 굴렸다. 뭣 모르는 소년이 사탕을 혀로 만져 보듯이.

그는 조용히 말했다.

"앙리펠을 불러라."

앙리펠은 벨벳 성에서 부를 수 있는 거의 유일한 의사였다. 안티오크는 놀랄 시간도 없다는 듯 고개를 끄덕이고는 후다닥 방을 뛰쳐나갔다.

작은 손을 완전히 삼키고도 남을 늘씬하고 큰 손이 따끈한 손가락을 어루만졌다. 엄지로 보드라운 손등을 쓸던 그는 약하게 한숨을 쉬었다.

"정말 손이 많이 가."

쥬다는 몰이해한 눈으로 아픔에 미간을 찡그린 타라를 주시했다. 완벽한 육신을 갖추고 태어난 그는 근본적으로 병마와 약함이라는 걸 이해하지 못했다.

그런 방면에서는 선천적인 공감 능력이 현저히 떨어졌기에 소녀의 고통이 안타깝다는 것은 아니다. 그러나…….

갑자기 타라가 눈을 떴다. 작은 얼굴에 송골송골 땀이 맺혀 있었다. 쥬다는 속으로 중얼거렸다.

넌 왜 이렇게 작지?

"쥬다?"

"그래."

넌 왜 이렇게 약하지?

타라가 작게 끙끙거렸다. 울상을 짓는다. 쥬다는 표정 변화 없이 이번에는 소리 내 물었다.

"아픈가."

"네에……."

배를 만지며 웅크리더니 돌연 눈을 들어 쥬다의 눈치를 본다. 날카로운 눈썹이 슬쩍 올라갔다.

"왜."

"저, 죄송해요."

"무엇이?"

"그냥…… 아파서?"

말없이 쳐다보니 붉은 눈동자가 끝이 올라간 동그란 눈매 안에서 석류 알처럼 데굴데굴 굴러갔다.

"아프면 다들 귀찮아하고 싫어했어요."

"……."

"델피나 다른 하녀들도. 아인츠나 아벨라도."

좀 더 정확히는, 사촌들은 그녀가 비실비실해서 재미없다며 짜증을 냈다. 어머니는, 아예 그녀가 아픈 줄도 몰랐고.

아프든 울든 감정 없이 지나치던 얼굴들. 그 무관심을 감사해야 할지 서글퍼해야 할지 헷갈렸다.

타라는 목에 걸린 덩어리를 꿀꺽 삼키고는 어색하게 웃으며 중얼거렸다. 그건 마치 누군가의 것을 따라 하는 연극 같았다.

"쥬다도 내가 귀찮죠?"

그는 턱을 삐딱하게 괴고 손장난을 치고 있었다. 따끈하다 싶었는데 제 손을 만지작대고 있다. 그에게는 아무 의미 없는 행동일지라도, 타라는 그 온기가 눈물 나게 고마웠다. 너무 귀해서 몰래 담아 놓고 이따금 꺼내 보고 싶을 만큼.

"전번에도 그랬지만……."

타라의 눈물 괴인 눈을 빤히 들여다보며 쥬다는 무표정한 눈으로 말했다.

"너는 쓸데없이 말이 많구나."

톡 떨어진 눈물이 그의 손끝으로 떨어졌다. 그가 느리게 역으로 따라 올라가니 눈물길이 흐릿하게 지워졌다. 흉터 위에 새살이 돋듯이.

"네가 뭘 겪고 무엇을 보고 자랐는지 나는 모르고, 또 알고 싶지도 않다. 하지만 네 멋대로 나를 결정짓지는 마라."

타라는 처음으로 쥬다의 짙은 미소를 정면으로 보았다. 조소나 냉소와는 다른, 지극히 당연하다는 간결함, 여유.

"나는 네가 이때껏 본 누구와도 다른 사람이니까."

왜인지 모르나 차분한 그의 확언은 너무나 근사하고 멋있었다. 타라는 죽었다 깨어나도 가질 수 없는 어떤 것.

뜬소문으로만 듣던 오랜 별자리의 별빛을 우연히 훔쳐보고 있는 것 같았다. 그녀는 본능적으로 눈앞의 이 사람이 저와는 다른, 너무도 까마득한 존재라는 걸 깨달았다. 원래도 알고는 있었지만…… 좀 더 가까워지니 확실히 알겠다.

순식간에 아득히 멀어지는 기분이다. 타라는 날아가는 새를 붙잡으려 뛰는 어리석은 아이처럼, 그가 저에게 허락해 준 것을 매달리듯 되풀이했다. 쥬다.

"쥬다."

차분히 눈을 맞추는 그에 대한 감사함과 애정이 물씬 폭발했다. 이델처럼 다감하지 않아도 괜찮았다. 그의 묵묵한 수용만으로도 타라는 평생 느낀 호의보다 더 큰 것을 얻었다. 말없이 그늘을 내주는 나무, 그저 흐를 뿐이나 목마른 자에게는 생명수인 강줄기, 비를 막아 주는 커다란 날개. ……내 후견인.

그는…… 싫어할지 모르지만. 그래도. 그렇다 해도. 나는…….

"난 쥬다가 정말 좋아요."

진짜 진짜 많이. 정말 엄청나게 크게. 매우, 무척, 엄청 많이.

머리가 어지러웠다. 띵한 머리로 쥬다의 손을 당겨 볼을 비볐다. 타라는 다시 배가 아파서 끙, 콧등을 찡그렸다. 차가운 손길이 땀에 젖은 머리카락을 쓸어 넘겼다. 시원해서 기분이 좋았다.

쥬다는 저에게 엉겨 오는 조그마한 계집아이를 내려다보고 있었다. 따끈하게 연한 입김이 닿아 온다. 쌔액, 쌔액 파도처럼 밀려났다 다시 밀려왔다. 살갗에 더운 새싹이 돋아나는 듯하다.

갑자기 문이 요란히 열리며 따뜻한 고요가 깨졌다.

"주인님! 데려왔습니다!"

"어허! 어허! 거참! 내가 간다니까! 어이쿠, 다 왔네."

빠르게 뛰어든 고양이의 입에는 푸덕푸덕거리는 먼지 뭉치 같은 게 물려 있었다. 그런데 그 먼지 뭉치가 퉤, 하고 내뱉으니 푸드덕 위로 날아올랐다.

그것은 하얀 수염 깃과 얼룩덜룩한 무늬가 있는 수리부엉이였다. 탁탁 먼지 털듯이 부리로 상한 깃을 고른 부엉이가 안티오크에게 버럭 역정을 내었다.

"이보게, 안티오크! 내가 안 간다는 것도 아니고 이게 무슨 무례인가! 에이잉, 내 참 이런 경우는 살다 처음……."

"앙리펠."

소란스레 떠들던 부엉이는 서릿발 같은 음성에 우뚝 경직되었다. 이윽고 그는 어렵지 않게 저를 보고 있는 쥬다를 발견했다. 앙리펠은 크게 딸꾹질했다.

"여, 여, 영주님! 아이고, 무한한 영광입니다. 위대한 마도사께서 부르셨다면 냉큼 날아와야지요, 암요. 그런데 어쩐 일로……."

"치료해라."

뒤에서 안티오크가 앞발을 휘두르며 눈치를 주자 수리부엉이는 침을 꿀꺽 삼키고는 전광석화처럼 날아가, 타라의 얼굴 위로 원을 그리다 내려앉았다.

앙리펠은 동그란 안경을 추어올리고는 타라를 진맥하고 열을 쟀다. 증상까지 물어보더니 그는 딱 잘라 말했다.

"체기가 있습니다."

쥬다의 눈썹이 올라갔다.

"체라고?"

"네. 혹시 무리하게 과식을 하시거나 급하게 음식을 드신 적은 없으신지요?"

"……."

쥬다는 입을 다물고 타라 쪽을 휙 돌아보았다. 멀뚱히 진단을 듣고 있던 타라는 어쩐지 뚫어져라 보는 시선이 민망해서 푹 고개를 숙였다.

결국 음식 잘못 먹어서 이 난리를 피운 거란 거다. 바보 같아서 얼굴을 들 수 없었다. 굶은 것도 아니고 먹다 병나다니. 그녀의 부끄러움은 쥬다의 말도 안 된다는 말투에 더더욱 가중되었다.

"얼마 먹지도 않았다. 그 쥐꼬리만 한 거 좀 먹었다고 그게 얹히나?"

"아무래도 환자분은 위장이 매우 약하신 듯합니다. 내내 소식하시다가 갑자기 너무 잘 먹어도 속이 받아들이지를 못하거든요. 천천히 무리 가지 않게 식사량을 늘리셔야 합니다."

결국 억지로 많이 먹여서 이 꼴이 났다는 건데, 쥬다는 제 탓이건만 당연히 죄책감보다는 어이가 없었다.

얼마나 먹였다고 그게 또 탈이 나? 저건 정말 뭘 먹고 자랐기에 이리 약하지? 일단 그는 마른세수를 하며 다른 것도 물었다.

"그럼 뭘 먹여야 되지? 아무거나 먹이면 또 아픈가?"

"아닙니다. 지금이야 속이 약해지신 상태니 묽은 음식, 죽이나 수프 같은 걸 먹이시고 배를 따뜻하게 해 주셔야 합니다. 또 피로가

쌓이면 면역력이 떨어져서 질병에 걸릴 확률이 높습니다. 편히 쉬시는 게 최고입니다. 아직 어리신 것 같으니."

그렇게 어리지는 않은데. 그녀는 우울하게 입속으로 중얼거리다가 저를 보는 세 쌍의 시선에 애벌레처럼 이불을 뒤집어썼다.

이불 바깥에서 이러쿵저러쿵 앞으로의 식단과 간단한 약 처방에 대해 이야기가 오가고 있었다.

얼마나 지났을까. 깜박 잠이 든 것도 같았다. 사방이 조용해지자 타라는 몸을 뒤척거렸다.

똑똑똑. 노크 소리에 빼꼼 눈만 보이게 이불을 내리니 팔짱을 끼고 침대 기둥을 두드린 쥬다가 서 있었다. 그는 신랄하게 지껄였다.

"어이가 없어서 말이 안 나온다."

"……죄송해요."

"죄송하다는 소리 집어치워. 너 왜 배부르다고 말 안 한 거냐?"

이번에야말로 정말 억울해진 타라가 항의했다. 아주 조그맣게.

"배부르다고, 했는데."

"거의 개미가 기어가듯이 말했지."

퉁명스럽게 대꾸한 쥬다는 옅은 한숨을 쉬었다. 어째 조금씩 한숨이 늘어 가는 그였다.

그래, 저가 억지로 먹이기는 했다. 하지만 진짜 배 터질 듯 배부르면 안 먹는다고 하거나, 뭐라고 거부를 명확히 해야 하는 것 아닌가? 이 꼬맹이의 사고방식은 그의 관점에서는 이해가 가지를 않았다.

몰이해하다 못해 갑갑하다. 그는 잠시 허공을 쏘아보다 벼락을 내리꽂듯이 타라를 노려보며 으르렁거렸다.

"앞으로는 네가 말하고 싶고 느끼는 것, 사소한 것까지 하나도 빼놓지 않고 다 말해. 알았나? 속으로만 끙끙거리고 귀에도 안 들어올 만큼 혼잣말하면 죽을 줄 알아. 대답."

"네?"

"대답."

"네에."

타라는 쥬다의 눈초리에 열심히 위아래로 고개를 끄덕거렸다. 그제야 만족한 그는 까칠하게 턱짓했다.

"뭐하나. 도로 누워."

기합이 잔뜩 든 소녀는 얼른 침대에 반듯하게 차렷 자세로 누웠다. 짜증스럽게 이불을 끌어와 묻어 버리듯 덮은 쥬다가 한차례 더 딱딱거렸다.

"힘 빼."

즉각 안간힘을 써서 건어물처럼 늘어졌다. 이번에야말로 제 후견인의 말을 잘 듣지 않으면 큰일 날 것 같았다.

동그란 빨간 눈을 이리저리 굴리고 미세하게 부들부들 떨어 대는 게, 폭설에 겁먹고 굴 안에 웅크리고 있는 조그만 눈토끼 같다.

쥬다는 여전히 짜증이 났지만 어쩐지 그 모양을 보고 있자니 어디 한편이 간질거리는 느낌을 받았다. 눈에 보이지 않은 곳에 민들레 홑씨가 잔뜩 묻은 것처럼.

—배를 따뜻하게 해 주셔야 합니다. 아이의 배앓이는 손으로 문질러 주는 게 가장 좋기는 합니다마는.

그는 아까보다 누그러진 채로 옆에 앉아 제 손을 내려다보며 눈을 가늘게 떴다. 타인의 특정 부위를 따뜻하게 하는 마법 따위는 없다.

쥬다는 손바닥을 이마에 대 보았다가, 이불 위를 토닥토닥 두드렸다. 어중간하게 미지근해서 직접 만지느니 이게 나으리라.

"저기……."

"뭐냐."

"지금 뭐하세요?"

"신경 꺼."

"네……."

3

봄이 움트는 자리

서부와 남부의 은밀한 회동의 결과 겨우 고향으로 돌아온 요정 세랑트의 몰골은 처참했다. 날개가 없는 건 물론이요, 사지 중 성한 곳이 단 한 군데도 없었다.

그것도 모자라서 타니아 여왕은 매우 대로하며 그에게 백오십 년간의 유폐령을 내렸다. 그는 지독히 비참했다. 서부의 주인은 악독하기 짝이 없는 인간이었다.

본인 손으로 심장을 뽑아 바다에 내던졌다는 소문이 사실일지도 모른다. 괴물 같은 놈.

이를 득득 갈았지만 날개도 빼앗겼겠다, 세랑트는 숨죽이며 근신하는 수밖에 달리 방법이 없었다.

하루하루 무기력한 원한이 쌓여 가던 어느 날, 그는 중앙 왕국의 손님을 우연히 조우하게 되었다.

왕족인 그는 쾌활하고 예의 바른 인사였기에 유폐되어 외톨이나 다름없던 세랑트에게는 좋은 말벗이 되어 주었다. 그들은 퍽 잘 맞았다.

"얼마 전 서부에서 큰 화를 당하셨다고요?"

선선히 꺼내 든 화제에 세랑트의 얼굴이 와락 일그러졌다. 상아 같은 뺨에는 아직도 긴 흉터가 남아 있었다.

"말도 말라고. 아주 죽는 줄 알았으니까."

"흐응, 이티오팔의 무법자라는 별칭이 괜히 있는 건 아닌 모양이군요."

불사의 마도사 쥬다에게는 수많은 수식어가 있었지만 개중 압도적인 별칭은 그가 한 업적 아닌 업적 탓이었다.

이백여 년 전, 마룡 바바로사가 활개를 치며 서부는 물론 중앙 왕국조차 위협을 당하고 있을 때였다.

숲과 대지가 무시무시한 화염에 타들어 가고 수많은 인간들이 잡아먹히자 당시 집권 초기였던 클레멤논 왕은 동부의 기사단을 움직이는 한편, 요정들과 수족들에게도 도움을 요청했다. 이대로 바바로사의 폭주를 내버려 두었다가는 전 대륙이 불타는 건 시간문제였기 때문이다.

하지만 누구도 선불리 대륙 안의 바다, 이티오팔을 넘어 화산의 마그마에서 불길을 뿜어내고 있는 머리 두 개 달린 용을 해치울 엄두를 내지 못했다.

그러나 율리아 대륙의 공포는 실로 간단하게 마무리되었다. 서쪽의 지배권을 확보한 후 내내 벨벳 성에 틀어박혀 은둔 생활을 하던 쥬다가 사해(死海) 이티오팔을 넘어 단박에 바바로사의 머리 한 쪽을 쪼개 버렸던 것이다.

모두를 공포에 떨게 하던 마룡은 봉인되어 긴 잠에 빠져들었고, 세상은 다시 평화를 되찾았다.

율리아를 위기에서 구한 영웅적인 행보였으나, 이후 쥬다를 두려워하는 이는 오히려 더 늘게 되었다. 사실 쥬다가 바바로사를 짓이긴 건 평화니 뭐니 하는 도덕적인 이유와는 전혀 딴판이었기 때문이었다.

—그 멍청한 도마뱀이 내 땅에 들어와 입 냄새를 풍겨 대잖나. 역겹게.

간단히 말해 바바로사를 죽인 이유는 바바로사가 내뿜은 유황 콧김이 기분 더러워서, 였다.

나머지 네 영주들은 마룡이 사라진 걸 기뻐해야 할지, 그보다 더 무지막지한데 성격도 더러운 놈이 부각된 것에 대해 걱정해야 할지 갈피를 잡지 못했다. 그래도 이쪽은 말이라도 통하니까, 하며 위안으로 삼기에는 꼭 그런 것 같지도 않으니.

결과적으로 쥬다는 새로운 별칭을 하나 더 얻는 동시에 대륙의 살아 있는 공포가 되었다.

세랑트는 어둠 속에서 새파랗게 번뜩이던 벽안이 머릿속을 스치자 핏기가 싹 가셨다. 그는 한차례 발작처럼 떨고 난 후 신경질적으로 팔짱을 꼈다.

"그는 괴물이야. 인간이되 인간이 아니지. 솔직히 나는 내가 지금 이리 살아 있는 것도 이따금 신기하곤 해."

"그 정도입니까?"

상대방이 놀라 되물었다. 만난 지 얼마 되지 않았지만 세랑트는 요정 여왕의 혈통으로서 오만방자한 요정이었다. 교활하고 탐욕적이기까지 하니 그에게 뒤따르는 여러 소문들이 사실일 가능성도 높았다. 그런데 이 정도로 두려워하다니.

청년이 놀라워하자 세랑트는 얇은 입술을 씨근덕거리며 투덜거렸다.

"왜 아닐까. 제기랄, 그 꼬맹이만 아니었으면 걸리지 않을 수도 있었는데."

"꼬맹이라니요?"

"아, 그러고 보니 당신은 알지도 모르겠는걸? 거기 집사가 중앙 왕국의 손님이라고 말하는 걸 엿들은 적이 있어. 쥬다의 성에 웬 조그만 여자애가 하나 있더라고."

"……."

"뭐더라 이름이…… 그래. 뭔가 이상했지 뭐야? 그 계집애, 머리카락이 푸른색이었어."

묵묵히 차를 마시던 이의 눈이 순간 날카롭게 빛났다. 그는 옅게 웃었다.

"타라를 말씀하시는 거군요. 그 애가 아직 그곳에 있었습니까?"

"내 매혹술에 휘둘려 밤중에 나왔더라고. 참 귀엽게 생겼던데.

내 수집품으로 삼으려 했는데…… 아차. 그대의 혈족이니 불쾌하려나?"

"아닙니다. 그리 가까운 사이는 아니라서요."

그는 태연하게 대꾸하고는 생긋 웃었다. 금실로 자은 고운 인형처럼 근사한 미모였다. 저절로 입맛이 다셔졌지만, 이 어린 인간은 왕국 주인 부부의 총애를 한몸에 받는 이였다. 앞뒤 안 가리는 쾌락주의인 세랑트도 건드려도 될 이와 그렇지 않은 이를 구분할 줄 알았다.

그리고 사실 참으로 이상한 일이지만 아름다움으로 치자면 눈앞의 이가 그 조그만 소녀보다 훨씬 화려한 외양을 가졌음에도, 내내 머릿속에 뚜렷이 남는 건 그 소녀였다.

볼품없는 여자애건만 한 번쯤 뒤돌아보게 하는 묘한 분위기가 있었달까.

세랑트는 어깨를 으쓱하고는 계속 푸념을 늘어놓았다.

"눈도 붉은색에, 여하간 특이한 여자애였어. 곱씹을수록 아깝네."

"글쎄, 그리 아까워할 만한 가치가 있는 아이인지는 모르겠군요. 그녀는 고귀한 피를 물려받았지만 마력 한 톨 지니고 있지 않답니다."

청년은 부드럽게 웃으며 받아쳤다. 그러자 세랑트가 고개를 갸웃거렸다.

"마력이 없다고? 하지만 그 애, 내 마법이 통하지를 않던걸?"

"……그게 무슨 말씀이신지."

"정말이야. 나도 이상하게 생각해서 몇 번이나 해 봤다고."

거의 잊고 있었던 일을 다시 떠올린 세랑트에게서 전말을 전해 들은 그의 표정이 미묘하게 변했다. 그는 한참 만에 중얼거렸다.

"믿기 힘든 일이군요."

들릴 듯 말 듯 뇌까리는 그의 목소리는 마침 그가 가져온 중앙 왕국의 아름다운 보석들에 정신이 팔린 세랑트의 귀에는 들리지 않았다.

세랑트와의 대화를 마무리하자마자 그는 귀환 길에 올랐다. 하늘을 나는 황금 마차를 타고 반나절 만에 겨울 성에 당도했고, 곧이어 아델하이트 여왕에게 알현 신청을 했다.

언제나처럼 여왕은 즉각 그의 알현을 허락했다. 그녀는 수면에 비치는 얄팍한 빛으로 짜낸 듯한 물빛 드레스를 입고, 하얀 겨울 여우의 털로 만든 숄을 걸치고 있었다. 완벽한 이목구비의 여왕이 미소 지으니 뿌연 안개를 걷고 눈부신 달이 떠오른 것 같았다.

"어서 오너라, 아인츠."

"숙모님."

아인츠는 한쪽 무릎을 꿇으며 정중히 고개를 숙였다. 성화에서 나온 어린 기사처럼 멋진 모습이었다.

아델하이트는 긴 손톱으로 턱을 매만지며 만족스레 붉은 입꼬리를 올렸다.

"어쩐 일이니? 피곤할 텐데 쉬지 않고. 혹, 그 빨간 머리 계집이 또 발칙한 짓을 하더냐?"

"아닙니다. 타니아 여왕은 세랑트의 일로 서부 영주와 마찰을 빚고 있으니까요."

"흐응, 그럴 테지. 주제도 모르는 년."

일생 땅 한번 밟지 않고 푸른 창공에서만 숨 쉬는 새처럼 고고하고 우아한 여왕은 미를 찬미하고, 소유하고 싶어 했으나 본인보다 아름다운 미녀는 싫어했다. 그 극렬한 질투심에는 혈육조차 예외가 아니었다.

슬슬 여인으로 꽃 피고 있는 아인츠의 사랑스러운 누이 아벨라는, 일찍이 여왕에게 잘 보이기 위해 살랑대며 아부하고 절대 그녀보다 돋보이려 하지 않았다.

주변의 이러한 노력과 본인의 비정상적인 질시로 인해 겨울 성에서 가장 아름다운 여자는 아델하이트였고, 그래서 그녀는 만족스러워했다.

하나 그녀가 아무리 남편의 젊은 정부의 얼굴에 화상을 입히고 갓 핀 꽃봉오리처럼 어여쁜 아가씨의 뺨을 할퀸다 한들, 타고난 미의 종족인 요정들까지 어찌할 수는 없었다.

아델하이트는 타니아의 불멸의 미모와 타는 듯이 붉은 머리카락을 질투했다. 오죽했으면 겨울 성 내의 적발 미녀가 씨가 마를 정도로.

그녀는 상대의 직위 탓에 타니아의 예쁜 머리칼을 잘라 버릴 기회가 앞으로도 없을 것을 대단히 애석해했다.

아인츠가 짐짓 조심스레 눈을 들어 마음에 안 든다는 듯이 뾰로통한 여자아이처럼 코웃음 치고 있는 여왕을 불렀다.

"한데, 숙모님. 이상한 말을 들었습니다."

아델하이트는 우아하게 의자에 앉으며 고개를 까딱였다. 하녀들이 후다닥 다가와 그녀가 내민 손톱을 손질하고, 여왕의 무릎과 발에 털이 반지르르한 담비 가죽을 깔았다.

아인츠는 공손히 말을 이었다. 그의 눈이 여우처럼 휘었다.

"타라가 마력을 각성한 모양입니다."

여왕은 곧바로 반응하지 않았다. 아인츠가 약간 초조해질 무렵, 하프 연주처럼 나긋나긋한 음성이 물었다.

"그 아이가?"

어느덧 방 안에는 그들밖에 없었다. 아인츠는 고개를 끄덕였다.

"아마도 확실합니다. 직접 본 목격자에게서 들은 소식이니까요."

"매우 흥미롭구나."

여왕의 몽롱한 눈빛이 미려한 눈웃음을 그렸다. 아인츠는 상냥하고 아름답기만 한 그녀의 눈이 언뜻 섬광처럼 번뜩이는 걸 보았다.

"그 아이도 참. 이 어미 품에 있을 때는 그토록 별 볼 일이 없더니, 보내고 나니 이제 와서 그렇단 말이니?"

갖다 버린 것과 다름없는 주제에 탓하는 듯한 말투였다. 말랑한 손가락으로 톡톡 입술을 두드리는 그녀에게 아인츠는 조심스레 말했다.

"하지만 뒤늦게 마력을 얻었다 하나 미약하여 보잘것없는 것은 여전합니다. 그리 크게 신경 쓰지 않아도 될 듯합니다."

"아인츠."

"예."

여왕은 하늘하늘한 꽃이 바람에 흔들리는 것처럼 폭 한숨을 내쉬었다.

"그 애의 쓸모는 겨우 그런 것이 아니란다."

"하면……?"

대꾸 없이 생긋 웃는다. 천진하기 짝이 없었지만, 그 속에 여인 수십을 잡아 죽일 독이 숨어 있다는 걸 겨울 성의 모든 사람이 알고 있었다. 그녀는 노래하듯 말했다.

"어쩌면 이것도 운명일지 모르지."

잠시 꿈꾸듯이 눈송이가 내리는 창가를 보더니 평온한 입술에서 청천벽력 같은 말이 떨어졌다.

"아벨라를 보내자꾸나."

"네?!"

전혀 예상도 못 했다. 아인츠는 당혹하여 유난히 기분 좋아 보이는 여왕을 뚫어져라 응시했다.

"숙모님, 아벨라는 왜……."

"바보 같은 소리를 하는구나. 하나를 가져오니 당연히 이쪽에서도 하나를 줘야 하지 않겠니?"

"서부의 영주에게…… 아벨라를 보내실 생각입니까?"

"그래. 쥬다는 잘생겼으니 아벨라도 좋아할 거야. 그 애가 아깝기는 하지만……."

아쉽다는 뜻이 적나라해서 아인츠는 기가 막혔다. 하지만 그보다 더한 것은 여왕의 다른 의도였다.

"설마 타라를……."

"내 딸인데 당연히 데려와야지. 어서 아벨라를 부르렴. 나는 오랜만에 내 동생에게 편지를 써야겠어."

여왕은 모든 흥이 꺼졌는지 조카에게 축객령을 내렸다. 우두커니 서 있던 그는 침착하게 인사를 올리고 일단 물러났다. 닫히는 문틈 사이로 철모르는 소녀 같은 콧노래가 들려오고 있었다.

맙소사. 대체 무슨 생각을 하시는 건지? 그리고 자신은 무슨 짓을 한 건가.

이맛살을 찌푸리며 이리저리 재 보다, 아인츠는 어쩌면 나쁠 게 없다는 생각이 들었다. 서부의 영주라면 클레멤논 국왕도 함부로 하지 못하는 거물이고, 그런 자와 인연이 닿고 나아가 연까지 맺는다면 나쁠 게 없겠지.

그러나, 그는 그 위대한 마법사가 절세 미녀인 아벨라가 아닌 천한 타라를 택할 경우는 전혀 생각해 보지 않았다.

* * *

이델은 바락 소리쳤다.

—대체 뭘 얼마나 먹이셨길래 탈이 나요? 먹으라고 목에 칼이라도 들이미셨습니까?

"안 했어."

그 비슷한 협박을 하기는 했지만. 쥬다는 속으로 중얼거렸다. 밤

톨만큼만 먹는 게 거슬려서 좀 정상적으로 먹인 게 무어 죄라고.

그러나 이델은 그가 굳이 말 안 해도 상황이 뻔히 보인다는 듯 잔소리 폭탄을 쏟아 내었다.

—보나 마나 살벌하게 을러댔겠죠. 쥬다 님. 타라 님은 보통의 어린아이들보다 더 여린 심성을 가지고 계십니다. 눈치도 많이 보고요. 지나칠 정도로 약한 소녀라고요. 알고는 계십니까?

“안다.”

유감스럽게도 너무 많이 알고 있었다. 쥬다는 내내 그녀를 보고 있었으니까. 언젠가부터 자연스레. 그의 눈썹이 미약하게 움직였다. 잠시 딴생각에 빠진 그의 귓가로 조금 누그러든 이델의 목소리가 흘러들어 왔다.

—그나마 안다니 다행이군요. 안 그래도 그 횡한 성에 타라 님 혼자 놔두고 오기가 발이 안 떨어져서 얼마나 눈에 밟혔는지 모릅니다. ......(중략)...... 좀 잘해 주시란 말입니다. 어쨌건 쥬다 님의 보호를 받는 아이 아닙니까. 요새 잠은 잘 주무세요?

“그럭저럭.”

날밤을 꼴딱 새우던 소녀를 떠올린 그는 간결하게 대꾸했다.

그래도 요새는 잠을 설치는 것 같지는 않았다. 쥬다는 이제 밤이 깊어지면 이따금 책을 읽다 말고 옆방에서 들리는 소리에 귀를 기울이곤 했다. 조그맣게 뒤척임이 느껴지다 쥐 죽은 듯 고요해지면 잠이 든 것이다.

연하게 움트는 그 숨소리. 보송보송한 그것이 잡히지도 않을 열음으로 귓바퀴를 지나 넘어올 때면, 쥬다의 신경은 하나둘 그쪽으로 넘어가 빗소리를 세는 소년처럼 미동 없이 가만히 듣게 되었다.

이어진 이델의 푸념에 쥬다는 고개를 삐딱하게 숙였다.

—하아. 하루라도 빨리 돌아가야 하는데, 일이 계속 꼬이네요. 숄가가 이번에 성년식을 치르게 될 것 같아서 귀환이 늦어질 것 같습니다.

늦어도 몇 주면 올 것 같았던 이델이 북부에 머문 지 어언 석 달이 다 되어 간다. 이런저런 일들이 겹친 탓이다. 이델의 부재가 길어질수록 조금 불편하기는 하지만 크게 아쉽지도 않은 쥬다는 심드렁히 대꾸했다.

"네 자식이 벌써 그리 자랐던가?"

—아이들이야 빨리 자라니까요.

이델은 쓴웃음처럼 웃었다.

아이는 빨리 자란다, 라. 상식으로서 알고 있기는 했다. 쥬다는 타라가 훌쩍 큰 모습을 가정했으나 잘 떠오르지 않았다. 꼬맹이는 내내 꼬맹이여야 할 것 같다. 쥬다는 무감정하게 중얼거렸다.

"그래서. 늦는다고."

—예. 쥬다 님과 안티오크야 별로 걱정도 안 됩니다만 타라 님이 걱정됩니다. 어휴, 내가 있어야 하는데.

"잡소리 말고 하루빨리 귀환하도록."

쥬다는 이델의 인사를 듣는 둥 마는 둥하며 휙 손짓해서 마법 통신을 꺼 버렸다. 푸른 불이 화르륵 타다 공기 중에서 사라졌다.

그는 팔짱을 끼고 뚜벅뚜벅 창가로 가 섰다. 척박한 토양을 벨벳 성의 성벽이 견고하게 가로지른 그 아래, 조그마한 정원에 엎드린 푸른 점이 보였다.

길가에 피어난 패랭이꽃처럼 낭랑히 흔들리다 타닥타닥 한 곳으로 뛰어간다.

쥬다는 타라가 결코 보채지 않지만, 은연중에 이델이 오기를 손꼽아 기다리고 있다는 걸 알고 있었다. 아마 한참 후에나 온다는 소식을 들으면 상심할 것이다.

그는 물끄러미 노란 고양이와 마주 앉아 책을 읽는 소녀를 보다 고개를 돌렸다.

*　　*　　*

타라는 책을 읽고 있었다. '라푼젤'의 책장을 넘기며 그녀는 고개를 갸웃거렸다.

—그녀는 오랫동안 탑에 갇혀 있었습니다. 긴 금발 머리타래가 발끝까지 닿을 만큼.

"안티오크. 라푼젤은 그럼 평생 어떤 사람도 못 만난 거예요? 마녀 말고?"

"그렇죠."

"우으, 불쌍해."

외로움 많은 타라는 자신을 싫어하는 사람이라도 없는 것보다는 나을 것 같았다. 게다가, 그녀가 라푼젤이라면 이델과 안티오크, 쥬다도 만날 수 없겠지.

이제 타라는 쥬다와 성의 식구들이 너무너무 좋아져 버렸다. 당장 눈앞에서 없어진다면 허전해서 숨도 안 쉬어질 만큼. 동화책에 감정이입한 타라가 황당하고 귀여웠던 안티오크는 앞에 앉아 살랑살랑 꼬리를 흔들었다.

"걱정 마세요. 그녀는 곧 왕자를 만난답니다."

"동화에는 항상 왕자가 나오네요."

타라는 곰곰이 생각했다. 그녀가 읽은 동화들은 이제 열 가지가 넘어갔다. 소녀는 조곤조곤 손가락을 꼽아 보았다.

"'신데렐라'도 왕자를 만나 행복해지고, '잠자는 숲 속의 공주'도 왕자가 잠을 깨워서 저주에서 풀려나잖아요. 동화 속 왕자님들이 행복의 조건인가요?"

"음, 그건 아닌 것 같습니다. 그녀들이 왕자를 사랑하지 않았다면 행복이 따라오지는 않겠죠. 서로의 마음이 통해야 행복해지는 겁니다."

"하지만 안티오크, 공주들은 왕자를 사랑할 수밖에 없었을 거예요. 그녀들은 내내 긴 잠에 빠져 있거나, 계모와 언니들에게 시달리거나, 탑에 갇혀서 불행했어요. 그런데 갑자기 짠, 하고 나타난 왕자가 구해 준 거예요! 어떤 사람이 그런 은인을 사랑하지 않을 수 있겠어요?"

타라는 공주들의 입장에 공감하고 있었기에 조그만 미간을 좁히며 열심히 설명했다. 귀엽다는 듯 타라의 열변을 듣고 있던 고양이 집사가 앞발을 까딱이며 말했다.

"하지만 타라 님. 은인에 대한 고마움과 남녀 간의 사랑은 분명 다르답니다. 호감과 사랑의 종류도 여러 가지가 있으니까요."

"그럼, 사랑은 뭔데요?"

훽 날아가 버린 나비를 입맛을 다시며 보던 그가 잠깐 골똘히 생각했다.

"사랑이란 건, 간단히 말하자면 상대를 무척 아끼고 귀중히 여기는 걸 말합니다. 소중하고 애틋해서 더 가까이 있고 싶고, 바라만 봐도 좋고, 때로는 독점하고 싶어서 질투도 나는 그런 감정이죠."

"……으음, 너무 복잡한 것 같아요."

타라는 골똘히 추상적인 개념을 이해하려 애썼다. 하지만 어렴풋이 잡힐 듯 잡히지가 않았다.

"그건 언젠가 자연스럽게 깨닫게 되는 감정이랍니다. 말로 설명한다 해서 이해 가지 않을 거예요. 예컨대, 타라 님도 이델이나 저에게 여러 감정을 느끼실 겁니다."

"저는 이델과 안티오크가 좋은데요?"

말갛게 제 감정을 말하는 뽀얀 얼굴은 지독하게 순수했다. 안티오크는 앞발을 할짝대다 눈을 가늘게 뜨고 가르릉거렸다. 마치 사람이 웃는 것처럼 보였다.

그는 느릿하게 다가가 타라의 주변을 빙글빙글 돌며 털이 복슬복슬한 몸을 쓱 비볐다. 타라가 까르르 웃음을 터뜨리자 냐옹, 작게 운 안티오크가 말을 이었다.

"좋다—는 감정도 저마다 색이 달라요. 이델도 좋고 저도 좋지만 조금은 다를 거예요. 좋을 때도 있고, 조금은 서운할 때도 있고, 보고 싶을 때도 있겠죠. 사람의 감정이란 단풍 같아서 계속 색이 바뀐답니다. 잘 생각해 보세요."

"아. 조금 알 것 같아요."

타라가 약한 탄성을 질렀다. 그녀는 쫑알쫑알 평소의 제 생각을 늘어놓았다.

"이델은 다정하고 따뜻해서 좋아요. 이델과 있으면 꼭 따뜻한 물에 몸을 담그고 있는 것 같아요. 나는 그 다정함을 받을 만한 주제가 못 되거든요. 안티오크는 똑똑하고 못하는 게 없어서 대단해요. 나는 한 가지를 하기도 벅찬데, 안티오크는 척척 다 해내잖아요. 그리고 쥬다는……."

타라는 머뭇거렸다. 쥬다의 말은 맞았다. 그는 지금껏 그녀가 봐

왔던 누구와도 다른 사람이다.

"내게 무척 상냥히 대해 주는 사람이에요. 쥬다가 정말 좋아요. 많이 소중해요. 어떻게 표현해야 할지 모르겠어요. 그런 거 있잖아요? 아주 멀리 걸려 있는 달처럼 외로운 밤을 환하게 밝혀 주는데, 아름답고 대단해서 보고만 있어도 눈이 멀 것 같고. 너무 멀어서 무섭지만, 그래도ㅡ."

계속 같이 있고 싶어요. 그와 있는 시간들이 반짝거려요. 심장이 쿵쿵 뛰어 아픈데도 눈을 마주하고 있는 그 순간들이 너무 좋아서.

순식간에 수많은 어설픈 단어들과 표현들이 우르르 몰려들어 와 가슴을 휩쓸고 지나갔다. 벅차다. 타라는 작은 몸속에 폭풍이 몰아친 것처럼 여리게 가쁜 숨을 내쉬었다가 활짝 웃었다.

"세상에, 안티오크. 내가 동화 속에 있나 봐요."

그렇지 않고서야 어떻게 이런 '행복'을 느낄 수 있죠? 이 못난이 타라가 말이에요.

사랑이나 왕자가 없어도 될 것 같았다. 이대로만 계속. 설사 불가능할지 몰라도, 지금만큼은. 타라는 벅찬 기쁨에 제 손을 꾹꾹 누르는 노란 고양이를 꼬옥 안았다.

까칠한 집사는 익숙지 않은 접촉에 털을 곤두세웠지만 타라의 웃음소리를 들으며 둥근 어깨에 턱을 올렸다. 꼬리가 나비 날갯짓처럼 느리게 소녀의 등을 두드렸다.

* * *

구름처럼 부드러운 달걀 오믈렛을 한입 떠먹었다. 쥬다는 차를 마시며 냠냠 아침밥을 먹는 타라를 바라보았다. 그녀 앞에 놓인 요리들은 가볍게 데치거나 삶고 찐, 그야말로 소화에 최적화된 음식들이었다.

누가 보면 과장 보태 이유식이냐고 물을지도 몰랐지만, 쥬다는 타라의 식사량이 정상 궤도에 오른 것을 만족해했다. 말랑한 흰 빵을 오물거리던 타라가 고개를 갸웃거렸다.

"안 드세요?"

"너나 많이 먹어라."

"하지만 별로 안 드신 것 같은데……."

"이제 좀 컸다고 잔소리까지 하나?"

쥬다가 차 향을 맡으며 가소롭다는 듯 피식 웃었다. 즉각 졸아든 타라는 아니요오, 하고 작게 쫑알거렸다. 풀린 날씨에 철모르고 머리를 내밀었다가 잎을 오므리는 들국화 같았다.

그는 얌전히 복숭아를 베어 무는 소녀를 재미있다는 듯 관찰했다. 조그만 일에 일희일비하고 움찔움찔거리는 모양이 볼만했다. 큰 눈을 굴리며 제 눈치를 살피는 게 웃기기도 하고. 가끔은 심술맞게 일부러 툭툭 건드려 보기도 했다.

힉힉, 거리고 금방 또 헤헤헤 웃는 게 보는 재미가 쏠쏠했다. 이런 주인의 심사에 충성스러운 안티오크조차 '참 성격 나쁘다'고 투덜거렸던 건 당사자 외에 모르는 비밀이었다.

쥬다가 자리에서 일어나자 막 후식으로 과일 사탕을 굴리고 있던 타라도 벌떡 일어나 졸졸졸 따라갔다. 주인 따르는 강아지 모양새였다.

긴 다리가 성큼성큼, 그 뒤로 쪼르르, 쪼르르. 높은 계단을 오르는 쥬다는 금방 그녀에게서 멀어졌다.

타라는 계단을 겁도 없이 후다닥 따라 오르다 신이 벗겨졌다. 타닥, 툭 떨어져 저 밑에 있는 신과 거리가 멀어지는 쥬다를 번갈아 보던 타라는 다시 밑으로 달음박질쳤다. 신을 주워 먼지를 닦아 내는데, 쪼그려 앉은 둥근 머리 위로 그림자가 졌다.

"참 가지가지 하는구나."

어? 쥬다?

그녀의 겨드랑이 사이로 손을 끼운 쥬다는 익숙하게 소녀를 안아 올렸다. 그럴 때마다 어깨를 움츠리던 타라도 이제는 자연스레 몸을 맡길 정도로 발전했다.

저에게 무방비하게 안겨 오는 작은 등을 쓸면서 은청안이 가느다랗게 떠졌다.

"그 신발이 뭐 좋다고 그리 애지중지하지? 저번에는 별 찌질한 짓까지 다 하더니."

보름 전의 일이었다. 크림색의 손수건에 붉은 주스를 쏟아 잔뜩 젖은 일이 있었는데, 타라가 그걸 가지고 어쩔 줄 모르더니 냉큼 화장실로 가서 그것을 벅벅 빨아 오는 것이었다. 그 작은 손을 걷어붙이고 직접.

고귀한 태생으로 나고 자라 대륙 최강의 대마법사가 되기까지 생전 그런 일을 친히 해 볼 생각도 못 했던 쥬다로서는 신기하다 못해 황당했다.

더러워졌다 쳐도 하인들을 시키면 되지, 뭐하러 힘들게 고생하는가? 손아귀 힘도 없는 주제에. 몇 달간 쥬다의 어투에 그럭저럭 익숙해진 타라는 볼을 붉히면서 재잘거렸다.

"이델이 선물로 준 것들이거든요. 저한테는 소중해요."

"이게?"

이 별 볼 일 없는 게? 뛰어난 미학을 지닌 시각에서는 이해가 안 가는 의견이다. 그는 소박하고 단정한 비단신을 힐끗 보고는 고개를 기울였다.

이성적으로 생각해 보자면 간단하다. 그의 피후견인이 이델을 그만큼 좋아하거나, 아님 물건 볼 줄 아는 안목이 형편없거나. 감성적인 사람들은 전자로 판단하겠지만 쥬다는 둘 다라고 결론 내렸다.

"그런 것 따위 몇십 개든 사 줄 테니 없어 보이는 짓 하지 마."

"예? 어어어, 괜찮은데……."

타라는 놀라서 고개를 빼 들고 도리도리 저었다. 큰 눈이 말갛게 빛난다. 쥬다는 작은 머리를 힘줘서 눌러 버리고는 나머지 계단을 올랐다. 그의 품에 파묻힌 채로 턱을 이리저리 빼던 타라가 중얼거렸다.

"이미 충분히 많이 받았는걸요."

"네가 나한테서 뭘 받았다는 거냐?"

쥬다는 타라에게 편안하고 안락한 생활을 제공했지만, 그건 그의 기준상 말 그대로 숙식 제공에 불과했다. 하지만 이 이해 안 가는 생물은 그걸로도 감동한 모양이다.

"그냥, 전부. 전부요."

"무욕도 병이다."

"진짠데."

그는 들은 체도 하지 않았다. 코에 익어 버린 쥬다의 체취를 맡으며 붉은 눈이 느릿느릿 평화롭게 깜박였다.

"쥬다가 나와 함께 있어 주잖아요."

병아리 부리 같은 입술에서 흘러나온 보송함이 그의 귀로 여과없이 침입해 들어왔다. 그 순간 쥬다는 자각도 하지 못하고 멈춰 섰다. 그리고 영문도 모르는 듯 말간 낯으로 올려다보는 소녀에게 짐짓 짜증스럽게 말을 내뱉었다.

"애교 부리지 마."

"……?"

"여우 같으니라고."

조그만 게 은근슬쩍 여우 짓이다. 신경질적인 목소리와는 다르게 그는 그녀가 흘러내리지 않게 더 단단히 고쳐 안았다. 난데없는 비난에 맞은 이는 어안이 벙벙하다. 타라가 억울해서 말했다.

"왜 자꾸 나한테 여우라고 해요?"

"여우 맞잖아. 새끼 여우."

"아닌데……."

자신 없이 꿍얼거렸다. 타라에게 글을 가르치고 촛불 켜는 법, 마력을 느끼는 법처럼 간단한 마법을 가르치며 눈을 맞추고 안아 주는 후견인이란, 그녀에게 절대적인 존재라서 쥬다가 하는 말들은 전부 옳은 소리 같았다.

마치 정해진 자연의 법칙처럼 자연스레 그렇게 길들어 가고 있다. 일말의 두려움이 없는 건 아니었으나, 상대가 쥬다라면 그것도 나쁘지 않을 것 같다고 생각했다.

어느새 타라의 방 앞에 도착하자 단단한 손이 소녀를 내려 주었다. 타라는 괜히 꾸물거렸다. 어리광 피우면 안 되는데, 날이 갈수록 더 계속 같이 있고 싶었다.

아닌 척하려 하지만 결국 뻔히 보이는 그 사랑스러운 몸짓을 쥬다는 팔짱을 끼고 무심하게 바라보고 있었다. 비스듬히 올라간 입꼬리는 본인조차 몰랐다.

"들어가."

"네에."

발을 동동 구르던 주제에 쥬다가 말하면 언제나 착한 아이이다. 약간 풀 죽은 듯 고개를 끄덕이는 타라의 머리로 반자동적으로 손이 올라갔다.

언젠가부터 충동보다 손이 먼저 간다. 낯선 변화가 의아했으나, 아무렴 어떤가. 이 꼬맹이는 그의 피후견인이었고, 이 벨벳 성에 있는 모든 것들은 그의 것이었다.

제 것, 제 소유. 미끄러지듯 혀를 타고 넘어가는 질척한 단어가 퍽 마음에 들었다. 그는 속내와는 다른 멀끔하고 찬 표정으로 긴 검지를 움직여 뽀얀 볼을 쓸었다. 설탕 크림이 감겨 오듯 달짝지근하다.

"오후에 옆방으로 넘어와라. 오늘은 율리아의 역사서를 읽어 볼 테니까."

"네!"

타라는 함박웃음을 짓고는 그의 고갯짓에 밀려 방 안으로 들어갔다. 뒤이어 쥬다가 서재로 들어가니 아까부터 와 있었던 안티오크가 고개를 갸웃거렸다.

"무슨 좋은 일 있으십니까?"

"쓸데없는 소리 말고 보고나 하도록."

어째 보일락 말락 웃고 계셨던 것 같은데. 잘못 봤겠거니 넘긴 고양이 집사는 폴짝 책상 위로 올라와 쥬다가 자리에 앉자마자 보고를 시작했다.

"이델이 임시 휴직서를 제출했습니다. 받아 보셨는지요?"

"안다."

예상했던 대로 이델의 장기 부재 소식을 들은 타라는 매우 침울해했다. 같이 있던 시간이 몇 주가 다인데, 꼬마는 이델을 지나치게 좋아했다. 꼬박꼬박 편지를 부치고, 받은 선물들은 때가 탈까 잘 사용하지도 못한다.

보나 마나 순진해 빠져서는 좀 잘해 주니까 홀랑 넘어간 모양이다. 원래도 유난이다 싶었지만 최근의 그는 약간 비꼬듯이 타라의 이델 사랑을 평가하곤 했다.

저에게만 꼬리를 흔드는 줄 알았던 강아지가 알고 보니 다른 데도 열심히 쫓아다니는 걸 안 것과 비슷한 감상이었다.

"그리고 중앙 왕국에서 서신이 도착했습니다."

"그런가."

서부와 그럭저럭 공생하는 관계인 중앙 왕국은 막강한 서부의 힘을 두려워했기에, 클레멤논 왕은 크고 작은 마찰이 많은 북부 다음으로 서부를 경계했다.

흔한 일이라 대단치 않게 여기는 쥬다와는 달리 안티오크는 조심스럽게 쥬다의 눈치를 살폈다.

"아델하이트 여왕의 서찰도 있습니다."

나른하게 타들어 가던 모닥불에 갑자기 기름을 와락 엎지른 것처럼 쥬다의 안색이 일변했다. 그는 다소 날카롭게 대꾸했다.

"그 미친년이 왜?"

"보십시오. 아무래도, 예감이 그리 좋지만은 않습니다만."

공손히 내민 양피지 두루마리를 탁 낚아채고는 성의 없이 둘둘 말린 끈을 풀어내 던지고 쭉 읽어 내려간다. 점점 표정이 싸늘하게 식어 가더니 이내 냉막해진 그는 쓰레기 버리듯 책상 위에 두루마리를 던졌다.

안티오크는 귀를 쫑긋거리며 무표정하게 턱을 문지르는 주인을 주시했다.

"뭐라고 하던가요?"

"언제나와 똑같다."

자칭 누이의 서신이 올 때마다 그중 8할은 펼쳐지지도 않고 벽난로 속으로 처박혔고, 나머지 2할은 쥬다의 간략한 감상평을 받았다.

'개소리', '미친년'. 좀 더 길게 말할 때면 '왜 왕은 이혼하지 않는 거지? 하긴 같은 연놈이니 그리 붙어 있겠지.' 등등이었다. 결국 오늘의 편지 또한 별 시답지 않은 개소리란 뜻이겠고.

하나 이어진 반응은 일상적인 경멸 그 이상이었다.

"안티오크."

"네."

"여왕이 죽을 경우, 왕이 전쟁을 일으킬 거라 보나?"

네? 안티오크는 덤덤하다 못해 평화로워 보이는 쥬다를 멀거니 쳐다봤다. 아니, 이건 또 무슨 소리지. 왠지 주인님이 직접 아델하이트 여왕을 잡아 죽일 거라는 뜻으로 들리는데. 기분 탓이겠지, 허허. 현실 부정을 하는 그에게 쥬다는 아예 확인 사살을 했다.

"그래도 어쩔 수 없나? 하지만 이제 정말 그년을 죽이고 싶다. 죽여도 예전에 죽였어야 했는데."

절절한 진심인 듯하다. 안티오크는 털이 빳빳해지는 걸 느꼈다.

"아니, 대체 뭐라고 하셨길래?"

"새 계집과 타라를 교환하자고 하는데."

"예?!"

이번에는 안티오크도 경악했다. 등을 둥그렇게 만 고양이가 캬악 날카롭게 울었다.

"아니 그건 대체 어느 나라 개소리랍니까?! 우리 타라 님을 왜 데리고 가요? 그렇지요? 타라 님을 돌려 달라는 얘기 아닙니까!"

말할수록 열이 뻗쳐서 안티오크가 정신 사납게 캬옹거렸다. 쥬다는 잔뜩 성을 내는 고양이를 차분하게 응시하고 있었지만 불쾌감이 가파르게 상승하고 있는 건 다를 바가 없었다. 길쭉한 손가락이 툭툭 책상을 두드렸다.

"명목상의 인질 교환이라고…… 이 여자가 나를 가지고 노는구나."

낮게 뇌까리는 목소리가 맹수가 으르렁거리듯 소름 끼친다. 그는 재차 투덜거렸다.

"예전에 죽여 버렸어야 했어."

"저도 이하 동문입니다만, 아니 될 말씀입니다. 그러면 타라 님이 못 태어나시잖습니까."

잔뜩 흥분한 고양이가 당돌하게 지적했다. 벨벳 성 집무실에서 상상도 못 할 일이 일어났건만, 쥬다도 미처 그것을 생각하지 못했는지 미간을 찡그릴 뿐 아무 말도 하지 않았다. 그는 이해가 안 가서 읊조렸다.

"어떻게 그년이 저 꼬마를 낳을 수가 있지? 그 피 반쪽은 어디로 간 건가."

"아버지 쪽만 닮은 모양이죠. 참 다행스럽게도."

안티오크의 말을 흘려 들으며 쥬다는 새삼 진지하게 고민했다. 크고 맑은 눈이라든가 조그만 코, 입술, 소심해서 크지도 않은 여린 목소리, 유순하기 짝이 없는 미소와 이따금 답답해 돌 것 같은 순딩이 성격은 그 미치광이 여자와는 전혀 딴판이었다.

수줍게 웃으며, 저가 좋다며 졸졸 쫓아오던 그 모습을 상기한 쥬다는 고개를 삐딱하게 기울여 허공을 바라봤다.

"여우 짓하며 사람 홀리는 건 닮았나?"

"예?"

"저 꼬마의 후견인은 나야. 적선하듯 떠밀 때는 언제고 다시 돌려 달라니. 어불성설이다. 헛소리 말고 꺼지라고 전해."

오랜 세월 살아오며 제 것을 빼앗긴 역사가 없다. 기가 막혔다.

율리아의 다섯 영주 중 우두머리인 클레멤논 왕은 그야말로 명목상일 뿐, 나머지 영주와 주종 관계는 되지 못했다. 그것도 무법자라 이름난 그, 쥬다에게는 더욱.

그는 음산하게 입매를 당겼다.

"죽고 싶어 환장한 거지."

"그런데 주인님. 문뜩 걱정되어서 하는 말입니다만……"

골똘히 생각하던 안티오크가 걱정스레 물었다.

"혹시 타라 님이 다시 어머니에게로 돌아가고 싶다고 하시면 어찌합니까?"

"뭐?"

쥬다의 냉소가 한풀 꺾였다. 황당하다 못해 급속도로 서늘해지는 그 표정에 조금 움츠러든 고양이가 항변하듯 말했다.

"그렇잖습니까? 아직 어린 타라 님이야 모정이 그리울 수 있지요. 직접 티는 안 내셨습니다만 어머니에 대한 정을 완전히 거두신 눈치는 아니셨습니다. 선량하고 여린 분 아닙니까. 미움이란 것도 쉽게 하지 못하는 분인데 하물며 상대는 친모니까요."

"……."

산천초목을 태워 가던 업화가 한순간 싹 식어 버린 것 같은 침묵이었다. 거의 집착적인 함묵이 압사시키듯 내리누른다. 약삭빠른 고양이 집사는 섣불리 입을 열지 못하고, 분노조차 가신 듯 그저 무표정한 쥬다를 힐끔거렸다.

그의 푸른 벽안이 뚫어져라 보고 있는 곳은 타라가 이 방에 올 때마다 앉아 있던 자리였다. 그는 느리게 머리를 등받이에 기대고는 한참 동안 말이 없었다.

분위기에 눌려 감히 말을 꺼내지 못했지만, 상상 이상의 언짢음에 안티오크는 대단히 놀랐다.

타라를 나날이 귀엽게 보시는 것 같기는 했지만 그녀가 어머니를 택할 수도 있다는 가능성이 이토록 주인을 불쾌하게 만들 줄은 몰랐다.

사실은, 당사자조차도 알지 못했다.

"타라를 불러와."

이윽고 차가운지 뜨거운지 모를 음성이 떨어졌다.

*　　*　　*

쥬다의 부름에 눈 위를 뛰어다니는 강아지처럼 뛰어왔던 타라는 쥬다의 얼굴을 보자마자 그의 기분이 좋지 않다는 걸 눈치챘다. 이런 류의 기미는 귀신처럼 감지했으니까.

타라는 절로 맑게 벌어졌던 입술을 다물고 조심스럽게 자리에 앉으면서 그를 힐끔거렸다. 그는 무심하게 책에 시선을 고정하고 있었으나 매캐한 화산재가 사방을 덮은 듯한 정적이었다. 꼭 처음 봤을 때처럼. 심장이 금세 불안하게 뛰었다.

"저, 쥬다."

어렵사리 그를 부르니 뭘 그리 망설이었느냐는 듯이 쥬다가 그녀를 응시했다. 차분한 그의 눈빛에 배로 불안감이 커졌다.

왜 나를 그런 눈으로 보나요? 무슨 말을 하려고요?

몇 개월간의 안락함이 빈약한 자신감을 굳혀 주기에는 아직 시간도 짧았고, 그와 그녀의 사이도 굳건하지 못했다. 잊었던 초조함이 다시 슬금슬금 올라왔다.

어쩔 줄 몰라 하며 흔들리는 눈망울을 지그시 바라보던 쥬다의 푸른 눈이 짙어졌다.

"꼬마."

양귀비를 으깬 독을 탄 듯 달콤한 음성이다. 타라는 이끌리듯 답했다.

"네."

"타라."

그가 부르는 제 이름은 쌉싸래한 초콜릿 같았다. 놀란 듯 동그래진 눈을 빤히 직시하던 그의 한쪽 입꼬리가 올라갔다. 너무 어리고 미숙해 최소한의 자기 방어조차 못하는 이 소녀의 속내는 너무도 투명했다. 뻔히 들여다보인다.

이 꼬맹이는 그를 지나치게 좋아했다. 눈도 못 뜬 새끼가 온기를 찾듯이 다급하게 그에게로 뛰어온다.

처음에는 재미있다고 생각했다. 하지만 이제는 타라의 눈빛, 구하는 표정, 여린 손길에서 얻어지는 일말의 만족감이 언뜻언뜻 다디달게 올라왔다.

이런 재미로 아이를 키우는 건지는 모르겠으나, 제법 마음에 들었다.

"책을 펴라. 오늘은 마법의 기본기를 보자."

언제 그랬냐는 듯 아무렇지 않게 평소대로 돌아온 쥬다가 말하자 타라가 고개를 갸웃거렸다.

"아까 역사를 한다고 하지 않으셨어요?"

"그건 다음에."

시간은 많으니까. 그는 느긋하게 중얼거리며 책을 뒤적거렸다.

지금까지 그들은 마법의 기본적인 사용 방법, 마력을 느끼고 조절하는 것을 집중적으로 공부했다. 그리고 쥬다는 타라를 가르친 지 몇 주 만에 간결하게 결론 내렸다.

"넌 마법적 재능이 없다."

독설이라기보다는 정확한 사실을 선고하는 종류라서 타라는 상처 받을 틈도 없이 맹하니 수긍했다. 사실 큰 기대를 안 하기도 했다. 쥬다는 그녀를 힐끔 내려다보며 이어 말했다.

"마력도 미미하지만, 그것조차 제어하거나 느끼는 감각이 현저히 떨어진다. 잠재력이 아예 없는 건 아니지만."

타라는 벽난로 근처, 그의 안락의자 아래에 있는 담요와 쿠션 위에 앉아 있었다. 방에서 가장 따뜻한 자리였다.

그의 눈이 첫인상보다 미세하게 달라 보이는 그녀를 조용히 바라보았다. 처음 올 적에는 짤막했지만 이내 어깨를 덮는 길이로 자란 푸른 머리칼, 그 사이 그가 걸어 준 목걸이가 반짝거렸다. 소녀는 난롯불에 아른거리는 그를 올려다보더니 잠시 생각하다 물었다.

"그럼, 전번의 약속은요?"

쥬다는 한 박자 늦게 저가 한 약속을 떠올렸다. 사실상 꼬마에게 글과 마법을 가르치며 신경을 기울이기는 했지만 그전의 약속은 까맣게 잊고 있었다. 사실 이것도 이례적이다. 아, 그것. 느슨히 가라앉았던 무언가가 푹— 정면으로 그를 찔렀다.

하필이면. 타라는 모르겠지만 지금 묻기에는 적절치 못한 질문이었다. 쥬다는 팔짱을 끼며 툭 되물었다.

"아직도 네 아비가 보고 싶은가?"

조금 생각하더니 타라는 고개를 끄덕거렸다.

"네."

"왜?"

그것은 절단하듯 간결하고 차갑게 들렸다. 쥬다는 검지로 놀라 눈을 크게 뜬 그녀를 가리켰다.

"여태껏 널 한 번도 찾아오지 않은 아버지가 무어 그리 궁금하지? 설사 네 처지를 몰랐다 해도 네 부친은 네 정신 나간 어미와 다를 바 없는 인간이야. 사정이야 어쨌건 공평하게 쓰레기지."

무신경하고 차가운 지적이었다. 자기도 모르게 가슴이 따끔거렸던 타라가 움찔거리니 쥬다는 그녀를 찬찬히 주시했다.

타라는 처음 밤중에 우연히 복도에서 마주쳤던 그와 다시 만난 것 같은 기분을 느꼈다. 자기 영역을 침범당한 미미한 역정, 그저 차가움.

"그런데도 그런 작자에게 혈육의 정이라도 느끼는 건가. 넌 참 배알도 없구나."

퍽 오랜만에 나오는 신랄함이다. 타라에게 언젠가부터 관대함의 폭이 늘기는 했지만 그는 근본적으로 다감한 인사가 아니었다.

그리고 무엇보다 결정적으로, 처음의 조소 어린 흥미와는 다르게 타라의 눈먼 병아리 같은 부친에 대한 관심이 조금씩 거슬리기 시작했다. 정확히는 안티오크의 우려에 그 거슬림이 상승작용을 한 탓이 크지만.

—혹시 타라 님이 다시 어머니에게로 돌아가고 싶다고 하시면 어찌합니까?

대관절 그게 말이나 되나. 저를 버린 어미를 다시 찾아? 미련하고 어리석은 꼬맹이 같으니라고. 차가운 불을 닮은 냉랭함이 속을 득득 긁어내렸다. 놀란 타라가 바로 대답이 없자 그게 더 성질을 긁었다. 그는 싸늘하게 을러댔다.

"대답해. 아직도 널 버린 그들이 그립나?"

그 지옥 같은 데로 다시 돌아가고 싶어?

잠이 든 호수 위를 떠도는 겨울 안개처럼 푸르른 눈이 섬뜩하게 빛났다. 물론 결과는 대답 여부와 상관없이 같다. 그는 제 손에 들어온 것을 놔주는 이가 아니었다.

최소한 흥이 식을 때까지는 제 것이어야 했다. 그것도 끔찍하게 싫은—요즘 들어 날이 갈수록 더했다— 그 여자가 원하는 거니 오기로라도 못 준다.

"쥬다. 난……."

그를 볼 때 지상으로 떨어진 별처럼 반짝거리는 저 눈은 그의 것이었다. 제 품으로 들인 온전한 그의 것.

타라가 어렵사리 입술을 달싹거렸다. 집요한 눈빛이 조그만 분홍빛에 머물렀다.

"모르겠어요. 나는, 나는 그냥……."

속 시원히 나오지 않자 쥬다는 더더욱 짜증이 났다. 어디 때릴 구석도 없는 조그만 소녀를 삼킬 듯이 응시했다. 타라는 거의 울 것처럼 웅얼거렸다.

"쥬다가 화를 안 냈으면 좋겠어요. 제가 어떻게 하면 되나요?"

안절부절못하다가 결국 못 참고 눈물이 홍수 난 것처럼 그렁하게 맺힌다. 타라가 훌쩍이는 걸 멀거니 보고 있던 쥬다는 이번엔 히끅대기 시작하자 미간을 문질렀다.

자괴감 같은 허탈함이 마른 모래처럼 불길을 덮었다. 그는 잠깐 허공을 보다가 제 눈치를 살피는 계집애에게 손을 내밀었다. 이리와.

평소라면 부끄러워서 소심하게 제 손가락이나 주무르고 있을 타라가 냉큼 다가와 그의 다리에 찰싹 붙었다. 자기를 버리지 말라는 듯이.

그걸 보고 있자니 이 와중에도 입술이 씰룩거렸다. 쥬다는 손을 뻗어 그녀를 안아 들었다. 타라가 기다렸다는 듯 그의 목에 팔을 감았다.

그 어느 때보다 밀착해 안긴 소녀에게서는 향긋한 우유 향이 났다. 둥근 정수리에 턱을 얹은 채 그는 짧게 한숨을 쉬었다. 폭풍이 지나가고 난 후 바다처럼 잔잔해진 목소리가 그와 그녀를 울렸다.

"뚝 그쳐."

별로 친절하지는 않았지만.

타라가 금방 벌게진 눈으로 쥬다를 올려다보며 물었다.

"화 안 낼 거예요?"

"그래. 안 낸다."

새끼 여우 같으니라고. 허탈하다 못해 어이가 없어서 헛웃음이 나온다. 억지로 먹였다고 바로 탈이 나고 화 좀 냈다고 우니 뭘 어쩌란 말인가. 답이 없는 꼬마였다. 버려질까 겁먹은 눈물 하나에 화가 식어 버린 저 자신도 이상하다. 그 순간 문뜩, 심해 속에서 올라온 뱀처럼 서늘한 자각이 뒤통수를 달린다.

이 꼬마가 뭐라고 이토록 신경을 쓰고 시선을 뺏기는가. 다른 어린아이가 제 피후견인이었다고 저가 같은 행동을 했을까?

쥬다는 축축이 젖은 붉은 눈을 보았다. 답은 간단히 나왔다. 그처럼 무기질적인 인간이 그럴 수는 없을 것이다. 타라는 그에게 매우 이례적인 변수였다.

하지만 그게… 나쁘지 않았다. 어차피 작은 꼬맹이 하나일 뿐이다. 길고 긴 무료한 생에 조그만 계집애 하나쯤이야.

그는 따끈히 안겨 오는 온기를 느끼며 눈을 내리깔았다.

* * *

타라는 창가의 테이블에 앉아 마법 연습을 하고 있었다.

쥬다의 말대로 마법에 이렇다 할 성과를 발휘하는 것은 아니었지만 작은 불꽃을 만들거나 하는 건 할 줄 알았다. 물론 거의 쓸모는 없었다.

하지만 그마저도 신기하고 뿌듯해서 그녀는 혼자 있을 때 종종 불을 껐다가 붙였다가 하면서 장난을 치고는 했다.

루비처럼 반짝이는 촛불을 보고 있던 중, 그녀의 귓가에 새 지저귀는 소리가 날아들어 왔다.

[어머, 어린 인간이 불장난하고 있어! 위험해!]

이게 무슨 소리지? 타라는 고개를 들고 창밖을 보았다. 하지만 그곳에는 포르르 날아와 고개를 갸웃거리는 새 한 마리뿐이었다. 상식적으로 새가 사람 말을 할 수는 없다.

안티오크를 떠올린 타라는 잠깐 골똘히 생각하다 혹시나 해서 물었다.

"혹시 수족이세요?"

짹짹짹—.

새는 나 몰라라 하듯 고개를 갸웃거리며 지저귀기 바빴다. 아무래도 수족은 아닌가 보다. 하긴 수족들은 수족화한 모습이라 해도 어딘가 사람 느낌이 났다.

심지어 부엉이 의사 앙리펠도 그랬다. 그가 허연 깃털 눈썹을 움찔거리며 말을 할 때면 타라는 자연스레 나이 지긋한 노인이 연상되었던 것이다.

내가 잘못 들었나.

고개를 절레절레 흔들고는 눈길을 돌렸다. 하지만 잘못들은 게 아니었다.

[머리가 푸른색이네? 신기해!]

“어?”

타라는 눈을 깜박이며 제 머리칼을 짚었다. 그녀는 이때껏 살면서 푸른 머리를 제 것밖에 보지 못했다.

획 돌아보니 새는 머리를 갸웃대다 포르르 옆 가지로 날아가 버렸다. 타라의 방에서는 잘 보이지 않는 곳으로. 창살에 얼굴을 들이밀자 잇따라 말소리가 들려왔다.

[날씨가 좋아. 나는 기분이 좋아.]

마음이 조급해진 타라는 후다닥 겉옷을 입는 둥 마는 둥 방을 나서 1층으로 내려갔다. 뜀박질 탓인지 놀람 탓인지 가슴이 묘하게 두근거렸다.

헥헥 대며 찬바람이 부는 정원에 도착했다. 어디 있지? 급하게 두리번거렸는데, 다행히 새는 근처 나무 위에 앉아 노래를 부르고 있었다. 얄팍한 외투를 꽁꽁 싸매며 새에게 다가갔다.

[하늘은 높고 푸르러요. 나는 라즈베리 열매를 따러 왔답니다.]

“당신은 누구세요? 왜 사람의 말을 하죠?”

새는 날개를 푸드덕거리고는 까만 눈으로 타라를 쳐다봤다. 마치 검은 구슬 같은 그 눈에 빠져들 것 같았다. 신기해서 중얼거렸다.

"왜 새가 사람 말을 하지?"

새가 고개를 갸웃거리더니 쫑쫑 타라 쪽으로 뛰어왔다.

[와 신기해! 인간이 말을 걸고 있어.]

"당신이 먼저 말을 걸었잖아요?"

[나는 인간의 언어를 몰라. 네 목소리를 들어 보렴.]

타라는 몇 마디 말을 하며 제 목소리에 귀를 기울여 보았지만 크게 다른 것을 눈치채지 못했다.

"모르겠는데요."

[희한한 인간이네. 저 성에 사는 마법사는 무섭지만 너는 싫지 않아. 친근하게 느껴지는구나.]

새가 기분 좋게 휘파람 소리를 내며 울었다. 타라는 새가 말하는 마법사가 누구인지 곧장 알아먹었다.

"쥬다 말인가요? 그는 차가워 보이지만 속내는 다정한 사람이에요. 제 후견인이죠."

[그가 다정하다고?]

맙소사. 새가 깔깔 웃는 것까지 알아먹을 수 있다니. 타라는 일순 머리가 멍해졌다.

[그는 무서운 존재야. 나와 내 친구들, 어머니의 어머니, 할머니의 할머니까지 산천초목의 모든 동식물이 그의 이름을 알아. 왕의 이름은 몰라도 그를 모르는 자는 없지. 그가 원한다면 세상은 무척 끔찍해질 거야.]

"쥬다는 남에게 피해를 끼치는 걸 좋아하지 않아요. 그냥, 귀찮음이 많을 뿐이에요."

타라는 열심히 부정했다. 하지만 새는 못 알아먹었는지 고개를 다시 갸웃하더니 휙 옆의 자작나무로 날아가 버린다. 새를 따라가며 타라가 말했다. 횅하니 분 바람이 목덜미를 훑는다.

"쥬다가 왜 무서운 존재라는 거예요?"

어렴풋이 어릴 적부터 이유도 정확히 모르고 규정된 인식들이 있다. 물려 내려오는 유산처럼 인간에서 인간으로 퍼지는 생각들 말이다. 그런 의미에서 타라도 쥬다의 악명을 어느 정도 알고 있었다.

하지만 직접 겪어 본 그는 너무도 따뜻했고, 이제 타라는 왜 그가 그런 평판을 가지고 있는지 궁금해졌다. 성의 식구들에게 묻기에는 좀 그랬다. 그들은 무조건 쥬다가 위대한 이라고 그랬으니까.

하지만 그것 이상의 다른 사실들도 있을 거란 생각이 들었다.

[그가 이 성의 전 주인을 내쫓고 파멸시켰다는 건 알고 있니?]

이게 무슨 소리일까. 놀라 굳었다. 타라의 반응에 새는 우쭐대고 싶었는지 가슴 깃을 부풀렸다.

[그의 눈을 뽑아 시커먼 바닷속으로 던져 버렸지. 전 성주의 비명과 저주 소리가 사흘 밤낮을 메아리치는데 온 숲과 대지가 부들부들 떨었어. 그 마법사가 걷는 곳마다 풀이 말라 죽고 비통한 울음과 망자의 통곡이 요란했다고. 너같이 조그만 인간이 그 시절을 알 턱이 있니?]

옛이야기에 심취했던지 새는 춤을 추듯이 이 가지 저 가지로 폴짝폴짝 뛰어 댔다.

타라는 눈을 크게 뜨고 물었다.

"당신도 그것을 보았나요?"

[그건 아주 먼 옛날의 이야기야. 그가 한창 파괴에 재미가 들렸던 때의 일들이지. 저 사해의 섬에 갇혀 잠든 붉은 용도 네 후견인을 두려워한단다. 사실 그를 무서워하지 않는 이는 없을걸?]

믿기지 않았다. 어설프고 서툰 그녀가 넘어지고 까질 때마다 혀를 끌끌 차며 안아 주는 그가 그런 파괴자라고? 질 나쁘고 말도 안 되는 악몽을 들은 기분이다. 타라는 단호하게 고개를 저었다.

"내가 아는 그 사람은 달라요."

최소한 겨울 성의 비정하기 짝이 없는 인간들과는 차원이 다른 사람이었다. 고귀하다고 찬양받는다 해도 그들보다는, 쥬다가 백배 천 배 훨씬 나았다. 강한 부정에 기분이 상했는지 새는 세차게 날갯짓을 했다.

[흥. 마음대로 생각하렴. 그런데 가만…… 네 눈 말이야.]

변덕스럽게 관심사가 바뀌었는지 새는 다시 포르르 타라의 코앞까지 날아왔다. 부리로 콕 찍으면 닿을 만치 가까워서 타라의 붉은 눈이 한쪽으로 몰렸다. 새가 호들갑을 떨며 푸드덕거렸다.

[오, 세상에! 너와 닮은 인간을 본 적이 있어! 네 눈과 정말 꼭 같아.]

"나랑 닮았다고?"

푸른 머리카락만큼이나 특이한 붉은 눈은 무척 이질적이어서 타라는 그것만으로도 겨울 성에서 눈에 띄지 않고는 배길 수 없었다.

그 많은 귀족 중 핏빛을 닮은 선명한 적안은 단 한 명도 없었다. 알 수 없는 예감이 치밀었다. 언젠가부터 심장이 쿵쿵 뛰어 댔다.

타라가 속삭이듯 물었다.

"그게 누구예요?"

[먼 동부의 황금 성에서 그를 보았어. 그는 친절해. 매일 우리에게 빵 조각을 챙겨 주는걸. 하지만 그의 미소는 서글프단다. 보고 싶은 이가 있대.]

새는 저가 하고 싶은 대로 지껄였다.

[말도 걸어 줘. 너처럼.]

뭐?

타라가 다급히 무어라 물으려던 순간, 그녀를 부르는 카랑한 목소리가 터졌다.

"타라 님!"

날렵하게 뛰어온 건 고양이 집사 안티오크였다. 아. 겁먹은 새는 포르르 날아가 버렸다. 목덜미가 서늘할 만치 아쉬웠다. 타라는 울상을 지었다. 안티오크는 꼬리를 살랑살랑 흔들다가 그런 타라를 발견하고 놀라 물었다.

"주인님이 부르십니다…… 그런데 왜 그러십니까, 타라 님?"

"아니. 아무것도 아니에요……."

타라는 침울하게 고개를 저으며 터벅터벅 성으로 걸어 들어갔다.

쥬다와 함께 따뜻한 난롯가에 앉아 단호박 케이크와 핫초코를 먹고 있어도 타라의 상심은 가라앉을 기미를 보이지 않았다. 나 우울해요 — 하고 쓰여 있는 얼굴을 빤히 쳐다보던 쥬다가 팔걸이를 딱딱 두드렸다.

그래도 안 쳐다본다. 테이블가에 앉은 안티오크가 꼬리를 휘저으며 눈썹을 올리는 주인을 응시한다. 쥬다는 나직하게 타라를 불렀다.

"꼬마."

"……."

"여우야."

"네?"

한창 딴생각에 빠져 있던 타라는 화들짝 놀라 대답했다. 쥬다는 뚱하게 심술 맞은 냉소를 지었다.

"여우가 정말 맞나 본데. 바로 돌아보는 걸 보니."

"아, 아닌데."

타라가 소심하게 중얼거리며 볼을 긁적거렸다. 살이 보기 좋게 오른 소녀는 생기 있는 과일처럼 향긋하고 건강해 보였다. 희미한 만족감이 나폴나폴 떠다녔다. 손등으로 흰 솜털이 보송 난 뺨을 습관처럼 어루만져 보던 쥬다의 미간이 살짝 찌푸려졌다.

"너 미열이 있군."

"어?"

영문을 몰라 제 얼굴을 만져 보았지만 잘 모르겠다. 아까보다 조금 뜨끈해진 것 같기도 하고?

약간 멍한 머리로 쫑알거렸다. 언제나처럼 그 소리를 들은 척도 안 한 쥬다는 이미 안티오크에게 앙리펠을 불러오라 명령하고 있었다. 타라는 손사래를 쳤다.

"별거 아닌데요!"

"별거 아닌 걸로 귀찮게 하는 게 네 특기 아닌가. 시끄러워."

겨울 성에서 내내 영양부족과 결핍에 시달린 타라는 면역력이 취약했고, 잔병치레도 많았다. 많이 건강해지기는 했지만, 유아기 시절의 빈곤은 여전히 잠재해 있었다.

쥬다가 영 틀린 말을 하는 것도 아니어서 타라는 얌전히 입을 다물었다. 침울한 그녀 앞으로 꿀을 넣은 코코아를 내민 쥬다가 팔짱을 꼈다.

"무슨 일이냐."

"뭐가요?"

"코가 빨간 게 밖에서 오래 있었나."

단순하고 무지한 타라는 쥬다의 손바닥 안에 있어서, 그는 원한다면 그녀의 일거수일투족을 전부 알 수 있었다.

하지만 쥬다는 저가 툭 찌르면 순순히 속내를 뒤집어 까서 보여주듯 전부 말하는 타라를 구경하는 걸 즐겼다.

어찌 보면 당연한 일이겠지만, 타라는 쥬다에게 거짓말을 못했다. 정말이지 바보스러울 만큼.

그러나 이번에는 타라도 머뭇거렸다. 쪼르르 나오려던 말들이 턱 막힌다.

당연하게도, 타라는 자신과 눈이 닮았다는 남자, 어쩌면, 정말 어쩌면 아버지일지도 모르는 사람에 대해 생각하고 있었다.

물론 비약일지도 모른다. 그리고 설사 그가 생부가 맞다 하더라도 쥬다에게 말하기는 망설여졌다.

—그런 작자에게 혈육의 정이라도 느끼는 건가. 넌 참 배알도 없구나.

전번에 쥬다가 분노한 이유도 그녀의 아버지 때문이었다. 타라는 쥬다가 자신에게 화를 내는 게 슬펐다. 무서운 것보다는 마음이 너무 아팠다. 언제나처럼 보일 듯 말 듯 은근한 미소를 띠고 빤히 직시하는 그가 좋았다. 해서 거짓말을 못하는 타라는 머리를 굴렸다.

"쥬다도 동물과 대화할 수 있나요?"

뜻밖의 화제에 쥬다는 느슨히 고개를 기울였다.

"그건 자연에 대한 친화력이 강한 몇몇 마법사들만의 특기다. 나도 지금껏 딱 한 번 보았지."

"그게 누군데요?"

쥬다는 대답하지 않았다. 대신 다른 것을 물었다.

"왜, 네게 동물들의 말소리가 들리던가?"

"응, 네. 갑자기 새가 말하는 게 들렸어요."

타라는 얼른 새와 대화를 나눈 것에 대해 떠들었다. 저와 닮았다는 누군가의 이야기는 쏙 빼놓고. 가슴이 따끔거렸지만, 아예 말하지 않은 건 거짓말이 아닐 거라며 애써 위안했다. 곰곰이 듣던 쥬다는 느리게 턱을 쓰다듬었다.

“이번이 처음인가? 동물의 마음이 들린 것 말이다.”

“어…… 아니요.”

사실 한 번 더 있었다. 그녀를 공격하려 했던 늑대 같은 생물의 목소리. 타라는 머뭇거리다 조심스럽게 물었다.

“그 개는 잘 지내나요?”

“또 쓸데없는 생각 중이구나. 신경 끄라고 했을 텐데.”

그는 타라가 개과 동물에 대한 공포증이 있다는 걸 알고 있었다. 그리 무서워하면서 또 왜 저렇게 걱정을 해 대는지. 쥬다는 타라를 이루는 많은 부분이 마음에 들었지만 이런 부분은 이해가 되지를 않았다. 그는 경고하듯 검지로 콧방울을 톡 아프지 않게 튕겼다.

“걱정 마라. 알아서 할 테니까.”

“네에…….”

타라는 웅얼대며 고개를 주억거렸다. 쥬다는 자연스레 손을 옮겨 하얀 조가비 같은 귓바퀴를 만지작거렸다. 보드란 머리카락도 감겨 온다. 제 어미처럼 한눈에 확 튀는 미인형은 아니었지만, 소녀는 볼수록 오밀조밀하게 예뻤다.

소박하게 손으로 빚어낸 양 단아하고 어여쁘다. 말랑한 살결에서는 좋은 향이 났고, 흰 뺨에는 그를 볼 때마다 보조개가 핀다.

무엇보다 저 눈. 쥬다는 물끄러미 그녀를 보며 생각했다.

어디에서 이런 게 나온 거지.

“에취!”

작게 재채기가 터졌다. 쥬다는 손을 물렸다. 손가락에 따끈한 열이 피어 있었다.

"오늘은 쉬어라."

그나저나 이 부엉이 놈은 왜 이리 안 오는가. 엄밀히 말해 앙리펠은 동맹국인 북부 사자 왕의 주치의였기에, 애완견 부르듯 부를 수 있는 존재가 아니었지만 쥬다는 무관심했다. 제깟 놈이 부르면 바로 달려와야지 어디서 유세를 떠는가.

시간이 갈수록 흉흉해지는 쥬다의 눈치를 살핀 타라가 마침 열리는 문에 반색했다.

"앙리펠이 왔나 봐요! ……어?"

타라는 말을 멈췄고, 쥬다는 벌써 낯설고도 익숙한 기감을 느끼고 자리에서 일어나고 있었다. 그가 짜증스럽게 돌아본 곳에는 짧게 친 청금발의 장신 사내가 수리부엉이를 허리에 끼고 씩 웃고 있었다. 가지런한 치열 가운데 송곳니가 번뜩였다.

"여어! 오랜만이야, 쥬다!"

활짝 열린 문턱을 넘어서 성큼성큼 들어온 그가 한 손을 넓게 펼쳤다. 금붙이로 여기저기 치장한 화려한 외양도 외양이지만 이때껏 쥬다를 저리 친밀하고 격 없이 부른 자가 없었기에 타라는 깜짝 놀랐다. 쥬다는 어느덧 심드렁해진 얼굴로 그를 차분히 불렀다.

"레오니다스."

어디선가 들어 본 이름이다. 곰곰이 생각하던 타라는 저에게로 꽂히는 황금색 눈동자에 움찔거렸다. 꼭 어둠 속에서 마주친 맹수의 눈 같았다.

하지만 그녀를 향해 웃는 얼굴은 지나치게 쾌활하다. 거대한 바위산을 닮은 근육질 몸과 거의 천장에 닿을 듯한 덩치만 아니라면 소년이라고 해도 믿을 것 같다.

"여긴 어쩐 일이냐."

갑자기 시야가 거의 가려졌다. 쥬다가 앞으로 나서 레오니다스의 시선을 차단한 탓이다. 타라는 품 넓은 쥬다의 소매를 한쪽으로 걷고, 빼꼼히 눈만 내밀어 낯선 방문객을 훔쳐보았다.

레오니다스는 뭐가 그리 재미있는지 연신 웃어 대며 호탕하게 쥬다의 어깨를 툭툭 쳤다.

"어쩐 일이긴! 오랜만에 본 친구에게 너무 차갑구먼그래."

"허튼소리."

쥬다는 냉랭하게 콧방귀를 뀌었다. 스스럼없이 대하는 게 친구가 맞는 것 같기도 한데, 그의 얼굴에는 성가신 빛만 짙었다. 하긴 그는 원래 만인에게 평등하게 차갑기는 했다.

"너무한 거 아니야? 네가 아프다길래 친히 문병까지 왔구만."

레오니다스는 상처받았다고 투덜거리면서, 아직 아무도 자리를 권하지 않았는데 친히 의자를 빼고 느른히 널브러졌다.

거대한 수사자가 자리를 펴고 앉듯이 털썩, 그가 걸친 가죽들이 늘어지는 소리가 났다. 그의 팔근육에 짜부라진 앙리펠의 캑캑대는 소리도. 들었는지 못 들었는지 레오니다스는 굵은 검지를 팔찌를 낀 친우에게 휘둘렀다.

"내가 얼마나 놀랐는지 알아? 세상에, 용도 잡는 마도사가 시시때때로 의사 왕진을 다니게 한다니, 이게 무슨 일이겠느냐고. 가끔 동상인지 인간인지 나도 분간이 안 가는 양반인데 말이야. 죽을병

에라도 걸렸나 해서 와 봤지."

"손가락 부러뜨려 버리기 전에 치워."

산만하게 삿대질해 대는 걸 바라보며 쥬다가 조용히 말했다. 그러자 찔끔했는지 순박하게 주먹을 쥔다. 덩치 큰 사내가 그러는 양을 보니 야성적인 겉모양과는 다르게 그리 안 무서운 사람일지도 모른다.

그러나 쥬다는 조용한 티타임 시간이 깨진 것이 약간 마뜩잖았다. 타라의 병세도 그러했고, 안 그런 척하며 뱀처럼 타라를 힐끔대는 레오니다스도 신경을 거슬렀다.

의뭉스럽게 장난질을 해 대도 레오니다스는 겉보기처럼 단순하기만 한 종자가 아니었다. 물론 그 정도 머리도 없다면야 한 종족의 수장일 수 없겠지만.

무엇보다 쥬다는 의사를 데려오라고만 했지 불청객까지 끌어들이라고 말한 적은 결코 없었다.

그의 따가운 눈총이 구석에 쭈그려 있는 안티오크를 찌르자 고양이가 풀 죽은 울음소리를 냈다. 쥬다의 구겨진 미간을 보며 레오니다스가 턱을 괴고 싱글벙글 웃었다.

"그래, 어디가 그리 아프신가, 위대하신 쥬다 님?"

"웃기지도 않은 농담이야. 내가 의사를 찾을 때라면 죽음 외에 다른 방법도 없을 거다."

팔짱을 낀 쥬다는 한심스럽게 대꾸했다. 허튼짓 말고 진짜 온 이유를 말해—라는 위압감이 서린 그의 표정에 장난스럽게 능치던 레오니다스는 어깨를 으쓱하며 씨익 웃었다.

그의 부리부리하고 강렬한 황금 안이 대번에 삐죽이 얼굴을 반쯤 내민 타라에게 꽂혔다.

그녀는 깜짝 놀라서 숨지도 못했다. 그는 쥬다의 다리에 찰싹 붙은 조그만 소녀를 흥미로운 듯 응시했다.

“어이, 쥬다. 양녀를 들였다면서. 저 아이인가?”

“양녀가 아니라 피후견인이다.”

“그거나 그거나.”

피식 입꼬리를 올린 사내는 타라 쪽으로 불쑥 상체를 숙였다. 순식간에 가까워진 엄청나게 큰 사람을 타라는 놀람 반 경계 반으로 멀뚱히 쳐다봤다.

험상궂은 육체와 달리 멀끔하게 잘생긴 청년이었다. 그는 움츠러든 조그만 타라가 귀엽다는 듯 함박웃음을 지으며 상냥한 목소리를 냈다.

“안녕? 꼬마 숙녀님. 이름이 뭐야?”

“꺼져.”

담담히 나온 목소리가 어찌나 평온하던지 타라는 순간 제 이름이 ‘꺼져’인 줄 알았다. 그사이 쥬다는 발로 그의 정수리를 밀어 걷어차 버렸다.

얼굴이 확 밀린 레오니다스가 쩨쩨하다는 듯 투덜거렸다. 놀랍게도 그는 얼굴이 공처럼 까인 것은 불쾌하지도 않은 모양이었다.

“까칠하기는. 이제 서로 알아 갈 사이에 이름 좀 물은 게 어때서.”

“이 녀석과 네가 서로 알아 갈 일은 서부가 멸망하지 않는 이상 없어.”

쥬다는 그의 능청을 단박에 잘랐다. 그는 낯가림이 심해 입이 얼어붙은 타라를 안아 들고 레오니다스와 멀찍이 떨어진 맞은편 자리에 앉았다.

난롯불이 잘 들어오는 방향이었다. 타라는 익숙하게 그의 품으로 파고들어, 기적 같은 광경을 보듯 경악한 사내를 힐끔힐끔 훔쳐보았다.

레오니다스는 너무 자연스럽게 아이를 어르는 친우를 기이하게 응시했다. 이상하다. 술도 안 먹었는데 계속 헛것이 보이네. 그는 어지러운 머리를 굴리다가 불쑥 물었다.

"혹시 친딸이냐?"

"닥쳐."

"어…… 그래. 안 닮긴 안 닮았네. 아니 근데 말이 안 되잖아. 갑자기 너답지 않게 무슨 육아냐. 나 참, 낯설어서."

레오니다스는 처음에 제 주치의인 — 이쪽도 명목상이다. 그는 어지간한 전투 중 부상이 아니고서야 치료 행위가 무의미했다 — 앙리펠이 하루가 멀다고 서부로 불려가는 게 이상하다고 생각했다. 그도 벨벳 성에 환자가 될 만한 이가 없다는 걸 잘 알고 있었다.

그래서 물었는데, 앙리펠의 대답은 상상 이상이었다. 서부의 영주가 한 소녀를 애지중지 보살피고, 그녀가 아플 때마다 저를 부리나케 찾는다는 것이다.

온갖 생각이 다 들었다. 여자애라고? 아이는커녕 여자 보기도 돌보듯 하는 놈이 무슨 바람이 불어서? 마침 북부에서 지내고 있는 이델에게 물어볼까도 했지만 궁금증이 돋아서 참을 수가 없었다. 결국 앙리펠이 다시 소환되자 대뜸 낑겨서 같이 서부로 쏜살같이 날아온 것이다.

그리고 놀랍게도, 앙리펠의 말은 사실이었다. 언뜻언뜻 이지만 여자애를 향할 때의 그의 눈빛이 차지 않았다. 독선적이고 온 세상에 시니컬한 그를 오랜 시간 보아 왔던 입장에서는 기적 같은 변화였다.

소녀의 푸른 머리카락을 쓸어내리던 쥬다는 픽 코웃음 쳤다.

"내 것을 내가 챙기겠다는데, 그게 그리 놀라운 일인가? 할 일이 어지간히도 없구나."

"그 애 부모가 누구인데 걔가 네 것이 되냐?"

"아델하이트."

"……뭐?!"

목청 울림이 큰 레오니다스가 진심으로 놀라자 타라가 깜짝 놀라서 귀를 막았다. 절로 쥬다가 짜증스럽게 노려보자 레오니다스는 미안한 듯 목소리를 낮췄다.

"아델하이트면…… 그 되바라진 상년, 아니, 그, 클레멤논의 아내 말하는 것 아닌가. 그년, 아니 그 이름 가진 여자는 또 없는 것 같은데."

레오니다스는 두툼한 손가락을 꼽으며 말을 더듬었다. 평소 부르던 여왕의 별명(?)들이 튀어나와서 타라의 눈치를 보며 주워 담기 바빴다. 쥬다는 심드렁하게 긍정했다.

"맞아."

"허, 세상에."

레오니다스는 이번에야말로 정말 놀랐다. 새삼스럽게 소녀를 뚫어져라 쳐다보니, 부담스러운지 쥬다에게 머리를 파묻는다.

한창 시절 거의 모든 사내를 홀리고 가지고 놀았던 마력적인 경국지색 모친과 판이하게, 풋풋하고 순한 얼굴이 나름대로 청순하고 귀여운 맛이 있었다. 크면 제법 미인이 되리라. 혹시나 해서 물었다.

"그럼 클레멤논의 딸인가?"

"공주를 내어 줄 리 없지. 받지도 않을 테지만."

"그럼?"

"타라는 그것들과 아무 상관도 없어. 이 꼬마의 후견인은 나다."

그 이상 어떤 관계도 무의미하다는 듯 간결하고 칼 같은 제단이었다. 서늘한 입매가 포만감을 느끼는 맹수처럼 말려 올라가 있었다.

이 또한 낯선 얼굴이다. 보이지 않는 선을 그어 놓고, 조금이라도 넘어오면 목덜미를 찢어 놓을 그런 경고 어린 잔혹함.

대체 저 여자애가 뭐길래 저런가 싶었지만, 원래도 쥬다는 제 영역에 대한 소유욕이 강했다. 이 또한 그와 비슷한 부분이리라. 그렇지 않고서야 설명이 되지를 않았다. 다소 떨떠름한 그에게 쥬다가 손가락을 까딱거렸다.

"그 부엉이 내놔. 네가 계속 가지고 있다가는 죽을 것 같은데."

"아차."

레오니다스는 거의 깃털이 푸르게 변한 수리부엉이를 그제야 놔주었다. 앙리펠은 요란하게 기침을 하며 떨어지다, 가까스로 휘청

휘청 날아와 쥬다의 팔걸이에 앉았다. 삐뚤어진 안경을 고쳐 쓴 그가 싹싹하게 부엉거렸다.

“환자분이 또 체를 하셨습니까?”

“아니. 이번에는 감기다.”

수리부엉이 의사는 자주 한 일처럼 타라의 열을 재고, 그녀의 건강을 검사했다. 아무리 생각해도 큰일은 아닌 것 같아 타라는 민망하게 쫑알거렸다.

“많이 아프지 않아요. 그냥 한숨 자면 괜찮을 것 같은데…….”

“어떤가?”

“그리 심한 편은 아닙니다. 하지만 손발이 차니 따뜻한 음식을 드시고 푹 주무시는 게…….”

역시나 이번에도 타라의 조그만 의견은 묵살되었다. 타라는 조금 우울해졌다. 미열을 내리는 가벼운 가루약을 처방해 주던 앙리펠이 동그란 안경을 추어올리며 말했다.

“타라 님, 혹시 나이가 어떻게 되십니까.”

“열일곱이요.”

그리고 두 달 후면 열여덟…….

상당히 묘한 의미의 침묵이 내려앉았다. 저를 멀거니 보는 시선들에 내포된 뜻을 모를 리가 없는 타라가 빨개진 얼굴로 중얼거렸다. 진짜예요. 쥬다는 물끄러미 제 피후견인의 불긋불긋한 정수리를 내려다보며 말했다. 단조롭고 엄하게.

“나이 속이면 못쓴다.”

“거짓말 아닌데요.”

그녀가 진지하게 항변하자 그의 눈이 한층 더 묘해졌다. 그는 타라가 제 앞에서 이런 걸로 거짓말할 성향이 못 된다는 것을 알고 있었다.

그것을 자각하자마자 어떤 생각에 미친 그의 반듯한 아미가 험악하게 찌푸려졌다.

“대체 네 어미란 년은 너를 쫄쫄 굶긴 건가.”

“네? 아니, 꼭 그런 건 아닌데…….”

엄밀히 말해 아예 밥을 안 준 것은 아니었다. 그녀는 사실 제 딸이 흙을 먹건 구더기를 먹건 알지도 못했을 것이다.

타라가 애매하게 말끝을 흐리자 은청안이 싸늘하게 가라앉았다. 점차 냉각되는 분위기에 안절부절못하던 앙리펠이 다급히 날갯짓을 하며 끼어들었다.

“고정하십시오. 아무래도 타라 아가씨께서 나이에 비해 성장이 더딘 것은 혈통의 영향이 큰 것 같습니다.”

“그건 또 무슨 소리지.”

눈빛으로 얼려 버릴 태세에 부엉이 의사는 식은땀을 닦으며 빠르게 설명했다.

“아가씨가 마력의 각성도 특이하게 늦은 편이고, 잔병치레가 많은지라 타라 님의 가계에 물려 오는 질병이 있는지 조사해 보았습니다. 옛 고왕국의 위대한 혈통들에 대한 자료를 보면 타라 님처럼 성장이 더디다가 십 대 후반기에서 스무 살쯤 폭발적인 성장을 보인 가계가 몇몇 존재합니다. 아가씨의 외조모께서도 그런 경우였다고 알고 있습니다만.”

왕족들의 수명이 어마어마하게 길다는 걸 고려해 보면, 타라의 외조모라면 까마득하게 먼 옛날이야기다. 한때 외조모, 즉 아델하이트의 어머니가 의붓어머니였던 적이 있던 쥬다는 자연스럽게 시선이 몰리자 짜증스럽게 말했다.

"그녀를 처음 만났을 때 나는 머리에 피도 안 마른 애송이였다. 어린 시절 얘기는커녕 얼굴 마주한 게 딱 세 번인데 내가 어찌 알아."

이번에는 모두의 시선이 연극 보듯 헤 입이 벌어져 있던 레오니다스에게로 향했다. 이 자리에서 가장 오래 산 자는 조금 의외롭게도 쥬다가 아닌 레오니다스였던 것이다. 그는 헛기침하며 머리를 굴렸다.

"에, 보자. 아나이스와 내 어머니는 고향 친구였다고 했어. 생각해 보니 언젠가 그런 얘기를 들었던 것 같기도 하군."

"허어, 특이하군요. 어쩐지 너무 안 자라신다 했습니다."

안티오크가 안도의 한숨을 쉬며 폴짝 타라의 어깨로 뛰어올랐다. 애교를 부리듯 동그랗게 몸을 말고 기대어 오는 고양이의 등을 습관적으로 쓸면서도 타라는 멍했다.

생각도 못 한 가족의 이야기를 듣게 될 줄은 몰랐다. 가족—이라고. 갑자기 기분이 이상해졌다. 마음이 뒤숭숭하니 저도 모르게 쥬다를 올려다보았다. 흔들리는 땅 위에서 지지대를 찾는 것처럼.

마치 거기에 응하듯이, 그는 그녀의 시선에 눈을 내리더니 그의 긴 검지로 이마에 붙은 머리카락을 떼어 주었다.

그 간단한 손길에 금방 안정감이 몰려왔다. 쥬다는 그녀를 안아 내려 주고는 안티오크에게 명령했다.

"타라를 데리고 가서 재워라. 식사는 방으로 갖다 주고."

"네. 주인님. 가시죠, 타라 님."

안티오크가 주둥이로 타라의 등을 톡톡 밀면서, 사뿐사뿐 등을 펴고 우아하게 걸어갔다. 쥬다의 눈치를 본 부엉이도 얼른 날아가 소녀의 어깨 위에 앉았다.

살랑이는 꼬리를 따라 타라가 닫힌 문 너머로 완전히 보이지 않게 되고 나서야 은청안이 레오니다스에게로 향했다. 수족의 왕은 조금 전과는 달리 바위처럼 진지하게 생각에 잠겨 있었다. 그는 인상을 펴지 않은 채 입을 열었다.

"이봐, 쥬다."

쥬다는 무감동하게 진중한 친우를 응시했다.

"너 저 꼬마에게 잘해 주는 이유가 뭐냐? 물어봐도 되나?"

"이미 물어봐 놓고 새삼스레 뭘 되묻는 것인지."

"빨리 대답해 봐라. 궁금해 죽겠으니까."

레오니다스의 말투는 약간 성급했다. 북부 수족의 제왕인 그는 가벼운 것 같아도, 타니아 여왕 다음으로 가장 오랫동안 다섯 영주 중 1좌를 차지하고 있었던 만큼 종족의 위기 상황에는 현명하고 용맹한 군주였다. 쥬다는 삐딱하게 눈을 기울였다.

왜 저 꼬마에게 잘해 주느냐고?

그는 얼마 전 스스로에게도 던졌던 물음에 대한 대답을 고스란히 옮겨 말했다.

"그러고 싶으니까."

"허?"

"난 저게 마음에 들어. 저 애는 내 것이고. 근데 그게 뭐 문제라도 되나?"

몇 세기간 변함이 없던 저 자신을 스스로 부숴 버린 주제에 그는 지나치게 태연자약했다. 어떤 위기감이나 혼란, 당혹감도 없는 그 낯을 멀거니 보던 레오니다스는 이마를 문질렀다.

어쩌면 너무 그다워서 그렇다. 하긴 쥬다라는 거대한 고목에 비하면 저 아이는 티끌만 한 잎사귀에 불과할지도 모른다.

하지만 레오니다스는 소녀를 바라보는 쥬다의 눈빛, 은은하게 언뜻언뜻 서리는 그의 희미한 표정을 보자마자 왠지 그들의 관계는 그 이상일 거라는 예감이 들었다. 먼 미래의 일일지라도.

"저 여자애도 너를 무척 따르던데."

"물론. 그녀는 날 좋아하니까."

태양이 태양이고 달이 달인 것처럼 당연한 사실을 말하듯 단조로웠지만, 레오니다스는 그 평온함에서 진득한 만족감을 느꼈다. 저놈은 알고 있을까? 지금 저가 웃고 있다는 걸. 끙, 신음을 흘린 레오니다스는 옅은 한숨을 내쉬었다.

"하지만 잊지는 마라. 그녀는 '그' 아델하이트의 딸이야."

"알고 있다. 납득되지 않는 사실이지만."

쥬다는 벽장에서 포도주를 소환해 크리스털 잔에 따르며 읊조렸다. 뱀이 기어가듯 높낮이 없는 목소리에서 그가 아직도 여왕을 환멸 나게 혐오하고 있다는 걸 알 수 있다. 하지만 그런 주제에 그 딸은 손안의 보석처럼 아끼다니, 이런 모순이 있나.

레오니다스는 오래 살았다. 그래서 쥬다만큼은 아니지만 아델하이트가 얼마나 악독하고 집요한 여자인지 모르지 않았다. 진정 인류를 타락시키고 주변을 파멸하는 고대의 독사가 있다면 그녀와 닮았으리라.

"나는 그녀가 어렸을 적에 만난 적이 있어. 한 번이었지만 지금도 뚜렷하게 기억하고 있지."

천사처럼 아름다운 소녀였기 때문이라기보다는, 그 악랄함에 치가 떨려서이다.

"내게는 퍽 예쁘장했던 사촌 누이가 한 명 있었는데, 수컷들에게 인기가 제법 많았지. 성격도 사근사근하고 좋았거든. 모두가 그녀를 좋아했어. 그런데 어느 날 동부의 귀족 소녀가 우리 마을에 찾아온 거야. 아델하이트는 오랜만의 손님이어서 모두 나와 환영하고 축제를 벌였어. 며칠 묵으면서 그녀는 단박에 내 사촌이 그곳에서 가장 아름다운 여자라는 걸 알았을 거다. 그녀들은 얼마 안 되어 가장 절친한 친구가 되었지. 왜인지는 모르겠다만 아델하이트의 매력은 남녀를 가리지 않았으니까. 석 달 후 나는 사촌 한 명을 잃었다. 그녀가 자살한 이후 그녀의 오라비는 평생 술주정뱅이로 살다 죽었고, 정혼자도 따라서 자결했어. 무슨 일이 있었는지는 정확히 몰라. 누이의 유서에는 어린 생명을 해친 것을 참회한다고 아델하이트에게 남긴 편지도 있었는데—, 확실한 건 그 여자는 임신한 적도 없었다는 거지. 곧 클레멘논과 혼인해 왕국의 여왕이 되었고."

그들 사이에 어떤 추악한 비극이 일어났는지 알 만하다. 쥬다가 보고 자란 아델하이트는 능히 그러고도 남는 미친년이었다. 탐내는 건 무슨 수를 쓰건 가져야만 했고, 욕망과 복수를 끈질기게 기억하고 간직했다. 수천 번의 밤을 지새워서라도 반드시 되갚고 만다.

그는 저를 향해 비스듬하게 찢어지던 붉은 입술을 기억하고 있었다. 세이렌의 노래처럼 야살스럽게 울리던 목소리도.

—쥬다. 내 동생.

저를 낳아 준 모친의 자장가보다 그 여자의 콧노래가 더 선명하다는 건 정말이지 지랄 같은 일이다.

아델하이트는 쥬다를 사랑했다. 끔찍할 만큼. 덫을 놓는 것처럼 주변을 맴돌았고 성가시게 굴었다. 모두가 찬미하던— 성화 속 성녀 같은 미소도 독을 눈구멍에 들이붓듯이 역겹다. 아, 쥬다는 달갑지 않은 사실을 자각했다. 타라는 어미와 어느 한구석 닮은 면이 없었지만 딱 한 가지는 닮았다.

웃을 때 휘어지는 눈초리. 유성의 꽁지처럼 보는 이를 홀리는 둥그스름한 곡선이었다. 비슷한 눈웃음이 한쪽은 절로 미소가 지어질 만치 귀엽고, 한쪽은 구역질이 난다는 게 아이러니했지만.

기이하게도 같은 피가 절반이나 흐르는 존재이거늘, 타라를 생각하니 매스껍던 속이 그럭저럭 편해졌다.

이 순간 쥬다는 타라와 아델하이트가 전혀 다른 별개의 존재임을 깨닫는다. 뇌리를 짙은 물감이 먹어 들어가듯 선연한 이해였다. 이미 알고 있었음에도. 그는 픽 짧게 웃었다.

"그래서?"

"그래서, 라니. 그 여자가 아무 의도도 없이 너에게 저 여자애를 보냈을 리가 없어. 너도 알고 있다고 생각했는데."

위험을 경고하는데도 쥬다의 얼굴은 지극히 평화로웠다. 맑은 날의 밤하늘인 양 서늘하고 먹먹한 고요다.

숨결 같은 냉기가 없는데도 레오니다스는 그 잔잔함에서 외려 뚫을 수 없는 벽 같은 것을 느꼈다. 그는 마른세수를 하며 비통하게 웃었다.

"미치겠군."

"너무 애태우지 마라, 레오. 설사 내가 꼬마에게서 느끼는 사랑스러움이 누군가의 고의적인 악의와 속임수라 치자. 그런데 그게 뭐?"

"……."

"내게 감정은 사막에 내리는 눈 같은 거다. 충분히 흥미롭지. 금방 녹아 버리는 눈송이가 사막을 적실 수는 없어. 혹여 그로 인해 파멸한다 해도, 그런 경이적인 마법이라면 한 번쯤 겪어 보고 싶은 게 마도사의 적절한 충동이라 생각지 않나?"

"미친놈."

"그래. 나도 이런 내가 의아스러워."

답지 않게 쥬다는 큭큭 낮게 웃었다. 레오니다스는 그를 황망하게 응시했지만 저 한구석에서는 일말의 수긍이 도사리고 있었다.

그들은 오랜 삶을 살았다. 그러니 한순간의 황홀한 광기란 가장 공포스러우면서도, 피가 끓을 정도로 갈망하게 되는 심저의 괴물이었다.

긴 수명을 가진 존재들은 저마다 속에 들어앉은 그 괴물을 억누르고 살아간다. 그런 의미에서 정신 나간 여왕이 아직도 미쳐 죽지 않은 것은 매우 유감스러운 사실이다. 어쩌면 당연할지도 모른다. 그녀는 날 적부터 정상이 아니었으니까.

레오니다스는 한숨처럼 말했다.

"오래오래 살아라, 미친놈아. 먼저 죽으면 심심하니까."

"물론. 난 죽어 줄 생각 없다."

"저 꼬마가 갑자기 회까닥 돌아서 널 찌르려고 하면?"

"손목 힘줄을 자르고 옆에 둬야지. 저 애는 내 거야."

"……갑자기 오만 걱정이 다 사라지는군. 만수무강해라, 정신 나간 새끼."

친우의 욕설을 들으며 자리를 떴다. 쾅— 등 뒤에서 문이 닫힌다. 어둠이 내린 복도가 짐승의 아가리처럼 뻗어 있다. 그는 뚜벅뚜벅 걸어 바로 옆방 문고리를 잡고 비틀었다.

코에 익은 체취가 훅 들어온다. 꽃을 꺾어 향기를 맡듯 고개를 숙이자 역시나 언제나처럼 붉은 눈이 말똥말똥 그를 기다리고 있었다.

잠옷 바람의 소녀는 타다닥, 뛰어가 팔을 뻗어 안긴다. 작은 몸을 마주 안아 올린 쥬다는 푸른 머리칼에 얼굴을 묻으며 느리게 눈을 감았다.

혹여 이로 인해 파멸한다 해도—

그리 나쁜 것은 아니었다.

*　*　*

감기약을 먹고 잠이 들었다. 하지만 선잠을 잔 탓인지 악몽을 꿨다.

꿈에는 다리 없는 개도 나왔고, 새빨간 입술의 어머니도 나왔으며, 안티오크와 쥬다도 있었다. 한쪽 다리가 없는 개는 빨간 구두를 신고 타라를 정신없이 쫓아왔다.

울음을 터뜨리며 도망가는 걸 어머니를 닮은 여자가 높은 곳에서 구경하며 웃고 있었다. 오랜만에 인간 집사의 모습을 한 안티오크는 어쩔 수 없는 일이라며 참으라고 말하고는 죽은 고양이를 검은 나무에 매달았다.

타라의 눈물이 강이 되고 바다가 되었을 무렵, 쥬다가 나타났다. 그는 바다 위에 선 채로 목까지 눈물에 잠긴 소녀를 가만히 내려다보고 있었다. 그가 말했다.

—뭘 하고 있지?

울고 있어요.

꿈속의 타라는 저가 보기에 갑갑할 만큼 무력했다. 가슴이 돌을 채운 양 답답하다. 타라는 애타게 쥬다를 올려다보았고, 그가 무언가를 해 주기를 바랐다.

어쩌면 언젠가 그러했듯 그녀를 괴롭히는 것들을 치워 주기를, 혹은 언제나 그러했듯 그녀를 안아 주기를. 하지만 그는 그녀를 보고만 있었다.

—뚝 그쳐.

나를 달래 주세요.

손을 뻗는다. 사실 이렇게 잘 매달리지도 못했다. 그가 귀찮다고 할까 봐. 하지만 꿈속의 타라는 지나치게 솔직하다. 타라는 멍하니 빛나는 쥬다의 눈을 보았고, 그 속에서 푸르게 빛나는 별을 보았다. 별똥별이었다.

그리고 잠에서 깼다. 흐리멍덩하게 눈을 깜박이는 짧은 사이, 순식간에 꿈의 파편들이 사라져 갔다. 마지막에 보았던 그 별똥별처럼.

어깨에 한기가 올라오며 그녀는 이유 없이 외로워졌다. 하기야 외롭지 않은 적이 있었나. 타라의 생에서 그렇지 않은 순간들은 너무도 짧아서 아쉬웠다.

딸깍—.

문고리가 돌아가는 소리가 들리자마자 영혼이 순식간에 따뜻한 습기로 채워졌다. 쥬다는 방에 들어서서 잠시 그 자리에 서 있었다.

그러나 타라에게는 그런 여유가 없었다. 그녀는 벌떡 일어나 그에게 달려가 팔을 뻗었다. 나를 안아 주세요. 꿈속의 타라를 부러워할 필요는 없었다. 쥬다가 정해진 양 그녀를 안아 주었으니까. 타라는 안도의 한숨을 쉰다. 이제 외롭지 않았다.

"왜 자지 않고 있나."

약간 헝클어진 머리를 토닥이며 그가 속삭였다. 낮고 진하게 울리는 음성은 꿈도 없이 찾아드는 수면, 그 까만 밤을 닮았다. 타라는 잠결을 핑계로 그에게 볼을 비비며 웅얼거렸다.

"잠이 안 와요."

"그럴 때는 책을 읽으라고 했을 텐데."

"저는 글을 잘 모르는 어수룩한 아이잖아요. 쥬다가 읽어 주세요."

충동적으로 너무 애처럼 굴었나. 실제 나이도 말했으면서 칭얼거리는 제 모습에 얼굴이 화끈거렸다. 그가 싫어하면 어떡하지. 하나 쥬다는 잠깐 침묵하다 피식 웃으며 이리 말할 뿐이었다.

"오늘따라 어리광이 많구나."

"……무서운 꿈을 꿔서 그래요."

그리고 시키지도 않은 꿈 이야기를 조잘조잘 떠들었다. 이 두서없는 불안함이 어서 사라지길 바라면서. 혹은, 그가 제 공포에 공감해 주기를 바라면서.

세상에, 갈수록 욕심쟁이가 돼 가는 스스로가 믿기지 않는다. 타라는 오늘 밤 이후로는 절대 이러지 않으리라 다짐한다.

가만히 귀를 기울이던 쥬다가 입을 열었다.

"내가 널 보고만 있었다고?"

"네."

"그럼 내가 아닌가 보지."

그는 심드렁하게 대꾸했다. 쥬다가 뻔뻔히 본인임을 부정하자 타라는 입술을 삐죽거렸다. 진짜인데. 오리처럼 나왔던 입은 그녀를 어르던 긴 손가락이 집게 모양으로 잡아 누르니 얼른 들어갔다.

얼얼했다. 눈물이 찔끔 나온 소녀를 안고, 의자에 앉은 남자는 검지를 까딱여 날아온 책을 받아들었다. 동화책이다. 타라는 아픔도 잊고 눈을 반짝였다.

"'어린 왕자?'"

"눈 똑바로 뜨고, 토씨 하나 잊지 말고 다 경청하고 자라. 듣다 졸면 진짜 악몽이 뭔지 가르쳐 주지."

평온한 얼굴로 낭독을 위해 동화책을 펼치는 어른의 대사로는 심히 맞지 않았지만 듣는 아이는 아무래도 좋았다. 저에게 머리를 기대는 소녀를 힐끗 본 그는 첫 줄을 읽었다.

"'내 비밀은 이런 거야. 아주 간단한 거지.'"

타라는 다른 곳으로 향하는 문턱을 넘어선 것처럼 숨을 죽였다.

"'오직 마음으로 보아야 잘 볼 수 있다는 거야.'"

쥬다는 제 가슴에 머리를 기댄 채 말똥말똥한 눈으로 동화책 삽화를 빤히 쳐다보고 있는 둥근 머리를 쓰다듬었다. 길게 자란 머리칼이 그의 찬 검지에 하늘하늘 감겨 왔다.

가장 중요한 것은 눈에 보이지 않는단다.

그의 목소리가 느릿느릿 따끈하게 귓바퀴를 타고 넘어왔다. 동심은커녕 건조하기 짝이 없는 어조건만 감미롭게 들리는 건 그 내용 때문일까, 그가 쥬다이기 때문일까. 그녀는 쥬다의 무엇이건 좋았으니 가능성은 후자가 높을 것이다. 타라는 속눈썹을 팔랑이며 귀를 쫑긋 세우고 외로워 보이는 조그만 어린 왕자를 쳐다보았다.

어쩐지 타라는 어린 왕자가 말하는 조금은 엉뚱하고 괴상한 말들이 무슨 뜻인지 알 것 같았다. 머리로 하는 공감이라기보다는 그저 달은 달이고 물은 물이다 — 같은, 문장 그대로의 이해였다.

책장이 넘어가자 어린 왕자는 불그스름한 노을 아래 서 있었다. 그는 쥬다의 입을 빌려서 말했다.

"'누구든 슬픔에 잠기면 석양을 좋아한다는 걸요.'"

타라는 충동적으로 물었다.

"쥬다도 슬플 때 석양을 좋아하나요?"

따분한 듯 턱을 괴고 있던 그는 은청색 눈동자만 움직여 사뭇 진지해 보이는 소녀를 바라보았다. 그러고는 아무렇지 않게 소녀의 감수성을 박살 냈다.

"슬픈 거랑 해가 지는 거랑 무슨 상관이야."

"어어, 그렇지만……."

어렴풋이 그런 물리적인 사실과는 다른 류의 문제라는 생각이 들었지만 타라는 쉽사리 대답하지 못하고 우물쭈물했다. 그게 아닌 것 같은데. 쥬다는 입꼬리를 삐딱하게 올리며 그 보들한 뺨을 아프지 않게 꼬집고는 그래도 진지하게 대꾸해 주었다.

"몰라. 슬픔 따위 느껴 본 적도 없으니."

"엑? 정말요?"

"그게 뭐."

쥬다는 정말 대수롭지 않은 것 같았다. 하지만 짧은 인생에서도 헤아릴 수 없이 다양한 슬픔을 겪어 온 타라는 까마득한 먼 세계의 이야기처럼 상상도 가지 않았다.

타라의 생이 슬픔 그 자체이기도 했지만, 그녀 외에도 모든 사람들이 우울해하고 화를 내고 슬퍼하며 살았다.

고고한 귀족들부터 그들의 하수인에 이르기까지 전부 같았다. 타라는 가장 비천한 밑바닥에 있었기에 그들이 토해 내는 감정들을 생생히 목격했다.

고귀한 여왕인 타라의 어머니, 아델하이트도 다르지 않았다. 그녀가 특별히 총애하던, 가슴 시릴 만큼 고운 목소리를 지닌 가인(歌人)이 폐렴에 걸려 죽었을 때 여왕은 매우 슬퍼하며 검은 머리띠로 치렁한 금빛 머릿단을 장식했다.

어머니가 손수건으로 찍어 내는 눈물을 처음 본 타라는 큰 충격을 받았다. 그건 분명 '슬픔'이었다.

비록 왕과 그 가인이 잠자리를 함께한 탓에 여왕이 독살한 게 틀림없다며 하녀들이 수군거리기는 했지만 아델하이트가 가인의 부재를 안타까워하는 것은 분명했다.

혈육의 직감으로 타라는 비정한 어미의 양분화된 감정의 움직임을 대략적으로 느끼고는 있었다.

그녀에게 받은 핏줄로서의 감각, 목마른 애착으로 항상 지켜보고 있었기 때문이다. 그리고 '그' 어머니도 가지고 있는 감정을 쥬다가 느껴 본 적이 없다는 게 놀라웠다.

곰곰이 생각하던 타라가 쫑알거렸다.

"쥬다에게는 지금까지 속상한 일이 없었나 봐요."

슬플 만한 일이 없었다면 납득이 될 것 같았다. 하긴, 쥬다는 그녀처럼 터무니없이 약해 빠지지 않았으니까. 고개를 주억거리는 그 생각들이 뻔히 보였다.

쥬다는 조금 어이가 없었지만 멋대로 착각하게 내버려 두었다. 저 꼬마의 상식에서 수세기에 걸친 삭막한 그의 삶은 괴물처럼 느껴질 것이다. 쓸데없이 감정이 풍부한 시각에서는 더더욱.

그는 새삼 생경한 눈길로 품 안의 꼬마를 바라보았다. 감정이라?

—내게 감정은 사막에 내리는 눈 같은 거다. 충분히 홍미롭지. 금방 녹아 버리는 눈송이가 사막을 적실 수는 없어. 혹여 그로 인해 파멸한다 해도, 그런 경이적인 마법이라면 한 번쯤 겪어 보고 싶은 게 마도사의 적절한 충동이라 생각지 않나?

불과 수분 전에 제가 한 말이건만 어느덧 멀게 느껴졌다. 쥬다는 이따금 타라가 옆에 있으면 시간의 흐름을 잊었다. 이 또한 지금껏 그녀가 유일할 것이다.

그의 침묵 섞인 자각을 까맣게 모를 타라는 계속 종알종알 떠들고 있었다.

"나는 석양이 좋아요. 해 질 녘의 붉고 노랗게 물든 하늘이 내게 다 괜찮다고 말해 주는 것 같아요. 어렸을 때는 천사의 오렌지빛 깃털들이 온 사방에 나폴나폴 흩날린다고 생각했어요. 누군가 나를 지켜보고 있는 거라고."

"누가?"

"해님이건 신이건 상관없어요. 그냥 누구든 나를 보고 있다고 생각하면 안심이 되니까. 그렇게 믿으면 용기가 생겨요."

이 여자애에게 특기가 있다면 애잔하고 사랑스러운 말을 거리낌 없이 한다는 거다. 어떤 수치도 계산도 없이 무구하고 솔직하게. 그 무지가 상대의 가슴을 작은 새 부리처럼 콕콕 쑤신다는 것도 모르고.

쥬다는 무심한 낯으로 손안에 감긴 소녀의 푸른 머리칼을 만지작거렸다. 예기치 못하게 그에게로 떨어진, 날개 다친 오목눈이를 굴려 보듯이.

그는 낮게 입을 열었다.

"넌 어떨 때 슬프지?"

"음, 가장 슬플 때요?"

"크든 작든 상관없이."

네가 아무것도 아닌 석양을 찾아 댈 때. 타라는 골똘히 생각했다. 진지하고 열심히. 그리고 답했다.

"식은 식사, 아침과 다름없이 어지럽혀진 이불, 계절과 다른 옷을 입고 있을 때요."

"네가 궁상맞아서 슬프다고?"

무덤덤하게 악담을 하는 쥬다에게 타라는 고개를 흔들었다.

"외롭고 아프거나 힘들 때, 매달리고 부를 수 있는 사람이 없을 때요. 나에게 웃어 주고 관심을 가져 주는 사람이 아무도 없다는 걸 이따금 다시 느껴 버렸을 때. 나를 사랑해 주는 이가 어디에도 없을 때."

그래서 매 순간 슬펐어요. 모른 척했을 뿐.

"아인츠와 아벨라가 장난을 치는 것도 가끔은 지나치게 적막한 하루보다 나았어요. 나는 내가 살아온 만큼의 거의 모든 석양을 알아요. 황혼은 언제나 예뻐요. 흐린 날이건 비가 오는 날이건."

그의 삶의 절반에도 못 미치는 조그만 게 살아온 대부분의 석양을 안다는 의미가 무엇인지 쥬다는 모르지 않았다. 그래서 그는 다른 것을 물었다.

"그것들은 누군데."

"아인츠와 아벨라요? 내 사촌들이요."

그들도 동의할지 모르겠지만. 타라는 꿀꺽 뒷말을 삼켰다.

"사촌이라고……?"

느리게 혀끝을 흐리는 쥬다의 음성에는 묘한 것이 섞여 있었다. 서늘한 느낌에 위를 올려다보았으나 쥬다는 무심한 표정으로 책장을 넘길 뿐이었다. 착각인가 보다.

"'그는 누구도 사랑해 본 적이 없었어요. 오로지 계산하는 것 말고는 다른 일은 해 본 적이 없었죠.'"

쥬다는 타인의 일기를 읽듯 유리된 눈빛으로 그 문구를 흘려 넘겼다. 그의 높낮이 없는 낭독을 들으며 타라는 붉은 눈을 깜박거렸다. 사랑스러운 눈빛이었다. 어린 왕자가 떠난 작은 행성처럼 반짝인다. 유일무이한 꽃이 핀 그 작은 별처럼.

"'네가 날 길들인다면 우린 서로 떨어질 수 없게 될 거야.'"

내게 있어 넌 세상에서 유일한 존재가 될 거고,

네게 있어 난 세상에서 유일한 존재가 되겠지…….

* * *

안티오크는 아침 식사를 알리기 위해 노크를 한 뒤 문을 열었다가 캬오옹! 날카롭게 울 뻔했다. 타라의 침실에서 제 방인 양 태연자약하게 안락의자에 앉아 있는 주인 때문이었다.

"아니, 주인님. 이 시각에 여기는 어쩐 일로……."

"쉿."

쥬다의 검지가 입술 위에 올라갔다. 히끅, 주둥이를 다문 고양이 집사는 그의 품 안에서 쌔근쌔근 자고 있는 푸른 머리를 발견하고 노란 눈을 크게 떴다.

난데없이 굴러들어 온 천덕꾸러기에서, 언젠가부터 벨벳 성의 조그만 아가씨가 된 타라가 세상모르고 자고 있었다. 그것도 쥬다에게 안겨서.

안티오크는 앞발로 수염을 꾹꾹 누르면서 이게 어떻게 된 일인지 파악하려 했으나 실패했다.

"저어……."

분위기 탓에 한참 망설이다 조심스레 운을 뗐다. 같은 방 안에 있는데도 그와 그들이 있는 거리는 지나치게 멀어 보였다. 건드릴 수 없는 다른 공간처럼.

뺨을 괸 채 물끄러미 잠든 소녀를 내려다보는 쥬다의 표정은 익히 알던 그였으나 동시에 그가 아니었다. 이 낯선 사내를 어찌 대해야 할지 순간적으로 갈피를 잡을 수 없었다.

타라가 이 성에 들어온 후 그는 하루하루 조금씩 바뀌었으나, 그 변화는 별거 아닌 듯해도 100여 년 넘게 그를 봐 온 이에게는 천재지변에 가까웠다.

"식사하시겠습니까? 때를 놓치면 허기가 지실 텐데."

물론 이것은 타라를 말한다.

그의 예상대로 타라의 끼니에 생각이 미쳤는지 모르지만 쥬다는 자리에서 일어났다. 타라를 안아 들고.

소녀가 잠결에 꼬물거리며 그에게 매달리고 긴 은발을 잡아당기는 걸 보는 안티오크의 속은 쪼그라들고 있었다. 이제 더 놀랄 것도 없었다.

타인과의 접촉은 물론이요, 눈길 한번 안 주던 냉혹한 마법사는 그녀를 안고 토닥거리고는 발길을 옮겼다.

"여어, 좋은 아침…… 그거는 뭐냐?"

고기 조각을 물고 있던 레오니다스는 뼈를 퉤— 뱉으며 중얼거렸다. 긴 테이블로 걸어온 쥬다가 그의 검지를 먼지처럼 치워 버리며 자리에 앉았다.

그때 타라의 눈살이 살짝 찌푸려지기는 했지만, 다행히 아직 잠에서 깨지는 않았다. 늦게 잔 탓에 늦잠을 자려는 모양이다. 애들은 잠이 많다고—이델이— 그랬으니 쥬다는 좋게 생각했다.

하나 벨벳 성의 불청객 레오니다스는 기가 찬 듯 혀를 끌끌 찼다. 집착이 보통이 아니라고 생각했지만 이렇게 옆구리에 끼고 있는 게 영 적응이 되지를 않았다. 레오니다스는 진지하게 물었다.

"다시 묻겠는데, 진짜 네 딸 아니냐?"

"넌 아직 안 갔나?"

"아, 섭섭해라. 얼마 만에 본 건데 찬밥 신세군."

레오니다스는 피가 뚝뚝 떨어지는 스테이크를 포크로 찍어 뜯어먹으며 툴툴거렸다. 그러면서 구경하듯 푸른 머리의 소녀를 보았다.

대관절 저 애의 매력이 뭐길래 저 얼음덩어리가 싸고도는 걸까. 하긴 설사 친딸이라 해도 쥬다의 성정에 저리 아끼는 건 어불성설이었다.

그는 날 적부터 핏줄에 대한 기본적인 애정 같은 인간적 섬세함이 거세되어 있는 놈이었으니. 타라의 순한 듯 예쁘장한 얼굴을 들여다보고 있던 레오니다스가 알았다는 듯 손뼉을 쳤다.

"너도 드디어 이제 그쪽으로 관심이 생긴 거야?"

차를 따르다 말고 힐끗 제 쪽으로 시린 벽안이 향하자 레오니다스는 철없는 소년처럼 히죽 웃었다.

"이야, 안 하던 놈이 더 하다더니. 키워서 잡아먹으려고 그리 애지중지…… 억!"

테이블 위에 있던 나이프가 서슬 퍼렇게 날아들자 레오니다스는 잽싸게 고개를 숙여 피했다. 그리고 다시 상체를 들었을 때는 푸른 불꽃이 사방에서 그를 노리고 있었다. 진심 어린 살의에 뒷덜미가 쭈뼛 곤두선다.

쥬다는 느슨히 의자에 등을 기대더니 천천히 타라의 머리카락을 쓰다듬었다.

차게 가라앉은 시선은 평온했지만, 그가 진심으로 나오면 수족의 제왕인 레오니다스도 몸 성할 자신이 없었다. 필시 둘 중 하나는 죽으리라.

저도 모르게 속에서 끓는 전투 본능을 억누르며 그는 양손을 들어 올렸다.

"농담이다, 농담."

"되는 대로 지껄이지 마. 죽기 싫으면."

"미친놈 같으니. 농지거리 하나로 전쟁이라도 하자는 건가?"

"내가 가릴 성싶은가?"

쥬다가 피식 코웃음을 치자 레오니다스는 끙, 한숨을 쉬었다. 사실 서부의 외교 방식은 거의 하나였다. 거리낄 것도 없으니 한판 붙을 거면 붙든가.

문제는 앞뒤 안 재고 달려드는 상대만큼 골치 아프고 성가신 건 없다는 거다. 게다가 그렇게 싸워서 이기냐고 하면 그것도 아닌지라.

이미 레오니다스는 몇백 년 동안 저 성깔에 익숙해져서 설레설레 고개를 흔들었다.

"그렇게 예뻐해서 나중에 시집은 어떻게 보내려고 그러냐. 아깝다 못해 신랑이라고 데려온 놈도 죽일 기세네."

"무슨 소리냐."

"그렇잖아. 아까야 농이다만, 어쨌건 애들은 금방 크잖나. 특히 여자애는 자라면 딴 녀석에게 날아가 버릴 텐데."

"……."

쥬다가 뭐라 말하려는 순간 일련의 소란에 잠이 깬 타라가 부스스한 머리를 흔들며 하품을 했다. 친우의 벽안이 휙 그쪽으로 향하자 레오니다스는 남모르게 혀를 끌끌 찼다. 못해도 저 꼬맹이 신혼길 참 다사다난하겠다는 예감이 들어서.

"쥬다? 내가 왜 여기 있어요?"

"밥 먹어라."

어리둥절한 피후견인에게 그는 불친절하게 밥그릇을 밀었다. 그 행동은 거부 따위는 존재도 안 한다는 듯이 조용하게 강했다. 거기에 익숙한 타라는 눈을 데굴데굴 굴리면서 은 숟가락을 들었다. 그러다 레오니다스의 강한 시선에 어깨를 소심하게 움찔거렸다.

화려하기 짝이 없는 금빛과 푸른빛이 뒤섞인 청금발에 덩치 큰 야성적인 미남은, 특유의 기백이라든가 뚫어져라 강렬하게 쳐다보는 시선이 여러모로 부담스러웠다.

쥬다도 만만치 않게 기가 셌으나 레오니다스의 태양처럼 강렬하고 데일 듯한 분위기 역시 그녀에게 다른 의미로 어려웠다.

슬쩍 눈을 피하자 레오니다스는 대뜸 서운한 듯 한숨을 푹 내쉬었다.

"저기, 꼬마 아가씨. 우리 제대로 통성명도 안 하지 않았어? 나는 북부의 영주 레오니다스야. 줄여서 레오. 숙녀분은 이름이 뭐야?"

"타라."

"……너 말고 인마."

냉랭하게 먹고 떨어지라는 듯 대꾸하는 쥬다에게 레오니다스가 짜증을 냈다. 북부의 영주라면 수족들의 우두머리를 일컫는 직위였다. 그러니 그 또한 수족이라는 말일 터.

타라는 그에게 좀 더 친근감과 호기심이 드는 걸 느꼈다. 타라가 이델과 안티오크를 포함해 좋아하는 사람들 대다수는 수족이었다. 타라는 치솟는 호기심을 억누르지 못하고 조그맣게 물었다.

"저어, 그럼 이델이 있는 곳에서 오신 건가요?"

"이델? 그 늑대 녀석 말이지."

익숙하고 그리운 이름이 나오자 타라의 경계심은 큰 폭을 그리며 깎였다.

"그는 잘 지내나요?"

"그렇겠지. 늑대들은 가족끼리 끔찍하니까."

남의 집 일이라는 양 레오니다스가 귀를 긁적거렸다. 타라는 먹이에 달려드는 햄스터처럼 열성적으로 다다다 물어 왔다.

"언제 온대요? 너무 바쁜가요?"

대번에 태도가 바뀌자 사자 왕은 굵은 눈썹을 올리더니 유쾌하게 웃었다. 이것 봐라. 쥬다 껌딱지인 줄 알았더니 쥬다만 좋아하는 건 아닌 모양이다.

아니나 다를까 눈을 반짝거리는 소녀를 조금 냉한 시선으로 보는 쥬다가 보였다. 그게 우스워서 입술이 꿈틀거렸다. 세상에. 살다 보니 이런 광경도 보는구나.

그는 이 귀여운 소녀의 질문에 최선을 다해 협조하기로 마음먹었다.

"뭐, 아마 그 암컷 늑대의 아들이 성인식을 치르면 오지 않을까. 그건 그네들의 큰 행사라서 혈족 모두가 둥지에 모여 있을 거야. 보름달이 지면 보통 끝이 나지."

"어, 그러면 몇 주가 더 걸리겠네요?"

"그러겠지, 아마도?"

타라는 대번에 풀이 죽었다. 어쩔 수 없는 일이지만 조금 서운했다. 그리고 곧바로 이런 스스로를 질책했다. 가족의 일이라는데 섭섭해하는 저가 나쁜 거였다.

이델이 처음 벨벳 성에 왔던 그녀를 적응할 수 있게 도와주기는 했지만, 엄밀히 말해 타라의 부모는 아니지 않은가? 조그만 얼굴에 그런 감정이 다 드러났던지 레오니다스는 한결 다정하게 그녀를 달랬다.

"걱정 마. 어쩌면 더 빨리 올 수도 있어. 아가씨가 이해해. 어머니이니 그럴 때일수록 새끼 옆에 있어야지."

"네에…… 네?"

"응?"

"저, 어머니, 라뇨?"

잘못 들었나 싶어 고개를 갸웃거렸지만 외려 그도 뭐가 문제냐는 표정이다. 타라는 힐끔 쥬다를 올려다봤다가 어색하게 손가락을 꼼지락거렸다.

"이델은, 어머니가 아니라 아버지 아닌가요?"

"엉?"

레오니다스가 괴상하게 미간을 찡그렸다. 그러고는 얼떨떨한 소녀에게 말했다.

"아버지라니. 그 녀석 여자잖아? 암컷."

"네?"

이게 무슨 소리지. 타라는 멍하니 이델을 생각했다. 항상 깔끔한 정장에 깔끔히 쳐 낸 짧은 머리, 다정하고 정중한 미소와 손길이 생각났다. 그리고 항상 바지를 입고 있었다.

눈을 깜박거렸다. 이델이 여자? 그러고 보니 목소리가 좀 중성적이었던 것 같기도 하고…… 안아 줬을 때도 뭔가 몰캉…… 그녀는 맹하게 중얼거렸다.

"……몰랐어요. 남자인 줄 알고……."

창피함에 얼굴이 빨갛게 물들었다. 징검다리라고 믿었던 게 자고 있던 거북이 등껍질인 것처럼 놀라서 가슴이 두근거렸다. 안티오크는 소리를 안 내려다 사레가 걸려 쿨럭거렸고, 레오니다스는 낄낄거렸다.

"하긴 그 녀석이 얼핏 보기에 사내처럼 보일 수도 있지. 무리를 이끄는 암컷 중에는 가끔 그런 타입이 있거든."

"네에."

이델이 들으면 얼마나 어처구니없어 할까. 타라는 수프를 깨작거리며 얼굴을 들지 못했다.

조금 우울해진 타라는 학습된 대로 쥬다에게 몸을 기대고 그를 올려다봤다가, 그의 눈썹이 미세하게 찡그려진 것을 발견했다. 역시나 이런 류에 눈치가 귀신같은 타라는 바로 불안해하며 그의 소매를 잡았다.

쥬다가 눈을 내려 마주하자 더 정확히 알 수 있었다. 지금 쥬다는 불쾌해하고 있었다. 정확히는, 조금 짜증스러워 한다는 것이 맞을까. 타라는 큰 눈을 끔벅거렸다.

"쥬다?"

왜 기분이 나쁜 거예요?

쥬다는 목마른 토끼처럼 하염없이 자신을 바라보는 소녀를 빤히 보다가 불쑥 말했다.

"이델은 유부녀다."

타라는 멀뚱히 미세하게 신경질적인 쥬다를 올려다보다 고개를 끄덕였다.

"응. 그렇대요."

유부남이 아니라 유부녀였지만 말이다. 그녀의 고분고분한 수긍에 쥬다는 눈을 가늘게 뜨고 빵을 베어 무는 소녀를 보다가 조금은 따끔할 만큼 꾹꾹 머리카락을 잡아당겼다.

붉은 눈이 동그래졌다. 이 대중없는 심술에 놀랄 법도 하건만 타라는 작은 동물처럼 움찔거리기만 할 뿐 얌전히 있었다. 순전히 보호자에 대한 무한한 신뢰가 있기에 나온 행동이었다.

레오니다스는 금방 한쪽 입꼬리를 올리며 타라의 정수리를 살살 어르는 쥬다를 기막힌 눈으로 바라보았다.

조금 전까지만 해도 농이라고 여겼는데…… 정말 그러한 종류의 애착이라곤 짐작도 하지 못했다. 타라가 너무 어리기도 했고, 게다가, 게다가 저건 '그' 쥬다가 아닌가.

냉혈한 불사의 마도사. 피가 흐르는지도 의심이 되는 서부의 패자. 그는 머리를 설레설레 흔들었다. 저놈이? 너무 앞서간 생각이겠지. 저 녀석은 제 것에 대한 영역 관념이 강하니까.

간밤 쥬다가 말했던 대로 그의 심장은 버석하게 메마른 사막과 같았다. 어쩌다 기적처럼 싹이 하나 틔었다 한들, 그 수백 년의 황폐함이 새싹 하나로 전부 젖어들 수는 없었다.

기적은 기적처럼 오지 않으며, 결국 기적 또한 상식에 불과하다. 그는 불안 속에서 냉정한 이성으로 그리 여기기로 했다.

변덕이 이 이상 커지지는 않으리라고.

*　　*　　*

부엉이 의사 앙리펠은 사실 잦은 번거로움에도 제 조그만 환자를 좋아하는 편이었다.

그는 기본적으로 어린 새끼들에게 관대했고, 우락부락하니 쌈박질 끝에 봉합 부위가 터져서 오는 북부의 맹수들보다 훨씬 말을 잘 듣는 순한 환자가 더 마음에 들었다.

때로 어른도 게워 낼 쓴 약도 타라가 얌전히 받아 마시는 걸 보고 있노라면 이런 아이가 저 무지막지한 마도사의 곁에서 어찌 버틸까, 의문이 드는 것도 사실이었다. 같은 영주들도 은근 설설 기며 눈치 보기 바쁜 양반인데.

"타라 님, 몸은 괜찮으십니까?"

"네. 애초에 별로 아프지도 않았는걸요."

타라는 부끄러운 듯이 작은 목소리로 대답했다. 앙리펠의 날개가 동그란 이마를 짚어 보더니 기록철에 쓱쓱 무언가를 적어 내려갔다.

"다행이군요. 앞으로도 이렇게 잘 먹고 잘 주무시고 미리미리 예방한다면 아플 일은 더는 없을 겁니다."

순하게 고개를 끄덕이는 타라에게 부엉이 의사는 인자하게 웃으며 말했다.

"이제 잠은 잘 주무십니까?"

"어…… 대체적으로는요."

잠 못 이루고 쥬다를 기다렸던 게 떠올라서 타라는 몸을 비비 꼬았다. 앙리펠은 쯧쯧 혀를 차며 잔소리를 했다.

"푹 주무셔야 합니다. 수면과 면역력은 관계가 매우 큽니다. 낮잠도 간간이 주무시고. 그래야 또 키도 크지요."

"키요? 더 자랄 수 있나요?"

어린아이들 달래는 단골 주제에 타라는 금방 귀가 솔깃했다. 항상 넘어지는 것도 그녀가 왜소하고 비리비리한 탓이 컸다. 이 오래된 성의 계단들은 조그만 타라에게 전혀 친절하지 않았으니까.

덕분에 쥬다가 안아 올려 주고는 했지만 그를 매일 귀찮게 하는 것 같아 조바심이 났다. 무척 좋지만, 겁이 난다. 성가셔 하면 어쩌나, 하고. 어서 빨리 자라서 그가 어디를 가든 뒤따라가고 싶었다.

"물론이죠. 아직 많이 멀었지만, 혹시 다리가 저린다거나 하지는 않으시지요?"

갑자기 온몸이 바늘로 쑤시듯 아프고, 열이 나면 이 늙은이나 안티오크에게 말하셔야 합니다. 고귀족의 2차 각성은 홀로 견디기는 힘드실 테니. 타라는 조금 겁이 나서 눈을 크게 떴다.

"아파요?"

"허허허. 성장이란 건 조금씩 고통이 따르는 법이지요. 크든 작든 다 거치고 어른이 되는 것이니 너무 염려하지 않으셔도 됩니다. 게다가 지금 당장은 아니니 걱정 마세요."

"하지만 키는 컸으면 좋겠는데."

소심하게 중얼거린다. 확실히 그녀는 너무 작다. 열 일곱이 열 서

너살로 보일 정도로.

제 또래의 아벨라 같은 소녀들은 이미 늘씬한 백합처럼 자라나 사교계 데뷔를 치르고 사뿐사뿐 복도를 걸어 다니곤 했다.

달콤한 금발을 구불구불 늘어뜨리고 앵초 같은 입술을 다문 하얀 얼굴의 아벨라는 무척 예뻤다. 갓 피어난 청초한 꽃처럼.

그의 환자가 풀이 죽자 부엉이 의사는 동그란 안경을 끄집어 올리며 부엉— 하고 울었다.

"몸을 보하는 약초와 뜸을 놔 드리겠습니다. 그럼 더 빨리 자라시겠지요."

사실상 각성기는 개개인의 체질이고, 건강과는 다른 문제였지만 앙리펠은 뭉뚱그려 대충 넘어갔다. 겸사겸사 쓴 보약을 먹여야 했는데 다행이지 않은가.

순진한 타라는 고개를 끄덕이고는, 기운을 북돋는 풀과 약재를 달콤한 꿀에 버무린 환약과 초록빛 탕약을 마셨다.

앙리펠은 쓴 약에 미간을 찡그린 타라를 귀엽게 쳐다보고는 뜸을 놓을 재료를 커다란 가죽 가방에서 부산스레 꺼내 들었다.

"그럼 다리를 걷어 보십시오. 오래 걸리지 않…… 을……."

앙리펠은 타라의 맨다리를 가만히 내려다보다가 약초 덩어리를 내려놓았다. 한참 말없이 가는 다리를 살피고 만져 보던 그는 조심스럽게 물러나 파닥파닥 맞은편 의자에 앉았다. 뭣 모르고 건드렸다가 와삭 꺼져 버릴 살얼음 위에 앉듯이.

투명한 타라의 눈을 살피던 앙리펠이 신중하게 물었다. 타라님.

"예전에 크게 다친 적이 있으십니까?"

"……무슨 말인가요?"

"다리와 허벅지에 상당히 큰 흉터가 있습니다. 뭔가에 물린 것 같기도 하고, 하지만 그것보다는……."

마치 칼로 벤 것처럼 끔찍한 긴 흉이 몸 곳곳에 남아 있었다. 심지어 이것이 다리에만 있는 것 같지도 않았다. 어쩌면 등에도…… 맙소사. 이 정도로 끔찍한 흉터가 남으려면 얼마나 큰 고통이 있었겠는가. 저 조그만 몸에.

흰 피부를 기어가는 붉은 자국은 소녀를 칭칭 감아 올라가는 독뱀 같았다. 그리고 온갖 상처를 돌봐 온 앙리펠이 알기로 그건 분명 채찍질을 당한 상흔이었다.

"아."

타라는 알겠다는 듯 고개를 끄덕였다. 그리고 믿기지 않게도 아무렇지 않게 말한다.

"어릴 적에 체벌을 받은 적이 있어요."

"……허, 세상에. 무슨 체벌이 이렇게 흉이 남을 정도랍니까. 대체 어떤 흉악한 놈들이!"

결국 침착함을 잃은 앙리펠이 수선스럽게 복실한 날개를 휘저어 댔다.

온몸에 잔인한 흔적이 남아 있는 이 소녀는 아이러니하게도 제 일임에도 다른 이의 것처럼 태평했다. 혹은, 너무 익숙하게 눌어붙어 있어 존재했던 것도 까먹은 사람처럼. 말간 붉은 눈이 깜박거린다.

"내가 잘못한 거였어요."

"예?"

"탐해서는 안 되는 걸 탐했어요. 그러면 안 되는 거였는데, 안 된다는 걸 그때는 몰랐거든요."

따뜻한 애정과 온기도, 황금 사과도 욕심부리면 안 되는 것들이었다. 지금보다 더 어린 타라는 그걸 몰라서 벌을 받았다. 분수에 넘치는 기대는 사치다. 그녀는 그것을 배웠다. 바로 그날에.

진실로 이해한 것인지 체념을 한 것인지 모를 투명한 그 눈을 더 보지 못하고 앙리펠은 시선을 돌렸다. 안타까움이 낯선 사금파리를 삼킨 것처럼 할 말을 잃게 만든다.

가슴이 갑갑하고 뭐라도 하고 싶다. 그 깐깐한 안티오크도 이 소녀에게 모질지 못한 이유가 이해가 갔다.

"꾸준히 약초 치료를 하고 시간이 흐르시면 어느 정도는…… 안 보이실 겁니다. 특히 각성 때면 육체가 급격히 변하게 되니……."

앙리펠은 수다쟁이처럼 흉이 남지 않을 거라고 길게 떠들어 대었다. 수선스러운 날갯짓에 허공에 떠다니는 깃털들이 더욱 많아졌다.

그러던 그는 어떤 생각에 미쳐 부리를 꾹 다물었다. 안경 속 눈알이 시계처럼 한 바퀴 돌았다.

"혹시 영주께서도 이 사실을 아십니까?"

"아니요."

서부는 추우면 추웠지, 햇볕이 따뜻하지 않은 계절이었고 거친 바람도 많이 불어 의복이 전부 긴 팔에 소매도 넓었다.

타라의 몸에 그런 흉이 있다는 걸 안티오크도 몰랐으니 쥬다는 알 길이 없었다.

부끄러움과 수치심보다도 타라는 애초에 스스로 몸과 얼굴을 살펴보는 걸 좋아하지 않았다. 보고 만지면 당시 그 고통이 생각나서 아팠다. 제 몸이 아닌 것처럼 그러려니 방치하는 법을 알았기에 그녀는 신경 쓰지 않았다. 의식적으로 잊고 있어서 타라도 생경하게 다시 자각하는 참이다. 아, 그런 게 있었지.

그녀는 앙리펠의 놀란 반응에서 새삼 흉터의 '크기'를 다른 방식으로 깨닫게 되었다. 뒤늦게 닭살이 돋는 기분이라 다리를 오므려 뒤로 숨겼다. 그 기색을 읽지 못할 이가 아닌지라 앙리펠은 한숨을 쉬었다.

"영주께서는 타라 님의 모든 상태와 경과를 보고하라고 명하셨습니다."

"네에."

타라는 길게 말을 늘였다. 당연히 앙리펠은 의사니까 그래야 한다. 하지만 쥬다를 생각하는 순간 돌연 뺨이 화끈거렸다.

방금 전만 해도 아무렇지 않게 다리를 드러냈던 주제에, 그걸 쥬다가 본다고 생각하니 발가락이 곱아들고 어디로든 숨고 싶었다.

마치 맨 밑바닥의 추한 모습을 들킨 것처럼 오싹하니 두려워졌다. 격렬한 수치심과 거부감에 타라는 드물게 고개를 흔들었다.

"싫, 싫어요."

"타라 님."

"그러지 마세요. 어차피 저는 이제 아프지도 않은걸요."

애써 답지 않은 강짜를 부리는 조그만 얼굴이 다급해 보였다. 제 흉을 보고 인상을 쓸 쥬다, 어떻게 된 일이냐고 추궁하고 물어 오는 쥬다.

아니, 그냥 그에게만은 제 어리석음으로 얻은 추한 훈장을 보이기가 싫었다. 생전 처음 느껴 보는 강렬한 거부감이었다. 순하디순한 타라가 그리 나오니 앙리펠은 곤란한 듯 끙, 신음을 흘렸다.

"알겠습니다. 하지만 꼭 필요한 상황이 되면 저도 어쩔 수 없습니다."

고마워요, 앙리펠. 타라가 붉어진 얼굴로 조그맣게 중얼거렸다.

그리고 공교롭게도 며칠 뒤, 벨벳 성에 새로운 손님이 도착했다. 그녀의 얼굴을 본 타라는 붉은 흉터가 다시 욱신거리는 걸 느꼈다.

"어머, 이게 누구야?"

연지를 칠한 바알간 입술이 삐죽하게 올라간다.

못난이 타라 아니야?

4

꽃샘추위

그날도 다른 날과 다름없는 날이었다.

평온하기 그지없는 일상에 거의 눌러앉은 레오니다스가 끼어든 걸 빼면 큰 변화는 없었다. 쥬다의 짜증스러운 눈총에도 레오니다스는 북부로 돌아갈 생각이 없는 것 같았다.

그는 늘어져라 늦잠을 자고 느지막하게 오후가 되면 어슬렁어슬렁 나와서 뒷짐을 쥐고 들고양이처럼 한가롭게 성을 배회했다.

그리고 가끔 복도에서 만난 타라가 서재에서 책 여러 권을 힘겹게 들고 가는 걸 대신 들어 주기도 했고, 또 가끔 정원에 산책을 나갈 때면 자연스레 마주치곤 했다.

그럴 때마다 레오니다스가 명랑하게 웃으며 살갑게 굴었기에 타라는 점점 그가 편하게 느껴졌다. 조그만 목소리로 대답하거나 수줍게 웃을 정도는 됐다는 뜻이다.

그리고 성안에서 일어나는 일을 모를 리가 없는 쥬다는 레오니다스의 타라에 대한 관심을 마뜩잖게 보았다. 배를 벅벅 긁으며 저녁 식사 자리에 앉는 친우에게 마도사는 인사처럼 물어 왔다.

"넌 대체 언제 가나?"

하루빨리 내 성에서 꺼져. 자동 해석되는 말투에도 레오니다스는 여전히 싱글벙글이었다. 유유상종이라고, 그는 성가셔 하며 짜증을 내는 쥬다를 살살 약 올리는 걸 재미있어 했다. 물론 그러다 몇 번 정말 죽을 뻔했지만 이게 다 삶의 스릴이지 않겠는가.

40여년 전에 쥬다의 손에 귓털미가 조금 잘려 나가고 팔다리가 부러진 것을 고려해 보자면 참으로 정신 나간 인물이었다.

사람들은 불사의 마도사가 나타나기 전 율리아에서 가장 위험하고 어디로 튈지 모르는 분란이 레오니다스였다는 걸 쉽게 망각했다. 언제나 소란은 가장 큰 소란에 덮이는 법이다.

"뭐가 그리 불만이야? 적적할까 봐 이리 말동무도 해 주는데."

대륙을 진동시켰던 옛 청춘은 가고 이제 남의 성에 빌붙어서 게으른 수사자처럼 늘어진 청년은 이쑤시개로 이를 쑤시며 투덜거렸다.

참 그 모양새가 밉상인지라 쥬다는 무표정하게 테이블 밑으로 그가 앉아 있는 의자를 걷어찼다. 잘못해서 억, 하고 혀를 씹어 버린 레오니다스가 벌컥 성질을 내었다.

"왁!(야!)"

"밥 축내지 말고 사라져."

"정지루드러븐넌(성질 더러운 놈)."

그가 후두둑 떨어지는 피를 닦으며 투덜거리는 동안 쥬다는 익숙하게 무시하며 안티오크에게 타라를 찾았다.

"꼬맹이는?"

"잠깐 정원에 가셨습니다."

"거기는 왜."

"어제 새벽에 핀 사막 장미가 어여쁘시다고 하셨는데…… 몇 송이 꺾어 오려 하시나 봅니다."

"쓸데없기는."

쥬다는 나른하게 중얼거렸다. 그러면서도 기다릴 요량인지 따닥따닥 손가락을 두드린다. 꼬맹이는 꽃을 좋아했다. 꽃향기를 좋아하고 매일 후원에 산책하러 가는 걸 보면 맞겠지.

심드렁하니 턱을 괴는 그를 재미있다는 눈길로 구경하던 레오니다스는 ─ 탁월한 재생력 덕에 피는 멎었다 ─ 서운한 듯 투덜거렸다.

"어이, 이쪽도 좀 상냥하게 대해 달라고. 질투 나려고 그러네."

이번에는 대답도 하지 않는다. 그는 들으라는 듯 아무 말이나 구시렁거리며 튀긴 감자 조각을 집어 먹었다.

"내가 있으면 개를 채 가기라도 해? 쌀쌀맞기는."

어떤 말에도 꿈쩍도 안 하던 은청안이 휙 제 쪽으로 돌아오자 레오니다스는 뭐 어쩌라고 ─ 인상을 썼다.

이런 것을 두고 학습 능력, 혹은 위기 감지가 떨어진다고 해야 하리라. 그 천연덕스런 낯을 보던 푸른 눈이 확 가늘어진다.

"그래. 그러고 보니……."

처음 타라가 이 성에 왔을 때, 갑자기 떠안게 된 계집아이를 어찌 처리해야 할까 재 보던 쥬다는 그 애를 대충 키워서 저 레오니다스에게 넘기려고 했다. 물론 그런 계획 따위 두 달이 채 되기도 전에 없던 일이 되었지만.

그걸 떠올리자 새삼스레 눈앞의 이 자식이 거슬렸다. 그 기색을 읽은 레오니다스가 눈썹을 올리며 구시렁거렸다. 왜 째려봐 또?

—그렇게 예뻐해서 나중에 시집은 어떻게 보내려고 그러냐. 아깝다 못해 신랑이라고 데려온 놈도 죽일 기세네.

—그렇잖아. 아까야 농이다만, 어쨌건 애들은 금방 크잖냐. 특히 여자애는 자라면 딴 녀석에게 날아가 버릴 텐데.

다른 곳으로 가 버린다고? 쥬다는 그게 저 멀리 떨어진 비현실적인 일로 느껴졌다. 그래서 진지하게 돌이켜 보지도 않았다. 그 애가 어른으로 자라는 것조차 동화 속에서나 벌어질 사건처럼 몽환적이다.

저렇게 조그만 계집애가 크긴 뭘 커. 무조건적으로 그를 신뢰하며 졸졸 따라오는 순진한 계집애, 자기를 봐 달라고 애정을 갈구하면서도 저는 모르는 새끼 여우.

피식 실소가 나온다. 이런 맛에 어린 짐승을 길들이고 기르는 건지도 모른다.

아이가 자라려면 시간이 더 필요하다. 그리고 그는 소녀의 길든 맹목성이 그리 쉬이 느슨해지는 종류가 아님을 이미 알고 있었다.

설사 성인으로서 제 길을 간다고 하더라도 결핍과 외로움에 시달리던 영혼이 완벽히 그를 벗어나지는 못하리라. 새는 부화해서 가장 먼저 본 상대를 무조건적으로 인식한다지.

날아간다고? 그래 봤자, 꼬마에게 첫 번째는 언제나 그일 것이다. 쥬다는 자리에서 일어났다.

"레오니다스."

"왜."

"가라."

그는 황당해하는 친우를 남겨 두고 휙 나가 버렸다. 레오니다스는 타라가 혈육이냐고 물었었는데, 아무래도 그 비슷한 애착 같은 게 생겨 버린 모양이었다. 타라의 후견인은 쥬다이니 나쁠 건 없다.

후견인이란 어리거나 보호가 필요한 이의 뒤를 돌보아 주는 자를 일컫는다. 뚜벅뚜벅 걷던 걸음이 조금 느려졌다. 그래, 언젠가 그게 필요하지 않은 날이 오기야 하겠지. 그는 무감동하게 생각했다.

하지만 아직은 멀고 먼 일이었다.

* * *

한편 타라는 산딸기처럼 다닥다닥 피어난 조그마한 붉은 장미를 조심스럽게 꺾고 있었다. 어느덧 조그만 바구니가 다 들어차 한가득 빨갛다.

꽃이 작고 줄기가 풍성한 품종은 아니었으나 어렵사리 피운 덕

분인지 향은 그윽하고 유달리 향기로웠다. 쥬다의 생각대로 타라는 꽃을 좋아했다.

첫 시작은 이델이었으나 이제는 이 조그만 행복들을 저가 좋아하는 모든 이들에게 나누고 싶었다. 쥬다의 서재에 꽂아 두면 좋아할까? 쓸데없다고 면박을 줄 것 같기는 했지만 싫어하지는 않을 것 같았다. 최근 제 후견인이 그녀에게 관대한 편이라는 걸 타라도 차차 느끼고 있었다.

쥬다에게 줄 것, 안티오크에게 줄 것, 앙리펠과 벨벳 성의 고용인들 몫을 세다가 머뭇 마지막 장미를 톡 건드렸다. 조금 고민하다가 한 송이 더 꺾어서 넣었다. 사자 왕 아저씨 거.

레오니다스는 타라에게 시종 쾌활하고 친근하게 대했고, 타라도 그녀에게 호감을 보이는 사람이 싫지 않았다.

단지, 그와 나누었던 대화가 불쑥 떠올라 신경을 어지럽혔다.

—안녕, 꼬마 아가씨. 뭐해?

불과 오늘 아침의 일이다. 뒤뜰에 마련된 조그만 의자에 앉아 책을 읽고 있던 타라는 햇살이 뚝 잘라지자 고개를 들었다.

웬일로 항상 늦잠을 자던 레오니다스가 이른 아침빛을 등지고 씨익 웃고 있었다.

그의 태양을 닮은 눈동자가 저를 귀엽게 본다는 게 절로 느껴져서 타라는 해님을 만난 서리꽃처럼 어깨를 움츠린 채 뺨을 붉혔다.

—책을 읽고 있어요.

—……쥬다가 기르는 애가 맞군. 그런 따분한 거랑 놀고 있다니.

레오니다스는 뒷머리를 벅벅 긁적거리더니 털썩 타라의 옆자리에 앉았다. 왠지 큰 산이 바로 옆에서 꺼지는 느낌이다. 타라는 멍하니 그를 올려다보다가 눈이 마주친 레오니다스가 씨익 웃자 어중간하게 따라 웃을 타이밍을 놓쳤다.

—어린애는 뛰어놀다 가끔 동화책이나 읽는 거야. 그놈이 널 공부시키든?

—아, 아니에요. 마법을 배우겠다고 한 건 저예요. 그리고 동화책은 거의 다 읽었는걸요.

타라는 우물쭈물 쥬다를 변호했다. 눈을 똑바로 마주치며 애쓰는 모양이 귀여워서 레오니다스는 허허 웃으며 푸른 머리카락을 엉망으로 헝클어뜨렸다. 농담이야, 농담.

—그런데 녀석이 네게 마법을 가르친다고?

—네에.

—흐응.

긍정적인지 부정적인지 애매한 목소리였다. 그는 잠시 생각에 잠겨 있더니, 짙은 금안이 얇은 목 언저리의 목걸이로 떨어졌다. 강력한 마력이군.

—쥬다가 네게 준 거니?

—네. 그, 냄새가 난다고…….

아직도 타라는 그게 무슨 말인지 몰랐다. 레오니다스는 짧게 콧김을 뿜었다.

—타라. 뭐 물어봐도 되나?

항상 자신을 레오라고 부르라고 했으면서 그는 정작 그녀를 이름으로 부르지 않았었다. 낯선 부름에 타라는 그를 올려다보았다.

—불은 낙엽을 좋아해.

—……?

무슨 말이지. 멀뚱한 시선에도 레오니다스는 나른하게 혼자 팔베개를 하며 웅얼웅얼 말했다.

—그런데 불이 낙엽과 같이 있고 싶어서 가까이 다가가면 낙엽이 홀랑 타 버린단 말이지. 뜨거운지도 모르게 단번에. 하지만 불도 불쏘시개가 필요하긴 해. 아무것도 없다면 꺼져 버릴 테니까.

반쯤 떠진 금안이 힐끔 타라를 바라보았다.

—이런 경우, 네가 불이라면 어떻게 할 거야?

붉은 눈이 말똥말똥 맹수의 눈동자를 닮은 동공을 응시한다. 타라는 말했다.

—가까이 가지 않을 거예요.

—떠나겠다고?

—아니요. 그냥 그 자리에서 낙엽을 지켜볼 거예요.

—다가가지 않으면 꺼질 텐데?

—네. 그냥 멀어지지도 가까워지지도 않고, 할 수 있는 가장 오랫동안 낙엽을 보다가 사그라질래요.

레오니다스는 묘하게 웃었다.

—왜?

—그게 전부 다 행복한 방법이잖아요.

—…….

—나는 없어질 때까지 낙엽과 함께 있으니까 좋고, 낙엽은 다치지 않겠죠. 그렇잖아요?

타라에게 있어 가장 행복한 방법은 그것이었다. 대단한 쥬다나

똑똑한 안티오크, 지혜로운 이델이라면 다른 방법을 생각해 낼 수 있겠지만, 이 소녀에게는 제 몸을 살라서 욕심을 부리지 않는 게 최대한이었다.

그 대답에 레오니다스는 피식 웃었던 것 같다. 그러고는 말했다. 넌 정말 네 엄마를 닮지 않았구나, 하고.

오후가 되자 바람이 싸늘하고 강해졌다. 아. 생각에 잠겨 있던 타라는 꽃을 꺾다 말고 실수로 가시에 찔려서 꽃송이를 떨어뜨리고 말았다.

붉은 장미 머리가 톡 바닥을 튕기고 멈췄다. 그것을 집으러 손을 뻗던 타라는 장미 외에 다른 빨간 것을 발견했다. 인형의 것처럼 섬뜩하게 어여쁜 그것.

"어머, 이게 누구야?"

언젠가, 달밤 아래 쓰러진 그녀를 홀로 두고 멀어지던 빨간 구두가 떠오른다. 그때보다 저 하얀 발도, 그녀도 커 버렸는데도.

잘못 들었을까? 여기서 들릴 리가 없는 이의 음성이었다. 하나 타라가 '그녀'의 목소리를 잘못 들었을 리가 없었다.

"못난이 타라 아니야?"

아벨라는 카나리아처럼 맑은 목소리로 타라를 깎아내렸다. 타라는 입을 가리고 곱게 웃는 소녀를 멀거니 쳐다보았다.

정말 아벨라였다.

금실을 짜내 빗어 내린 듯 반짝이는 금발에 늘씬하니 여인의 곡선을 띠고 있는 몸매, 하트형의 사랑스러운 얼굴에는 짓궂은 어린 천사 같은 미소가 서려 있었다.

하나 아벨라의 그 무엇도 천사와는 거리가 멀다는 것을 타라는 알았다.

"여, 여긴 어쩐 일로……."

"세상에, 타라. 듣기 싫게 말 더듬는 건 여전하구나."

하긴 고작 일 년도 안 되는 시간 동안 뭐 그리 바뀌었겠니. 아벨라는 품평하듯 상냥하게 속삭였고, 타라는 어깨를 좁힌 채 입술을 꾹 다물었다.

그녀 말대로 그리 길지 않은 시간이었지만 또한 오랜만이어서일까, 예고 없이 마주친 트라우마처럼 머릿속이 하얗게 물들었다.

겨울 성에 있을 때는 그래도 웅크린 거북이처럼 잘 버티는 내성이 몸에 배어 있었는데, 그간 그 모든 굳은살들이 말랑말랑하게 풀어진 듯했다.

그리고 아벨라는 보드라워진 부분부분을 솜씨 좋게 쿡쿡 찔러댔다.

"이런 꼴로 여태껏 서부 영주님을 뵈었던 거니? 참 이상해. 넌 아무리 봐도 숙모님을 하나도 닮지 않았는걸."

아벨라의 상냥하게 드러내는 실망과 깔봄을 들으며, 타라는 같은 말임에도 레오니다스가 말했던 '닮지 않았다'라는 말과 큰 차이를 느꼈다. 그 뜻과 단어가 남김없이 겹치는데도 불구하고.

타라가 아무 말 없이 빤히 보고만 있자 그제야 생글거리던 아벨라의 얼굴이 약간 굳었다.

이상했다. 원래의 타라라면 기가 죽어 바닥을 보고 있거나 오들오들 떨고 있을 텐데 어딘가 달라졌다. 움츠러든 건 여전했지만, 예전만큼 바르작거리는 음울함이 온데간데없었다.

말라비틀어져 가던 식물이 시원한 소나기에 통통하게 수분이 오른 것처럼. 순진하게 고개를 기울이던 그녀의 도톰한 입술이 찡그려진다.

"얘. 사람이 말을 하면 대꾸를 해야지. 이래서 근본 없는 것들이란."

그리고 네깟 게 어디서 나를 똑바로 쳐다봐?

아벨라는 변한 타라가 마음에 들지 않았다. 꼼짝없이 고개를 숙여야 하는 고귀하고 오만한 여왕의 피를 타고났음에도 발아래 깔아뭉갤 수 있는 유일무이한 떨거지, 그게 타라가 아닌가.

왕가의 방계로 나고 자라 일찍이 그 미모를 뽐내어 온 아벨라는 인내심이 없었으며, 떠받들어지는 것을 좋아했다. 은 바늘 같은 손가락이 이마를 툭툭 밀자 타라의 머리가 힘없는 나뭇잎처럼 뒤로 밀렸다.

"말해 보라니까? 왜, 아악!"

눈앞에 있던 약한 손목이 부서질 듯 꺾여 올라가자 타라는 놀라 입을 벌렸다. 그리고 즉시 어깨가 잡혀 익숙한 품으로 끌어 안겨졌다.

서늘하지만 그녀에게만은 따뜻한 체취. 희게 질려서 입술을 덜덜 떠는 아벨라에게서 고개를 든 끝에는 이제껏 봐 왔던 그 어느 때보다도 냉랭한 쥬다의 표정 없는 얼굴이 있었다. 일자로 다 물린 입술이 기이하게 뒤틀렸다. 태풍 치기 전의 요동치는 구름처럼.

"뭐야, 이 버러지는?"

"꺄아악!"

쥬다는 쓰레기 버리듯이 벌벌거리는 손목을 내던져 버렸다. 바닥에 나뒹구는 귀한 사촌의 모습을 머리털 나고 처음 보는 타라는 어안이 벙벙해졌지만, 긴 손가락이 제 턱을 잡아 올리자 별수 없이 눈길을 돌릴 수밖에 없었다.

어느새 지척까지 다가온 찬 벽안이 그녀를 꼼꼼히 위아래로 훑더니 짜증스럽게 말했다.

"저게 널 때렸나?"

"예?"

"맞았냐고."

"아, 아니요?"

엄밀히 말해 아벨라가 타라를 때린 것은 아니었다. 고개를 도리도리 젓자 못 미덥다는 듯 쳐다본다.

"물렁하게 호구놀이를 하는 거라면 저것의 손가락을 죄다 잘라 버린 다음 성문에 거꾸로 매달아 놓겠다."

"아니에요! 정말이라고요."

전혀 말뿐이 아닌 으름장에 기겁한 타라가 쥬다의 소매를 잡았다. 쥬다는 내키면 정말 그렇게 해 버릴 것 같았다.

국왕도 무섭지 않은데다 여왕 아델하이트에게는 심심치 않게 미친년이라고 욕을 달고 사는 사람이 아닌가. 잔뜩 겁먹어 핏기가 가신 타라의 표정에 진정성을 읽은 쥬다는 그제야 발밑까지 자욱하게 서리가 깔리던 살기를 거뒀다.

그는 힉힉 가련하게 손목을 잡고 훌쩍거리고 있는 아벨라 쪽은 쳐다도 보지 않고 평소처럼 평온한 무표정으로 타라의 뺨을 살살 쓸었다.

"그럼 저 떨거지가 왜 네게 발을 들이밀고 있어."

"바, 발이요?"

"그게 그거지."

혼란스러웠지만 타라는 쥬다의 차가운 손길이 자신을 쓰다듬자, 정해진 것처럼 안정을 찾았다. 순식간에 기분이 나아진다. 자기도 모르게 애교를 부리듯 볼을 비비자 긴 손가락이 멈칫하더니 다시 천천히 귓불을 덧그렸다.

어쩐지 쥬다의 냉혹한 입매가 미세하게 올라갔다. 타라는 자연스레 그에게 몸을 기대면서 말을 정리하려 애썼다.

"제…… 사촌이에요. 정확히는 어머니의 조카……."

"사촌?"

담비의 모피 같은 가지런한 눈썹이 위로 치켜 올라갔다. 단어 하나로 단박에 불청객의 정체를 알아차린 쥬다의 얼굴에는 아까보다 더한 험악함이 걸렸다.

제 영역을 들짐승이 더럽혀 놨는데 알고 보니 역병 걸린 동물이라는 걸 알았을 때와 비슷한 언짢음이다.

은빛 안개가 도는 새파란 눈에 어떤 시뻘겋고 섬뜩한 빛이 스치는 것 같은 착각이 들었다. 타라는 본능적으로 그의 긴 소맷자락을 잡아당겼다. 정확히 이유는 모르지만 그렇게 해야 할 것 같았다.

미간을 찌푸린 채 다시 타라 쪽으로 시선을 돌렸던 쥬다는 때마침 울린 조그만 소리에 입을 꾹 다물었다.

꼬르르륵—!

배를 쥐고 빨갛게 달아오른 볼 하나에 살의가 한풀 꺾였다. 어처구니없으나 분명 그랬다.

평생 짓밟고, 짓이기기 위해 나가던 손을 멈춘 적이 없었는데…… 폭력이 순식간에 무의미해졌다. 쥬다는 홍이 식은 낯으로 창피해하는 타라를 안아 올렸다.

우선 굶주린 꼬마부터 먹이는 게 우선인 것 같다. 타라는 어어, 하며 아직도 일어서지 못하고 있는 아벨라 쪽을 힐끔거렸다.

대화에서 눈치로 그가 영주임을 알았던, 아니면 아벨라 특유의 강자에게는 약한 성향으로 꼬리를 내리고 있건 그녀는 꼼짝을 못하고 벌벌거리고 있었다.

그냥 쥬다의 압도적인 마력과 살기에 심령부터 찍어 눌러진 탓이었지만 타라는 거기까지는 알지 못했다.

쥬다는 계속 아벨라에게 신경을 쓰는 타라의 머리를 잡아 눌렀다.

"눈에 때 탄다."

어이없는 주장이었지만 살벌하게 하니 말을 듣지 않으면 큰일이 날 것 같았다. 타라는 둥지 안으로 들어온 다람쥐처럼 장미꽃 바구니를 안고 몸을 둥글게 말았다. 아, 장미. 한 송이 더 꺾어야 하는데.

아까의 난리 통에 아벨라의 구둣발에 잎사귀가 짓밟혔던 장미를 떠올린 타라는 조금 울적했다.

내일 다시 꺾어야 하나. 지금 돌아가서 주워 오자니 쥬다의 눈치가 보였다. 아직 그의 낯에는 채 숨기지 못한 냉기가 있었다.

하지만 놀랍게도, 그게 조마조마하면서도 기분이 썩 나쁘지 않았다.

타라는 제 이상한 들뜸에 고개를 갸웃거렸다.

"너 손가락은 왜 그 모양이냐."

식사 내내 냉한 기색이었던 쥬다가 냅킨을 닦는 타라의 손을 보고 눈매를 좁혔다.

찌르는 듯한 시선에 움찔 손가락을 접었다. 가시에 찔린 곳에서 피가 퍽 많이 나와 얼룩져 있었다. 흉흉한 그 눈빛에서 그가 어떤 생각을 하는지 깨달은 타라는 얼른 황급히 설명했다.

"장미를 꺾다가 다쳤어요."

그는 잠시 진땀을 흘리는 소녀를 내려다보다가 말없이 식사를 재개했다. 이후 자리에서 일어날 때까지 미묘하게 불편한 기류는 계속되었다.

쥬다가 휙 걸어가 버리자 타라는 얼른 의자에서 뛰어내려 졸졸졸 쫓아갔다.

저를 돌아보지 않는 뒷모습이 조금 서글퍼서 울상을 지었다. 잘못했다고 하면 용서해 줄까? 속으로 끙끙거리는데 계단이 나타나자 그의 구둣발이 우뚝 멈춰 섰다.

타라는 저에게로 뻗어 온 팔을 하늘에서 내려온 동아줄처럼 바라보았다. 냉큼 덥석 안겨 든다. 날다람쥐 같은 움직임을 바라보는 무심한 벽안이 짙게 빛났다.

그는 손쉽게 한 손으로 그녀의 허리를 감아 안았다. 그의 망토에 얼굴을 묻은 타라는 표정 없는 그를 연신 힐끔거리다 풀 죽어서 눈을 내리깔았다. 평소와 달리 보일 듯 말 듯한 미소도, 힐끗 내다보는 유한 눈길도 없었다.

서재에 들어선 쥬다가 그녀를 안락의자에 내려놓자마자 타라는 얼른 입을 열었다.

"저기, 쥬다."

"왜 가만히 있었지?"

"네?"

"저 주제도 모르는 년이 그딴 취급을 하는데 왜 가만히 당하고만 있냐고 물었어."

쥬다는 쩡하니 얼어붙은 타라를 내려다보며 팔짱을 꼈다. 그는 화를 내는 것보다는 차분하게 질문하는 것처럼 일말의 동요도 없었다.

고요하게, 손안에 고인 물고기를 관찰하듯이. 낮고 단조로운 음성이 현악기처럼 울렸다.

"네가 여왕의 딸이건 내 피후견인이건 어느 쪽이든 너는 저 골이 빈 계집애보다 아래로 취급당할 이유가 없다. 사생아라서? 개소리지. 고귀족의 혈관에 흐르는 피는 그 어떤 것보다 고귀해. 최근 율리아가 전쟁 없이 잠잠해서 개념을 상실했다고 해도 말이 안 되는 얘기란 말이다."

이론상 쥬다의 말은 구구절절 옳았다. 반쪽이긴 하나 분명 타라는 위대한 선조들의 후예니까.

아델하이트가 낳은 자식이 타라 하나인 걸 생각하면 그녀는 귀하면 귀했지, 하녀에게조차 푸대접을 받을 정도는 아니었다.

하나, 그녀는 그렇게 자랐다. 아무도 타라가 귀하다는 것을 가르쳐 주지 않았다. 잘게 흔들리는 붉은 눈가를 검지로 훑은 쥬다가 느릿하게 말을 이었다.

"설사 몰랐다 해도, 한 번쯤 물어뜯고 싶지는 않나? 널 길가의 잡초보다 못한 취급을 하는데 분하지 않냐고. 설령 그래. 네가 노예의 자식이라 치자. 그렇다 해도 너는 네 어미를 포함한 그것들에게 죽기 살기로 덤벼들 권리가 있다. 개처럼 취급하면 개같이 달려들어 물어 버려도 동의한다는 뜻이거든."

쥬다의 입꼬리가 빈정거리듯 올라갔다. 물론…….

"그대로 물리면 그건 그거대로 병신이겠지."

그는 축축하게 젖었으나 끝내 울지 않는 소녀의 뺨을 건드렸다. 그의 질문이 과녁을 노리고 쏜 화살처럼 타라를 꿰뚫었다.

"자문해 봐라. 과연 이런 취급을 받을 정도로 네가 죄를 지은 적이 있기나 한가?"

이제 대답해 봐.

"정말 단 한 번도 분노와 울분이 없었나? 너의 부당함이 억울하다고 생각한 적이 없어? 찰나라도 좋아."

대답해. 타라는 홀린 듯이 얼음장 같은 신비로운 은청안을 바라보았다. 저절로 입술이 열리고 심장이 튀어나오듯 대답한다.

"있어요."

그의 눈이 계속하라고 말하는 것만 같았다. 속삭이듯 고해했다.

"나도 화가 나요."

타라도 사람이었다. 화내는 것을 배울 기회도 없었지만 이빨이 다 뽑혀 뭉근히 무두질된 자아라 해서 분노가 티끌 한 점 없을 리가 없다. 그녀도 사람이라서.

"세상 사람 전부 왜 내게만 유독 그렇게 가혹한지. 나는 누군가를 상처 주거나 때리고 심지어 화를 낸 적도 없는데, 왜 모두들 나한테만 저럴까. 내 탄생 자체가 죄라면…… 그럼, 그럼 어머니는요?"

이 이상 더 하면 자기도 모르던 저 밑바닥의 괴물이 쏟아질지도 몰라. 그럼에도 한번 가속도가 붙으니 멈출 수 없다. 이러는 스스로가 낯설고 두려워서 어딘가 이상해질 것 같다.

"날 낳은 건 어머니잖아요. 그럼 어머니 죄가 더 클 텐데 왜 나한테만 그래요? 내가 죄악이라면 왜 날 만든 어머니는 경배하는데요? 나는, 나는 그렇게 태어나겠다고 말 한 적도 없는데, 그러겠다고 결정한 적도 없는데……! 눈을 떠 보니 지금 나인 걸 나보고 어떻게 하라는 거예요? 고칠 수도 없고, 사과를 할 곳도 없는데. 왜 나한테만……!"

케케묵은 원망과 독을 토해 낸다. 제 말에 저가 더 놀라고 찬물 맞은 듯 속이 화끈거려서 타라는 헐떡거렸다. 후두둑 눈물방울이 턱에 맺히고 나서야 저가 울고 있다는 걸 알았다.

방향 모를 두려움과 한기에 히끅거리며 쥬다를 올려다봤다. 매달리듯 울먹이는 그녀를 쥬다는 그저 지켜보고만 있었다. 어딘가 만족스럽게.

"계속해."

"나도 화가 나고 슬퍼요. 나도 아프단 말이야!"

"그리고?"

"내가 나쁘다면 그 사람들도 나빠요! 전부 못되고 나쁜 인간들이야! 나쁜……."

타라는 평생 갇혀 있던 거대한 산을 가까스로 뛰어넘은 사람처럼 거칠게 헐떡였다. 그녀만을 올곧게 응시하는 저 푸른 눈 앞에서는 못할 말이 없을 것 같은 착각이 작은 뇌를 마비시켰다.

—자문해 봐라. 과연 이런 취급을 받을 정도로 네가 죄를 지은 적이 있기나 한가?

자각도 못 한 깨달음이 잇 사이로 흘러나왔다. 그래, 그들은 나빴다. 연이어 멍하니 읊조렸다.

"나, 난 잘못이 없어요."

왜냐하면, 그녀가 죄를 선택한 적이 없기 때문이다. 타라는 그저 태어났을 뿐이다.

그게 죄라면 그건 어머니의 죄지, 자신의 죄가 아니었다. 가슴이 뻥 뚫린 것처럼 허하고, 시원하다가, 이내 울음이 나왔다.

서러웠다. 그냥 모든 게. 본격적으로 장마처럼 울음을 터뜨리자 마치 푹신한 덫처럼 앞에 내밀어진 싸늘한 손이 보였다. 앞뒤 가릴 것 없이 뛰어가 안겼다.

와락 안겨 오는 작은 몸을 그는 방관하듯 받아 주다 느리게 긴 푸른 머리칼을 쓸어내렸다. 달래기보다는 연주하듯이.

"말도 잘하는구나, 새끼 여우."

작은 몸 구석구석 빽빽하게 차 들어 있던 빙하가 단번에 녹은 양 쥐어짜 내듯이 우는 소녀를 안고 그는 천천히 돌아서 안락의자에 앉았다.

타라는 꼭 달라붙어 떨어지지 않을 것처럼 그에게로 파고들었다. 여린 등을 규칙적으로 두드린다.

눈물 젖은 뺨과 감정이 흠뻑 적셔진 머리 타래, 입술에서는 작은 불에 데운 우유처럼 부드럽고 달큰한 향이 올라왔다. 그는 고개를 숙이고 저에게로 흘러들어 오는 그 살 내음과 울먹임을 느끼다 속삭였다.

"쉬이."

타라는 울긋불긋해져서는 작게 딸꾹대었다. 이 또한 생경한 경험이다. 어린애의 눈물 따위가 질척이고 시끄럽지 않다니. 그는 눈물을 큰 손으로 닦아 내며 실험하듯 물었다.

"앞으로 널 아까처럼 개 취급하면 어떻게 할 거지?"

"무, 물어요?"

"좋아. 장족의 발전이야."

안티오크가 듣는다면 '개 키웁니까?'하고 허탈해할 터였다. 쥬다는 잠깐 생각하더니 덧붙였다.

"아니면 나한테 와서 일러. 쓸어버릴 수 있으니 잘됐어."

"잘된 거예요?"

"물론."

그는 큭큭 웃으며 얼떨떨한 볼을 툭 건드렸다.

"넌 네 어미의 딸이기 이전에 내 피후견인이야. 즉, 널 건드린 건 날 건드리는 거다. 그러니 네가 당하고만 있으면 안 되겠지."

"아."

타라는 큰 눈을 이리저리 굴렸다. 미처 그 생각은 못 했다.

"그렇군요. 죄송해요."

"죄송할 건 없어. 그걸 모르는 저것들이 멍청한 거니까."

은청안이 가늘어졌다. 불어넣듯 속삭인다.

"그러니 넌 내 것이야. 그 여자가 아니라. 알겠나?"

그렇지? 명령조임에도 유혹하듯 달콤했다. 타라는 다시 홀린 것처럼 고개를 끄덕거렸다. 어린 왕자에게 길들어 버린 사막여우처럼 순종적인 말간 붉은 눈이 보석 같다.

착하구나. 쥬다는 낮게 웃으며 소녀의 둥그스름한 이마와 눈꺼풀에 잘게 입 맞췄다. 내재되어 있던 충동처럼 잔잔히 여러 차례 내려앉는다.

이러한 종류의 스킨십이 처음인 탓에 눈을 자주 깜박거리기는 했지만 타라는 피하지 않았다.

쥬다는 제 셔츠를 강하게 쥔 조막만 한 손을 풀어 약간 욱신거리는 상처를 어루만졌다.

미약한 따끔거림이 얕게 번졌다. 손가락에 눌어붙은 핏자국을 쓸며 입술 근처로 끌어당긴 쥬다가 말했다. 입김이 닿아 와 손끝이 오그라들었다.

"장미는 뭐하러 꺾으러 갔나."

"그게……."

여린 손가락 사이에 입술이 닿았다. 담백하게 입을 맞추고 있을 뿐인데 온 신경이 예민하게 그곳으로 몰렸다. 간지럽다. 손가락뿐만 아니라 온몸이. 타라는 그걸 빼지도 가만히 있지도 못하고 들썩거렸다.

지척의 푸른 눈이 단조롭게 저를 응시하고 있어서 얼굴이 새빨개졌다. 타라가 더듬더듬 말했다.

"그, 장미를 주고 싶어서."

"누구한테?"

따끈한 혀가 어루만지듯 훑었다. 짐승이 새끼의 상처를 핥듯이 가만가만 덮는다.

타라는 넋 놓고 가지런히 내리깐 속눈썹을 바라보았다. 만질 듯 가깝다. 하루처럼 긴 찰나 후 짧은 입맞춤이 떨어져 나갔다. 드러난 은청안을 응시하며 중얼거렸다.

따끔함은 상처와 함께 씻은 듯이 사라져 있었다.

"쥬다……."

―랑 안티오크랑 앙리펠이랑 레오니다스…… 같은 이름들이 목구멍 너머로 삼켜졌다. 손바닥이 간지러웠다. 충분히 아낌 받는 느낌, 상대방이 저를 신경을 쓰고 있다는 걸 이렇게 생생한 촉감과 감각으로 느껴 본 적이 없었다. 타라는 벅찬 듯 콩닥이는 가슴으로 웅얼거렸다.

"쥬다에게 주려고요."

이어서 픽 아름다운 얼굴에 번지는 미소는…… 타라가 그런 대답을 한 것을 만족하게 하기에 충분했다.

*　*　*

아벨라는 정신이 들자마자 발작처럼 경련하고는 식은땀을 흘렸다. 대체 무슨 일이 일어난 거지?

사교계에서 작은 여왕이라 불리며 찬양받던 어여쁜 얼굴도 하루아침에 수척해져 있었다. 그녀는 입술을 깨물며 기억을 더듬었다.

—뭐야, 이 버러지는?

산 채로 얇게 저며 버릴 듯 서슬 퍼런 시선. 보이지 않는 손이 덥석 심장을 쥐어뜯는 것 같았다.

회상만으로도 이가 딱딱 부딪쳤다. 왕가의 먼 방계이긴 하나 고귀족의 피를 물려받은 아벨라가 단박에 심신이 제압당했다는 건 상대방이 그 정도로 강력한 마법사, 혹은 피가 짙은 고귀족이라는 의미였다.

그리고 아벨라는 이 황량한 서부에서 그런 마도사가 많지 않다는 것 정도는 알고 있었다.

무서울 만큼 아름다운 남자. 수백 년간 대륙의 공포이자 서부의 지배자로 자리 잡은 불멸의 악몽. 아벨라는 공포에 질려 입을 틀어막았다.

그녀의 짐작이 맞는다면 아벨라는 어제 자각도 못 한 사이 죽을 뻔했다. 외려 그가 정말 서부의 영주 쥬다라면 이리 살아 있다는 게 놀라울 일이었다. 그보다, 보고서도 믿기 힘든 것은 따로 있었다.

—저게 널 때렸나?

서부 영주가 타라를 대하는 미묘한 태도였다. 마치 정말 후견인이라도 되는 것처럼…… 깨끗하고 선명한 감정이었다.

아델하이트 여왕을 비롯해서 지배 계급을 넘어선 이들은 오히려 때로는 아이처럼 감정 표현이 직설적이다.

왜냐하면 본인의 영역 안에서는 만인지상 유일무이한 존재이기에 누군가의 눈치를 볼 필요도 없으니까.

그것도 왕의 명령을 따르지 않는 인간 영주, 실질적으로 율리아의 지배자 5인 중 최강인 그가 굳이 제 감정을 꾸밀 이유는 없을 것이다.

그러니 더 말이 안 되었다. 대관절 저 보잘것없는 더러운 사생아를 왜? 거의 부러질 뻔했던 피멍 든 손목을 잡고 이를 악물었다.

약이 발리고 하얀 붕대가 감겨 있는데도 금이 간 것처럼 욱신욱신 통증이 맴돌았다.

"정신 차리셨습니까?"

갑자기 들린 목소리에 화들짝 놀랐다. 머리를 깔끔히 빗어 넘긴 마른 체형의 남자가 서 있었다.

무표정한 그의 목 아래로 단정한 집사복을 보고 나서야 아벨라는 한시름 놓았다. 그녀는 허리를 꼿꼿이 펴며 물었다.

"집사인가?"

"그렇습니다. 벨벳 성의 집사 안티오크라고 합니다."

예의 바르게 허리를 숙이는 그를 보며 아벨라는 차차 안심해 나갔다. 그녀는 주변의 떠받듦에서 제 위치와 고귀함을 재확인하고는 했다.

비로소 상처 입은 자존심과 불안하게 일렁이던 마음이 진정되었다. 집사가 그녀를 살피러 왔다는 건, 최소한의 손님으로서 대접하겠다는 뜻이고 그녀의 목숨은 보전되었다는 말이었다.

상식적으로 국왕 부부의 총애를 받는 조카딸인 자신을 해치는 건 어불성설이었지만 이곳은 한때 미치광이 파괴마라고 악명을 떨쳤던 대마도사 쥬다의 영지다.

그리고 그 아름다운 사내와 처음 마주친 후의 감상은 소문이 뭐 하나 과장되지 않았다는 것이다. 다시 쑤셔 오는 고통에 아벨라는 인상을 썼다.

"제대로 치료는 한 거지? 왜 이리 아픈 거야?"

안티오크의 읽기 힘든 눈빛이 미세하게 움직였다. 그는 깔끔하게 대꾸했다.

"마력이 침투한 상처이기에 바로 회복은 힘듭니다. 꾸준히 약을 드시며 몸을 다스리셔야 합니다 ― 라고 의사가 말하더군요."

"여기에는 자질을 갖춘 의사가 없나?"

"……원래는 없습니다만, 운 좋게 한 명이 머무르고 있습니다."

"아파. 양귀비즙이라도……."

고분고분 대꾸하는 집사는 어지간해서는 어떤 표정 변화도 없었다.

"그에게 말해 보겠습니다."

"지금 가져와. 의사를 데려오든가. 아파서 미칠 것 같아."

"그는 부엉이 수족이라 아침에는 힘들 것 같군요. 죄송합니다."

"수족?"

하얀 아미가 살포시 찡그려졌다. 중앙 왕국과 대를 걸쳐 항상 마찰을 일으키는 북부 수족들은 중부인들에게 있어 언제나 상징적인 천적이었다.

특히 보수적인 성향의 귀족들은 수족을 천박한 일족이라 여기며 천대했는데, 공교롭게도 아벨라 또한 이러한 부류에 속했다.

신경질적으로 중얼거리던 아벨라는 때마침 집사의 노란 눈이 고양잇과 짐승처럼 세로로 열려 있다는 걸 발견했다. 수족 천지인 황량한 성이라니. 최악이다. 반자동적인 혐오감에 입술을 일그러뜨린 그녀는 냉정하게 목을 빳빳이 폈다.

"좋아. 그러면 고통을 다스릴 약과 식사를 가져오도록."

주인에게 거의 반 죽을 뻔했으면서도 시종일관 당연한 듯 뻔뻔한 명령에 안티오크는 잠시 빤히 그녀를 응시하다가 고개를 까딱였다. 뒤돌아서려는 그에게 문뜩 중요한 것을 떠올린 아벨라가 말했다.

"내 시녀와 시중을 들 사람들은 어디 있지? 분명 마차에서 기다리고 있었는데."

벨벳 성의 문지기는 클레멤논 왕의 직인을 보였음에도 끝까지 귀족인 아벨라 외의 누구도 들여보내 주지 않았다. 아—, 안티오크는 담백하게 입을 열었다.

"그들은 전부 돌아갔습니다."

"뭐?! 그게 무슨 소리야? 누구 마음대로!"

아벨라가 벌떡 몸을 일으키며 화를 냈다. 그녀의 분노에 반응해 주변의 테이블과 컵, 물건들이 덜컹거리며 움직였다.

넘실거리는 분홍빛 마력이 위협적으로 꿈틀거리며 뾰족하게 가시를 세운다. 그러나 안티오크는 정중하게 대꾸했다.

"벨벳 성에서는 초대받지 못한 손님은 들어올 수 없습니다."

"나는 국왕 전하의 질녀이자, 아델하이트 여왕 전하의 뜻에 따라 이곳까지 왔어. 이 나에게 기본적인 시중도 받지 말라는 것이냐?!"

씩씩거리는 그녀에게 그는 딱 잘라 말했다.

"뭔가 오해가 있으십니다만, 아벨라 양께서는 정식으로 주인님의 손님이 아니십니다."

"뭐?"

"당신께서 이 성에서 머무르시고 있는 이유는 중부와 서부가 전략적으로 우호적인 관계이기 때문입니다. 상처가 다 아무신 다음에는 즉시 떠나시라는 주인님의 전언입니다."

—벨벳 성에서는 초대받지 못한 손님은 들어올 수 없습니다.

아벨라는 입술을 깨물었다. 집사의 말은 시종들을 향한 것이 아닌 그녀를 향한 말이었던 것이다. 이, 이 하찮은 수족 따위가! 생전 처음 겪는 모욕에 흰 얼굴이 더욱 희게 질렸다.

"너, 내가 누구인 줄 알고……!"

"물론 압니다. 아니 모시는 거지요."

아니라면 지금 이 자리에 두지도 않았다는 듯 고양이 집사는 못 치우는 먼지 덩어리를 보는 것처럼 눈을 휘었다. 입술 사이로 뾰족한 어금니가 드러났다. 그런 교활하고 정중한 미소를 띤 채 그는 우아하게 허리를 숙였다.

"기분이 상하셨다면 송구합니다. 편히 쉬시길."

공손하기 짝이 없었지만 아벨라는 그것이 약 올리는 것처럼 느껴졌다. 그녀는 이를 갈았으나 저 천한 수족은 서부 영주의 측근이다. 그 뒤의 배경이 절대 만만치 않다.

아벨라는 오만했지만, 왕가의 권력이 한 줌도 미치지 못하는 낯선 서부의 성 한복판에서 그 주인을 거스를 정도로 멍청하지는 않았다. 이미 영주에게 미운털이 박혔다면 더더욱.

입을 꾹 다물고 냉랭하게 쏘아보는 모습에서 그녀의 계산을 알아챈 안티오크는 샴고양이가 걸어가듯 사뿐사뿐 나가 버렸다. 마치 그럴 줄 알았다는 것처럼.

이건 말도 안 된다. 그녀는 이런 취급을 받을 사람이 아니었다. 여왕의 권유 아닌 권유로 거친 땅을 지나 이곳까지 왔는데!

여왕과 오라비가 살살 바람을 넣은 것처럼 서부의 안주인 자리에 야망이 없었다면 이따위 모래와 돌뿐인 황무지에 왔을 성싶은가!

아벨라는 씩씩거리며 닫힌 문을 노려보다 물병을 들어 문짝에 집어 던져 버렸다. 와장창 깨지는 요란한 소음과 함께 유리 조각들이 비산했다.

*　*　*

타라는 매일매일 탐스러운 장미와 들꽃을 꺾어다가 서재의 꽃병에 꽂아 두는 버릇이 생겼다.

이가 먹지 않고 꽃잎의 모양이 고운 것, 색이 짙은 송이를 골라서 마른 책 내음 가득한 곳에 꽂아 두면 배가 부르다. 괜히 설레고 들떴다.

볕이 적당히 무르익은 정오 무렵 정원에 나가 점점이 노랗게 피어난 꽃 무리를 꺾었다. 꽃향기를 맡고 있는데 포르르 무언가 날아오는 소리가 들렸다. 예전의 그 새가 나뭇가지에 앉아 있었다.

[와. 말을 하는 인간 아이잖아.]

타라는 눈을 동그랗게 뜨며 벌떡 일어났다. 손에 쥐여 있던 조그만 들꽃이 그 서슬에 하늘하늘 떨어져 내렸다.

"오랜만이에요. 왜 그간 오지 않았나요?"

새를 만난 그날 이후 타라는 틈이 날 때마다 정원에서 새를 찾아보았으나 보이지 않았다.

쥬다가 싫어하는 것 같아 마음속 저만치 밀어 두었으나, 그래도 억누를 수 없는 호기심처럼 타라는 이따금 산책 나올 때면 작은 새의 푸른 깃을 찾아보고는 했다.

새는 도도하게 작은 날개를 흔들며 조그만 부리로 쫑알거렸다.

[나는 아주 바빠. 한가롭게 노래만 하고 있지 않아.]

새는 가슴 깃을 부풀렸다.

[따뜻한 동쪽에 갔다 왔어. 그곳에는 좋은 나무와 풀이 많아. 강물은 새벽 같고 과일은 달콤하단다.]

"동쪽이요?"

심장 속에 조그만 들쥐가 들어간 것처럼 콩닥거렸다. 그녀와 같은 붉은 눈을 가진 남자가 있는 동쪽.

"그를 보았나요?"

[누구?]

새가 부리로 깃털을 쪼며 되물었다. 타라는 답답해서 발끝을 들썩거렸다.

"당신과 이야기를 한다는 그 사람이요. 붉은 눈의……."

[아, '그' 말이니?]

새의 귀여운 목소리에 마치 열어서는 안 되는 판도라의 상자를 여는 기분이었다. 순간 쥬다의 싸늘한 눈이 떠올랐지만 타라는 '그 남자'에 관해 귀 기울이는 자신을 막을 길이 없었다.

[그는 항상 상냥해. 하지만 이번에는 화가 나 보였어.]

"왜요?"

가슴속 들쥐가 쿵쿵 들쭉날쭉 뛰어 대었다.

[몰라. 그녀가 자신을 속였다고 했어. 어찌나 화를 내던지 그의 주변에 어떤 동물도 가까이 가지 못했는걸.]

"그녀가 누군데요?"

[나야 모르지.]

새침이 대꾸한 새는 훽 더 떨어진 가지로 올라갔다. 타라는 저도 모르게 코 닿을 때까지 고개를 들이민 걸 깨닫고 뒤로 주춤 물러났다.

[그녀를 믿었었나 봐. 그래, 배신, 배신이야! 배신당한 인간들이 그런 표정을 짓는 걸 본 적이 있어. 너희 인간들은 정말 무서운 동물이야. 여우처럼 교활하고 뱀처럼 잔인하고 이기적이지.]

조그만 푸른 머리가 갸웃거렸다.

[그러면서 본인들은 몰라. 참 신기하단 말이야.]

까만 눈이 돌연 경계 어린 표정으로 타라를 훑었다.

[너도 나쁜 인간이니?]

"아니에요!"

[말했잖아. 인간들은 모른다고. 그러니 너도 네가 나쁜 것을 모를 거야.]

새가 으스대며 말했다. 며칠 전의 타라라면 이런 말에 머뭇거렸을 것이다. 그러나 현재의 타라는 고개를 도리도리 흔들었다. 긴장으로 온 얼굴이 빨갛기는 했으나 장족의 발전이었다.

"난, 나쁘지 않아요."

새는 다시 고개를 갸웃거리더니 짧게 지저귀었다. 그러고는 포르르포르르 날아가 버렸다. 더 이상의 말소리도 없었다.

타라는 그 근처를 맴돌다가 꽃다발을 들고 서재로 돌아왔다. 유리병 물을 갈고, 조심스럽게 책상 위에 올려 두고 나서도 찬바람에 채인 듯이 머리가 멍했다.

타라와 똑같이 동물과 말할 수 있고 똑같은 붉은 눈을 가진 남자. 웃음이 서글프고, 보고 싶은 이가 있는 사람.

뭐 하나 확실한 건 없다. 그러나 기억 안 나는 무언가를 놓치고 온 것처럼 도저히 고개를 돌릴 수가 없다.

그러다 문뜩 타라는 생각해 냈다. 처음 이 성에 왔던 날, 그가 제 혈육이냐고 물었던 타라에게 쥬다는 말했다.

—똑똑히 들어라, 꼬마. 너와 나는 피 한 방울 섞이지 않았다. 이 서쪽 대지 어디에도 네 혈육은 없어. 동쪽이라면 모를까.

동쪽. 동쪽이라고 했다. 쥬다는 타라의 친부가 누구인지는 물론 어디에 있는지도 아는 것이 분명했다.

돌연 펼쳐진 책장처럼, 타라가 마력을 처음 발현했을 날 밤 이곳에서 쥬다와 이야기를 나눴던 것이 떠올랐다. 그는 서가로 걸어갔고, 그중에 책 한 권을 꺼내 들었었다.

그리고 나에게 '노새'라고 말했어.

마치 다시 경험하듯 지나치게 생생했다. 쥬다가 타라더러 기억력이 쓸 만하다고 평했는데 사실인 듯했다.

타라는 홀린 듯 걸어가 책장에 꽂힌 두꺼운 책등을 쓸었다. 작은 손이 금장으로 장식된 낡은 책 위에서 멈췄다. 그녀는 과거의 쥬다처럼 정확하게 그 책을 골라내 뽑아 들었다.

—고대 귀족의 혈통과 가계

목울대가 일렁이는 것을 느꼈을 때는 이미 정신없이 책장을 넘기고 있었다. 팔락팔락 지옥 나비의 날갯짓처럼 넘어간다. 기이한 집중력으로 타라는 대강 쥬다가 보고 있던 페이지가 어디쯤이었는지 직감적으로 찾아냈다.

쥬다는 확실히 칭찬이 헤픈 이가 아니었다. 그는 타라의 머리가 퍽 총명하다는 걸 파악하고 있었기에 그녀의 남다른 기억력을 칭찬했던 것이다.

심장이 너무 뛰어 대서 가슴이 지끈거렸다. 그녀는 입술을 잘근잘근 씹으며 들이켜듯 빛바랜 문장을 읽어 내려갔다.

—고귀족은 소수의 가계를 타고 명맥을 유지해 온 혈족이다. 이들을 인간이라 평해야 할지도 의문이다. 마력과 긴 수명, 젊음을 지닌 그들이 요정의 혼혈이라는 주장도 종종 있어 왔다. 하지만 그들은 분명한 인간이며, 오랜 시간 율리아를 지배해 왔다. (중략) ……직계에 가까울수록 강대한 힘을 가진다. ……그러나 율리아력 356년, 갈수록 피가 옅어지며 급속하게 혈족의 숫자가 감소하자 한 가문에서 고대의 금지된 방법으로 옛 영광을 도모한다. 이 사실이 알려져 이후 지탄을 받고 멸문…… 그들이 탐한 금기는…….

다음 장으로 넘기다 말고 문이 열리는 소리에 타라는 덜컥 놀라 재빨리 책을 덮었다. 그녀는 어쩔 줄 몰라 하며 책을 꽂아 넣었고, 임기응변으로 옆 칸의 책들을 한 번에 몇 권씩 잡아당겼다. 바로 쪼그려 앉아 널브러진 책들을 집어 드는데 머리 위로 그림자가 졌다.

"뭐하나."

쥬다는 어지럽혀진 책들을 주섬주섬 줍고 있는 타라를 향해 눈썹을 올렸다. 타라는 어설프게 웃었다. 다행히 눈치를 보는 제 모습이 이 상황에 특별히 이상해 보이지는 않을 것이다.

"책을 읽고 싶어서…… 죄송해요."

얼른 책더미를 안고 일어나는 얇은 팔이 무게 탓에 달달 떨리고 있었다. 하기야 이곳에는 지나치게 두꺼운 책들밖에 없었다. 쥬다는 쯧, 혀를 차며 그것들을 단박에 빼어 들었다.

"읽기도 전에 네가 깔려 죽겠다."

"고마워요."

타라는 쑥스럽게 웃었다. 은청색 시선이 그녀에게서 두꺼운 책 커버로 옮겨졌다.

"대체 뭘 찾았던 거냐. 아직 이런 걸 읽을 수준이 아닐 텐데?"

긴 손가락이 책들을 뒤적거리자 타라의 눈이 데굴데굴 굴러갔다.

"그냥, 그, 역사에 관심이 생겨서요."

그녀는 쥐어짜듯이 그의 손에 들려 있는 것 중 가장 먼저 눈에 띄는 것을 읽고 대꾸했다.

—서부의 역사.

간단하지만 타라가 마침 흥미를 가질 법한 주제다. 그런 탓일까. 쥬다는 의심 없이 받아들이는 눈치였다. 차분한 낯으로 대강 훑어

본 후 짤막하게 말한다.

"무리다."

"왜, 왜요?"

"네 독해력이 모자라. 역사가 궁금하다면 네게 권해 준 것을 읽으면 될 거다."

여지없이 자르고는 그는 고개를 삐딱하게 기울였다.

"그런데도 여기서 책을 보고 있었다는 건 특별히 궁금한 게 있었던 건가?"

역시 그는 호락호락하지 않았다. 꿰뚫듯이 응시하는 은청안이 거울처럼 빛났다. 타라는 티 나지 않게 침을 삼켰다. 어리고 경험 없는 그녀는 거짓말에 소질이 없었거니와 특히 쥬다를 상대로 무언가를 숨기는 것은 더더욱 어려웠다.

"아니요, 그냥……."

타라의 머리가 잽싸게 굴러갔다. 그녀는 예전에 그랬던 것처럼 몇 가지 진실만 말하고 나머지는 말하지 않기로 했다.

"옛날 얘기를 들어서, 좀 더 알아보고 싶었어요."

"누구에게?"

아마 보통 옛날 얘기를 들었다 — 고 한다면 그 주제가 무엇인지에 대해 관심을 기울일 것이다. 하지만 쥬다는 그녀에게 접촉한 상대에 대해 더 흥미가 있는 것 같았다. 타라가 만나는 모든 사람들은 쥬다의 영향력 안에 있는 이들이었으니까.

다시 말해, 그는 타라가 잠자는 시간 외에 보고, 듣고, 느끼는 외부적 자극 대부분을 전부 알고 있었다. 살살 손안에서 굴린다는 표현이 적절할 만큼.

쥬다는 아몬드형 눈매를 가느스름하게 접었다. 그럴 리는 없겠지만.

"레오니다스가 쓸모없는 말을 하던가?"

"어, 아니에요."

타라는 살살 꽃처럼 고개를 저었다.

"정원의 새와 대화를 나눴다고 한 것 기억나세요? 그 새가 말하길, 아주 오래전에……."

타라가 말끝을 흐렸다.

—그가 이 성의 전 주인을 내쫓고 파멸시켰다는 건 알고 있니?

—그건 아주 먼 옛날의 이야기야. 그가 한창 파괴에 재미가 들렸던 때의 일들이지. 저 사해의 섬에 갇혀 잠든 붉은 용도 네 후견인을 두려워한단다. 사실 그를 무서워하지 않은 이는 없을걸?

입술이 꾹 다물렸다.

"타라."

거짓말. 저렇게 무심한 듯 신경 써 주는 세심한 눈이, 아침부터 저녁까지 가장 많이 하는 일이 타라 안기나 독서인 사람이, 온 세상에 닥치는 대로 해를 끼쳤을 리가 없다.

"……벨벳 성 근처에 숲이 울창했대요. 자기 할머니도 그곳에 살았다고."

"예전에 그런 적이 있긴 했지."

아마도 새의 말대로라면 전 성주의 눈을 도려냈을 그 시절을 쥬다는 덤덤하게 말했다. 피 한 방울 흐르지 않았던 것처럼.

타라는 종알거리며 물었다. 일부러 안도하기 위해서 더 보채듯이.

“그럼 왜 지금은 숲이 없지요?”

“다 타 버렸어.”

“가뭄이 들었나 봐요.”

“비슷해.”

순순히 대답해 주며 쥬다는 책들을 본래 자리에 돌려놓았다. 그렇지만 그중 한 권은 다시 타라에게 건넸다. 방금 전 보았던 서부의 역사라는 책이었다. 쥬다는 의아하다는 듯 똘망똘망해진 눈을 한 타라의 앞머리를 쓰다듬었다.

“읽어 봐. 궁금하면 알아봐야 하지 않겠나.”

속이 켕긴 탓에 중의적으로 들려 뜨끔했다. 하지만 쥬다의 얼굴은 시종 무심했다. 타라는 책을 안아 들고 고개를 끄덕거렸다. 신경이 계속 서가에 꽂혀 있는 검은 금장 책으로 쏠렸지만 티를 내지 않기 위해 노력했다.

소녀가 꼬리를 살랑이는 작은 동물처럼 사뿐사뿐 제 방으로 돌아가고 나서 성의 주인은 뚜벅뚜벅 서가로 돌아왔다. 고개가 비스듬히 기운다. 그는 미세하게 삐져나와 있는 금장 책을 천천히 손끝으로 밀었다. 고르게 반듯해졌다.

책의 제목은 역시나 다르지 않았다.

*　　*　　*

집사의 일이란 게 집안 살림을 이끌고 관리하는 것 외에도 객(客)에 대한 대접도 포함되었다. 하지만 이 황량한 서부의 벨벳 성에 방문하는 이들은 매우 극소수인지라, 실질적으로 안티오크가 그 일을 하는 경우는 많지 않았다.

그런데 이리도 고되고 힘든 일일 줄이야. 고양이 집사는 하얀 앞발로 이마를 짚었다. 그의 앞에서 찻잔을 놓고 맞은편 의자 등거리에 앉은 앙리펠이 연신 덥수룩한 날개로 삿대질을 해 댔다.

"내 오랜 세월 의사 생활을 해 왔지만 그런 표독스럽고 오만방자한 환자는 처음일세! 헛허!"

"뭐라 드릴 말씀이 없군요."

"나는 북부의 위대한 제왕! 레오니다스 님의 주치의란 말이네. 내 생전 이런 취급은 서부의 영주님 외에 처음 받아 보는군!"

"……더더욱 드릴 말씀이 없습니다."

그나마 한 명의 예외도 제 주인님인지라 안티오크는 정말 할 말이 없었다. 그는 한숨을 내쉬며 능숙하게 잔뜩 흥분한 부엉이 의사를 달랬다.

"가시는 길에 사막초를 넉넉히 챙겨 드리겠습니다."

"으흠! 으흠! 뭐, 정 주겠다면 거절하지는 않겠네. 성의가 있으니까."

사막초는 서부의 거칠고 메마른 땅에서만 자라나는 질긴 식물로, 뿌리는 강력한 해독제고 꽃은 마력을 북돋아 주는 효능이 있었다.

외부인의 경계가 심한 서부의 특산물이기에 이 약초의 가격은 천정부지요, 구하기도 어려웠다. 눈에 띄게 누그러진 앙리펠은 찻잔을 들고는 연신 헛기침을 했다.

"크흠, 따지고 보면 자네가 가장 힘들겠지. 정식 손님도 아니라면서?"

엄밀히 말해 아벨라는 객이 아닌 불청객이었다. 쥬다의 눈치가 보여 대놓고 소란을 피우지는 못했으나, 식사의 부실함을 지적한다든지 목욕물 온도가 형편없다는 둥 불만을 드러내며 제 상한 자존심을 보상받으려 들었다. 얼마나 미묘하고 교활한지 주인에게 보고하기도 저어했다.

앙리펠에게 갖은 요구와 무시를 하는 것도 그것의 일환인 것 같았다. 안티오크는 결국 적당히 참기만 하는 중이었다.

'주인님도 참. 손보실 거면 이빨을 죄 부숴 놓든가 해서 말도 못하게 하시면 좀 좋아.'

그 주인에 그 부하 아니랄까 봐 살벌하기 짝이 없는 소리를 속으로 지껄이던 그는 앙리펠을 달래는 것보다 더 중요한 용건을 물었다.

"그럼 대체 저 잘난 손목은 언제 낫는답니까? 그래야 밖으로 던지든, 내보내든 할 텐데."

"이렇게 치료하기 싫은 상대를 최선을 다해 치료해 주는 일도 드물어. 얼마 안 걸릴 테니 걱정하지 말게."

쥬다의 마력이 남아 있는 탓인지 아벨라는 계속 아프다고 앙칼지게 소리쳤고, 현재 벨벳 성의 유일한 의사인 앙리펠은 그럴 때마다 마뜩잖게 그녀를 돌보았다.

환자나 의사나 둘 다 꺼리는 시간이었다. 진료를 요구한 주제에 아벨라는 수족 의사가 저에게 닿는 것을 진저리칠 만큼 싫어했다.

필요하기는 하니 다른 때처럼 대놓고 말을 하지는 않았지만 미세하게 풍기는 거부감을 모를 정도로 앙리펠이 바보는 아니었다.

중앙 왕국과 북부의 수족은 오랜 옛날부터 관습처럼 앙숙의 관계를 유지했다. 천 년 전에는 거의 대륙이 반으로 갈라져 전쟁을 치렀던 적도 있었다.

뿌리 깊은 적대감이 유산처럼 내려온 것은 그리 놀랄 만한 일이 아니다. 몇 세기간 그럭저럭 평화가 유지되고 있지만 편견은 흉터처럼 남았다.

중부에서는 아직도 수족을 천하고 하등한 짐승과 같이 보는 풍조가 만연했다. 호전적인 수족들이 그걸 사람 좋게 받아 줄 리는 없으니 당연히 중부와 북부는 여전히 사이가 안 좋았다.

앙리펠은 턱을 쓰다듬으며 툴툴거렸다.

"어떻게 같은 곳에서 왔는데 그리 다른 건지."

똑같이 중앙 왕국의 겨울 성에서 온 타라와는 천양지차다. 안티오크는 꼬리를 느릿느릿 흔들었다.

"흥. 우리 타라 님이야 그런 말종과는 근본부터 다른 분입니다."

예전 타라의 신분에 관해 뒷말했던 사람이 이제는 태도가 180도 달라져 있었다.

"그야 그렇지. 우리 타라 님은 순하고 선하시지 않나."

"착하고 얌전하고 귀여우십니다. 하는 짓도 얼마나 예쁜데요. 가끔 장미꽃도 주신답니다."

턱을 올린 고양이는 야옹, 만족스럽게 울었다. 앙리펠이 머리를 까딱거렸다.

"나도 받았네. 여리신 분이 다정하기도 하지."

앙리펠은 돌연 타라의 온몸에 나 있는 상흔을 떠올리고 마음이 안 좋아졌다. 그는 언짢은 표정으로 말길을 돌렸다.

"그런데 영주께서는 왜 그 성격 나쁜 처자의 손목을 그렇게 만든 거지? 영주님 성정상 차라리 그 자리에서 없애는 게 그럴듯하다는 생각이 들어서 말이야."

"그녀가 타라 님의 인척이라는 건 알고 계셨습니까?"

"허?"

전혀 안 닮았던데. 안티오크는 고개를 저었다. 직접적인 혈족은 아닙니다.

"타라 님에게 무례하게 구는 것을 주인님이 목격했다 합니다. 당연히 분노하셨고요. 외려 저렇게 멀쩡한 게 놀랍지요."

"……그렇군."

많은 생각을 하게 만드는 대답이었다. 앙리펠은 풍성한 눈썹을 축 늘어뜨렸다. 타라가 서부 영주의 피후견인인데도 그리 대했다는 건, 겨울 성에서 타라가 어떤 취급을 받았는지 알 만한 대목이었다.

혹시 몸의 그 상처도……?

그가 며칠간 보아 왔던 아벨라는 약자에게 능히 그럴 수 있는 소녀 같았다. 앙리펠은 갑자기 몇 시간 전 아벨라를 치료하고 왔던 게 메스껍게 느껴졌다.

"으음."

부엉이 의사는 속이 갑갑해서 날개를 퍼덕거리며 몸을 뒤척거렸다. 환자가 제 몸 상태를 주변에 알리지 않기를 바라는 경우는 종종 있어 왔고, 앙리펠은 대다수의 경우 그들의 의사를 존중했다. 제대로 치료를 받고, 의료 행위에 그 비밀이 걸림돌이 되기 전까지는.

그러나, 가해자일지도 모르는 이가 같은 성에 있는데 보호자에게 아무런 경고도 하지 않는 게 잘하는 일일까? 앙리펠이 보기에 그런 일을 방어하기에는 타라는 너무 순하기만 한 소녀였다.

하지만 그렇다고 그녀의 무시무시한 후견인에게 보고하자니 저를 믿는다는 듯이 보아 왔던 붉은 눈동자가 신경 쓰였다. 어허, 이를 어찌할꼬. 앙리펠은 안경을 추켜올리고 넥타이를 괜히 만지작대며 생각에 잠겼다.

앙리펠은 차마 대놓고 말하지 못하고 슬슬 확인하듯 물었다.

"이보게, 타라 님이 그녀와 만날 일은 없는 거겠지?"

"특별한 일이 없다면 당연히 그럴 겁니다. 우선 그 전에 주인님과 마주치지 않아야겠지만요. 주인님께서는 절대 두 번은 안 참으십니다."

"쩝. 그렇다면야."

앙리펠은 몰랐겠지만 한평생 의술에만 헌신한 고지식한 이 수족은 점잖은 만큼 거짓말도 잘 못했다.

눈치가 귀신같은 안티오크는 금방 그의 어색한 기류를 눈치챘다. 세로로 열린 동공이 날카롭게 반짝였다.

뭔가 있군. 고민하듯 이리저리 굴러가는 주황색 눈동자는 딱 '나는 타라와 그 싹퉁머리 없는 계집에 대한 것을 알고 있어! 그런데 말을 못 하겠네!'였다.

눈가를 가늘게 접은 안티오크가 꼬리를 빙글빙글 돌리며 물었다.

"타라 님이 아벨라 양에 관해 말하던가요?"

"아―니? 나는 들은 게 없다네. 헛험."

밤색 깃털들이 땀에 흠뻑 젖을 것 같았다. 안티오크는 나른하게 뾰족한 이를 드러냈다.

"아니면, 의사로서 마땅히 말해야 될 것을 숨기고 있기라도 하십니까?"

"으허억! 쿨럭쿨럭!"

푸드덕푸드덕 깃털들이 이리저리 흩날렸다. 쥐를 노리는 것처럼 번뜩이는 묘안석 동공에 앙리펠의 낯빛은 점차 안 좋아졌다.

*　*　*

타라는 문을 꼭 닫고 침대 속으로 기어들어 갔다. 품 안에는 '서부의 역사'가 들려 있다. 폭신한 베개를 안고 엎드린 그녀는 조심스럽게 책을 펼쳐 들었다.

—많은 저서가들이 율리아의 다섯 영주 중 각자 자신이 속해 있는 곳의 역사에 관해 셀 수 없는 역사서를 남겼다. 개중

대륙 전체를 아우른 가이우스의 한 위대한 책을 제외하면 제대로 된 쓸 만한 역사서는 손에 꼽을 만하다.

참 슬프게도 서부의 역사에 대해 정확한 식견과 지식을 가지고 서술한 책을 고르자면 더더욱 숫자가 준다. 어떤 것들은 아예 서부에 대해 언급조차 되어 있지 않다. 마치 주인공의 시련을 위해 튀어나온 악당처럼 어설프게 간간이 등장할 뿐이다.

그 이유는 여러 가지가 있겠으나, 흔한 멍청이들의 말대로 서부가 쓸모없다고 치부하거나, 대대로 악명 높은 서부의 주인들을 두려워해서, 혹은 말 그대로 폐쇄적인 이 신비로운 땅에 대해 아는 것이 없어서 일 것이다.

그러나 필자는 당당히 말할 수 있다. 율리아의 모든 땅을 통틀어 이 황폐한 땅만큼 가치 있는 곳은 없을 거라고.

이상할 만큼 냉정한 문장들이 술술 읽혔다. 타라는 자기주장이 뚜렷한 단어와 몇몇 표현들에 거부감보다는 묘한 매력을 느꼈다.

꼬장꼬장한 화자는 친절하게 본인의 지식을 설명했다. 쥬다의 우려와는 달리 타라는 순식간에 십여 장을 읽어 내려갔다.

잠재되어 있던 언어 능력이 폭발적으로 쏟아져 나오는 것 같았다. 책에서는 서부의 역사뿐만이 아니라 변화되어 온 자연환경, 서부인들의 삶까지 섬세하게 다뤘다.

타라는 서부에 온 지 꽤 오래되었으나 아직 모르는 것이 많았다. 벨벳 성을 제외한 바깥의 세상들은 알지 못한다. 하지만 아름다울 것이다. 쥬다의 땅이니까. 한참 빠져 읽다가 흥미로운 구절이 눈에 들어왔다.

—메마른 고원과 늪지대, 붉은 모래 더미로 뒤덮인 서부는 먼 고대의 시절부터 강자가 지배하는 땅이었다. 기름진 평원이 있는 것도 아닌데 황야의 기요틴, 광포한 마레사 같은 위험하고도 걸출한 인물들이 물과 자원이 풍부한 동부나 남부를 두고 서부에 자리를 잡은 이유를 아는 이는 생각보다 많지 않다. 대다수의 사람은 서부와 같이 거친 땅은 그런 구제 불능, 위험천만한 자들의 본거지로 그럴듯하니까, 하는 단순하고 막연한 이미지로 납득하고 말 뿐이다. 참으로 어리석은 일이 아닐 수 없다. 이 글을 읽는 당신은 많은 이들이 얼마나 생각 없이 사는지, 당연하지 않은 것도 당연시하며 시간을 보내고 있는지 알게 될 것이다.

다음 장에는 강렬한 인상의 삽화가 한눈에 들어왔다. 불타는 성과 폐허에 꽂힌 검, 흑백으로 된 초상화들.

굵게 칠해진 검은 선들 가운데 유독 눈에 들어오는 이가 있었다. 언뜻보면 거만할 만큼 티끌의 흠도 없이 서늘하고 우아한 낯이다. 정면을 응시하는 남자의 까만 눈은 불씨가 꺼지지 않은 흑탄 조각 같았다. 손으로 만지면 화상을 입을 것처럼.

"광포한 마레사."

그를 본 적도 없고 아는 것도 많지 않음에도, 타라는 그녀가 태어나기도 전에 전성기를 마감했던 사내가 왜 그런 칭호를 가졌는지 알 것 같다고 생각했다.

—전통적으로 대륙의 공적은 주로 수족, 그리고 그들의 우두머리가 맡고는 했다. 태생부터 강한 무력을 가진 그 종족이 인간과 요정들에게 위협적인 건 당연하다. 중앙 왕국은 이를 십분 활용해 수족에 대한 공포를 자주 정치에 이용해 왔다—그들은 인정하지 않겠지만—. 하지만 실질적으로 율리아 전체의 잠재적인 위협은 서부였다.

기이할 만큼 서부의 통치자들은 '성군(聖君)'이 드물었다. 현자 소락스를 제외한 그들 전부는 힘을 갈구하고 탐했다. 그러나 강력한 힘을 가지고도 그들은 풍요로운 요정의 땅이나 아름다운 숲과 강을 탐하지 않았다.

상식적으로 황량한 서부보다 다른 영토가 더 탐스러운 사과임에는 의심의 여지가 없다. 그런데도 왜 서부인가? 여기에서 필자는 먼 고왕국 시절, 고대인들의 수도가 중부가 아닌 서부였다는 점에 집중해 볼 것을 주문한다. 사막과 황무지가 울창한 삼림이었고, 겨울 성이 영원의 봄이었을 시절, 만인이 경배했던 영광의 도시를.

'서부가 수도였다고? 중부가 아니라?'

놀라운 사실이었다. 오늘날의 역사는 당연히 중앙 왕국이 고대 왕국을 승계한 정통성이 있다고들 배운다.

겨울 성의 모든 이들은 밥을 먹건 노래를 부르건, 언제나 자신들이 정당한 율리아의 통치자들임에 무한한 자긍심을 가졌으며 그것을 거리낌 없이 내보였다. 상식이 뒤바뀌는 기분에 타라는 어질한 머리를 도리도리 저었다.

—고왕국이 역사 속으로 사라진 후 몰아닥친 기상이변과 지각변동으로 대륙의 지형은 바뀌었지만, 심장이 돌연 눈으로 변하지는 않는다. 진짜 보석을 볼 줄 아는 이들은 화석이 된 심장을 갖고 싶어 하지, 장님의 눈을 가지고 싶어 하지는 않을 것이다.

거기까지 읽고 타라는 벌떡 몸을 일으켰다. 그녀는 아는 게 많지는 않았지만, 이 지식들이 아무에게나 주어지지 않는 것들임은 확실히 알 수 있었다.

이것은, 이건 너무 엄청난 진실이다. 쥬다는 대체 왜 그녀에게 이 책을 보여 준 걸까?

—……그러나 비밀에 싸인 보석을 손에 넣은 자들이 전부 행복을 쟁취하지는 못한다. 강대한 고왕국이 멸망했던 것처럼, 서부의 군주들은 대다수 불행한 끝을 맞았다. 교만, 탐욕, 시기, 나태함…… 부질없는 욕망들이, 더 강인한 미래가 나타나 그들을 파멸시켰다. 신화 속의 영웅이 그러했듯 약점 없는 이는 없음이니.

파멸? 약점? 이건 대체 무슨 소리야.

이러다가 제 심장이 먼저 멎을 것 같았다. 타라는 놀란 가슴을 부여잡고 불안하게 손톱을 깨물었다. 확 책을 덮어 버리고는 곰곰이 생각했다.

쥬다의 이야기가 나오지 않은 걸 보면 이건 무척 오래전의 책이 분명하다. 그러니 확실하지 않은 가설에 불과할 것이고.

그리고 대다수ㅡ라는 말이 전부를 의미하지는 않지 않은가? 그렇게 생각하자 마음이 진정이 되었다. 충혈된 붉은 눈이 낡디낡은 표지에 쓰인 알 수 없는 고대어를 노려보았다. 흡사 눈싸움하듯이.

그녀는 한참 망설이다가 다시 책을 펼쳤다. 혹시나 전대 영주에 대해서 나와 있을까, 해서. 역시나 이 책은 마레사 통치 시기에 출간된 것인지 후반부로 갈수록 그에 대한 언급이 많았다. 그러다 마침내…….

ㅡ필자는 역사의 격변기에 살아 있음을 영광으로 생각한다. 이 숨이 끊어지기 전에 역사의 이변을 몸소 느끼게 되다니. 영주는 미래를 두려워해 광기에 휩싸였다. 그가 집착한 것은 힘이요, 미래는 공포일 것이다.

영주의 교체 시기. 이 다음에야말로 쥬다가 나올 차례였다.

"어?"

그러나 다음 장부터는 텅 비어 있었다. 타라는 멀뚱멀뚱 하얗게 빈 장들을 보다 팔락팔락 넘겼다. 정말 끝이었다. 어떤 설명도 없이. 황당해서 소리쳤다.

"이게 뭐야!"

"뭐가 말입니까?"

"으악!"

"캬오옹!"

갑자기 들이밀어진 고양이 머리에 타라는 비명을 지르며 책을 던져 버렸다.

튕겨 올라간 베개에 아프지 않게 머리를 얻어맞고 나서야 타라는 가슴을 쓸어내리는 고양이 집사 안티오크를 발견했다. 타라는 울상을 지었다.

"안티오크! 놀랐잖아요."

"저도 놀랐습니다. 세상에, 조금만 더 놀라셨으면 이 집사를 집어 던지셨겠어요."

"그, 그럴 리가 없잖아요."

타라는 다시 얼굴이 붉어져서는 꿍알거렸다. 안티오크는 사뿐사뿐 마호가니 침대 머리 위로 올라와 앉더니 꼬리를 나른하게 흔들었다. 고개를 쭉 뺀 노란 눈동자가 낡은 책을 살폈다.

서부의 역사. 이 책을 어디서 봤더라, 고민하다가 그는 흠칫 놀랐다. 그가 약간 날카로운 목소리로 물었다.

"이 책은 어디서 나셨습니까?"

"쥬다가 읽어 보라고 주었어요. 무슨 문제가 있나요?"

"주인님이요?"

되물음은 당황스러움에 가까웠다. 안티오크가 저를 빤히 바라봐

오자 타라는 어색하게 눈을 굴렸다.

왜, 왜요? 노란 동공에 예리하고 복잡한 눈빛이 스쳤다가 한 번에 사그라졌다. 누구보다 가까이서 쥬다와 타라의 관계를 지켜봐 온 그는 금방 결론을 내고 결과를 받아들였다.

"원래도 알고는 있었지만, 주인님이 타라 님을 매우, 각별히 여기시는 것 같습니다."

"……?"

감탄인지 탄식인지 모를 말이다.

"각별하다기보다는 특별하다고 해야 하나요."

그는 의뭉스럽게 중얼거렸다. 저 책을 타라에게 주었다는 점에서 쥬다의 기본적으로 깔린 속내를 눈치챈 안티오크는 묘한 표정을 지었다. 기뻐해야 할지 걱정해야 할지 머릿속이 소란스러웠다. 아무것도 모를 타라는 생각에 잠긴 안티오크에게 제 의문점을 물었다.

"안티오크. 여기에 조금, 중요한 정보들이 있는 것 같아요. 이런 걸 제가 봐도 되는 걸까요?"

"음? 아, 그거요?"

타라는 그가 평소처럼 꼬장하고 조금은 호들갑스럽게 신신당부를 하거나 잔소리를 할 줄 알았으나, 의외로 심드렁하게 꼬리만 흔들었다.

"괜찮습니다. 타라 님이 어디 가서 동네방네 떠드실 분은 아니지 않습니까?"

"네? 당연하지요!"

다급하게 고개를 끄덕이자 고양이 집사는 뒷발로 옆얼굴을 긁었다. 타라는 그의 이런 느긋함이 잘 적응이 되지를 않았다. 암만 생각해도 중요한 문제인 것 같은데 말이다.

"그리고…… 이 책은 끝이 나 있지 않은 것 같아요. 뒷장이 텅 비어 있는걸요."

그녀의 질문에 그는 날렵하게 뛰어내려 타라의 무릎 위로 올라왔다. 안티오크는 주둥이로 서책을 건드리며 말했다.

"이 책의 저자가 누구인지 아십니까?"

"누군데요?"

고양이 집사는 야옹— 나른하게 울었다.

"벨벳 성의 전대 집사입니다."

"네에?"

"학구열이 강한 인간이었다고 그러더군요. 귀족의 피를 이은 자라 오랫동안 벨벳 성을 관리해 왔다고 합니다."

"지금은 어디에 있는데요? 돌아가셨나요?"

"그렇죠. 아마 그 책을 집필할 때도 그의 노년기였기에 채 다 완성하지 못하고 세상을 등지지 않았나 싶습니다."

"아."

괜히 숙연해져서 타라는 고개를 끄덕거렸다. 그래서 공교로운 어떤 점을 놓치고 말았다.

그녀는 머뭇머뭇 뭔가 모를 아쉬움에 책 표지를 쓸다가, 읽지 못하는 고대 문장을 손가락으로 쓸었다. 더 중요한 것이 있을 것 같다는 느낌이 들었다.

예컨대…… 이건 무슨 뜻일까? 아 참, 그렇지.

"그럼 안티오크. 이건 무슨 말이에요? 율리아 글자도 이제 겨우 뗀 저는 무슨 뜻인지 모르겠어요."

"고왕국의 언어군요."

안티오크는 하얀 앞발로 그 부위를 꾹꾹 누르더니 고개를 저었다.

"그건 저도 모릅니다. 그런 중요한 언어는 선택받은 극소수만 읽고 쓸 수 있으니까요. 실전되어 아는 이가 대륙에서 열을 넘지 않을 거예요."

"정말요?"

그 똑똑한 안티오크도 모르다니. 타라는 조금 시무룩해졌다. 고양이 집사는 걱정 말라는 듯 웃었다.

"주인님께 물으시면 되지요. 분명 아실 겁니다. 율리아의 다섯 맹주는 고왕국의 유산을 계승하고 탐독해야 될 의무가 있으니까요."

"아, 그러면 되겠네요."

역시 쥬다는 모르는 게 없었다. 뿌듯해하는 게 뻔히 보였던지 안티오크가 귀엽다는 듯 가르릉거렸다. 그는 오랜 독서에 졸린 듯 하품하는 타라에게 낮잠을 권하며 이불을 목 끝까지 끌어당겼다.

소녀는 조금 눈을 깜박이더니 금방 곯아떨어졌다.

옆에 앉아 고른 숨소리를 듣고 있던 안티오크는 자리에서 일어나 고민하듯 빙글빙글 돌았다. 하얀 앞발을 타라의 조그만 등 위에 올렸다가 차마 힘을 주지 못하고 다시 내렸다.

'타라 님의 전신에 흉터가 있다네. 아마도…… 채찍 따위에 맞은 모양이야.'

앙리펠에게 결국 털어놓게 하고 나서 듣게 된 진실은 충격적이었다. 앙리펠과 마찬가지로 안티오크 또한 찰나 고민했다. 객과 주인의 사생활을 모른 척하는 것도 집사의 미덕이었다. 그러나, 아까의 책을 보고 쥬다의 의도를 깨달았다.

그가 쥬다의 측근이자 신하, 집사인 이상 그는 반드시 쥬다에게 그가 아는 모든 것들을 보고해야 했다. 안티오크는 한숨을 쉬며 타라의 손등에 주둥이를 비빈 뒤 훌쩍 뛰어, 소리 없이 살금살금 방을 나갔다.

그가 민감한 진실이 있는 서책을 타라에게 준 뜻은 간단했다. 소녀는 절대 이 성을 나가지 못할 것이다.

*　*　*

그는 날 적부터 아이다운 점이 이질적으로 적은 소년이었지만 그렇다고 어른스러운 건 아니었다.

일반적으로 어른스럽다는 건 말과 행동이 성숙하고 진중하며 마음이 넓음을 말하는 것일 텐데, 소년의 감성과 사고방식은 이타적이긴커녕 삭막하기 짝이 없었다.

그의 세상은 극렬하게 양분되어 있었다. 필요한 것과 필요하지 않은 것. 귀찮은 것과 귀찮지 않은 것.

그리고 이 두 집합의 교집합에 해당하는 것치고 멀쩡하게 남아 있는 게 없었다.

"쥬다. 인사해라."

보통의 경우에는.

별일 없이 하루가 다르게 자라고 있던 쥬다는 무감동하게 부친이 소개하는 인물들을 살펴보았다.

그는 조금 느리게 아버지가 고귀족의 후예인 어느 귀부인과 혼인을 한다고 알려 왔던 것을 기억해 낸다. 한 달 전에 말했는데 벌써 하나 보지. 그러나 쥬다의 생각과는 달리 반년 전에 말한 것이었다.

당시의 그는 제 영역 외의 것에 심각할 정도로 관심이 없었다. 세상 전체를 등지고 물 흐르듯 자라나는 그림자 나무처럼, 거의 모든 것이 그에게 무의미했다.

성인이 되었을 때보다 더했기에 비정상적인 그 성향을 양친이 걱정스레 질타했긴 했다. 그리고 그뿐이었다. 그들은 그 이상 아들에게 간섭한다면 저들조차 내쳐진다는 걸 깨닫고 있었다.

핏줄은 놀라운 것이다. 굳이 말하지 않아도 알고 있다니, 이 얼마나 껄끄러운 편리함인가.

어쨌든 쥬다는 그의 아비에게 큰 유감이 없었기에, 그가 소개하는 새 '가족'들을 훑었다.

귀부인 하나, 남자애 하나, 여자애 하나. 반년 만에 이 결혼이 딸린 식구도 있는 혼약이었다는 걸 알았다. 그러나 별 감흥은 없었다. 아버지의 새 부인과 인사를 나누고 정해진 것처럼 퇴장하면 그뿐이었다.

그는 돌아섰다. 까마득하게 오래된 일이긴 하지만 아마 오랜만에 흥미를 끄는 마법서를 보려고 했을 것이다.

그리고 그때 그녀를 만났다.

"안녕?"

훗날 이가 갈리는 불쾌감을 유발할 여자와의 첫 만남치고, 햇볕은 하얀 밀가루처럼 뽀얬고 적당히 마른 땅 위로 부는 바람도 라일락 잎사귀인 양 향긋했다.

그야 날 좋은 봄이었으니. 그래서 쥬다는 봄이 짜증스러웠다. 여자의 웃는 입 모양은 살짝 벌어진 봄 봉오리를 닮아 있었다.

하늘거리는 꿀 같은 금발을 장식한 것도 머리칼을 닮은 샛노란 꽃이다. 쓸데없는 짓에 애쓰는 걸 경멸했기에 망정이지, 아니라면 그는 보는 족족 아델하이트가 좋아하는 노란 프리지어를 불태워 씨를 말렸을 것이다.

그러나 그때까지만 해도 그녀에게 큰 관심이 없었던 그는 고개를 까딱이고 지나쳤다.

그게 첫 번째 실수였다. 말 거는 순간 분답부용 죽여 버렸어야 했는데.

몇백 년이 흐른 뒤에도 쥬다는 가끔 그 생각을 했다. 그녀의 존재로 세상에 태어날 조그만 여자애만 아니었던들 후회는 계속되었겠지.

"얘. 쥬다라고 했지?"

귀찮아하는 게 눈에 보일 텐데 참 끈질겼다. 사실 그녀는 거절이라는 걸 애초에 몰랐다. 그녀가 원하면 세상 모든 것들은 수긍하며 고개를 숙이고 절을 해야 했다.

훗날 쥬다는 평가했다. 참 개 같은 성향이라고.

“잘 지내보자. 난 아델하이트라고 해.”

아름다운 소녀였다. 머리카락 한 올조차 정교하게 손을 댄 것처럼 고왔다. 햇빛의 찬란함을 짜내 이마부터 쏟아부은 듯 새파란 눈이며 흰 치열이 드러난 달콤한 입술, 모두가 죄 반짝거렸다. 맛보지 않고는 못 배길 어여쁜 설탕 인형.

그러나 놀라울만치 그저 그랬다. 그녀의 미모를 확인하고 나니 외려 뒷덜미를 슬슬 건드리는 듯 미약한 거부감이 들었다. 보아 뱀이 먹이를 통째로 삼키려는 것처럼 제 얼굴에서 눈을 떼지 않는 푸른 눈도 그렇다.

더 나아가 아델하이트는 드물게 눈살을 찌푸리는 쥬다에게 손을 뻗었다.

거슬리는 것을 향한 손속은 당시 더 험악했으면 했지 덜하지는 않았으니, 그녀는 매우 운이 좋았다고 해야 하리라. 최소한 쥬다는 그녀의 목을 꺾어 버리지는 않았다.

바로 내쳐진 손등을 감싸 쥔 소녀는 웃으며 미안하다고 했다. 붉어진 손에서 피가 뚝뚝 떨어지는데도 빨간 입술은 웃고 있었다. 쥬다는 저가 찢어 놓은 살갗을 무료하게 바라보았고, 아델하이트는 계속 말을 걸었다.

재잘재잘, 붉은 웅덩이가 고여 가는데도 떠들고, 가해자는 그것에 관심이 없었다.

이 기묘한 만남을 기점으로 이 남매의 탈을 쓴 괴물들이 서로에게 한 짓거리들은 장대하고 지루한 잔혹 동화였다.

승자는 없다. 처음의 무관심을 넘어 쥬다는 아델하이트를 혐오했고, 그녀는 여전히 쥬다를 사랑했다. 지긋하다 못해 끔찍할 만큼 끈질기게.

이제 대륙 최강 최악의 마도사가 된 쥬다는 앞으로도 그녀의 존재만큼 그를 거슬리게 할 건 없다고 여겼다.

하지만 착각인 모양이다. 비할 정도는 아니지만, 충분히 눈에 밟히는 것이 생겼다. 마음 편히 치워 버릴 수도 없는 것이라 그럴까.

"거슬려."

낮게 흘러나온 혼잣말이 입술을 핥고 귓바퀴로 미끄러져 들어간다. 톡톡 팔걸이를 두드린 그의 눈이 박혀 있는 것은 까만 금장 서책이었다.

—그냥, 그, 역사에 관심이 생겨서요.

—……벨벳 성 근처에 숲이 울창했대요. 자기 할머니도 그곳에 살았다고.

그의 피후견인인 조그만 꼬마는 거짓말을 참 못했다.

노회한 그의 시선에는 꼼지락거리는 새끼 강아지가 고양이인 척 연기를 하는 것과 비슷했다. 그것도 퍽 귀여워 보이는 저가 얼간이 같기는 했으나 그는 그런 스스로를 방관했다.

레오니다스에게 말했던 대로 이 감정과 변화를 즐겨 볼 생각이었다. 사실 신기했다. 감정으로 일희일비 하는 게 얼마 만의 일인지 기억도 나지 않았다. 여하간 재미있는 꼬맹이였다.

예쁘고 귀엽고 사랑스러우며…… 아슬아슬할 만치 겁 없는 꼬마. 저가 무슨 짓을 저질렀는지 상상도 못 하고 있겠지.

쥬다는 기본적으로 그를 농간하려는 자를 좋아하지 않았다. 크든 작든 기만은 다르지 않다. 그런 이는 누구이든 언젠가는 반드시 그에 상응하는 대가를 돌려받았다. 이건 그의 철칙이었다.

문제라면…… 사실 꼬마에게 화가 나지를 않았다. 그리고 이 분노가 그쪽이 아닌 다른 쪽으로 향하고 있다는 거다.

앙큼하게 그를 속이려 한 타라가 매우 괘씸하기는 했으나, 거짓말을 한 이유에 비하면 티도 나지 않았다.

타라가 이 책을 보려 한 이유는 너무 뻔해서 웃길 지경이었다. 아비에 대해 알고 싶은 거겠지. 그깟 놈 따위를.

정말 기이한 일이다. 그들이 만든 피조물은 어여뻐서 세게 쥐기도 꺼려지는데, 그것을 낳은 그것들은 머리끝부터 발끝까지 기이한 살의를 불러일으켰다.

이런 양가감정이라니. 속에서 정신 나간 불꽃처럼 마구 날뛰는 분노를 차분히 관조하며 쥬다는 턱을 괴었다. 어찌할까.

고민이 마침표를 찍기 전 조심스러운 노크가 울렸다.

"주인님. 안티오크입니다."

"……들어와."

한참 만에 들려온 허락에 안티오크가 조심스럽게 들어왔다. 그는 한눈에 매우 저조한 주인의 상태를 알아보았다. 근 몇십 년 내에 손에 꼽을 만큼 이례적이었다. 저 정도로 분노해 있는 것은.

침을 꿀꺽 삼켰다. 이미 저 상태이신데 이제 말할 것을 들으면 어찌 반응하시려나. 안티오크는 주저하며 뒤로 물러섰다.

"바쁘시면 나중에 뵙겠습니다."

"무슨 일인가."

충직한 집사는 망설이다가 말했다.

"타라 님에 관한 일입니다."

건조한 입술이 잠시 일자를 그렸다가 열렸다.

"말해."

냉막한 은청안이 정면으로 꽂혀 들자 얼음 창에 꿰인 것처럼 집사의 사지가 뻣뻣하게 굳었다. 그는 정중하게 고개를 조아리며 고했다.

"타라 님을 진단한 앙리펠이 얼마 전 타라 님의 몸에 이상을 발견했다 합니다."

"어떤?"

"그게…… 온몸에 흉터가…… 있다고……."

아마 심하게 채찍질을 당한 듯하단 말로 시작해 크기와 숫자, 여러 번에 걸친 상습적인 매질에 관해 거의 모든 것들이 쏟아졌다.

잠깐 움푹 꺼지듯 정적이 흘렀다. 방 안의 유일한 불을 후 불어 꺼트린 것처럼 깜깜하게. 반드시 커다란 고함과 화만이 분노를 담을 수 있는 것은 아니다.

이 침묵에 고여 있는 묵직한 여러 감정이 코와 귀를 타고 폐와 고막을 찔러 대었기에 안티오크는 계속 사지를 움찔거렸다. 식은땀을 흘리며 들어 올린 시선 끝에는 놀라울 만큼 무표정한 쥬다가 보였다. 그래, 무표정한.

그는 부드럽게 혼잣말을 했다. 채찍질이라?

"소상히 말해라."

처음부터 다시.

*　　*　　*

긴 곰방대의 담배 연기가 몽실몽실 도넛 모양으로 피어오른다. 얄팍한 입매가 만족스럽게 휘었다. 레오니다스는 느긋하게 성벽에 드러누워 팔자 좋은 베짱이 노릇을 하고 있었다.

하늘은 푸르고 제 성과 영토가 아니니 일할 거리도 없고 공짜 밥도 꼬박꼬박 얻어먹고 있으니 이 어찌 좋지 않으랴. 어쨌건 그는 현재 이 벨벳 성에서 일어나는 일들이 흥미로웠다.

"저 여자인가?"

현재 이 적막한 성에는 서부인이 아닌 이들이 머무르고 있다.

첫째로 북부의 왕인 그, 영주의 총애를 독차지하고 있는 놀라운 꼬마 숙녀 타라, 그리고 같은 곳에서 왔지만 극과 극의 푸대접을 받고 있는 중앙 왕국의 아벨라.

아벨라는 오랜만에 방 밖으로 나와서 성 주변을 걷고 있었다. 감금에 가까운 두문불출이라 들었는데 제한이 풀린 것인지 아니면 무시하고 나온 것인지는 모르겠다.

레오니다스는 예쁜 인간 여자를 좋아했기에 눈을 가늘게 뜬 채 그녀를 이리저리 훑어보고 휘파람을 불었다. 휘유, 예쁘긴 참 예쁜데.

세련된 드레스 차림에 새침한 표정, 길게 내려뜨린 금발과 살랑살랑 걷는 풍만한 몸매는 충분히 근사하고 매력적이다. 쥬다 그놈도 가만 보면 이상한 놈이야.

보통 사내라면 저런 여자에게 관심이 가야 하는 것 아닌가? 농염하고 절색인 미녀들은 돌 보듯 하더니 정작 집착하는 건 어딘가 한없이 여리고 순박한 소녀 하나다.

그는 고개를 설레설레 저었다. 알다가도 모를 일이다.

아벨라는 뻐꾸기 다리에 쪽지를 동여매고 있었다. 레오니다스가 그쪽으로 훌쩍 뛰어내렸다.

"뭐해, 아가씨?"

"뭐, 뭐야!"

쉴 틈 없이 주변을 경계하던 소녀는 방어적으로 팔로 얼굴을 가리며 소리쳤다. 분홍색 마력이 마구 내던지는 물건처럼 폭발적으로 뿜어 나와 그를 노렸다.

아벨라가 적대감을 드러내며 경계하자 레오니다스는 무구한 사람처럼 두 손을 들어 올렸다.

"워워, 진정하라고. 그런 거 함부로 쓰면 선량한 아저씨가 다칠 수도 있어."

"수족?"

아벨라는 본능적으로 천적을 알아보았다. 레오니다스는 껄껄 웃었다. 눈치가 빠르기도 하지. 밤의 짐승처럼 세로로 찢어진 눈빛이

야살스럽게 휘어졌다.

"왕족은 왕족이로군. 겉만 번지르르하지는 않았어."

"누구시죠?"

공교롭게도 쥬다에게 밉보이는 실수를 하기는 했으나 기본적으로 영민한 아벨라는 상대의 강함을 눈치챘다.

"나? 아가씨랑 비슷한 쥬다의 손님이지."

그녀를 보는 둥 마는 둥 성벽 위에 걸터앉은 레오니다스는 빼끔빼끔 담배 연기를 빨았다.

서부의 성주를 이름으로 부르고, 보기 드문 거구에 바다를 사르는 불길처럼 화려한 청금발. 이와 같은 특징을 가진 이는 전 대륙을 통틀어 한 사람밖에 없었다.

아벨라는 낭패한 기색을 삼키며 확연히 정중하고 애교 섞인 말투로 고개를 조아렸다.

"북부의 지배자를 뵙습니다. 소녀는……."

"아벨라지? 알고 있어. 쥬다네 꼬맹이의 사촌이라며."

레오니다스는 씨익 이가 다 보이게 미소 지었다. 하지만 아벨라는 북부 영주의 말투에서 타라가 이 성에서 어떤 위치를 가졌는지 다시 한번 확신하게 되었다.

이가 부득 갈렸다. 대체 그 볼품없는 꼬마가 무슨 수로 심장이 얼음과 같다는 대마법사의 마음을 산 것일까.

내심 서부 안주인의 자리를 마음 한편에 기대하며 왔었던 아벨라는 이리 역전된 현재의 작태가 기가 막힐 따름이었다.

나뒹구는 제 앞에서 날름 쥬다의 품에 안겨 자리를 떴던 타라의 모습, 그 계집애가 저를 비웃는 장면을 악몽으로까지 꿨던지라 신경쇠약이 걸릴 지경이었다.

딴 년도 아니고, 그 타라 따위가? 무엇보다 그 사실이 그녀를 괴롭혔다. 평생 벌레처럼 보아 온 또래의 존재가 갑자기 저를 무가치한 것으로 만든 것이다.

돌아가는 상황을 보건대 그 서부의 주인이 순순히 타라를 내줄 것 같지 않으니 그녀는 이제 그만 중앙 왕국으로 돌아가고 싶었다.

이곳은 아벨라가 있을 곳이 아니었다. 화려한 파티와 음악, 국왕 부부의 아름다운 조카딸을 공주 대접해 주는 겨울 성이 진정 아벨라의 집이었고, 자리였다.

거칠고 척박하며 고운 백합 한 송이 자라지 못하는 서부 따위, 못난이 타라더러 평생 살라지. 현재 아벨라는 생전 받아 보지 못했던 취급을 다 받는 터라 머리가 얼얼할 지경이었다.

하루는 음식이 입에 맞지 않아 항의했더니 기가 막힌 대접이 돌아왔다. 쎄한 집사가 표정 없이 힐끗 바닥을 구르는 그릇 파편들을 보더니 우아하게 절을 하며 이렇게 말한 것이다.

—바닥에 뒹구는 음식이 취향이실 줄은 미처 헤아리지 못했습니다. 디저트를 가져올까요?

—뭐? 무슨 미친 소리야?

그녀가 기 막혀 하든 말든 집사는 사뿐사뿐 걸어 과일 접시를 들어 올리더니 툭 바닥에 떨어뜨렸다. 사기 그릇이 산산조각 나며 음식물이 사방으로 튀었다.

더러워진 바닥을 밟지 않게 뒤로 물러선 집사는 가늘게 눈을 접으면서 얄밉게 덧붙였다.

—취향대로 드시길. 소금과 후추는 저쪽에 있으니 마음껏 간을 맞추시길 바랍니다. 그럼 식사 다하신 뒤 뵙겠습니다.

안티오크는 꾸벅 고개를 숙인 후 모욕감에 비명처럼 소리치는 그녀를 무시하며 문을 닫았다.

아벨라는 당장 이 멍청한 수족들을 전부 효수해서 성벽 밖에 매달지 못함을 분해했다. 그녀가 꾹꾹 참아 온 성을 억누르며 주먹을 움켜쥐는 사이 레오니다스는 그녀를 알게 모르게 평가하듯 관찰하며 담배를 피우고 있었다.

까칠하고 창백한 얼굴을 가린 분과 퀭하게 날이 선 눈, 위축된 듯 미세하게 굽은 어깨와 피딱지가 앉은 손톱까지. 가까이서 본 그녀는 잔뜩 몰려 성마르게 헐떡이는 냄새가 났다.

하기야 서부는 만만한 곳이 아니지. 그는 히죽 웃었다.

"그런데 그건 뭐지? 어디에 편지를 보내나?"

"숙모님께 보내는 안부 편지입니다."

당황하지 않고 아벨라는 도도하게 대꾸했다. 조카딸이 숙모에게 보내는 편지이니 이상할 것도 없었다. 레오니다스는 오호, 턱을 쓸었다. 사실 뻐꾸기를 보자마자 알아채기는 했었다. 뻐꾸기는 아델하이트를 상징하는 새니까.

"왜, 쥬다가 널 푸대접한다고 이르게?"

"무슨 말씀이신지 모르겠군요."

"곱게 자라 그런가 참 거짓말을 못하는군."

그는 아무렇지 않게 웃는 얼굴로 그녀에게 면박을 주며 평했다. 이런 건 사촌끼리 닮았네.

타라 얘기가 나오자 미세하게 입술이 굳는 아벨라에게 레오니다스는 실실 웃었다.

"사실 난 궁금하던 참이라서. 왜 아직도 여기에 있는 거야?"

"돌아갈 마차와 필요한 고용인들이 없으니까요! 고귀하신 분께서는 레이디의 사정을 모르시겠지요. 아주 사소한 일이니 말이에요."

아벨라가 튀어나오듯 신경질적으로 대꾸했다. 앙칼지되 선을 넘지 않는 교묘한 화법이었다. 뭣 모르는 어린 숙녀라 애교로 봐 주는 게 미덕일 법한.

그는 웃었다. 영리하군.

"뭐, 그렇겠지. 숙녀란 본디 꽃처럼 귀히 다뤄야 하는 법이니까."

레오니다스는 담배 연기를 후 뱉었다.

"하지만 아가씨는 왕족이잖아? 그 넘치는 마력으로 국경까지는 힘들겠지만 못 갈 것도 아닐 거야. 아무리 온실 속 화초라도 고귀족이란 결국 고대의 힘과 마력의 화석이자 살아 있는 병기니까. 모르지 않겠지?"

그대들의 손에 얼마나 많은 우리의 동족들이 살해당했는지.

한순간이었다. 그들을 둘러싼 공기의 낮과 밤이 통째로 뒤바뀌는 건.

사람 좋게만 보이던 사내의 웃는 얼굴에 섬뜩한 무언가가 돋아났다. 핏자국 위를 덮은 얇은 종이에 한 번 물을 칠했더니 선연한 붉은 얼룩이 드러난 것처럼.

아벨라는 본능적으로 후들거리는 다리에 비틀거렸다. 상대는 역대 가장 강력한 수족의 제왕이라 일컬어지는 사내였다. 파리해진 그녀를 힐끔거리는 그의 입술에서 다시 후우 둥근 연기가 빼끔 튀어나왔다.

"여기에 있기 싫은 게 뻔히 보이는데 계속 버티는 이유가 궁금해서. 그렇잖아? 저 얼음덩어리를 홀릴 수 있을 거라 믿기에는, 아가씨는 영리해 보이거든."

운수가 너무 안 좋았다. 소름 돋는 불사의 마도사만 해도 벅찬데 사자 왕까지 함께 있다니.

그녀가 식은땀을 흘리는 사이 어느덧 가까이 다가온 레오니다스가 그녀의 턱을 들어 올렸다. 거뭇한 그림자에서 번뜩이는 황금안이 심령을 압도했다.

"그래, 이리 보니 알겠군. 죽이게 예쁜데 안 동하는 이유가. 아가씨는 아델하이트 과야. 예쁘기는 한데 손대기는 꺼림칙하달까."

비죽이 찢어진 입꼬리에 날카로운 송곳니가 희게 빛났다.

"아델하이트가 돌아오지 말라고 하던가?"

도자기 같은 뺨이 움찔 굳었다. 아벨라는 퍼부어지는 사자 왕의 기세에 어찌 버텨 보려 했으나 그녀 같은 풋내기가 산전수전 다 겪은 노회한 영주를 이길 수 있을 리가 만무했다.

"서부의 동태를 살펴보라고? 그 상년이 노리는 게 뭐야?"
"아무것도……."
"그래, 모르겠지. 아델하이트가 장기 말에게 제 속내를 말할 리가 없지."
덜덜 떠는 그녀의 턱을 놔주며 레오니다스는 대수롭지 않게 수긍했다. 하지만 그걸로 심문이 끝난 것은 아니었다. 그리고 또 하나.
"처음 타라를 이곳에 보냈을 때는 거의 버리다시피 했다고 들었다. 그런데 왜 갑자기 태도를 바꾼 거지? 그녀가 왜 다시 타라를 원하는 건가?"
"저, 전 몰라요. 전 그저……."
"아니, 아니야. 애초에 왜 제 딸을 쥬다에게 보냈을까. 쥬다의 성정 상 그 애를 바로 죽여 버렸을지도 모르는데."
무가치한 사생아를 처리하려는 시도였다고 해도 굳이 도발 같은 그런 행동을 할 필요가 있었을까.
변덕스럽고 제멋대로인 여왕은 충동적인 짓거리를 많이도 했지만, 진짜 자신이 마음을 기울이는 대상에게는 꽤나 철저하고 계산적으로 움직였다. 레오니다스 일족에게 일어났던 비극처럼.
그리고 여왕의 쥬다에 대한 남다른 관심과 애정은 괴상할 만치 유별났다. 굵은 눈썹을 모으며 생각에 잠겨 있던 그는 허옇게 질린 아벨라에게 산뜻하게 웃으며 물었다. 뭐 아는 거 없어?
아벨라는 어느 정도라도 자신이 알고 있는 걸 토해 내지 않으면 그에게 정말 죽을지도 모른다는 걸 깨달았다. 무기 그 자체인 커다란 손바닥이 제 머리 바로 옆에 있었기 때문이었다.

굳이 두개골을 깨부수거나 목을 분지를 필요도 없이, 그녀를 번쩍 들어 성벽 밖으로 내던지기만 해도 즉사다.

후환 정도야 워낙 과격 인사들이니 사고사로 우기거나, 돌아가던 중 괴수들의 습격을 받았다면 되지 않겠는가. 귀찮게 변명 따위를 하기나 할는지 의문이었다.

그녀의 머리가 핑글핑글 돌아가는 데에 힘을 보태 주듯이 레오니다스가 충고했다.

"참고로 내가 아가씨 숙모를 좀 아는데, 그녀는 예쁘장한 조카보다는 옛 동생을 더 좋아할 거야. 쥬다가 친필 편지만 한 장 보내면 아가씨가 어찌 되건 관심도 없어질걸."

이건 놀라울 만큼 설득력이 있었다. 사실이었으니까. 아벨라는 다급하게 소리쳤다.

"타라가 마력을 각성했다는 걸 아셨어요!"

"호오."

레오니다스는 빠릿빠릿한 결과물이 제법 마음에 들었다.

"계속해 봐."

"그 소식을 듣고 바로 저를 서부로 보내셨지요. 저와…… 타라를 교환하자고."

"꼬마 타라의 마력이 무슨 가치가 있길래?"

"……."

"아, 그래. 거기까지는 모른다고 했지. 그럼 다른 걸 묻지. 여기 오기 전 타라와 아델하이트의 관계는 어땠나?"

"관계라고 할 게 없어요. 숙모님께서는 그 애를 거의 버려두셨으니까. 없는 자식이나 다름이 없었지요. 그럴 만도 한 게 타라는 여왕의 딸인데도 아름답지도 않고 마력도 없는 기형아였으니까요."

고귀족들의 서열과 힘, 가문의 세, 명예는 전부 그들의 혈통과 강력한 마력에 기반을 둔다.

핏줄과 마력. 이 두 가지가 없다면 위대한 혈족이라고 할 수 없다. 그래서 고귀족들끼리 정략혼을 하고 연합을 해서 피에 깃든 힘을 유지하고 타 고귀족들을 견제하는 것이다.

하지만 그들의 최고 가치가 고대부터 이어져 내려오는 혈족을 지키는 데에 있다는 점을 생각해 보면 타라가 처했던 빈곤과 학대는 지나친 감이 있었다. 전해 듣기로 그저 혼자 자란 정도가 아니었다 하던데.

쥬다도 아델하이트의 자식에 대한 방관을 의외롭게 여겼을 만큼 이 상황은 어딘가 남다른 것이 있었다.

마력이 없다 하나 오랜 역사에서 타라의 경우처럼 이따금 뒤늦게 각성을 하는 경우도 종종 있어 왔고, 고귀족 중에서도 순혈 중의 순혈인 여왕이 이를 모를 리가 없었다.

한 마디로 이런 결론이 나온다. 타라의 각성은 아델하이트가 전혀 예상하지 못했던 일이라는 것.

신이 던진 주사위가 뻔히 굴러다니는데 다 보이는 문자를 읽지 못하는 까막눈이 된 듯했다. 이 변수는 과연 행운인가 불운인가. 누군가에는 행운이고 다른 이에게는 불행이리라.

레오니다스는 우묵하게 가라앉은 시선으로 저 먼 중부의 지평선을 바라보았다. 검은 까마귀가 음울한 노을에 젖어 우짖었다.

* * *

타라는 자신이 아벨라의 존재를 깜박 잊고 있었다는 사실에 퍽 충격을 받았다. 그녀가 고운 입술로 오물오물 제 이름을 부르는 날이면 바짝 긴장해서 눈치를 보아야 했는데, 이제는 한 지붕 아래 있는 것도 망각했으니 말이다. 하지만 그럴 수밖에 없었다.

세상에 온갖 재앙이 닥쳐도 천년 바위처럼 홀로 무심할 것만 같은 쥬다의 옆에 있으면 아벨라야 아무것도 아니었다. 무엇보다 간신히 찾은 아버지에 대한 단서로 그녀의 정신은 온통 다른 곳에 쏠려 있었다.

어떻게 하면 그 책을 볼 수 있지?

이제 타라는 하루 종일 쥬다의 서재에 꽂혀 있는 그 검은 책 생각뿐이었다. 양육자이자 후견인인 쥬다가 좋아하지 않을 게 뻔한 일이라 원래의 타라라면 쉽게 마음을 접고 아쉬움을 달랬으리라.

하지만 그게 잘되지 않았다. 평생 작은 가슴속에 열망하고 있던 출생에 대한 이야기와 친부에 대한 정보는 그 무욕한 타라마저 쉽사리 포기할 수 없게 만들었다.

그래서 매일 쥬다를 마주할 때마다 타라는 알게 모르게 자책감이 들고 마음이 약해졌다.

특히 그가 자신을 빤히 바라보거나 얕은 미소를 지을 때는 저 안의 욕심이 뙤약볕에 말라붙은 떡잎처럼 고개를 숙였다.

그냥 포기할까?

쥬다의 말이 옳았다. 이때까지 알지도 못하며 자라 왔고, 이제는 그녀의 곁에 쥬다가 있는데 굳이 친아버지에 대해 알 필요가 있을까? 게다가 쥬다가 싫다잖아.

그리 마음먹고 고개를 끄덕이다가도 우연히 유리창에 비친 제 얼굴이나 세수하다 마주친 붉은 눈을 볼 때면 연어인 양 부친에 대한 생각으로 회귀해 있었다.

그녀는 이런 제 욕심이 감당되지를 않았다. 불안하게 손톱을 잘근거리며 어쩔 줄 몰라 작은 발을 동동 굴렀다. 왜 이러지. 세상 미천하게 보잘것없이 살아오면서 이때껏 가장 소질 있다 여긴 게 체념이었거늘 내가 왜 이럴까.

거의 손톱에 피가 날 무렵 소녀는 겨우 마음을 다잡았다. 그만. 이제 그만하자. 이미 한차례 교훈을 얻지 않았나. 진한 아쉬움과 미련을 짓밟은 건 저 내면의 공포였다.

허락받지 못한 걸 탐해서는 안 된다. 탐스럽던 황금 사과, 밤마다 무의식에서 튀어나와 타라를 찢어발기던 검은 개를 생각했다.

다시 온몸의 흉터가 욱신거리는 것 같아 움썰 팔뚝을 움켜쥐었다. 작은 손 가득 금세 식은땀이 찼다. 바닥에서 은밀하게 피어오르던 조그만 불꽃이 메마른 기억의 모래에 뒤덮이고 나자, 후유증처럼 타라는 갑자기 불안해졌다.

당연한 듯 쥬다가 보고 싶어졌다. 정확히 말하면 그가 필요했다. 나직한 목소리, 저를 향해 벌려지는 손, 빨아들이듯 안아 드는 품까지.

간신히 목 끝까지 차올랐던 생각을 털어 내고 달음박질치듯 타라는 쪼르르 쥬다의 집무실로 달려갔다.

안은 조용했다. 육중한 문을 밀어내고 한 발 다급히 내딛자마자 타라는 뒤늦게 그가 한창 바쁠 때라는 것에 생각이 미쳤다. 하지만 이미 쥬다가 기웃거리는 조그만 푸른 머리를 발견한 뒤였다.

“거기서 뭐하는 거냐.”

타라가 쭉 고개를 빼고 올려다봐야 할 만큼 거대한 책상에 앉아 서류를 결재하고 있던 쥬다가 안경 너머로 우물쭈물하는 계집아이를 내려다보았다.

그는 마저 나머지 서명을 마무리한 뒤 깃펜을 내려놓았다. 그사이 타라는 책상다리에 붙어 서서 근처를 맴돌고 있었다. 쥬다는 공굴러오듯 들이닥친 주제에 더 가까이는 못 오고 눈치를 보는 모양새에 실소를 지었다.

그의 마른 손이 뻗어지자 타라는 냉큼 도도도 다가와 바짓단을 붙잡았다. 종달새가 서늘한 자작나무에게 날아들듯 안겼다.

“어쩐 일이지. 낮잠 자거나 책 읽을 시간 아닌가.”

가느다란 푸른 머리칼을 쓸어내리며 그가 중얼거렸다. 타라는 바로 지척에서 울리는 그 음성이 듣기 좋아서 잠깐 눈을 느리게 감았다가 떴다. 불안정하게 뛰던 심장은 어느덧 잠잠해져 있었다.

당신이 보고 싶어서요.

타라는 솔직하게 말하지 못하고 꾸물거렸다.

“혹시 바쁘세요?”

“그다지.”

쥬다는 한쪽 팔로 타라를 안은 채 서류를 읽으며 대꾸했다. 타라는 그가 일하는 데 방해가 될까 봐 숨을 죽였다. 힐끔 본 양피지의 끝단에는 쥬다의 필체로 누군가의 이름이 쓰여 있었다.

대개 중앙 왕국 고귀족들의 이름이 그렇게 길었다. 눈을 가늘게 뜨던 타라는 더듬더듬 입속으로 그것을 읽었다.

서부의 주인이자 벨벳 성의 성주, 라 엔포르테의 수문장, 쥬다.

클레멘논 줄리언 필리파 냐이레 국왕 귀하…….

클레멘논 국왕?

"저 짜증 나는 계집애를 어서 데려가라고 할 참이다."

타라의 속을 읽기라도 했는지 쥬다가 흘리듯 말했다. 타라는 깜짝 놀랐다.

"아벨라요?"

"그래. 밥만 축내면서 찡얼거린다고 안티오크가 계속 징징거려서 귀가 따가울 지경이야."

그녀를 거의 밟아 죽이려 했던 것치고는 기묘하게 담백한 어투였다. 찰나 타라가 괜히 허하게 느낄 만큼, 무의미한 물건 하나 치우듯이.

그런 그녀에게 찌르는 듯한 질문이 날아들었다.

"요즘 잠을 설치던데?"

"네? 저요?"

"그럼 여기에 너 말고 누가 있나."

게다가 애초에 쥬다가 이런 사적인 관심을 기울이는 대상 자체가 거의 없었다. 타라는 손가락을 꼼지락거렸다. 확실히 새와 대화를 나눈 이후 잡생각이 많아져서 뒤척거리다가 잠에 드는 날이 많아졌다.

한데 그걸 쥬다가 어떻게 알까? 휘둥그레진 붉은 눈에 쥬다는 손끝으로 그녀의 귓불을 만지며 삐딱하게 웃었다.

"이 성안의 일 중 내가 모르는 것은 없어."

그리고 넌 어느 정도 영악하게 이 사실을 알 필요가 있고 말이지.

쥬다는 굳이 생략된 뒷말을 가르쳐 주지 않았다. 귓바퀴를 굴리던 긴 손가락이 천천히 솜털이 난 뒷목을 쓰다듬었다.

청동 발톱처럼 마른 검지에 하얀 칼라가 걸렸다. 아슬아슬하게, 얄팍한 옷깃에 은근한 강약이 실린다.

—그게…… 온몸에 흉터가…… 있다고…….

쥬다는 천천히 손을 물렸다. 타라는 여전히 곱고 청초한 인형처럼 그에게 안겨 있었다.

그는 이 포장을 뜯어보았을 때 나올 결과, 그 이후를 생각했다. 마치 계산을 도출해 보듯 자신의 행동을 예상해 보았다.

본디 큰 변수가 없는 인사였으니 어렵지 않으리라 여겼다. 하나 이번에는 아니었다. 쥬다는 자신이 어떻게 할지 막연한 짐작조차 되지 않았다. 불가해한 미지수였다.

확실한 건, 절대 유쾌하지 않으리라는 것. 그는 천천히 단조롭게 물었다.

"네 사촌이 신경 쓰이나?"

타라가 고개를 들었다. 얼음 결정처럼 기이한 빛을 띤 은청안이 그녀를 내려다보고 있었다. 그녀는 고개를 저었다가 이내 머뭇거리며 약하게 끄덕거렸다. 뚫어져라 주시하던 서늘한 눈매가 가늘어졌다.

"조금, 이요. 예전만큼은 아니지만."

"왜. 무서워서?"

바로 자르듯 되물음이 돌아왔다. 타라는 꾸물거렸으나 역시나 오래 버티지 못했다.

"네에."

"벌레처럼 찌그러지는 걸 봤는데도? 그래도 무섭나."

"……."

"내 꼬맹이는 겁쟁이로구나."

약하고, 겁도 많고…… 무심한 단어가 툭툭 떨어질 때마다 보일 듯 말 듯 움츠러드는 어깨는 꺼져 드는 흰 거품 같았다.

"타라."

"네."

"시체도 무서운가."

타라는 깜짝 놀랐다. 갑자기 시체라니? 하지만 고민하다가 성실히 대답했다.

"무섭지 않은 건 아니지만 끔찍하게 싫지는 않아요. 모든 생물은 태어나면 나중에 그렇게 흙으로 돌아가는 거고, 언젠가는 저도 그렇게 될 테니까요."

쥬다는 재미있다는 듯 웃었다.

"그건 어디서 배웠지?"

"책에서……."

"어쨌건 시체보다 산 사람이 더 무섭다?"

그는 제 말을 음미하듯 되풀이했다. 그러고는 정말 아무렇지 않게, 서랍에 굴러다니던 사탕 하나를 꺼내 내밀듯, 툭 입을 열었다.

"그럼 죽여 줄까."

우박 맞은 양 얼어붙었다. 그녀의 차게 식은 뺨을 살살 쓸면서 그가 야릇하게 입꼬리를 끌어 올렸다.

"묻잖나. 죽여 줘? 원한다면 시신조차 남기지 않고 무로 돌릴 수 있어. 아니면 몸속의 피를 모조리 빼서 박제로 만들어 줄까? 분에 차면 내키는 대로 망가뜨려도 좋다."

"쥬다……?"

"아니면……."

그는 느긋하게 말꼬리를 흐렸다.

"그 볼만한 얼굴을 평생 들고 다니지도 못하게 흉측하게 만들어 줄까. 그게 더 나을 것도 같은데. 절대 지워지지도, 외면하지도 못할 흉터 말이다."

기분 탓일까. 아벨라를 겨냥한 듯 다른 것을 일컫는 것 같았다. 평온하기만 한 수려한 낯에는 초승달의 은근한 빛처럼 살기가 서려 있었다.

쥬다는 바짝 굳어서 가만히 있는 타라를 어르며 채근했다. 겨울 야수가 공포에 언 쥐의 머리를 약하게 누르듯이.

"왜 대답이 없지?"

설마, 이런 상상을 한 번도 해 보지 않은 건 아니겠지.

타라는 축축한 눈으로 얼른 고개를 절레절레 흔들었다. 절대, 단 한 번도…… 쥬다의 무표정한 시선이 어느덧 눈가에 물기가 어린 타라를 내려다보았다.

그는 이번에는 어이없다는 듯 한숨을 쉬지 않았다. 또한 달래지도 않았다. 바짝 고개를 들이밀고 얄팍한 턱을 어루만지며 캐물었다.

"왜 울어."

타라는 다시 고개를 흔들었다. 살 속을 파고드는 눈보라 같은 속삭임이 들려온다.

"그게 불쌍해? 보나 마나 너에게 별 악독한 짓을 다 떨었을 년이?"

"아니, 아니요."

말을 더듬는 소녀의 이마에 키스한 사내가 픽 웃었다. 타라는 둥근 머리와 등줄기를 쓰다듬는 길고 가는 그의 손, 나른하게 미끄러지는 그 움직임을 느꼈다. 놀랍게도 그녀는 떨고 있었다.

"……무서워요."

"그래서 죽여 준다잖아."

"아니, 아니에요. 아벨라도 무섭지만, 저는 그런 생각이 더……."

그런 잔인함을 아무렇지 않게 가정하고 실행으로 옮길 수 있다는 것이 더 공포스러웠다. 타라는 제 후견인이 냉혹하고 무도하게 학살을 일삼은 자였다고 떠들어 대었던 파랑새의 말이 사실일 수 있다는 것을 뒤늦게 실감했다.

쥬다는 그럴 수 있었다. 그는 원래 그런 사람이었다. 단지, 그녀에게 그런 모습을 보여 주지 않았을 뿐이었다.

벌벌 떠는 붉은 눈에 속내를 알 수 없는 사내의 얼굴이 비쳤다. 그는 그녀를 비웃는 듯, 무관심한 듯, 혹은 못마땅해하는 것도, 뭔가를 기다리는 것도 같았다.

경시와 끈질긴 주시가 흔적도 없이 뒤엉킨 그 표정에 타라는 다른 방면의 겁이 덜컥 올라왔다. 그가 이리 묻는 것 같았다. 그럼 내가 무서운가? 어떤 사고방식의 과정도 없이 화들짝 그의 가슴팍에 매달렸다.

끈질기게 붙잡는다. 애처로우면서도 모순적이고, 그래서 뻔히 보이는 움직임이었다.

두려워하면서도 저에게 꼭 안겨 오는 작은 몸을 금속성의 벽안이 빤히 내려다보았다.

얇은 손가락에 밴 땀이 옷자락에 나비 조각 같은 얼룩을 남겼다. 그의 입꼬리가 그림자처럼 짙게 도사렸다가 가라앉았다.

"얼지 마. 농담이니까."

타라가 눈을 동그랗게 뜨고 올려다보니 쥬다가 그녀의 머리를 토닥이며 턱을 괴고 있었다. 다시 평소의 온난한 무미건조함이다. 타라는 조금 더 눈치를 보다가 조심스럽게 중얼거렸다.

"쥬다가 농담하는 건 처음 들어요."

"하고 싶은 기분이 들지 않으니까."

그는 무료하게 대꾸하고는 소녀의 겨드랑이를 번쩍 들어 안아 올렸다. 벌써 저녁 식사 시간이 되어 있었다.

몇 개의 계단을 내려가는 와중에도 타라는 이따금 힐끗힐끗 쥬다를 보았다. 그 무서운 말을 했던 게 꿈인 것처럼 태연한 기색이었다.

알게 모르게 한숨을 내쉬었다. 타라는 물론 아벨라를 좋아하지 않았지만 제 눈을 찔렀다고 상대의 눈을 잃게 하고 싶지는 않았다.

그런 일들이 반복되었다가는 세상에는 눈먼 자들밖에 없으리라. 아이러니하게도 복수가 꼭 행복을 가져다주지는 않는다는 걸 타라는 이미 알고 있었다.

그런데 왜 갑자기 쥬다가 그런 '무서운 농담'을 했을까. 타라는 그게 어쩐지 완전히 농담만은 아닌 것 같은 이상한 기분이 들었다.

* * *

"나 이제 가 볼까 해."

방만하게 앉아서 고기를 뜯던 레오니다스가 깨끗하게 발라진 뼈를 그릇에 던지며 뜻밖의 선언을 했다.

"잘됐군. 바로 가는 건가?"

"……어이, 너무 대놓고 좋아하는 거 아니냐?"

말이 끝나기 레오니다스의 완벽한 미소가 허물어졌다. 그러든지 말든지 쥬다는 타라가 그라탱을 먹는 것을 지켜보았고, 안티오크는 사자 왕이 머물던 방을 언제 청소해야 할지 계산해 보았다.

레오니다스는 팔짱을 끼며 미간을 씰룩거렸다.

"이거 너무하는군. 서운한 티 좀 내 줘야 예의 아니냐고."

"레오 아저씨. 그럼 오늘 가시는 거예요?"

유일한 반응으로 타라가 큰 눈으로 똘망똘망 쳐다보며 아쉬운 듯 묻자, 레오니다스는 머쓱한 척 콧등을 문지르며 답했다.

"응. 아무래도 북부를 오래 비워 둘 수는 없으니……."

"개소리. 지가 언제 일을 했다고."

쥬다가 대차게 비웃었다. 레오니다스는 못 들은 척했다.

"나도 가기 싫은데 수족들은, 특히 내 일족인 사자족은 우두머리가 없으면 항상 말썽이거든. 후, 왕이란 존재는 언제나 도전하는 자들 때문에 고독한 법이지."

"무식하게 힘만 세다고 소문 다 나서 저 자리 줘도 안 가진다. 저 혼자 저렇게 떠들고 다니는 거지."

"후. 말은 똑바로 하자, 쥬다. 내가 너무 세니까 안 개기는 거지."

"뇌 말고 몸만 쓰는 게 자랑인가."

차를 마시며 느긋하게 읊조리는 소리였지만 식탁에 앉아 있는 이들 모두에게 다 들렸다.

타라가 멀뚱거리다 휙 제 쪽을 바라보자 레오니다스가 웃는 척 확연히 일그러진 얼굴로 짜증을 냈다.

"야, 해 보자는 거야?"

"너 빨리 안 꺼지나?"

"이게 진짜! 아오, 내가 저딴 걸 왜 걱정을 해서는……."

안티오크는 그들의 투닥거림을 익숙하다는 듯 나른하게 뜬 눈으로 흘려 넘기고 있었다. 마음 여린 타라는 왠지 레오니다스가 불쌍해져서 계속 말을 붙였다.

그가 벨벳 성에 머무는 동안 정도 많이 들고, 최근에는 낯가림도 어느 정도 사라져서 레오니다스가 막상 성을 떠나면 조금 허전할 것 같았다.

"갑자기 가신다니 섭섭해요. 가면 이델에게 안부 전해 주세요. 그리고…… 바쁘시더라도 가끔 편지 보내 주시면 제가 꼭 답장 보내드릴게요."

"뭔 편지야. 펜팔 하나?"

이번에는 쥬다가 짜증을 냈지만, 레오니다스는 쾌활하게 대꾸했다.

"당연하지! 내가 이래 봐도 문장가라고."

"문장가는 지랄."

"우와! 네, 꼭 보내 주세요."

"보내지 마."

"아이고, 귀여워라. 너같이 예쁜 게 어디서 나왔을까."

중간중간 쥬다가 싸늘한 어깃장을 놓는데도 불구하고 레오니다스와 타라는 그럭저럭 문제없이 대화를 이어 나갔다.

특히 타라가 해맑게 웃는 걸 본 쥬다는 식기를 툭 내던지고는, 팔짱을 끼고 빤히 동그란 푸른 정수리를 보고 있었다. 그것도 모르고 만국 공통 소녀들의 마음을 들뜨게 하는 예쁘다는 말에 타라는 볼이 빨개져서 중얼거렸다. 아, 아니에요. 부끄러워서 어쩔 줄 모르는 게 누구든 흐뭇하게 만드는 광경이었다.

딱 한 사람 빼고는 그랬다. 쥬다의 눈이 가늘어졌다.

"감언이설에 넘어가다니. 주체성 없기 그지없어."

"주인님. 주체성은 이럴 때 나오는 단어가 아닌 것 같은데요."

"넌 입 다물어, 안티오크."

날카로운 청회색 눈이 찌릿 노려보자 안티오크는 헙 입을 다물더니 펑 소리와 함께 고양이로 변해 타라의 품으로 파고들었다.

지금 쥬다의 심기에는 그조차 마음에 안 들었다. 이놈이나 저놈이나 꼬맹이한테 들러붙어서는 유난이다. 힐끔 제 주인의 눈치를 살피려 쏙 튀어나왔던 노란 고양이 머리가 서슬 퍼런 눈과 마주치고는 다시 후다닥 들어가 버렸다.

쥬다의 심사가 가속해서 꼬여 가는 가운데 꽃이 핀 레오니다스와 타라의 대화는 막바지로 향하고 있었다.

"타라야. 볼수록 쥬다 옆에 있기에는 네가 너무 아까운데. 혹시 유학에 관심 없니? 북부는 남부 못지않게 아름답고 고왕국의 유적이 많아서 공부하고 견문을 넓히기에는 딱이란다."

"웃기지 마라. 누구 마음대로?"

"어, 정말요?"

동시에 상반된 대답을 한 타라와 쥬다가 서로를 바라보았다. 쥬다의 짜증이 덕지덕지 묻은 얼굴을 그제야 알아챈 타라가 손가락을 만지작거리며 눈치를 보기 시작했다.

막 올라왔던 호기심과 설레는 마음이 그의 못마땅한 기색 하나에 확 수그러들었다.

"으응, 흥미롭기는 한데…… 제가 아직 어리니까 안 될 것 같아요."

주눅이 들어서 힐끔거리며 눈치를 보는 게 썩 마음에 들지 않았으나 타라의 대답은 그를 만족하게 했다. 쥬다는 피식 입꼬리를 올리며 타라의 머리를 흐트러뜨렸다.

그러자 대번에 안도한 기색이 된 타라가 그에게 바짝 기대어 왔다. 배부른 야수와 그 새끼 같은 작태에 레오니다스는 어처구니가 없어서 크게 혀를 찼다.

"애를 가둬 키울 생각이야? 여행도 못 가?"

"네놈이 순수한 마음이 아니니까. 썩 꺼져라, 잡놈."

"나야 만년설처럼 10할 순수한 마음이지. 내가 뭘 어쨌다고? 순수하지 않은 건 암만 봐도 네놈이다만."

"주둥아리를 찢어 줄까."

싸늘한 비웃음과 함께 푸른 불꽃이 몇십 개나 생겨났다. 레오니다스도 이번에는 뾰족한 이를 드러내며 맞받아쳤다.

"소유욕도 정도껏이지, 애 공부하는 것도 방해하냐?"

"여기서도 공부는 얼마든지 할 수 있어."

"그래 봤자 몸으로 와 닿는 실전! 체험! 이 아니라 박제된 책 나부랭이잖아. 이봐, 쥬다. 넌 머리가 재수 없을 정도로 좋아서 그것만으로도 충분할지 모르겠는데, 우리 타라 아가씨는 너 같은 괴물 딱지가 아니라서 보통의 정상적인 아이들처럼 체험 학습도 병행해야 한다고. 하긴 애 키워 본 적도 없던 놈이 뭘 알겠느냐만……."

"북부에 뭐가 있다고? 고왕국의 유적이라고 하는 것도 다 부스러진 폐기물들 아닌가. 진짜는 여기에 있지. 모르지 않을 텐데?"

"그야, 그렇…… 야."

약 올라서 되받아치던 레오니다스가 멈칫거리더니 힐끔 타라의 눈치를 살폈다. 타라는 영문도 모르고 눈만 끔벅거렸다. 안절부절못해하는 게 웃기다는 듯 쥬다가 쌀쌀맞게 말했다.

"얘도 다 알아. 똥 마려운 개처럼 굴 것 없다."

"아, 그래? 그럼 다행…… 이 아니지. 진짜?"

믿기지 않는다는 듯 묘한 황금안이 타라를 주시했다. 괜히 진한 햇빛에 눈이 쬐인 것처럼 움찔한다. 레오니다스는 그런 타라를 보며 착잡하면서도 미묘한 감정을 느꼈다. 그가 허탈한 표정으로 중얼거렸다.

"기어이 끼고 살 생각이군. 미친놈이."

"상관 마."

"아이고, 미친. 아이고."

그는 몇 번이나 한숨을 내쉬었다. 타라는 그의 걱정 어린 눈빛의 뜻을 알 수 없었다. 뭔가 어른들의 대화가 지나간 것 같았고, 그녀는 무지한 게 아직 많았다.

어쨌건 레오니다스의 '걱정'에 이제 쥬다뿐만이 아니라 자신도 들어 있는 것 같아서 고마웠다. 타라가 생긋 웃으며 고마워요—라고 입 모양으로 방긋거리자 레오니다스는 외려 더 복잡한 얼굴이었다.

그는 한숨을 쉬며 타라의 머리를 쓰다듬으려다가 쥬다에게 세차게 손등을 얻어맞고 끙끙거렸다.

"이 치사한 새끼!"

"부정 탄다. 이제 할 말 다 지껄였으면 냉큼 북부로 꺼져. 영원히."

"갈 때 가더라도 할 건 하고 가야지."

정말 순식간이었다. 벼락같은 굉음이 울리고 레오니다스가 있던 자리에 푸른빛이 섞인 황금색 갈기의 사자가 나타났다. 땅이 우는 듯한 짧은 포효와 함께 큰 주둥이가 덥석 타라의 뒷덜미를 아프지 않게 물고는 번개 같은 속도로 사라졌다.

눈 깜짝할 사이에 뒤통수를 맞은 쥬다가 빠득 이를 갈며 벌떡 일어섰다. 방심했다. 이 간이 산맥만 한 놈이 제 눈앞에서 이딴 짓을 벌여?

"기어이 전쟁을 하자, 이건가?"

파란 불꽃이 초지 삼간 불태울 기세로 맹렬히 타오르다 사라지고, 홀로 남은 고양이 집사 안티오크는 난장판이 된 식당을 둘러보며 앞발로 지끈거리는 머리를 눌렀다. 야옹…….

"이걸 언제 다 치우냐."

*　　*　　*

사자에게 물려 갔던 타라는 한동안 정신없이 흔들리다가 톡, 인형처럼 잔디밭 위에 내려지고 나서도 한동안 얼떨떨했다. 대체 무슨 일이 일어난 거지?

"흠흠, 잠깐 둘이 할 말이 있어서 자리 좀 피했다. 놀랐니?"

다시 인간형으로 돌아온 레오니다스가 타라 앞에 털썩 주저앉으며 머리를 긁적거렸다.

타라는 저를 납치한 천연덕스러운 납치범의 얼굴을 맹하게 보다가 천천히 고개를 끄덕거렸다. 어쨌건 레오 아저씨는 나쁜 사람은 아닌데…… 과격한 건 확실한 것 같다. 그래서 오랜 친구인 쥬다가 질색하는 건지도 모른다.

레오니다스는 기세 좋게 타라를 데려온 것과 달리 잠시 뜸을 들였다.

"타라. 쥬다가 네게 어디까지 알려 줬지? 깊은 얘기까지 했나?"

"뭘 말씀하시는 건지 모르겠어요."

"옛 고왕국에 대해서 말이다. 예를 들면……."

"서부가 고왕국의 수도였다는 것 말인가요?"

쪼끄만 입술에서 대뜸 직설적인 직구가 튀어나오자 레오니다스는 굵은 눈썹을 문질렀다.

"너, 괜히 쥬다네 애가 아니구나. 그런 중요한 비밀을 그렇게 대담하고 가볍게 말하는 꼬맹이는 처음 봤어. 이 여린 아저씨 심장이 놀란다."

"죄송해요. 쥬다가 직접 가르쳐 주지는 않았고, 관련된 책을 읽어보라고 주셔서 알았어요."

"책?"

흐음…… 레오니다스가 팔짱을 끼고 한숨을 쉬었다.

뒤뜰의 하얀 나비가 그의 미세한 들썩임에 따라 이리저리 뻗친 거인의 머리 위를 맴돌다 내려앉았다. 풍성한 거목이 고뇌하며 고개를 숙이고 있는 것 같다. 타라가 그를 살피며 조심스레 말했다.

"역시 제가 알아서는 안 되는 얘기인가요?"

"아니, 아니야. 널 탓하는 게 아니란다. 있다면 쥬다 놈을 욕해야지. 아니 뭐 안다고 해서 나쁜 건 아닌데."

굵은 손이 손사래를 쳤다.

"이 사실이 널리 퍼지게 되면 민심이 동요할 거야. 클레멘논은 그걸 그리 좋아하지 않을 테고."

타라는 미숙하지만 눈치가 비상하고 영특했기에 그가 무엇을 우려하는지 바로 알아챘다. 그녀는 고개를 붕붕 흔들었다.

"절대 입 밖에 안 낼게요."

"그래. 착하기도 하지."

사실 진짜 중요한 건 따로 있지만. 그는 나직하게 중얼거리다가 골치 아프다는 듯 한숨을 쉬었다. 다시 복잡한 시선이 타라를 훑고 지나갔다.

왜 넌 하필 아델하이트의 아이인 걸까. 그게 너무 안타깝고 안타까웠다. 커다란 사자의 앞발과 닮은 두꺼운 손이 툭 타라의 수북한 앞머리를 누르며 머리에 얹혀졌다.

"타라. 나는 네가 좋단다."

다시 도톰하고 작은 볼이 발그레해졌다. 감정을 못 숨기는 순진한 얼굴을 바라보는 금안이 온화하게 휘어졌다.

"쥬다가 널 왜 아끼는지 알 것 같아. 이대로만 자라렴. 변하지 말고."

"네! 알겠어요!"

"뭐, 조금은 약아도 될 것 같긴 한데."

"네! 조금만 약아질게요."

지나치게 의욕적으로 고개를 붕붕 끄덕이는 게 참 어수룩하니 사랑스러웠다. 의심할 줄 모르고, 호의와 애정만 투명하게 인지하고 그만큼의 신뢰로 보답한다.

귀여운 녀석. 레오니다스는 킬킬거리며 푸른 머리칼을 마구 헤집고는 품에서 수북한 털 뭉치 같은 것을 꺼내 타라의 손에 쥐여 주었다. 타라가 고개를 갸웃거렸다.

“이게 뭔가요?”

“내 갈기야. 혹시 내 도움이 필요하면 양 손바닥에 끼우고 북쪽을 향해 비벼 보렴. 네가 어디에 있건 널 도우러 가마.”

“어, 이런 걸 제가 받아도 되나요?”

“넣어 둬. 필요한 일이 있을지도 모르니까.”

어지간하면 그런 일이 아예 없는 게 좋겠지만, 세상사란 모르는 일 아닌가. 갈기와 같은 머리칼을 벅벅 긁으며 레오니다스는 자리를 털고 일어났다.

바다를 가르고 융기한 커다란 화산섬처럼 거대한 그를 타라는 고개를 뒤로 크게 젖히고 봐야 했다. 우람하고 단단한 그림자와 멋진 청금발이 용의 비늘처럼 바람에 휘날렸다.

“그럼 가 보마. 몸조심하고, 컥!?”

순간 진정한 북부의 제왕처럼 근사했던 그는 옆구리가 걷어채여 저 멀리 날아갔다. 타라의 고개는 길게 뺐던 그대로 쭈우욱 오른쪽 성벽에 곤두박질치는 거대한 몸체를 따라 움직였다.

놀라 벌떡 일어나자 막 긴 다리를 내린 쥬다의 손이 아까 전 레오니다스가 쓰다듬던 머리에 가뿐하게 내려앉았다. 그가 얼음 지옥에서 올라온 악마처럼 스산하게 웃었다.

"개잡놈 네발짐승 새끼가 어디서."

막 다시 타라를 안아 들려던 쥬다는 저 멀리서 다시 멀쩡하게 벌떡 일어나 두 손을 흔드는 레오니다스의 외침을 듣고는 천천히 허리를 폈다.

"나 간다, 타라야! 편지 꼭 보낼게! 답장 기다리마!"

"후. 찰 때 사정을 뒀나. 나도 많이 물러졌어."

쥬다가 이마를 짚으며 반성할 때 제 생을 축약시키는 듯한 외침이 더해졌다.

"혹시 아니! 커서 이 아저씨한테 시집올지?! 으하하! 쥬다 새꺄! 약 오르지?!"

"……먼저 들어가라. 난 저 짐승과 대화가 더 필요한 것 같으니."

축생과 말이 통할지는 모르겠다만.

음산하게 중얼거린 후 쥬다의 신형이 화르륵 사라졌다. 타라는 멀뚱히 서서 눈만 깜박이다가 저 멀리서 우르릉 쾅쾅거리는 굉음에 안절부절못했고, 안티오크에게 이끌려 성으로 들어갔다.

그녀는 레오니다스에게서 받은 갈기를 품에 안고 미소 지었다.

타라에게 소중한 사람이 또 한 명 늘은 것 같았다.

* * *

율리아 대륙의 역사에는 하늘을 찌를 듯한 고목나무 수백, 수천 그루의 생과 사를 부식하고 소멸시킬 만큼 긴 시간이 녹아 있었다.

세상은 고왕국의 멸망과 함께 한차례 뒤집어졌고, 그 허허벌판

위에 새로운 문명과 생이 싹트고 흘러 거대한 강물이 되었다.

옛 영광은 빛이 바래고 그 모든 것들은 이제 희미한 전설에 불과할 뿐. 헤아릴 수 없는 장대한, 우주의 끝에 닿아 있는 불가사의한 광음(光陰)을, 어느 누가 세세하고 올곧이 헤아릴 수 있을까.

생물 중에서 가장 긴 수명을 가지고 있는 요정들의 여왕 타니아도 세계의 흐름을 되짚는 것이 이따금 버겁게 느껴졌다. 결국, 그녀도 저에게 주어진 한 시대에 몸을 담은 필멸자에 불과했으니까.

한때는 마법에 있어 정점의 위치를 차지한 적이 있으나, 잇따라 출연한 젊고 영민한 새로운 천재들과 걸출하고 위험한 인물들이 그들의 전성기를 구가했다.

하지만 대부분의 경우 끝까지 살아남는 건 타니아였다. 그들은 강력한 만큼 안정적이고 충만한 삶을 선택하지 못했다. 대표적으로 전대 수족의 수장인 욜란드가 그랬고, 악명 자자했던 광포한 마레사가 그러했다.

그들은 전쟁광으로 인생을 탕진하다 단명하거나, 날이 갈수록 광증이 치밀어 천천히 미쳐 가다 살해당했다.

타니아는 이따금 이리 생각했다. 타고난 욕망과 특별한 힘을 긴 시간 버티기에는 그들의 영혼이 약했던 탓이라고.

진정한 강인함은 한순간의 파괴력이 아니라 끈질긴 인내와 수용, 단단한 혼의 성숙이다. 영속성에 가까운 삶을 가지고 있는 그녀와 같은 운명들에게는 더더욱.

어쨌건 강자가 파멸하고 난 뒤 이어서 새로운 강자가 나타나 그 자리를 메웠다. 그리고 그 후계자들은 하나같이 전보다 더한 인재

(人災)들이었다. 더 강력하며 통제 불능이고, 그런 주제에 선대들보다 퍽 오랫동안 장수하고 있다는 뜻이었다. 해서 고결한 여왕 타니아도 아주 가끔, 머리가 아팠다.

역시 삶은 길고 최악은 아직 더 갱신될 여지가 남아 있다. 그런 의미에서 서부의 영주 쥬다는 율리아의 역사서에서도 특출 난 인물이다.

그는 심지어 전대처럼 광증이나 퇴락의 기미도 보이지 않았다. 북부의 고약한 애송이 사자 왕도 물론이다. 여왕은 가끔 생각했다.

이러다 이 미친놈들이 나보다 오래 사는 건 아니야?

물론 품위상 그런 상스러운 말은 입 밖에 내지 않았다.

“요새 중부의 움직임이 심상치 않아.”

붉은 새가 날갯짓하듯 석류빛 입술이 나풀나풀 움직였다. 그녀가 길게 한숨을 쉬며 다리를 꼬자 무릎을 꿇고 있던 요정의 머리가 움찔거렸다.

타니아는 제 혈족을 내려다보는 시선을 거두지 않은 채로 나른하게 턱을 괴었다. 열심히 손을 비비는 초록색 똥파리 같군—, 순간 이런 감상이 들었다. 그녀의 사촌은 이제 날개가 없는 신세라는 게 큰 차이점이었다.

타니아는 한숨을 폭 내쉬면서 침울하게 종알거렸다.

“세랑트, 몸은 어때? 이 누이는 참 걱정이 되네. 알지, 내 마음?”

요정 여왕은 다섯 영주 중 가장 오랜 시간을 살아온 군주이지만 노화하지 않는 젊음을 누리는 탓에 아직도 어리고 아름다운 외양을 갖고 있었다.

특히 농염한 듯 청초하고 앳된 소녀의 미모는 톡 건드리면 붉은 씨를 보일 새빨간 과일을 연상시켰다.

향긋하고 달콤한 웃음을 베어 물면 한없이 무구해 보이다가도 그 선연한 붉은 눈웃음에 사로잡히고는 했다. 하얀 발가락을 아이처럼 흔들며 까딱이는 모양마저 어딘가 선정적이고 매혹적이었다. 요사스러운 붉은 나비처럼.

하나 본질이 천 년 넘게 남부를 지배해 온 요정족의 수장이라는 건 분명했다.

"물론입니다, 아름답고 고귀하신 여왕 폐하. 그저 하루하루 제 죄에 대해 속죄하며 후회 속에서 살고 있습니다."

오만한 세랑트가 홍학처럼 빳빳한 허리를 수그렸다. 여왕의 곁에서 희고 무표정한 얼굴로 앉아 있던 브리지트 공주가 킥킥거리며 비웃었다.

그녀의 날개가 놀리듯 팔랑거렸다. 여왕은 딱히 딸의 버릇없음을 제지하지 않았다. 이제 대놓고 구경하듯 과자를 집어 먹는 브리지트의 초롱초롱한 눈길에 세랑트는 속으로 뿌드득 이를 갈았다. 저 건방지고 새파랗게 어린 계집이……!

"후회라…… 그건 전번에도 내 앞에서 하던 말인 것 같은데. 그렇지, 브릿?"

똑같은 적발을 가진 공주가 올라간 입술을 손으로 가리며 장난스럽게 대답했다.

"제 기억으로는 그러고 나서 벨벳 성에 몰래 숨어들었죠, 아마?"

결국에는 서부 영주에게 된통 당하고 왔죠. 여왕의 혀 차는 소리에 세랑트의 고개는 더 땅으로 처박혔다. 그녀는 눈을 가늘게 뜨며 요염하게 중얼거렸다.

"저런. 세랑트는 후회와 반성이 따로 노는 모양이야."

"죄송하기 그지없습니다."

"당연히 그래야지. 네 멍청한 행동 때문에 내가 한 고생을 생각하면 추방도 모자란 처사라는 걸 모르면 안 되지? 안 그래?"

번뜩이는 눈을 차마 마주 보지 못하고 세랑트가 고개를 처박았다.

날개까지 없는 신세라 그녀의 압도적인 마력을 버티기가 힘이 들었다. 소싯적과 비교하면 많이 온화해지기는 했으나 타니아는 그녀가 다루는 홍염의 불꽃처럼 모든 것을 불살라 버리는 열화 같은 성질로 유명했다.

여왕이 그를 산 채로 태워 버리겠다고 들면 세랑트로서는 반항할 방법도 없었다. 결국, 굽실거리는 수밖에. 그런 그를 브리지트 공주가 은근히 꼴좋다는 듯이 보고 있었다.

빌어먹을, 이게 다…….

"내가 널 부른 이유는 별거 아니고……."

여왕은 붉게 칠해진 요염한 손가락을 까딱거렸다. 순식간에 정색한 타니아가 입을 열었다.

"왜 그곳에 들어간 거야?"

"그건…… 아시다시피 제 날개를 되찾으려고……."

"그것 말고."

그녀의 긴 눈초리가 가늘게 접혔다.

"처음 쥬다가 금지했던 곳에 들어간 탓에 그 잘난 날개도 도려진 거잖아? 방금 전 내 아이들이 따 온 벌꿀 차를 마시다 문뜩 되짚어 보니까, 그게 과연 실수였을까 하는 생각이 들지 뭐야?"

"그게 무슨……."

"서부에 가는 사신도 자청해서 하겠다고 했었지. 넌 그런 일에 그다지 관심이 없었는데도."

나긋나긋하게 몰아세우는 무형의 칼끝에 밀려나다 보니 답할 말이 궁했다. 그는 억울해하며 인상을 썼다.

"폐하! 제가 얼마나 어리석은 실수를 했는지 잘 알고 있습니다. 하지만 서부의 심장에서 제가 얻을 것이 무어 있겠습니까. 터무니 없는 오해……."

"오해가 아니지. 서부에는 충분히 탐이 날 만한 것이 있으니까."

타니아는 초콜릿을 똑 분지르듯이 말을 끊었다. 가는 손가락이 찌르듯 퍼런 안색의 세랑트를 가리켰다.

"마레사의 눈."

세랑트는 딸꾹질을 할 뻔했다.

"그것을 노린 거지? 네 유난한 눈알 수집은 알고 있단다. 단순히 그것 때문만은 아니겠지만."

"폐하. 아닙니다! 오해이십……."

"감히 내게 거짓을 고해?"

곧바로 무형의 힘이 달려들어 세랑트의 목을 틀어쥐었다. 그가 컥컥거리며 푸르게 질리는 걸 구경하는 여왕은 꼰 다리를 탁탁 흔들어 대었다.

"쥬다의 고문이 어느 정도인지는 모르겠지만 나도 못지않다는 걸 잊으면 안 되잖니?"

"요, 용서를……."

"싫어. 내게 거짓말을 한 네가 나빠."

고양이처럼 나른하게 눈가가 휘었다. 여왕은 제 혈족에 강력한 영향력을 행사했다. 모든 요정이 그녀의 자식과 다를 바가 없으니 직계부터 말단에 이르기까지 '어머니'인 그녀를 거부할 수 없다.

세랑트의 발이 파들거리며 허공에서 교수형을 당한 죄인처럼 게거품을 무는 동안 타니아는 향기로운 잎사귀로 덮인 왕좌에 비스듬히 누워서 가장 총애하는 딸이 먹여 주는 포도알을 받아먹었다.

이 사태를 턱을 괴고 무료하게 구경하며 향긋한 과일만 골라 내밀던 브리지트가 콧노래를 부르는 여왕을 불렀다.

"어머니. 저러다 죽겠는데요?"

"어머? 겨우 저것 가지고? 죽일 정도로 안 했는걸."

"하지만 저자는 지금 날개가 없잖아요. 부실한 걸 가지고 놀다 망가지면 어쩌려고 그래요?"

과일즙이 묻은 손을 핥은 그녀가 시큰둥하게 대꾸했다.

굳이 서부에서 살려서 데려온 보람도 없는데. 어멋, 또 머리에 뭘 묻히고 오셨네. 빗어 드릴게요. 그러자 타니아는 눈발에 실핏줄이 선 다 죽어 가는 이를 힐끗거리더니, 고개를 뒤로 젖혀 브리지트에게 히죽 웃었다.

"그냥 죽일까?"

"마음에도 없는 말을."

모친과 달리 성숙한 여인의 모습인 브리지트는 차가운 녹색 눈의 화려 창창한 열대 새를 연상시켰다. 그녀는 여왕에게 제 생각을 직설적으로 거리낌 없이 말할 수 있는 몇 안 되는 존재였다.

시종 무료한 표정에 말투가 톡 쏘듯 싸한 데가 있어서 그녀를 무서워하는 요정들도 적지 않았지만 알고 보면 유쾌하고 매력적인 요정이었다.

여왕은 흥 코웃음 치고는 손을 휘저었다. 질식사하기 일보 직전이었던 세랑트는 죽은 매미처럼 툭 바닥에 떨어졌다. 요정 병사들이 그를 끌고 나가자 시녀들이 파르르 날아와 뒷정리를 했다. 브리지트가 여왕의 머리를 땋기 시작하며 말했다.

"사실 나는 서부의 지배자가 전쟁을 일으킬 줄 알았어요. 그런데 어찌 된 일인지 조용하네요?"

"그러게 말이야. 쥬다 성격에 당장 싸우자고 할 줄 알았어."

타니아가 가는 눈썹을 찡그리며 종알거렸다. 대체 요즘 아이들은 왜 그리 전부 호전적인지 알다가도 모르겠다니까. 땋아 늘린 다홍빛 머리를 파란 호랑나비의 날개와 호박 구슬로 장식하던 브리지트가 평화에 대해 떠들어 대는 여왕을 묘하게 쳐다보았다. 호전적이라니. 전쟁터의 반을 불살라 버렸던 이가 할 말은 아니지 않은가.

"뭐, 본인도 이제 만사 귀찮은 것 아니겠어요?"

"흐응, 그런가."

갸웃거려 대는 머리에 마지막으로 리본을 맨 뒤 브리지트는 이리저리 훑어보며 제 작품에 만족스러워했다.

"한데 마레사의 눈은 뭐예요?"

"너도 들어 봤잖니. 쥬다가 서부를 차지했을 때, 선대였던 마레사의 한쪽 눈을 도려냈던 일 말이야."

"아, 그거."

도톰한 입술을 두드리며 고개를 끄덕거렸다. 초창기 서부를 계승하자마자 수많은 생을 도륙하고 피를 뿌렸던 그 시절의 쥬다에 대한 것은 모르는 이가 없는 유명한 이야기였다. 타니아는 팔짱을 끼며 입술을 잘근거렸다.

"딸아. 서부는 중요한 요충지야. 마레사의 유산은 단순히 말라비틀어진 신체 일부 따위가 아니란다. 알아 두렴."

"그게 대체 뭔데요?"

"글쎄."

요정 여왕은 기묘하고도 정의하기 힘든 미소를 띠었다.

"확실한 건 우리 요정들은 그와 대적하지 않을 거야. 그건 무의미한 싸움이 될 테니까."

"엄마답지 않네요. 소문처럼 그가 그렇게 강력한가요?"

"쥬다는 이미 마레사의 전성기를 뛰어넘었어. 어쩌면 역대 서부 영주 중에서도 그를 따를 자가 없을지도 모르지."

그 외에도 제대로 된 이들은 그에게 반기를 들어서는 안 되는 이유를 다 알고 있어. 몇 안 되지만.

"그가 선대들처럼 엇나가지 않기를 바랄 뿐이야. 폭풍은 피할 수 없고 언젠가는 수그러들기 마련이지만 그 과정에서 일어나는 희생이 우려되는구나. 이제 그런 일은 지긋지긋해. 미치광이 마레사보다는 낫겠지, 싶었는데 지금은 그것도 모르겠단 말이야."

타니아는 머리카락을 배배 꼬며 투덜거리다가 막 거미줄 레이스에 자수를 놓기 시작하는 딸을 돌아보았다.

"한데 너, 이제 짝짓기해야 되지 않니? 또 귀찮다고 넘어가지 말렴."

"네, 네. 알았어요."

"대충 대답하지 말구!"

타니아가 붕붕 조그만 주먹을 휘둘렀다. 브리지트는 건성으로 끄덕이며 조그만 제비꽃을 수놓았다.

* * *

타라는 오랜만에 악몽을 꿨다. 잠옷이 푹 젖어 등 뒤에 달라붙는 감촉이 기분 나빴다. 그녀는 한숨을 쉬며 땀이 송골송골 맺힌 이마와 뺨에 묻은 머리카락을 걷어 냈다.

이상한 기분이었다. 안에 있는 걸 모조리 게워 내고 싶으면서도, 죄 삼켜 버리고 아무 일도 없었던 것처럼 가장하고 싶었다. 타라는 보통 후자를 선택했다. 전자는 의미 없는 혼자만의 메아리처럼 느껴졌으므로.

하지만 지금의 그녀는 아니었다.

타라는 충동적으로 베개를 안아 들고 침대에서 기어 내려가서 방문 고리를 잡아 열었다. 더 시커먼 정적 속의 복도로 겁도 없이 뛰어들었다. 어미 닭을 찾는 병아리처럼 본능적으로 방향을 찾아 걸었다.

쥬다의 방은 뜻밖에도 문이 열려 있었다. 딸깍 이음쇠가 돌아가는 소리에 이제 와서 머뭇거린다. 하지만 다시 제 방으로 돌아가고 싶지는 않았다.

발소리를 죽이고 안으로 들어갔다. 창문 밖과 똑같이 어둡기만 한 쥬다의 방은 낯설었다. 언제나 활활 타오르는 벽난로와 오래된 서책의 종이 냄새, 높게 쌓여 있는 양피지와 서류 더미들, 그 가운데서 업무를 보거나 책을 읽는 쥬다의 모습이 일상이었기 때문이다.

사실 쥬다가 제대로 잠은 자는지 의문이었다. 그에게 수면 같은 건 필요 없을지도 모르지만.

그래서 이 장면은 매우 의외였다. 타라는 붉은 시트가 깔린 커다란 침대 위에서 잠들어 있는 쥬다를 홀린 듯 바라보았다. 눈을 감고 곤히 숨을 내쉬는 모습은 인위적이라기보다 차라리 자연물의 고아함에 가까웠다. 숨을 죽이고 가까이 다가갔다.

자나? 정말 자고 있었다. 한순간에 묵직하던 가슴에 신기함과 생경함이 가득 찼다. 조금 멀찍이 떨어져서 눈앞에 대고 휘휘 저어 본다. 고사리 같은 그림자가 고요한 얼굴 위를 팔랑거렸다. 여전히 미동이 없었다.

엉금엉금 침대 위로 기어 올라갔다. 떨어지지 않을 만큼 전진하다 멈춘다. 그에게 닿지는 않을 가장자리쯤에 동그랗게 몸을 말고 누웠다. 바로 마주 누운 그의 감은 눈이 보였다. 작게 소곤거렸다.

"잘 자요."

"이미 그러는 중이었다만."

"으악!"

펄쩍 뛰는 서슬에 몸이 홱 뒤로 넘어갔다. 어, 어!? 허우적거리며 바닥으로 낙하하려는 걸 큰 손이 뻗어 와 가뿐하게 낚아챘다.

질끈 감았던 눈을 뜨니 바로 앞에서 이 오밤중에 무슨 짓이냐는 뜻을 담은 그의 눈초리가 가늘게 좁혀져 있었다. 얼굴 붉어지는 것보다도 놀란 목소리가 더듬더듬 나왔다.

"어, 으, 그, 저, 안…… 주무셨어요?"

"자고 있었다. 네가 되도 않는 조용한 척을 하며 내 앞에서 어슬렁거리기 전까지는."

"……죄송해요."

타라가 눈을 굴리며 중얼거렸다. 팔을 세워 머리를 받친 쥬다가 꼬물거리는 소녀를 위아래로 훑으며 물었다.

"어쩐 일이야. 암만 애라도 여자애가 남자 방에 몰래 숨어들어 오나? 그것도 밤중에?"

"악몽을 꿔서 그랬어요."

그의 푸른 눈이 빤히 응시하자 타라는 기가 죽어 웅얼거렸다.

"옆에 있으면 잠이 올 것 같아서."

"꼬맹이 곰 인형 대용이 되다니, 묘한 기분이군."

"그런 거 아닌데."

"그게 아니면 뭐. 꿈에 귀신이라도 나왔나?"

쥬다는 가뿐하게 항변을 무시하고 비웃었다. 타라는 점점 수치감에 쥐구멍에 숨고 싶었다. 너무 애처럼 굴었다. 애 취급받는 데 익숙해져서 자기도 모르게 거기에 길들고 있는 모양이었다.

아, 이러면 안 되는데. 새우처럼 쭈그러든 타라가 어기적어기적 말했다.

"저 갈까요?"

"어딜 가. 가서 또 오줌싸개 되거나 길 잃으려고."

"아니라니까요!"

드물게 타라가 소리를 질렀다. 딴 건 몰라도 오줌싸개는 억울하다! 난 그런 적 없단 말이야!

그랬다가 놀라서 합 입을 다물었다. 쥬다가 끌끌 혀를 찼다. 혼자 기승전결을 알아서 끝내는 것도 재주였다. 그는 타라에게 이불을 끌어다 덮어 주며 물었다.

"무슨 꿈을 꿨는데."

"그…… 모르겠어요. 기억이 잘……."

이번의 악몽은 익숙한 그것들과는 다르게 기묘했다. 평소의 외로움과 슬픔보다는 가슴이 저리고, 아파서 슬픈 게 아니라 슬퍼서 아픈, 그런 슬픔이었다.

육신이 아니라 영혼이 들쑤셔진 것처럼 기이한 상실감. 제 안에 뻥 터널이 뚫린 것 같은 그런 기분은 두 번 다시 느끼고 싶지 않았다. 그녀는 괜히 추워서 이불 속으로 더 들어갔다. 그런 그녀에게 쥬다는 딱 잘라 말했다.

"원래 개꿈은 기억이 안 나는 법이지."

"개꿈이라면 조금 억울해요. 나는 그렇게 아프고 슬펐는데."

"그러니 더 잘된 것 아닌가? 굳이 고통에 사서 의미 부여를 할 필요는 없어."

단순 명료했다. 명쾌했고. 타라는 이불 밖으로 빼꼼히 내민 붉은 눈으로 빤히 쥬다를 바라보다가 엉금엉금 그에게 더 기어갔다. 고목에 붙어 한숨 돌리려는 매미처럼. 넓은 잎사귀 같은 손이 당연한 것처럼 뒷머리를 덮었다.

"꿈 따위에 끙끙거리지 마. 별거 아닌 허상일 뿐이니까."

"그럴까요."

어쩌면 타라는 내내 악몽 속에 갇혀서 자라지 못하고 있었던 걸지도 모른다. 타라가 쥬다의 가슴팍에 부스스한 머리칼을 문지르면서 물었다.

"쥬다도 꿈을 꾸나요?"

"꿔."

"정말?"

"놀랄 거면서 뭘 묻나."

불쑥 튀어나온 얼굴을 꾹 누르며 쥬다가 대꾸했다.

"그냥……."

쥬다에겐 온 세상의 불완전함이나 약함 따위는 없을 것 같았다. 무의미한 일에 마음이 흔들리지도, 후회나 시기, 외로움, 상처 따위도 안 받을 완전무결한 존재.

"어떤 꿈을 꾸는데요?"

"꿈이란 결국 무의식이 투영해 내는 바람이나 욕구, 감정, 옛 기억들의 피사체에 불과해. 내게는 그러한 것들이 현저히 적은 편이니, 결과적으로 나오는 것들은 과거의 기억들이 대부분이겠지."

"와, 그렇구나."

타라는 작게 감탄했다. 당연한 수순처럼 또 궁금한 게 생겼다.

"자주 꾸는 꿈은 뭐예요? 그러니까 어릴 적에 키우던 강아지나 장난감 같은 게 나오나요?"

"예상은 했다만 참 쓸데없는 걸 궁금해하는구나. 그딴 거 키운 적 없어."

"개 키우시길래……."

"어쩌다 생긴 거다."

누가 보면 퉁명스러운 게 귀찮아하는 것처럼 보일 테지만 그들의 대화는 유려하게 계속되고 있었다. 쥬다는 아무리 실없는 질문에도 대답했으니까.

타라는 그런 제 후견인의 머리카락을 만지작거리다 두 손을 포개고는 수줍게 웃었다.

"갑자기 쥬다의 어린 시절이 궁금해서 물어봤어요. 저만 했을 때요. 에취!"

타라가 재채기를 했다. 아무래도 잠옷 바람으로 복도를 돌아다닌 탓일 것이다. 쥬다는 말없이 툭툭 소녀의 등을 토닥거렸다. 확실히 그도 인간의 태를 빌려 태어났기에 이만했던 시절이 있었다. 해서 설명할 만한 것도 없었다. 단지…….

"감동의 부재를 세계에 대한 갈증이라 착각했던 풋내기였지."

"그게 무슨 말이에요?"

"멍청했다는 뜻이야."

모든 인간이 그렇듯이 말이다. 그는 느리게, 강물 바닥의 가는 입자를 휘젓듯이 한숨을 쉬었다.

그에게서 항상 크고 먼 미지의 거리감을 느껴 왔지만, 지금처럼 실질적으로 만져지는 회한을 느낀 적은 처음이었다.

"덕분에 귀찮은 게 많이 생겼고."

그 말에 타라는 제 머리칼을 만지작대는 쥬다를 힐끔거렸다. 괜한 자격지심인지 모른다. 바로 그 뜻을 알아챈 쥬다가 혀를 찼다.

"뭐냐."

"어…… 아니에요."

"머리도 쪼그만 게 쓸데없는 데다 신경 쓰기는."

그가 짜증스럽게 앞머리로 덮인 그녀의 이마와 눈가를 꾹 누르듯 쓸어내렸다. 금방 엉망이 된 머리칼을 만지며 울상을 짓는데 그림자가 졌다.

쥬다가 몸을 일으키자 가장자리가 하얗게 빛나는 은발, 신비로운 푸른 눈이 소녀를 굽어보았다.

가운을 걸치는 그의 뒷모습을 보다가 저도 따라 일어났다. 포도주를 따라 한잔 마시며 쥬다는 고개를 기울였다.

"옷 입고 와."

"왜요?"

"어차피 잠도 안 오잖아."

그건 그랬다. 쥬다와 이야기를 하다 보니 정신이 더더욱 말똥말똥해졌다. 조막만 한 고개가 끄덕끄덕했고, 쥬다는 그럴 줄 알았다는 듯 마저 포도주 잔을 다 비웠다.

그들은 타라의 방으로 함께 가서 두껍게 짠 겉옷을 걸치고 밖으로 나왔다.

하얗고 복슬복슬한 양모 코트의 소녀와 검은 묵빛 코트를 걸친 사내의 그림자가 낙낙하게 길어졌다. 마치 하얀 양 요정의 목줄을 잡고 달빛 젖은 풀을 먹이러 가는 목자(牧者) 같았다.

"어디 가는 거예요?"

"좋은 곳."

그는 이후 별다른 설명을 덧붙이지 않았다.

타라는 어느 허름하고 거미줄이 낀 방으로 들어갔다가 벽에 쳐진 커튼을 걷으니 커다란 초상화가 나오고, 또 그게 문처럼 열려 안으로 들어간 다음 바닥으로 끝까지 내려갈 때까지도 흠칫흠칫 놀랐다. 그러나 경악까진 안 했는데, 긴 계단 끝을 밟은 후 눈앞에 펼쳐진 광경은 상상의 차원을 뛰어넘었다. 그 자리에서 압도되었다.

"……우와."

이 말밖에 할 수 없었다. 그녀의 짧은 표현으로는 이 신비스럽고 아름다운 곳을 설명할 방법을 찾지 못했기 때문이다.

분명 지하일 이곳에, 뽀얀 들씨와 진줏빛 꽃이 핀 청록빛 들판이 물결치고, 얇은 비늘 같은 껍질을 두른 흰 자작나무 숲이 보름달이 끼워진 가지를 흔들고 있었다.

숲의 사이사이에는 오래된 신전의 부속물처럼 알 수 없는 문자가 새겨진 비석들이 서 있었다.

하나, 둘, 셋…… 여섯. 그 아름다운 퇴락물들을 손으로 만지작거리던 타라는 멍하게 주변을 둘러보다 발치에 찰박찰박 얇은 물줄기가 닿자 깜짝 놀랐다.

시원한 샘물에는 연보랏빛 하늘과 하얀 달이 떠 있었다. 분명 달이었다. 어디선가 불어오는 달콤한 향을 실은 바람이 코끝을 간질거렸다.

몽롱하게 속으로 중얼거렸다. 어떻게 깊은 지하일 게 분명한 곳에 이런 공간이 존재할 수 있을까.

타라는 풀려난 토끼처럼 깡충깡충 풀숲으로 뛰어들었다. 연한 자색의 라일락 무리가 아리따운 신부의 부케처럼 무리 지어 피어 있었다. 그 밖에도 온갖 꽃이 다 한자리에 있었다.

연한 달빛과 여우비에 흠뻑 젖은 색색의 꽃송이들에 둘러싸인 타라가 활짝 웃었다. 그녀는 신이 나서 저만치서 자신을 지켜보고 있는 쥬다에게 물었다.

"꿈을 꾸고 있는 것 같아요. 이곳은 어디인가요?"

"꽃밭."

"아."

쥬다의 시큰둥한 대답을 듣고 있자니 떠오르는 기억이 있었다. 바로 성에 온 지 얼마 되지 않았을 적에 이델이 했던 말이었다.

—아마 그 좋은 냄새는 라일락 향일 거예요. 영주님의 마법 정원은 라일락 무리가 가득하거든요. 그곳에서는 온갖 꽃이 다 피고 지지요. 요정 여왕 타니아도 부러워하는, 세계에서 가장 아름다운 정원이랍니다.

"이곳이 그 정원이로군요."

위대하고 고독한 마법사가 홀로 독점한다는 세상에서 가장 아름다운 정원. 비현실적인 청량하고 습윤한 향기가 주변을 맴돌았다. 지상이 아닌 신의 정원이 이러지 않을까. 세상에, 꿈을 꾸고 있는 게 맞았어. 홀린 듯이 별 모양의 이름 모를 꽃에 고개를 숙였다.

곱슬거리는 푸른 머리 위로 작은 들꽃들이 똑같이 인사하는 것처럼 옹기종기 고개를 수그린다. 꽃에 파묻힌 그녀는 작은 몸집 탓에 순간적으로 정원에 녹아든 것처럼 보였다. 제 색 하나 없는 물방울이 세상에 흔적도 없이 녹아들듯이, 저 계집아이는 아쉬울 만큼 자그맣다.

그리하여 역설적으로 더 눈여겨보게 되는 것은 어떤 변덕과 비이성적인 충동일까. 그는 답을 알 수 없었다. 쥬다는 아슬아슬한 돛단배를 굽어보는 등대처럼 그 자리에서 말갛게 웃고 있는 소녀를 바라보았다.

그녀가 돌아본다. 푸른 단발머리가, 하나밖에 모르는 동그란 눈이, 하늘하늘 춤을 추던 그때. 그를 불렀다.

"쥬다!"

유성 같은 무언가가 찰나 그에게 긴 자국을 남겼다. 가늘고 얇으나, 먼 우주를 거쳐 얼음과 불을 지닌 뜨겁고 차가운 그것이 꼬리를 그리고 추락했다.

— 쥬다. 네 꼬맹이 말이다. 그 애가 자라면 북부로 보내는 게 어떻겠냐? 나쁘지 않게 보살피겠다.

— 무슨 헛소리야.

— 진지하게 말하는 거다. 아델하이트가 이제 와서 딸을 원하는

게 이상하지 않나? 그녀가 무엇을 욕심내고 있는지 너도 알고 있잖아?

그 여자는 '너'를 노리고 있어.

덜떨어진 놈처럼 굴다가 심각한 눈으로 조언하는 레오니다스를 걷어차듯 돌려보낸 뒤 그는 한 치의 변화도 없이 성으로 돌아와 무감동한 낯으로 할 일을 마저 끝냈다.

어두워진 방에 불꽃을 일으켜 안을 밝히는 그의 표정은 차고 건조했다.

—저 애의 마력이 어떤 힘을 가졌을지 아무도 몰라.

그 여자가 긴 세월이 흘렀음에도 포기하지 않았다는 건 그도 알고 있었다. 그녀를 알고 있기에 물 흐르듯 나온 진실이었다. 아델하이트나 이 오래된 고성에서 자멸한 그자나 다 똑같은 인간들이었다.

애석하게도, 자신도 그들과 그리 다른 인종이 아니라는 걸 쥬다는 뒤늦게 깨달았다. 그런 자들의 끝은 한결같았다. 집착과 탐욕, 욕심이란 그런 것이다. 이 얼마나 우스운 아이러니인가.

그리하여 더 명확해졌다. 그를 증오하고 사랑하는 그 여자가 보낸 저 선물이 돌이킬 수 없는 결과를 초래할 것이라고.

그의 동족은 효과적이고 강력한 맹독을 선사했다.

그럼 그 후는?

"쥬다?"

금세 제 눈치를 보는 소녀에게 손을 펼치자 잔꽃들을 머리칼과 옷, 눈썹, 입술에 그득 묻힌 채 달려온다.

쥬다의 마른 손끝이 그녀의 머리카락에서 그것들을 털어 내며 얄팍한 뒷덜미에 내려앉았다. 꽃을 꺾듯 천천히 말아 쥔다. 타라는 아무것도 모르고 눈을 빛내며 웃고 있었다. 아찔할 만치 무방비하고 여리게.

완전한 소유라는 건 존재의 유지가 성립해야 가능해진다. 가지고, 곁에 두며 내주지 않는다. 하나 가장 확실한 방법은 외려 가장 단순하다. 완벽히 제 손안에 가두는 효과적인 방식. 어떤 끝이 닥치든 상관없는 불변의 소유.

—죽음.

"타라."

사랑이 증오와 맞닿아 있듯, 아낌과 파괴도 동전 양면과 같다.

광기에 가까운 이성적인 계산과 소리 없는 충동이 그의 손아귀를 야금야금 기어갔다. 차분함을 가장한 미친 탐심이 은청안에 우묵하게 쌓여 간다. 막 힘이 들어가려던 순간. 가시에 찔린 듯, 까칠한 굳은살이 만져졌다.

피딱지가 떨어졌는데도 부드러운 새살이 아닌 괴이하게 자리 잡은 살갗. 평소 옷에 가려져서 알지 못했던 그 섬뜩한 감각이 피부를 타고 올라와 뇌를 찔렀다.

쥬다는 흠칫 손을 떨어뜨렸다. 타라가 의아한 듯 그를 보고 있었다. 순간 어떤 광증이 저를 훑고 갔는지 상상도 못 하는 그 시선이 가득 찬다.

화상 입은 듯 손이 얼얼해서 주먹을 쥐고 한 걸음 물러섰다. 심장이 쿵 떨어져 바닥을 구르고 순식간에 식은땀이 났다.

저 생생한 눈을 다시는 보지 못할 뻔했다. 분노 같은 소름이 돋았다. 불에 덴 듯하더니 이제는 숫제 시체의 것처럼 차가워진 손가락이 제 몸 같지가 않다. 쥬다는 외면하듯 타라를 내버려 두고 걸었다.

"쥬다! 같이 가요!"

속없는 계집애가 쫓아온다. 그는 돌아서서 날카롭게 꺼지라고 하고 싶은 충동과 그녀를 안아 들고 싶은 욕구를 정확히 동시에 느꼈다. 쥬다는 어떤 것도 선택하지 않고 대뜸 다른 것을 물었다.

"그 목걸이 아직도 하고 있나?"

"예전에 준 목걸이요?"

푸른 돌처럼 생긴 보석을 가슴팍에서 꺼내 보이며 타라가 고개를 끄덕였다. 중구난방이던 마력도 이 목걸이를 걸면 아무 일도 일어나지 않았다. 동물의 말소리는 이따금 들리는 것 같았지만.

쥬다가 쌀쌀맞게 말했다.

"이제 내놔라. 어느 정도 조절할 줄은 알겠지?"

"어…… 잘 모르겠는데. 아마 그런 것 같아요."

타라가 쥬다의 눈치를 보며 우물거렸다. 이 꼬마는 아무것도 모른다. 제 어미가 어떤 여자인지, 그 목걸이가 어떤 것인지.

사실 그것을 타라에게 걸어 준 것도 역설적인 일이었다. 당시에는 별다른 의미를 느끼지 못했으나 이제는 눈엣가시처럼 거슬렸다.

가는 목에 걸린 푸른 목걸이를 툭 끊어 가려는 찰나, 타라의 등 쪽에 있던 흉터가 떠올랐다.

당장 낚아채려던 손이 우뚝 서더니 방향을 틀어 그녀를 안아 들었다. 내내 기대한 듯 제 이마를 기대는 소녀를 쥬다는 가만히 내려다보았다.

이 마법이 대체 어떤 것인지 그는 알 수 없었다.

"있잖아요, 쥬다."

"……."

"예쁜 정원을 보여 주셔서 감사해요. 이델에게 들었을 때만 해도 내 눈으로 직접 보게 될 줄은 꿈에도 몰랐어요."

그에 답하기까지 몇 걸음이 흘렀다. 수분 한 점까지 증발한 듯 마른 목소리가 들려왔다.

"여기는 정원이 아니다."

"……?"

"볼만한 무덤이지."

"무덤…… 이요?"

쥬다는 동그란 얼굴 위로 내려앉는 오싹함을 힐끔 보았다.

"이 성을 다스렸던 역대 성주들이 여기에 잠들어 있다. 아까 너도 보았을 텐데."

타라는 아까 전 뭣도 모르고 손으로 만져 보았던 비석을 떠올리고 낯빛이 허예졌다. 그녀는 멍하게 중얼거렸다.

"좋은 데 가자면서요……."

"감사하다며."

"아니, 그! 무덤인 줄은 몰랐죠!"

"어차피 모든 대지가 과거 생을 다한 자들의 시체로 이루어져 있다. 유별나게 굴 것 없어. 그게 자연의 섭리이니."

그는 언젠가 도착하게 될 곳에 대해 읊조리는 항해사처럼 덤덤하게 말했다. 대충 그가 무슨 말을 하는지 이해는 갔지만, 기분이 묘한 건 어쩔 수 없었다. 타라는 울상을 짓다가 문뜩 내심 궁금해하던 것을 질문했다.

"그런데요, 왜 저한테 그 책을 보여 주신 거예요?"

안티오크는 그만큼 쥬다가 타라를 많이 아끼는 모양이라고 했지만 타라는 그에게 다른 의도하는 바가 있는가 고심해 보았다. 레오니다스조차 쥬다의 처사에 깜짝 놀라지 않았던가.

쥬다는 상냥하지 않았지만, 충분히 좋은 스승이었고, 지식과 적당한 노하우를 익히게 하고 전달하는 데 퍽 뛰어났다.

"그걸 봤나?"

"네. 그런데 뒷장이 없었어요."

저자가 사망했을 거라고 했었나. 하필이면 영주 교체 시기에 명을 달리한 게 유감인…… 어? 타라는 이 묘한 우연의 일치에 눈을 깜박거렸다.

그녀는 무표정한 쥬다를 올려다보았다. 이게 우연일까? 이상한 생각이 자리 잡으려는 순간 쥬다의 대답이 들려왔다.

"네가 모를 것도 없지 않나. 이러니저러니 해도 너 또한 선택받은 핏줄이니까."

"어…… 그런가요?"

"네가 알아서 안 될 것 따위는 없어. 네가 내 보호하에 있는 한."

그의 말뜻은 교묘한 의도가 내포되어 있었다. 하지만 타라는 제 존재를 부정하지 않는 쥬다의 말에 정신이 빼앗겨 있었기에 이를 알지 못했다.

그녀는 이러한 종류의 인정에 취약했다. 괜히 뺨이 붉어져서 그의 어깨에 대고 고개를 돌리던 타라는 환한 달빛, 소리 없이 물결치는 수목에 시선을 빼앗겼다. 멍하게 중얼거렸다.

"정말, 무척 아름다운 곳이에요."

무덤이라도 이렇게 환상적인 풍광이라면 뭐 어떠랴 싶었다. 황량한 서부를 지배했던 자들이 전부 이런 곳에서 영면에 들어 있다니. 아무도 모르는 비밀을 저만 엿본 기분이었다.

"그래. 언젠가는 나도 이곳의 한자리를 차지하겠지."

먹먹하던 감상이 단번에 달아났다. 소녀가 벌떡 고개를 들고 바라보는 걸 쥬다는 거리감이 느껴질 만큼 평온한 시선으로 지켜보고 있었다.

타라는 그의 그런 태도나 표정에서 격렬한 거부감을 느꼈다. 쥬다에게서 처음 느끼는 감정이었다. 어린 살쾡이가 뾰족한 이를 세우듯 날카롭게 소리쳤다.

"그런 소리 하지 마세요!"

"왜."

"그냥…… 싫어요. 아직 쥬다는 젊고…… 아니 나이는 많으시지만…… 그래도, 그래도 싫어요. 그러지 말아요."

기를 쓰며 싫어하고 거부하는 표정에는 간절함마저 엿보였다.

그 눈을 본 순간, 쥬다는 생전 처음 기묘하고도 정의 내리기 힘든 감정을 느꼈다. 생소하고 낯설었다.

하긴 이 계집애를 이루는 모든 것이 그러했다. 쥬다가 방관하듯 대꾸 없이 보고만 있자 결국 붉은 눈에 눈물까지 어렸다.

방금 전 내 손에 죽을 뻔했다는 걸 알아도 넌 내 죽음을 거부하며 울까? 쥬다는 그게 궁금해졌다. 벌써 눈물이 글썽글썽 아롱거리며 맺힌다.

이미 제 의지보다 먼저 그는 그 눈물을 받아 내고 있었다. 이는 사실 그녀가 그에게 있어 귀해지기도 전부터 하게 되던 것이었다. 손을 뻗지 않고는 견딜 수 없는 어떤 것이 저 눈 속에 고여 계속 손짓을 하는 바람에.

"뚝 그쳐."

"싫어요."

의외로 고집스럽게 나온다. 쥬다는 결국 픽 바람 빠지는 소리를 냈다.

"알았다. 안 죽을 테니까 이만 눈물 집어넣어."

"진짜요?"

"그래."

그제야 타라는 눈물을 훔치며 그의 품으로 꼭 끌어안겼다.

이로써 이 꼬마는 그에게 다른 족쇄를 채웠다. 그는 그녀를 해하지 못할 것이다. 어떤 불가해한 이유가 있든, 제 소유욕이 정도를 넘어서 골수까지 미치든 그런 방법은 선택하지 않으리라.

사실 해 보니 애초에 가능하지도 않을 것 같지만. 그는 끌끌 혀를 찼다.

"새끼 여우 같으니."

타라는 그의 목을 한층 더 깊이 꽉 안았다.

*　　*　　*

그들이 다시 침실에 도착했을 때 타라는 곯아떨어져 있었다. 그리 뛰어놀고 울기까지 했으니 피곤해 잠이 들 만했다. 쥬다는 세상모르고 잠든 소녀를 침대에 눕히고 외투를 벗어 의자에 걸쳐 두었다.

그 곁에 앉아 그는 한참 동안 타라를 바라보았다.

"처치불능한 꼬마."

가지런한 손끝으로 흰 눈덩이를 찌르는 푸른 머리카락을 옆으로 밀어 두었다. 달을 품은 양 둥근 이마가 예쁘다.

머리 숙인 어린 물망초 다발처럼, 투명하며 창백하고 순수한 조그만 소녀. 흐트러진 머리칼을 쓸어 넘기다 손길이 느려졌다.

—그게…… 온몸에 흉터가…… 있다고…….

긴 검지가 얇은 목에 묻은 푸른 머리를 건드렸다. 그의 눈이 움직여, 짧지만 뇌리를 찔렀던 그 감촉이 느껴진 목 언저리에 머물렀다. 새벽빛에 물든 조각상처럼 그렇게 시간이 흘렀다.

그리고 이내 투둑 단추가 끌러지는 소리가 났다. 그 이후는 침묵이었다.

다시 꼼꼼히 잠옷을 갈무리해 주고 고개를 든 쥬다의 낯은 믿을 수 없을 만치 고요했다.

5

분노가 우리를 찾아오는 순간 1

겨울 성은 일 년 사시사철 항상 눈이 왔다. 그럼에도 불구하고 성의 귀족들이 화려한 공작새처럼 사뿐사뿐 잘 다듬은 관목 사이를 거닐고, 무도회장의 거대한 크리스털 창문으로 바깥의 휘몰아치는 눈보라를 구경할 수 있는 건 전부 성의 보이지 않는 수많은 고용인 덕이었다.

동부의 먼 시골에서 1년 전 상경한 이 어린 하녀도 그런 부지런한 일꾼 중 하나였다.

그녀는 밤새 또 쌓인 눈을 빗자루로 치우면서 말단인 자신에게 모든 일을 떠넘긴 선배들을 입속으로 흉보았다.

까탈스럽고 오만하기 짝이 없는 귀족들도 귀족들이었지만 그들을 모시는 이 성의 하녀들도 못지않게 야박하고 인정이 없었다. 그녀는 비질을 하다 말고 한숨을 푹 내쉬었다.

'한밑천만 잡으면 어서 고향으로 내려가야지.'

일도 힘들고 야멸찬 사람들도 도저히 정이 가지를 않았다. 모든 걸 꿋꿋이 버티며 표정을 들키지 않는 것이 하녀의 미덕이라 하던데, 모르겠다.

그건 그냥 이 모든 상황을 외면하고 모른 척하는 이기심만 더 커진 것에 불과하지 않을까?

에이, 빨리 일이나 끝내야지. 눈에 푹 젖은 치맛단을 털던 하녀의 머리 위로 그림자가 졌다.

천천히 고개를 들었다. 그녀는 침을 꿀꺽 삼키며 빗자루를 꼭 움켜쥐었다.

"타라."

마치 겨울의 냉기가 살갗을 찢고 심장을 통째로 꿰뚫는 듯 강렬한 안광이었다.

하녀는 눈 하나 꿈쩍 못 하고 멍청하게 입술을 떨었다. 땅에서 솟은 듯 홀연히 나타난 정갈하고 차가운 남자는 마치 사신 같았다.

차분한 은발과 검은 망토, 무표정한 얼굴, 난잡한 공간에 흑백의 단조로운 그림 하나를 잘라다 붙여 놓은 듯 그는 이질적이었다. 섬뜩하다. 심술궂게 흩날리는 진눈깨비도 그에게 닿지 못하고 따로 놀았다.

그러나 시선을 뗄 수 없었다. 극단의 대비 속에서 일방적으로 찍어 누르는 위압감에 다른 모든 배경 따위 걸레짝이 되었으므로.

그의 눈이 살풋 찡그려지자 하녀는 뒤늦게 정신이 들었다. 벽안에 은빛이 휘몰아치는 착각이 드는 게 폭풍을 담아 놓은 듯했다.

"귀, 귀인은 누구신지."

"타라. 아나?"

툭 발치에 던지며 캐묻는 것이 시종 불친절했다. 하지만 그녀는 저 짤막한 말이 아니라 시선 하나에도 눈치껏 뭔가를 해야 한다는 정도는 알고 있었다. 어쩐지 저 기이한 사내는 화가 나 보였으니까.

"타, 라…… 어? 그, 여왕님의 따님? 말씀하시는……"

가까스로 대답하자마자 긍정의 눈빛이 돌아왔다. 내심 안도의 숨을 내쉬는데 거기서 끝나지 않았다.

"그 애를 해친 자가 누구냐."

"저, 전! 그분한테 절대 소, 손가락 하나도 대지 않았습니다! 살려 주세요!"

하녀는 빗자루도 내던지고 언 바닥에 납작 엎드려서 빌었다. 몇 번 스쳐본 왕과 여왕도 대단한 위엄에 감탄이 나올 정도로 아름다웠지만, 이토록 사지가 덜덜 떨리고 눈물이 날 것 같지는 않았다.

그들이 사자라면 이 남자는 포악한 광룡에 가까웠다. 감히 거부하고 불복해서는 안 될 것 같은 본능적인 굴종.

차라리 클레멤논보다 그가 왕이라고 해도 믿을 정도였다. 그녀는 이마를 땅에 댄 채로 정신없이 되는 대로 지껄였다.

"전부 그분의 흉을 보고 못되게 굴기는 했지만 저는 아니에요! 이곳에 온 지도 1년밖에 안 되었는걸요! 그리고……."

"상세히 말해."

"네?"

"전부 다."

그 후로는 더듬더듬 기억하는 모든 걸 토해 내는 것이 이어졌다.

운 좋게도 이 하녀는 성에 적응하느라 동료들이 심심풀이로 수군대는 '천덕꾸러기 타라 님'에 대해서 신경 쓰거나 뒷말에 끼어들 여유도 없었다. 덕분에 거리낌 없이 제 목격담을 말할 수 있었다.

남자, 쥬다는 하인, 하녀, 마부에 이르기까지 여왕의 사생아를 무시하고 없는 사람 취급을 했다는 점, 왕의 조카들인 아인츠와 아벨라가 심심풀이 장난감처럼 그녀를 가지고 놀았다는 말에 눈빛이 점차 건조해지기는 했으나 낯빛이 변하지는 않았다.

그러나 타라를 담당했던 하녀 델피가 그녀의 식사를 챙기는 걸 잊어서 하루 넘게 꼬박 굶은 타라가 어기적거리며 부엌까지 내려왔고, 치맛자락을 붙잡는 작은 손을 델피가 벌레 묻은 듯 내쳤다는 것에서는 무표정함마저 깨졌다.

한참 타라를 드러내 놓고 학대했던 벨비나 부인에 대해서 말하던 하녀는 곁눈질로 쥬다의 안색을 봤다가 헉, 신음을 흘리며 고개를 처박았다. 공포에 심장이 멎다 못해 터질 것 같았다.

끝이 없을 것 같던 증언이 끝나자 그는 입을 열었다. 어느덧 하늘에서 식은 재처럼 떨어지던 눈도 멎어 있었다.

"그건 어디 있나."

타라를 양육했다는 '그것' .

"지, 지금쯤 허드렛일을 하고 있을……."

"안내해."

하녀는 벌떡 일어나 헐레벌떡 앞장섰다. 이미 여기가 고귀한 사람들이 가득 차 있다는 위대한 겨울 성이라는 자각도 망각했다.

두려움이 잡스러운 것을 싹 걸러 내고 오직 그에게 반하면 죽을 거라는 생각밖에는 없었다.

소라 속 같은 계단을 내려가 저만치 복도에서 빨랫감을 한가득 안고 걷고 있는 신경질적인 인상의 여자를 콕 집어 가리켰다. 저 사람이에요.

쥬다가 제게 닥칠 비극을 전혀 모르고 있는 여자의 얼굴을 빤히 응시하며 고개를 까딱이자, 하녀는 후다닥 종아리가 다 보일 정도로 치맛자락을 잡고 도망갔다.

돈이고 뭐고 당장 때려치우고 고향으로 내려가야겠다. 어떤 식으로든 이곳에 계속 있으면 명이 짧아질 거라는 깨달음에 그녀의 달음박질이 빨라졌다.

한편 타라가 겨울 성을 떠난 이후, 화풀이 상대도 없어져 하루하루 불만스레 살고 있던 델피는 오늘도 오만상을 쓰며 발을 재개 놀리고 있었다.

지긋지긋한 인생. 하녀장과 새파란 어린 하녀들에게 위아래로 치이며 매일매일 잡일에 귀족들 뒤치다꺼리를 맡아 거기서 거기인 하루를 반복한다. 붙어 있던 혹이 떨어졌는데도 그녀의 삶은 고단했다.

예전에는 그나마 만사 안 풀리는 걸 타라 탓이라 돌릴 수라도 있었지만, 이제는 그마저도 없으니 원래의 별 볼 일 없고 불만족스러운 삶으로 돌아왔을 뿐이었다.

"어휴, 지긋지긋해. 전부 뒈져 버렸으면."

다행인지 불행인지는 모르겠으나 델피의 바람은 오늘 이루어질 터였다. 결코 그녀가 원한 형태는 아니겠지만.

산더미처럼 쌓여 있던 빨랫감 중 아슬아슬하게 놓여 있던 쿠션 한 개가 툭 떨어졌다. 델피는 짜증스럽게 바구니를 내려놓고 그것을 집으려다가 새카만 구두코를 발견했다.

그 위로 장막 같은 검은 망토, 건조하게 늘어진 손, 목 끝까지 채워진 서늘한 칼라와 어쩐지 섬뜩한 흰 목, 다음으로 비스듬하게 휘어지는 입술을 보았다.

끝은 새파란 눈이었다. 짙푸른 장미가 천천히 개화하듯 고상한 이목구비가 섬세하게 뒤틀린다. 가슴에 직감적인 섬뜩함이 더운 물처럼 퍼졌으나 델피는 사내의 아름다움에 홀렸다.

세상에, 사람이 맞나? 저렇게 수려하게 생긴 이는 처음이었다. 심장께가 화끈거릴 정도로…… 이게 무슨 냄새지? 쿨럭, 마른기침에 허리를 숙였다가 어어 입을 벌렸다.

피다. 핏덩이가 울컥 목구멍을 타고 바닥에 떨어지고 있었다. 그 위로 찢어진 쿠션이 토해 낸 하얀 깃털이 하늘하늘 떨어져 내린다.

델피는 이해가 가지 않아서 다시 고개를 들었지만 이미 남자는 자리에 없었다. 뚜벅뚜벅 등 뒤에서 울리는 소리를 따라 몸을 돌렸다가 불처럼 지져 오는 고통에 비명을 질렀다.

어깻죽지부터 허리까지 대각선으로 쩍 갈라진 상흔을 어찌해 보려 발버둥 치며 거꾸러졌다. 하얀 복도에 피가 엉망으로 번져 들었다. 피 웅덩이 속에서 허우적거리며 살려 달라 빌었다.

눈물 콧물 다 짜내며 이미 저만치쯤 복도 끝을 걸어가는 검은 실루엣을 보았다. 설명도 을러댐도 없었다. 가치 판단과 결과를 이미 정해 둔 채 실행한 게 다였다. 말 붙일 가치도 없는 벌레를 터뜨려 죽이듯이.

이로써 델피라는 하녀의 죽음은 더더욱 무의미해졌다. 개죽음. 죽이는 거로 모자라 삶과 존엄조차 흙바닥에 내던지고 우연한 발길로 밟고 지나가는 것과 진배없었다.

델피는 죽어 가며 헐떡였다.

왜. 왜. 내가 뭘 어쨌다고…… 사는 것도 거지 같았는데 날 왜…… 살려 줘. 살려 줘. 죽기 싫어…… 으어…… 왜…… 재수 없는 사생아를 먹이고 입혀 키워서 그 불길함이 옮겨 온 건가? 육시랄 년. 이게 다 너 때문…….

사방을 분별없이 긁어 대던 빼빼 마른 손이 움찔 굳었다. 움푹 파인 생선 눈깔 같은 눈이 멍하게 치떠 미동이 없었다. 날파리 하나가 그 위에 내려앉았다.

*　　*　　*

갓 난 새알을 세공한 듯 갸름한 곡선이 볼만했다. 아벨라의 취향은 아니었지만. 그녀는 제 앞에 놓여 있는 찻잔을 들어 입가에 가져갔다가 눈살을 찌푸렸다.

조그맣게 이가 나간 테두리가 눈에 익다. 기분 탓이 아니었다. 이미 이것 때문에 이 빌어먹을 성의 집사와 한바탕한 적이 있기 때문이었다.

이것을 그대로 내놓는다니. 망설임 없이 바닥에 내팽개쳤다. 와장창 부서진 도자기 조각들이 녹은 얼음처럼 반짝거렸다.

이가 나간 수준을 넘어 산산이 조각났지만 아벨라는 흥 코웃음 치고는 다리를 꼬았다. 탁탁 팔걸이를 때리는 불안한 타격음이 연이어 울려 퍼졌다.

그녀는 고립된 상태다.

괴물과 그의 하수인이 사방에서 어슬렁거리는 무인도에 홀로 떨어진 거나 마찬가지였다. 게다가 아벨라에게는 반격할 힘도, 그럴 용기나 강단도 없었다. 더구나 상대는 그녀의 알량방귀에 응해 줄 자가 아니었다. 외려 방치해 두고 있는 게 운이 좋았다 싶을 만큼 아벨라는 눈치 빠르게 성주의 살의를 파악했다.

한마디로 이곳에 있는 이상 아벨라의 목숨은 풍전등화와 다를 게 없다는 뜻이었다.

그런데도 왜 떠나지 않았느냐고?

아벨라는 레오니다스의 섬뜩한 금안을 떠올리며 손톱을 깨물었다. 귀부인이 새장 속에서 기른 새의 부리처럼 곱기만 하던 손은 언제부터인가 엉망이 되어 있었다.

자존심 때문에 멀쩡한 척 버티고는 있었지만, 안에는 겁에 질려 악을 쓰는 미성숙한 여자애가 있었다. 남을 해코지하면 했지 그 대상이 되어 본 적도 없었다.

한평생 돌을 던지기만 하던 자가 어찌 맞은 자의 하잘것없는 고통에 익숙하겠는가?

화풀이하듯 난도질한 손끝에서 기어이 피가 나자 그녀는 벌떡 일어나 악을 쓰며 테이블을 밀어 버렸다. 엉망이 된 방 한가운데서 아벨라는 이를 갈았다. 모든 것이 분하고 억울해 가슴이 끓다 못해 터질 듯했다.

그녀는 아델하이트 여왕의 명을 받은 죄밖에 없었다. 그런데 왜 이런 취급이며, 혼자서 공포나 외로움과 싸워야 하는지 납득이 되지 않았다. 불안하게 쿵쿵거리며 걷다가 악 소리를 냈다.

던져서 깨 버렸던 파편이 발에 박혀 피가 났다. 그 큰소리가 났는데도 하인이나 하녀는 들어올 기미도 보이지 않았다. 결국, 아벨라는 바닥에 주저앉아 비명처럼 울음을 터뜨렸다.

"아악! 악! 빌어먹을 년! 쓰레기들! 죽여 버릴 거야. 아아악!"

아델하이트. 이게 전부 이 촌구석에 그녀를 처박은 그 여자 때문이다. 나는 겨울 성을 떠나고 싶지 않았는데!

산발이 된 금발 사이로 짓뭉개진 눈빛이 섬뜩하게 달아올랐다. 극단에 몰리니 여왕의 변덕에 비위를 맞출 때마다 밑바닥에서 알게 모르게 도사리던 질투와 아니꼬움이 스멀스멀 밖으로 번져 왔다.

창녀 같으니. 반반한 몸뚱이로 숙부님을 유혹해 들어앉은 주제에. 따지고 보면 아델하이트의 출신 가문은 왕가의 수발을 들던 가신 격에 가까웠다.

오랜 옛날 중앙 왕국을 열었던 필리파의 협력자인 '겸손한 욘'이 그들의 시조이니 말이다.

고왕국으로부터 시작된 혈족이라 그런 걸 따지는 게 무의미하지만, 멸망한 옛 나라보다 현재 중앙 왕국의 위대함을 몸소 느끼며 자란 아벨라는 아델하이트에게 고개를 숙이면서도 내심 혈통적인 우월함을 느꼈다.

마력과 재능이 턱없이 부족하기는 했으나 혈관에 흐르는 순수성만 따진다면 제가 좀 더 낫다고. 그녀는 왕의 친혈육이 아닌가?

게다가 아벨라는 어리고 젊었다. 언젠가는 여왕보다 훨씬 아름다워질 것이다. 압도적인 여왕에게 짓눌려 잘 알지도 못했던 검은 마음들이 고개를 들었다.

그녀를 존경한다며 현실에 순응했던 포장이 벗겨진 뒤 드러난 것들은 훨씬 추악했다.

하지만 그게 뭐? 다들 웃는 얼굴로 뒤에서 타인을 투기하고 제멋대로 깎아내려, 비열하고 인간적인 자기만족을 하며 살아간다.

아델하이트 같은 여자에게는 그녀의 파멸적인 매력에 빠진 광신도가 있는 반면, 아벨라 같은 비교적 '일반적인' 추종자들도 존재하는 법이다.

어쨌건 화려한 장미를 빛내는 안개꽃으로 곁에 서 있으면 달콤한 이득이 적지 않았으니까.

여왕에 대한 증오에 가까운 분노를 짓씹다가 그 화살이 다른 곳으로 돌아갔다. 당연히 그 과녁은 타라, 창녀 같은 여왕이 싸질러 놓은 찌꺼기였다.

더러운 년들. 그년들 때문에, 그 보잘것없는 계집년 때문에 이 내가 무슨 꼴이야. 아비가 누구인지도 모르는 잡종 때문에……!

아벨라의 오라비인 아인츠는 타라의 출생에 대해 무언가 알고 있는 듯했지만, 누이에게 따로 말해 주지는 않았다. 하지만 그의 얼굴에 드러난 혐오감으로 보아 분명 천하고 근본 없는 자일 게 뻔했다. 그러니 그런 반편이가 태어난 거겠지!

속으로 씩씩거리던 아벨라는 멈칫 '그' 타라가 각성을 한 것을 떠올렸다. 사실 그녀가 이 고생을 하고 있는 것도 모두 그로부터 시작된 일이었다.

마력 향도 희미한 게 보나 마나 보잘것없는 능력이라 관심도 두지 않았지만, 원인과 결과를 따지고 올라가면 그러하다. 아벨라는 손의 고통도 잊고 인상을 썼다.

대관절 그게 뭐길래?

버린 딸을 이제야 찾는 아델하이트 여왕도 웃겼고, 그 애를 아끼는 서부의 주인도 어이가 없었다. 돌아가겠다는 그녀의 편지에 여왕은 귀환을 허락하지 않는다는 답장을 보냈다. 거기에는 영문 모를 말뿐이라 아벨라는 혼란스럽기만 했다.

—해야 될 일을 끝마치고 난 뒤 돌아오는 게 너와 내게도 좋을 것 같구나.

나는 내 딸이 어떻게 지내는지 참 궁금해. 어미와 떨어져서 외로워할 그 애를 네가 잘 달래 주렴. 당연히 이해해 주겠지?

너는 영특한 아이이니 네가 그곳에서 어찌 처신해야 하는지 잘 알 거라 믿는다.

정확한 지령도 없이 두루뭉술하고 은유적인 표현뿐이었다. 뜬구름 잡듯 서사와 비유로 가득한 그런 화법은 사교계에서도 흔했기에 아벨라도 여왕의 뜻을 완전히 모르는 건 아니었다.

그러나 그녀의 명령은 현실적으로 불가능했다. 타라는 항상 쥬다의 근방에서 머무는 것 같았고, 그녀의 후견인은 타라를 식사할 때도 떨어뜨리지 않는다고 들었다.

방문 밖으로 나가는 것도 감시를 받는 처지에 아벨라가 타라에게 접근하기란 힘든 일이었다.

해서 저가 처한 상황과 제 뜻을 담은 편지를 부쳤지만 돌아온 건 짤막하기 짝이 없는 답이었다.

여왕은 비웃듯이 저가 원하는 것을 가져오지 않을 경우 겨울 성의 벽돌 하나도 넘어설 수 없을 거라는 뜻을 우회적으로 표현했다.

아벨라는 울분에 차서 그 편지를 벽난로에 던져 버렸다.

여왕의 두 번째 편지는 그녀에게 현실을 일깨워 주었다. 넝마가 된 손톱을 질겅이며 아벨라는 저가 살 방도를 모색했다. 이대로 계속 있다가는 이도 저도 못한 채 비참해질지도 몰랐다.

벨벳 성에서의 나날도 끔찍했지만, 더 끔찍한 것은 겨울 성에서 추방당한 채 발도 못 붙이고 버림받은 개처럼 떠도는 제 신세였다.

그리되면 제 평판과 명예는 땅에 떨어지는 건 당연지사요, 미래조차 보장받을 수 없었다.

아델하이트 여왕의 눈 밖에 나는 순간 바닥까지 추락하던 자들을 아벨라는 수없이 많이 보았다. 최소한 중부의 어디를 가든 아벨라가 있을 자리는 없을 것이다. 어쩌면 동부의 비루한 시골로 내쫓길지도 모른다. 아아, 안 돼.

아벨라는 다시 욕지거리했다. 방법은 하나밖에 없었다. 다시 타라를 만나 보는 수밖에.

"크흠흠!"

귀에 들러붙을 정도로 익숙해진 헛기침 소리다. 그녀가 홱 돌아보자 문가에 선 집사가 천천히 난장판이 된 방을 둘러보더니 독기가 단단히 오른 아벨라를 응시했다.

한숨이라도 쉬면 차라리 모욕적이지는 않을 텐데, 안티오크는 천천히 혀를 찼다. 쯧, 쯧, 쯧. 그러고는 삐딱하게 내려다본다. 어쩔 수 없이 집에 들여놓은 멍청한 개에게 할 매질도 아까운 것처럼.

예의라는 것에 통달한 그는 반대로 어떻게 해야 효과적으로 상대를 모욕할 수 있는지 잘 알았다.

"적적하시다면 뒤뜰에 정원이 있습니다."

누구를 관심받고 싶어 떼쓰는 어린아이 취급을 하는가! 아벨라는 벌건 석탄처럼 핏줄 선 눈으로 앙칼지게 소리쳤다.

"건방진 놈! 날 놀리는 거야? 그따위 후줄근한 정원을 보느니 사막을 걷는 게 낫지!"

"호오, 지금 주인님의 성을 모욕하시는 겁니까? 근 200년 안에 그런 간 큰 인사가 없었는데 참으로 흥미롭군요."

안티오크는 나긋하게 눈을 내리깐 채로 아벨라를 협박했다. 사실 돌려 말하지 않았으니 모르는 게 더 힘들 터였다. 아벨라는 기가 막혀 입을 뻐끔거렸다.

"너, 너! 감히!"

"네. 말씀하시길."

"이가 나간 찻잔을 내놓는 건 무슨 몰상식한 짓이지!? 네가 일부러 그런 거 내가 모를 줄 알아?"

"아벨라 양께서 손님용 그릇을 전부 깨뜨리는 바람에 더 쓸 것이 없어서요. 그나마 남은 것도 전부 깨 먹으셨군요. 이런 걸 인과응보라고 하던가요?"

열 받아 뒤로 넘어가려는 아벨라를 앞에 두고 안티오크가 되짚어 보듯이 턱을 쓸었다. 그러고는 마침 생각났다는 듯 덧붙였다.

"안타깝게도 아벨라 양의 방을 청소할 하녀가 없습니다. 그러니 하녀가 구해질 때까지 어쩔 수 없이 불편을 감수하셔야 할 것 같군요. 죄송합니다."

아벨라는 정중하게 허리를 숙이고 총총 나가 버리는 집사를 향해 부들부들 주먹을 떨더니 뒷덜미를 움켜쥐었다. 분노로 정신이 나가 버릴 것만 같았다.

저 집사가 원하는 건 뻔했다. 들들 볶고 못살게 만들어서 쫓아내려는 것이다. 아니면 화풀이거나. 하, 화풀이? 제깟 것이 나에게 왜?

타라의 흉터를 알고 남몰래 길길이 날뛰다가 단단히 벼르고 있던 안티오크의 속을 모르는 아벨라는 미친 수족이라고 욕을 하는 것밖에 달리 방법이 없었다.

그녀는 화롯불에 놓인 냄비처럼 바들거리다가 벌떡 일어나 미친 년처럼 복도를 내달렸다.

웃기지 말라지! 순순히 나가 줄 줄 알고.

아벨라는 상한 속을 삭이며 여왕이 편지에서 지시한 내용을 상기했다. 이리 죽으나 저리 죽으나 마찬가지이니 타라, 그 계집을 만나야 했다.

*　*　*

한가로운 오후, 이델에게 편지를 쓰고 있던 타라는 잉크가 튄 뺨을 문지르다가 제 목에 걸린 푸른 목걸이에 문득 신경이 옮겨 갔다.

무의식적으로 만져 보려다가 아차차 싶어서 얼른 제 치마에 닦았다. 그랬다가 또 빨래가 걱정돼서 낑낑거렸다.

혼자 별 부산을 다 떨고 난 뒤 결국 손을 씻고 온 타라는 거울 앞에 서서 조심스럽게 목걸이를 만져 보았다.

너무 익숙해져서 이따금 걸고 있는 것도 잊어버렸었다. 쥬다가 말하기 전까지는.

하지만 쥬다는 막상 타라가 그것을 벗으려 들자 제지했다. 아직 미숙하니 그냥 가지고 있으라고. 답지 않게 왜 왔다 갔다 말을 번복하는 건지, 타라는 언제나처럼 의문 한 점 없이 순하게 수긍했다.

사실 타라가 그의 속내나 생각을 알고 이해한 적은 드물었다. 그는 막연한 우주의 광대함과, 그녀의 손을 죄 감싸듯 잡아 주는 손아귀의 온기, 전혀 다른 양극을 느끼게 하는 사람이었다. 그래서 그저 본능적인 직관과 눈치로 감을 잡을 뿐이었다.

그럼에도 불구하고 그를 절대적으로 신뢰하며 애정을 보이는 건 쥬다의 짐작대로 맹목적이라고밖에 볼 수 없는 종류였다.

타라는 언제나 이런 자신을 쥬다가 싫어할까 겁이 났다. 아직까지는 그가 재미있어 하는 것 같으니 다행이었지만. 거울 속의 멍한 소녀를 빤히 쳐다보던 타라는 결심했다.

“열심히 노력해서 쥬다가 도와주지 않아도 마력 조절을 잘하는 어른이 돼야지!"

자두만 한 주먹을 불끈 쥐는데 밖에서 쿵쾅거리는 소란이 들려왔다. 여기까지 들리는 걸 보면 보통 소리가 큰 것이 아니었다.

놀라서 창문으로 뛰어가 문을 여니 실랑이를 벌이고 있는 안티오크와 시종 몇이 보였다.

정확히는 그들이 사람 한 명을 본관으로 들어가지 못하게 막고 있었다. 타라는 눈을 몇 번 깜박이다가 아, 소리를 냈다. 익숙한 금발이었다.

"아벨라……?"

제 목소리를 들었는지는 모르겠으나 시기적절하게 아벨라의 눈초리가 홱 정확히 타라를 발견했다.

허기진 도롱뇽의 튀어나온 눈알과 마주한 듯이 타라는 저절로 어깨를 움츠렸다.

아벨라의 날카로운 음성이 더 높아졌다. 담장을 넘으려는 물 맞은 닭처럼 수선스럽다가 안티오크가 무어라 말하고 거기에 아벨라의 대거리가 몇 차례 더 오가더니 갑자기 돌연 조용해졌다.

타라는 아벨라가 아무 일도 없었던 것처럼 허리를 꼿꼿이 펴고 돌아가는 것을 아연하게 바라보다 홱 안티오크 쪽으로 고개를 돌렸다. 그는 팔짱을 끼고 고개를 설레설레 젓고 있었다.

"타라 님을 만나 뵙게 해 달랍니다."

사정 설명을 위해 타라의 방을 찾아온 안티오크가 삐딱한 심사를 숨기지 않으며 툴툴거렸다.

그는 마음을 가라앉히려 심호흡을 하며 흐트러진 머리칼을 쓻은

빗으로 빗어 넘기고 있었다.

죽순인 양 보일 듯 말듯 튀어나왔던 고양이 귀가 서서히 수그러들고 있었다. 그 모양을 빤히 보던 타라가 중얼거렸다. 안티오크는 아벨라를 엄청 싫어하는군요.

무슨 해괴한 소리를 하냐는 듯 안티오크가 떨떠름하게 턱을 문질렀다.

“당연하지요. 저런 개뼈다귀 같은 계집애를 제가 왜 좋아합니까?”

싫어하는 정도가 아니라 혐오 수준이었다. 타라는 헤 입을 벌렸다.

“그럼 왜 싫은데요?”

“그야 당연히!”

입에서 칼날이 튀어나올 것 같았는데 딱 다물린다. 내내 거슬리게 물고 있던 가시를 뱉어 내려다 삼킨 듯이.

고양이 눈매가 그대로 박힌 눈가가 얄팍하게 찌그러지더니 단정한 입술에서 놀랄 만큼 뾰족한 말투가 튀어나왔다.

“성격이 더럽고 못됐으니까요. 저런 계집은 노란 기름 같은 머리를 죄다 잘라 가지고 어디 탄광에 처박아 하루 종일 석탄이랑 놀게 해야 합니다. 아예 시커메져서 세상에서 지워졌으면 좋겠네요.”

“풉! 아벨라가 탄광에요?”

상상이 잘 안 가서 타라가 키득키득 웃음을 터뜨렸다. 항상 예쁜 드레스에 빨간 구두를 신던 그녀가 곡괭이를 든 모습도 상상이 안 가는데 까맣고 더러운 건 더 그랬다.

그녀가 깔깔거리자 안티오크는 조금 기분이 나아진 듯했지만, 소녀의 미소를 보는 눈에는 일순 짠한 감정이 흐릿하게 묻었다가 사라졌다.

처음 부엉이 의사 앙리펠에게 타라의 비밀을 듣고 난 안티오크도 처음에는 침착했다.

하지만 천생 아이답게 웃는 타라를 대할 때마다 가슴 한구석에 돌조각이 박힌 것처럼 마음이 좋지 않았다.

평범하게 자라지 않았다는 건 원래 알고 있었다. 모르기가 힘들지 않나. 방 밖으로 나가는 것도 제 의지로 못 하던 어긋난 학습성부터 알게 모르게 긴장으로 힘이 들어간 조그만 몸까지.

눈이 있다면 거슬려서 눈살을 찌푸릴 특징들을 전부 모아 놓은 소녀가 타라였다.

마치 매일 얻어맞다가 반항하는 법도 잃어버린 학대받은 개 같았다. 그것도 버려진 개. 처음에는 안티오크도 그녀가 그러는 이유를 심적으로 공감하지 못해 불편하게만 여겼다.

그러나 타라를 제대로 보게 되고 나서는 안쓰럽고 안타깝고, 찡하다가 이제는 그저 애틋했다.

한데 정서적인 학대로도 모자라서 저 아이를 때렸단다. 앙리펠이 사라지지 않는 흉에 치를 떨 정도라면 반 넝마가 될 정도로 맞았다는 뜻이었다.

저리 길든 병적인 소극성이라면 도망도 못 가고 벌벌 떨며 웅크리기만 했으리라. 참고 참으면서. 어떤 폭력이었을지 감히 상상도 가지 않아서 분기만 끓었다.

이 벨벳 성에서 쥬다만 성격이 더러운 게 아니었다. 그의 수하들 또한 만만치 않은 과격성을 자랑했다.

안티오크는 개중에서는 외려 양반이었다. 이델이 이 자리에 없는 게 안타깝다. 걔라면 저 금발 계집애를 제대로 족쳐 줄 텐데.

온화한 척하던 게 한번 눈이 돌면 자신이 왜 쥬다의 식구인지 최선을 다해 증명해 보이곤 했다. 괜히 덩치 큰 수컷들 제치고 늑대족의 수장이 된 게 아니었다.

입맛을 쩝 다신 안티오크는 고개를 설레설레 저었다.

“아무튼 다시는 이곳에 얼씬도 못 하게 할 테니 신경 쓰지 마세요. 제가 다 알아서 묻어 버릴, 아니 알아서 하겠습니다.”

“어…… 그런데 나를 왜 보자고 하는 걸까요?”

겨울 성에서의 ‘장난’을 다시 치려고? 하지만 쥬다가 있는 한 그게 얼마나 어리석은 행동인지 모르지 않을 텐데.

타라는 얼굴을 붉혔다. 후견인이란 사람이 이렇게 절대적이고 든든한 것인지 지금껏 몰랐다. 세상 사람 전부에게 자랑하고 싶으면서도 쑥스러웠다.

이제 그녀를 겁박하고 아프게 할 이는 아무도 없었다. 해 지는 땅의 악몽이라 불리는 쥬다는 그런 존재니까.

새삼 쥬다에게 무한한 감사함을 느꼈다. 그가 아니었던들 어떻게 지금처럼 평온한 그녀가 있었겠는가.

“아마 하잘것없는 일일 겁니다. 설사 급하다고 한들 이쪽에서 사정을 헤아려 줄 이유도 없지 않습니까?”

어마 무시하게 냉정한 말이었다. 타라는 얼떨떨하면서도 은근

나쁘지 않은 기분으로 떠밀리듯 수긍했다. 이래도 되나? 싶기는 한데 딱히 미안하지는 않았다.

"그런데 쥬다는 무슨 일로 나간 거예요? 오늘은 올 줄 알았는데."

쥬다의 방에서 잠이 들었던 이튿날, 아침 식사 후 느닷없이 볼일이 생겼다며 쥬다는 벨벳 성을 떠났다.

평소에도 그러긴 했지만 이상하리만큼 타라가 밥 먹는 걸 집요하게 주시하던 쥬다는 유불쾌가 감히 짐작도 안 가는 조용한 낯을 하고 있었다.

그가 흘리는 기운에 민감한 타라가 어쩔 줄 몰라 하며 숟가락을 놓았을 때 안티오크가 혹시 간밤에 요정이 한 마리 더 들어왔나 물어볼 정도였다. 다시 생각해 보니 그는 확실히 조금 가라앉아 있었다.

안티오크 또한 쥬다의 속내를 모르는지라 어깨를 으쓱했다.

"아무래도 쉬이 끝날 일은 아닌 것 같습니다."

"정말요? 얼마나요?"

"글쎄요. 잘은 모르겠지만 하루 이틀은 걸리지 않을까요? 보통 말없이 출타하실 경우 몇 개월간 아무 소식 없을 때도 있으셨습니다. 하지만 이번에는 그리 오랫동안 성을 비워 두시지는 않을 겁니다."

바로 얼굴빛이 어두워지는 타라를 보며 안티오크가 재빨리 뒷말을 붙였다. 그리고 그건 사실이었다.

방랑벽처럼 이따금 홀연히 사라져 감감무소식이 잦던 때가 있기는 했으나 최근 몇 년 동안은 그런 적이 드문 데다가 지금은 타라가 있지 않은가.

제 주인이 이 소녀를 혼자 벨벳 성에 둔 채 오래 자리를 비울 것 같지는 않았다. 이건 확신에 가까웠다.

하지만 타라는 쥬다가 며칠간 성에 없을 거라는 것에 상심한 것 외에도 슬그머니 저쪽으로 밀어 두었던 어떤 생각이 마침표처럼 떠오르는 걸 느꼈다.

쥬다가 없다. 그 말인즉슨, 성주의 서재에 꽂혀 있는 그 검은 책을 읽을 수 있는 절호의 기회라는 뜻이었다. 들키지 않을, 어쩌면 유일한 기회.

혼미할 만큼 발칙한 갈등을 티 내지 않으려 애쓰며 타라가 물었다.

"어디로 갔는데요?"

"중앙 왕국."

*　　*　　*

분노의 값을 헤아리지 못할 거라는 예감은 옳았다.

타라의 벗은 등을 보았을 때, 그는 제 감정이 생각보다 예사로워서 의외라 여겼다.

그러니까, '그 꼴'을 보고도 안온하다는 멍청한 착각은 타라가 이튿날 아침, 세상의 해악은 알지도 못하는 것처럼 순한 눈빛으로 마주 봐 올 때까지 유지되었다.

그리 얼기설기 연약한 눈, 그 속에 담긴 웃음을 보고 있자니 태어나 처음으로 분노 때문에 지독한 아득함을 느꼈다. 속에서 천불이 난다.

그런데도 겉은 냉정한 껍질을 뒤집어쓰고 있는 게 딱 미친놈이 아닌가. 그는 빠르게 그 소녀의 곁에서, 그녀가 있는 성에서 떠났다.

첫째는 제 안의 광포함이 먹이를 찾아 허덕였고, 둘째는 그 괴물이 그녀를 보고 있으면 감당이 안 되었기 때문이다.

믿기지 않는다. 무감동의 무저갱에서 괴물을 탄생시킨 원인이 저런 나약하기 그지없는 계집아이라니. 헛웃음조차 나오지 않았다. 제 꼴이 어처구니가 없었지만, 분노는 여전했다. 그는 화가 났고, 앙갚음을 해야 했다.

물론 그 꼬마는 원치 않을 것이다. 복수 같은 건 원하지 않는다 했으니까. 그것도 마음에 들지 않았다.

차라리 복수심에 불타서 다른 하잘것없는 것들처럼 추하게 발악을 하면 이 뒤틀려 풀리지 않는 응어리가 좀 누그러질 것도 같은데. 망할 계집애가 왜 그런 욕심도 부리지 않아.

부당함에 대한 증오도 없이 빛나는 붉은 눈이 삼킨 사금파리처럼 속을 들쑤셔서 망가뜨리고 싶은 충동까지 들었다.

너의 눈이 일그러졌으면 좋겠다. 악을 쓰고 욕을 했으면 좋겠어. 그는 광인 같은 생각을 하면서 또한 이렇게 읊조렸다. 네 그 눈빛이 좋아. 티 없이 맑기만 한 게 멍청하고 어리석어서 족하다.

네가 그런 눈으로 나를 보며 웃어서 좋다.

이 모든 모순은 그의 안에서만 이루어졌다. 쥬다는 제 광증에 답을 내릴 수 없었다. 그건 지금까지 그가 추구해 온 모든 것보다 불가사의한 숙제였다.

대체 이 꼬마가 저에게 무슨 짓을 한 건가, 희열 섞인 질문을 던진다. 그는 확실히 과소평가했는지도 모른다. 레오니다스의 경고를, 아델하이트가 건넨 독주를, 그의 작은 여우, 타라를.

하지만 결론은 같았다. 그는 거부할 생각이 없었다. 불가능했다.

쥬다는 걸음을 멈추고 다시 눈을 토해 내는 하늘을 올려다보았다. 눈은 하늘하늘 부지런히도 내려 쌓였다. 이 성은 이름 그대로 항시 겨울에 갇혀 있었다.

시간과 계절이 뒤틀려 있는 춥고 추운 땅. 이곳에서 타라가 태어났다. 아마 그 순간에도 눈이 내렸으리라. 그리고 그녀는 온 일생의 추위와 겨울을 다 겪으며 자랐다.

사실 그는 타라의 고통이 전부 공감되거나 이해되지 않았다. 그런 인사가 아니니까. 하지만 그 봇물 터지듯 터지던 눈물, 억눌린 눈빛, 붉은 나무가 자라난 듯 온몸에 도사린 흉터는 보았다. 그러니 이리 정의한다.

저 같은 인간도 치가 떨렸으니, 이 정도는 해야 적절할 것이다.

쥬다가 계산한 값은 정확히 그러했다.

"누구십니까? 처음 뵙는 얼굴……."

하늘을 응시하던 은청안이 뚝 떨어져 상대를 꿰뚫었다. 이번에는 미소도 나오지 않았다. 그의 손이 의례적인 웃음을 띠었다가 삽시간에 굳는 중년 부인을 가리켰다.

"당신, 누구야?! 경비병!"

아니, 사실 다 개소리다.

그는 원래 자신을 열 받게 만든 자들을 살려 두는 성미가 아니었다. 손가락을 굽히자 강력한 마력이 원으로 퍼져 나가 쩌적 범위 안의 모든 것을 찢어발겼다.

땅이 아가리를 벌리듯 갈라지자 허우적거리던 여자는 나방처럼 버둥거리며 도망치려 애썼다. 쥬다는 비스듬히 그 모양을 굽어보다가 검지를 튕겨 따닥 소리를 냈다.

근처의 얼어붙은 나무에서 갑자기 산 가지가 자라 나와 여자의 발목을 잡아 거꾸로 매달았다. 이 정원에서 한 어린 소녀가 울부짖으며 깔깔거리는 군중에게 구경거리가 되었던 것처럼.

—그렇게까지 할 거라고는 생각하지 않았다고 했어요. 아무래도 어린 여자애에, 그래도 여왕님의 딸이니까. 한데 그, 베, 벨비나 부인이 강한 처벌을 주장했다고 들었습니다. 그럴수록 버르장머리를 고쳐야 한다고. 봐주면 그걸 믿고 더 기고만장할 거라고요. 부인이 폐하를 설득하는 자리에 사람들이 많았으니까 아마 사실일 거예요. 어…… 그, 그래서 발가벗겨서 채찍질을…….

—그, 복수란 걸 하고 나면…… 전 행복해지나요?

—그럼 하지 않을래요. 애써 이뤄 냈는데 행복하지 않다면 너무 힘들고 불행할 것 같아요.

"네가 행복해지든 말든 관심 없어. 알 바 아니야."

이건 순전히 그가 속이 들끓어 미칠 것 같으니 하는 짓이다. 짜증스럽고, 내장 하나가 엎힌 듯 머리가 돌고 구역질이 나서.

이 더러운 기분만 풀린다면 예전에 제법 취미를 붙였던 일들보다 더한 피 칠갑도 할 수 있었다. 기꺼이.

푸른 화염이 벌거벗은 사지를 지지자 여자가 짐승 같은 소리를 냈다. 조금 흥이 나지만 약했다. 시끄럽고. 푸른 잎사귀가 돋은 덩굴이 울부짖는 여자의 목을 조르자 컥컥대며 죽으려 한다.

쥬다는 무미건조한 흉흉한 얼굴로 매미의 다리와 날개를 자르는 것처럼 벨비나 부인의 사지를 고문하고 절단하고 으스러뜨리면서 비명과 괴성이 나오게 했다.

산 사람에게서 생으로 절망을 짜내는 건 매우 쉽다. 중요한 건 요령이었다. 쥬다는 이것에 퍽 소질이 있었고.

그는 긴 시간 동안 꽤 주의를 기울였다. 사실 그와 같은 자에게는 죽이지 않고 살려 두는 게 더 힘든 일이었다.

그 긴 인내의 시간 동안 쥬다는 겨울 성의 경비병 백여 명과 고귀족 둘, 시끄럽게 떠드는 귀족 이십여 명을 더 죽였다.

쥬다의 신경은 온통 벨비나 부인에게 집중되어 있었기에 딱히 다른 이들에게는 관심이 없었지만 방해하면 굳이 살려 두지도 않았다. 겨울 성의 조그만 별채들과 서쪽 탑이 산산이 부서지고 시체들이 나뒹굴었다. 큰 감흥은 없다.

사방에 풍기는 탄내와 피 냄새를 맡으며 쥬다는 다시 하늘을 올려다봤다. 잿빛 하늘이 푸르게 개어 있었다.

그는 타라의 맑은 눈동자를 떠올렸고, 순간 이런 생각이 들었다.

전부 다 죽여 버릴까.

쥬다가 새롭게 든 충동을 실행에 옮기기 전 그가 때려 부수던 성의 주인이 나타났다.

"이게 대체 무슨 짓인가, 서부의 주인이여."

쥬다는 반병신이 돼서 눈을 까뒤집고 껙껙거리고 있는 여자의 눈 하나를 뽑아 던진 후 한가롭게 굳은 얼굴의 왕을 돌아보았다.

클레멤논은 국왕의 상징인 홀을 칼처럼 든 채 망가진 겨울 성을 등지고 서 있었다.

율리아의 다섯 영주 중의 맹주. 왕 위의 왕이라 불리는 자였다. 쥬다는 사방을 포위한 기사들을 감흥 없이 둘러보며 물었다.

"당신 아내는 어디 있나?"

무례하다는 의례적인 분노의 외침도 없었다. 이미 이 장내의 모두가 그의 인외의 잔혹함과 강력함에 질렸기 때문이었다. 꾸짖음도 사람 범주에 속해야 나오는 법이었다. 다만 그들과 사정이 다른 클레멤논은 심기가 불편한 듯 날카롭게 말했다.

"아델하이트 때문에 내 성을 부수었다고?"

"근본적으로는 그렇게 되나."

한창 파괴마로 이름을 날리던 시절에도 안 했던 겨울 성에 쳐들어가 학살을 벌이고 있는 원인이 아델하이트의 딸 때문이니 아예 틀린 말도 아니었다. 딱딱한 왕의 표정이 더더욱 경직되었다.

"그녀가 무슨 짓을 했길래?"

"내게 퍽 치명적인 짓을 했지."

그리고 그는 그게 얼마나 저를 미치게 하는지 시시각각 알아 가는 중이었다. 쥬다가 폐허가 된 탑에서 뚜벅뚜벅 내려와 발치에 걸리는 시체를 걷어찼다.

잘린 머리가 데구루루 사과처럼 굴렀다. 왕을 모시던 고귀족 중 하나였으나 쥬다의 손짓 한 번에 명을 달리했다. 그는 차갑게 왕을 비웃으며 물었다.

“나에게 이유를 물은들 무엇이 달라질 거라 보는가?”

얼음에 비친 허상 주제에.

뱀과 같은 서늘한 속삭임에 왕은 침묵했다. 그의 예리한 눈이 위험하게 빛났다.

“언사를 가려 하라, 오만방자한 마도사여.”

“내가 왜? 언사를 가려 해야 하는 게 누구인지 너도 나도 알 텐데.”

클레멘논이 든 홀의 보주에서 바람을 찢을 듯 폭발적인 눈보라가 이리 모양으로 변해 쥬다에게 달려들었다.

푸른 불꽃이 거대한 용으로 커지더니 이리의 목덜미를 물어뜯어 던졌다. 막 겨울 성의 남은 탑 중 하나를 쉽게 무너뜨린 쥬다가 목을 꺾어 소리를 내며 말했다.

“당신 아내를 죽이진 않을 테니 이것만 내놔. 나는 처음부터 이것에게 볼일이 있었으니.”

사람을 향해 사물이라고 지칭하는 말이었지만 이제는 사람 형상이라 보기도 힘이 들었다. 번데기 고치처럼 버둥거리는 여자를 찡그린 눈으로 보던 클레멘논이 약간 노기를 섞어 말했다.

“그녀는 내 유모다.”

“그래서? 누가 이것의 자기소개를 물었나?”

"아델하이트에게 원한이 있다면서 왜 벨비나에게 앙심을 품는가?"

"이 빌어먹을 년이 내 것을 건드렸으니까."

시종 얼음 쪼가리를 씹는 듯 냉랭하기만 했던 어조에 확 열이 치달았다.

그 확연한 감정 변화에 왕도 놀라 미간을 찡그리는 순간 주변을 야금야금 살라 먹던 푸른 불꽃이 난폭하게 확장하더니 닥치는 대로 파괴했다. 쥬다가 씹어뱉듯 으르렁거렸다.

"나만 만지고 나만 보아야 할 것에 흠집을 냈어. 이 진흙만도 못한 계집이. 그래, 당신도 그 간 부은 미친 짓에 동참했다지? 목숨값을 같이 치르고 싶으면 계속 지껄여 봐."

"암만 네놈이라도 혼자서 중부 전체를 상대할 수는 없다. 만용 부리지 마라."

"그거야 해 보면 알 일이지."

지휘자처럼 허공을 긋자 지금까지와는 비교도 안 되는 거대한 용이 이글거리며 나타났다.

어떤 이가 덜덜 떨며 기도처럼 중얼거렸다. 이티오팔의 무법자. 오래된 악몽이었으나 이렇게 실존하고 있었다. 애초에 율리아 전체를 멸망시킬 뻔한 마룡 바바로사를 홀로 박살 낸 사내가 쥬다였으니까.

이제서야 뒤늦게 그 사실을 깨달은 사람들이 뒷걸음질 쳤다. 클레멘논은 골치가 아프다는 듯 관자놀이를 문지르며 입을 열었다.

"짐은 중부와 서부의 오랜 불가침 조약을 깨뜨리고 싶지 않아.

지금껏 잘해 왔으니까. 대관절 그대가 이러는 이유가 뭔지 모르겠지만 그게 율리아의 절반을 불바다로 만들어도 될 만큼 귀중한가?"

"절반이 아니라 전체라 해도 상관없어."

"……."

왕은 이제야 사태의 심각성을 깨달았다. 이자는 지금 제대로 돌아 있었다. 앞뒤 분간이나 손익계산 따위는 애초에 하지 않는 것이다. 그럴 필요도 없고.

그는 미친 여자를 아내로 들인 것을 수백 번째로 무의미하게 후회했다. 아니, 이 경우에는 벨비나가 저지른 짓 때문인가. 머리가 아파 왔다. 클레멤논이 피곤한 목소리로 확인차 물었다.

"벨비나를 어찌할 생각이지?"

"죽여 달라고 애원하게 할 생각인데."

아직까지는 살려 달라고 하는군. 끄억거리는 비명에서 몇 단어를 읽은 쥬다가 심드렁하게 대꾸했다. 클레멤논은 복잡한 눈으로 죽어 가는 벨비나를 보다가 코뿔소처럼 바닥을 구르며 소리쳤다. 강인한 힘을 이기지 못하고 바닥이 쩍 갈라졌다.

"제기랄! 대체 네 귀한 그것이 무어냐! 이름이라도 알자!"

"타라."

"뭐?"

클레멤논은 너무 놀라고 어이가 없어서 할 말을 잃었다. 그러다 기함해서 되물었다.

"설마 아델하이트의 사생아를 말하는 건가?"

"그 애가 그년 딸이긴 하지."

애석하게도. 사실 그래서 아델하이트를 죽일 수도 없었다. 분명 꼬맹이는 친모를 죽이는 것에 심각한 거부감을 가질 테니까. 참으로 염병할 일이었다.

쥬다가 짜증 나 죽겠다는 듯이 대꾸하니 이제 클레멤논은 뒤로 넘어가려 했다. 그는 말까지 더듬었다.

"겨우, 겨우 그런 계집아이 하나 때문에?"

"내게 중한 것의 가치는 내가 정한다. 네가 아니라."

쥬다가 나직하게 정정해 주었다. 벨비나의 사지 한쪽을 자르면서.

울부짖는 비명에 인상을 팍 쓴 왕이 손사래를 치며 말했다.

"됐다, 됐어! 그대도 제정신은 아니군."

"그런 돌은 년과 결혼한 당신만 할까."

"……."

환장하게도 클레멤논은 대답할 말이 궁했다. 그는 짜증 반, 따짐 반으로 화를 냈다.

"네가 데리고 있는 아이는 내 사과를 훔치려 했어! 그에 따른 마땅한 처벌을 했을 뿐이다. 그것도 그대에게 보내기 전에 있었던 일이다!"

"참 멍청한 말이군. 그 애가 뭘 했건, 그 일이 언제 있었건 그런 건 무의미하다. 중요한 건 그녀가 내게 의미를 갖기 시작했다는 거지."

아무 말도 하지 못하는 왕의 어리석음에 혀를 찬 쥬다는 손가락을 튕겨 벨비나를 들어 올렸다.

누구도 그를 막지 못했다. 그곳을 막 떠나기 전 쥬다가 힐끗 분기와 수치심을 참으려 애쓰는 왕에게 한 마디 했다.

그런데 말이야.

"그깟 사과 쪼가리 하나 지키자고 어린 여자애를 짐승처럼 매질하고 나니 마음이 흡족하던가?"

폐허가 된 성의 왕과 쥐새끼처럼 움츠린 자들을 훑는 푸른 눈에는 이제 분노도 없고 그저 경멸뿐이었다. 산 자는 전부 죽은 듯 조용했다.

답하는 이도, 시선을 피하지 않는 이도 없었다. 불멸의 마도사는 냉소적으로 혀를 차며 뒤돌아섰다.

"왕의 위엄이라는 꼬락서니하고는."

* * *

쥬다의 서재에 숨어들기란 어쩌면 간단한 일일지도 모른다. 항상 매일 거르지 않고 들르는 곳인데 목적만 바꾸면 되는 게 아니겠는가. 하지만 타라는 계속 죄책감과 망설임으로 갈팡질팡했다.

예전 왕의 황금 사과를 몰래 훔치러 갔던 것과는 비교도 되지 않았다. 게다가 그 대상은 생면부지의 왕도 아닌 그녀의 후견인이자, 가족인 쥬다.

타라는 침을 꿀꺽 삼켰다. 황금색 문고리에 이상하게 휘어진 형상의 저가 보였다.

제 마음이 그대로 비치는 듯하다. 욕심쟁이에 나쁜 타라. 친부를 보고 싶다 하자 화를 내던 쥬다의 얼굴이 떠올랐다.

작은 손이 화살 맞은 새처럼 추락했다. 그녀는 다시 몇십 번째로 돌아서서 어기적어기적 제 방 앞까지 갔다. 그랬다가 두다다 재차 돌아온다. 누가 보았다면 저게 무슨 짓인가 싶었으리라.

타라는 양손으로 문고리를 쥔 채 고심했다. 그만두는 게 옳을까? 아니 내가 그만둘 수 있을까?

어떻게 하지? 슈? 나 어떻게 해? 주변에 도움도 못 구하고 혼자 갈등에 놓이게 되자 방어기제처럼 내면에 있던 상상 친구가 소곤거렸다.

'타라, 무엇을 망설이니?'

지금이 아니면 영영 알 수 없을지도 몰라.

가슴을 꾹 누르는 그 결정적인 속삭임은 슈의 것이 아니라 타라의 목소리를 하고 있었다.

결국, 문고리가 돌아갔다. 끼이익 열리는 문 사이에서 침을 꿀꺽 삼킨 소녀는 조심스럽게 작게 열린 문틈에 닿지도 않게 쏙 안으로 들어갔다.

타라는 새삼 낯설고 크게만 보이는 고풍스러운 서재를 둘러보다가 수천 권이 넘는 책들을 쭉 살폈다. 그녀가 찾는 책은 그 자리에 그대로 있었다. 다른 모든 것들이 사라지고 그것만 시야에 가득 찼다.

조심스럽게 책을 빼서 빈자리를 대충 다른 책으로 채워 둔 후, 두꺼운 서책 몇 권을 꼭 안은 채 서재를 빠져나왔다. 곧 안티오크가 청소하러 올라올 것이다.

아니나 다를까, 숨듯이 방으로 돌아오자마자 복도를 지나는 기척이 들려왔다. 예민하게 귀를 곤두세우지 않으면 못 들을 법한 희미한 발소리.

익히 아는 그 소리가 멀어지고 나서야 타라는 빼꼼히 밖을 훔쳐보았다. 꼼꼼한 집사의 밀빛 머리가 멀어지고 있었다. 안도의 한숨을 내쉬었다. 심장이 장난꾸러기 공처럼 쿵덕거리고 있었다.

"……."

타라는 손톱을 뜯으면서 저가 훔쳐 온 검은 책을 내려다보았다. 여기에 그녀의 출생의 비밀이 있을 것이다. 왜 그렇게 핍박받고 자랐는지. 혹은 자신의 아버지가 누구인지. 움츠러든 손을 뻗었다가 멈췄다.

가슴이 너무 뛰어 아플 지경이었다. 후, 심호흡했다. 그때 바로 뒤에서 찬물처럼 노크 소리가 들렸다. 비명을 지를 뻔했다.

"네, 네?!"

"타라 님? 잠깐 안으로 들어가도 되겠습니까?"

안티오크였다. 타라는 가슴을 쓸어내리며 문을 열어 주었다. 고양이 집사가 머리를 흰 수건으로 싸매고 먼지떨이를 든 채로 정중하게 고개를 숙였다.

"죄송합니다. 혹시 낮잠을 자고 계셨나요?"

"아니에요. 그런데 왜요?"

태연한 척하느라 힘들어 죽을 것 같았다. 다행히 안티오크는 땀을 흘리는 타라에게 이상한 점을 지적하지 않았다. 그는 고개를 기울이며 물었다.

"혹시 방금 서재에 들르셨습니까?"

발밑이 훅 꺼지는 듯했다. 타라는 침착하게 아무렇지 않게 표정을 가다듬었다.

"네. 책 좀 읽으려고요."

"아, 그러셨군요. 서책의 배열이 달라졌길래 물어봤습니다."

"그런 것도 다 외워요?"

긴장한 와중에 놀라서 감탄하듯 묻자 안티오크는 흠흠, 헛기침하며 긍정했다.

"당연하죠. 저는 이 성의 집사니까요."

"우와. 대단해요."

집사의 차가운 하얀 낯이 보일 듯 말 듯 희미하게 붉어지고 냉철한 눈가가 반달로 얕게 휘자, 그의 고양이 수족 모습이 보이는 것 같았다.

타라는 자기도 모르게 중얼거렸다. 진짜 고양이 같아. 안티오크는 참 귀엽구나. 집사는 그녀의 감탄을 못 들은 척하며 그녀의 방을 둘러보았다. 그의 시선이 정확히 막 가져온 책에 머물렀다.

"책이 무거울 텐데 혹시 돌려놓으실 때 도움이 필요하시면 말씀하십시오."

"어, 아니 괜찮아요. 고마워요."

타라는 얼른 손사래를 쳤다. 노란 눈이 가죽 책 커버 위를 맴돌자 뛰다 못해 심장이 쪼그라들 것만 같았다.

"철학책? 벌써 이런 걸 읽으십니까?"

"아니요. 그냥, 쥬다가 읽길래 저도 한번 봐 보려고."

그녀는 재빨리 부끄러운 듯 안티오크의 앞을 막아서면서 어색하게 웃었다. 저게 철학책이었어? 한 권만 가지고 오면 티가 날까 봐 아무 책이나 뽑아서 왔는데 참 다행이었다.

안티오크는 벌게진 그녀와 너무 어려워 보이는 책을 번갈아 보다가 바람 빠진 듯 웃었다. 그의 눈빛은 '동경하는 어른이 하는 행동을 뭐든 따라 하는 어린아이'를 보는 것 같았다.

"네. 너무 어려우시면 말씀하시길. 힘닿는 대로 도와 드리겠습니다."

"고마워요, 안티오크."

허리를 숙인 안티오크가 방문 밖으로 사라지자 타라는 터덜터덜 걸어와 의자 위에 앉았다. 몇 분 사이 긴 강을 헤엄친 것처럼 맥이 풀렸다.

죄책감도 더 심해졌다. 이렇게 다정한 벨벳 성의 식구들인데 저가 못한 짓을 하는 것만 같았다.

역시 죄 같은 건 짓는 게 아니었다. 홀로 끙끙거리던 타라는 한숨을 쉬며 책더미 속에 끼워져 있던 검은 책을 베개 밑에 감추고는 회색 털실로 짠 카디건을 걸쳤다.

막상 책을 가져왔는데도 지금 이 상태에서는 잘 읽힐 것 같지 않았다. 나중에 밤이 오면 혼자 꼼꼼히 읽어 봐야지. 총총총 뒤뜰의 후원으로 달려 내려간 타라는 꽃을 꺾어 예쁜 꽃다발을 만들 생각이었다.

안티오크에게도 주고 서재에도 꽂아 놔야지. 꼭 사죄하는 것만 같은 행동에 어딘가 찔렸지만 이런 거라도 하고 싶었다.

하지만 후원에는 이미 불청객이 있었다.

"여기 있었구나?"

왜 항상 이럴 때 만나는지 이제는 의아할 지경이었다. 하기야 타라가 본관에서 나와서 홀로 있는 건 꽃을 꺾고 있을 때가 유일했으니 어쩔 수 없는 필연이기도 했다.

타라가 물끄러미 심기가 불편해 뵈는 아벨라를 바라보았다. 사람 마음이란 참 이상하다. 전번에 이곳에서 비슷하게 마주했을 땐 아벨라의 눈을 똑바로 보기가 겁이 났는데 이제 그 정도는 아니었다.

게다가 아벨라는 마지막으로 보았을 때보다 많이 달라 보였다. 수척하고 살이 쪽 빠져 있는 그녀의 눈가는 퀭했고, 안색도 나빠 보였다. 끝이 탁한 갈빛으로 바랜 시든 꽃처럼.

타라는 아벨라가 어디 아픈가, 싶었지만 굳이 먼저 묻지는 않았다. 아벨라는 타라가 아무 대꾸도 하지 않으니 인상을 썼다가 주변을 경계하며 입술을 질겅거렸다. 무언가를 두려워하고 초조해하는 듯했다.

쥬다 때문에? 하긴 그럴 만하다. 타라는 자주 까먹는 사실이지만 쥬다는 누구에게나 두려움을 사는 존재니까. 게다가 쥬다는 아벨라의 손목을 짓밟기까지 했다.

"나랑 얘기 좀 해."

아벨라가 목소리를 낮추며 소곤거렸다. 타라는 시종 사방의 눈치를 보고 불안해하는 아벨라를 빤히 보다가 처음으로 입을 열었다.

"왜?"

예전이라면 그녀가 말을 걸어 줬다는 것에 비참하면서도 기뻤을지 모른다. 그러나 그것은 예전의 타라다. 지금 타라의 주변에는 그녀를 위해 주는 이가 많았고, 그런 오염된 관심 따위 피하고 싶을 뿐이었다.

타라의 노골적으로 불편해하는 반응에 아벨라는 결국 못 참고 신경질을 냈다.

"말할 게 있다잖아. 지금 날 무시하는 거야?"

"나는 널 무시한 적 없어."

"하, 이게 서부 영주의 후원을 얻더니 기고만장해졌구나."

주눅이 들었다 한들 몇십 년의 오만한 습관이 하루아침에 사라질 리가 없었다. 특히 약자인 타라 앞에서.

아벨라가 흉악하게 일그러진 얼굴로 다가오자 타라는 주춤 물러나며 엉겁결에 소리쳤다.

"가까이 오지 마!"

"뭐?"

아벨라조차 황당해서 멈춰 섰다. 타라는 주먹을 꼭 쥐면서 속사포로 말했다. 밤마다 대리 만족처럼 저가 하고 싶은 말을 슈와 함께 연습하곤 했다. 아주 오래전부터.

그녀는 기죽은 타라를 격려하며 그 모의 대화에서 타라를 대신해 주었고, 타라는 조금이라도 웃을 수 있었다. 그런 사정으로 타라는 저가 예상했던 것보다 퍽 조리 있게 아벨라를 당황하게 할 수 있었다.

"나는 너와 오래 마주하고 싶지 않아. 그럴 이유도 없고. 네가 언젠가 말했던 대로 우리가 사이좋게 말 섞을 사이는 아니잖니?"

타라는 침을 꿀꺽 삼키고는 숨을 잘 쉬려고 애썼다. 얼떨떨한 머리에 제가 한 말들이 다시 두둥실 떠다니고 있었다. 아벨라의 경악해 떡 벌린 입 모양이 퍽 우스웠다.

세상에. 조금만 덜 긴장했다면 다리가 풀렸을지도 모른다. 아무렇지 않은 척 말을 이었다.

"그러니 용건이 있으면 짧게 끝내 줬으면 좋겠어."

타라도 충격을 받았다. 우와 내가, 내가 해냈어! 이 모습을 쥬다가 봤어야 했는데! 타라는 매우 흥분해서 속으로 쥬다를 찾고는 온 사방을 뛰어다녔다. 그가 본다면 별걸 가지고 난리라며 혀를 찰지 모르지만 말이다.

아벨라는 분노보다도 기가 막힌 것 같았다. 그녀는 말을 잇지 못하다가 하, 기가 찬 숨을 터뜨렸다.

"너, 너! 건방지게……!"

"나는 여왕 아델하이트의 유일한 친자야."

타라가 지지 않고 맞받아쳤다. 쥬다가 했던 말들이 타라의 입을 통해 다시 흘러나왔다. 그 낯선 물결은, 매끄럽고 감미로웠다. 짜릿할 만큼. 이제 그녀는 떨지 않았다.

"그러니 고귀족 중에서도 내 혈통은 떨어지지 않아. 네게 건방지다는 소리를 들어야 할 처지가 아니라고."

예상치 못한 그 반격은 뭐 하나 틀린 게 없었다. 그러자 아벨라는 오기처럼 소리쳤다.

"그래 봤자 반푼이지! 마력도 제대로 갖추지 못한 돌연변이 주제에!"

"나는, 반푼이가 아니야."

또박또박 한 글자 한 글자 힘을 주었다. 원색적인 비아냥거림에 여린 자신감이 푹 찔려 일그러졌지만 혼자 되뇌듯이, 물러서지 않으려 발끝에 힘을 주었다.

쥬다가 널 모욕하는 건 나를 모욕하는 것과 같다고 했다. 그녀의 자존심은 그녀 자신만의 것이 아니었다. 여기서 타라가 물러서고 예전처럼 길가의 잡초보다 못한 취급을 받는다면 쥬다의 명예도 훼손되는 거다.

그 사실이 타라에게 제 것 같지 않은 용기를 일깨워 주었다. 기억을 더듬고, 마음을 다잡으려 애쓰며 타라가 손을 들어 붉은 장미를 가리켰다.

"봐."

순식간에 붉은 꽃잎이 불꽃으로 변했다. 불이 한 장 한 장 개화한 것이 작은 마법임에도 그럴듯해 보였다. 일부러 이 마법을 골랐다. 제일 많이 해 봤고, 많이 보아 왔기에 응용하기도 쉬웠다.

쥬다의 푸른 불꽃을 생각하며 타라는 구겨진 얼굴의 아벨라를 향해 턱을 치켜세웠다.

"네가 뭘 잊은 것 같으니 알려 줄게. 나는 대마법사 쥬다의 제자이자 피후견인이고, 이 성의 식구야. 그리고…… 넌 아니지."

타라의 붉은 눈이 그녀가 피어 올린 불의 장미처럼 반짝반짝 타올랐다.

"손님이라면 마땅한 예우를 갖추도록 해. 그렇지 않으면 내 후견인이 널 쫓아낼지도 모르니까."

제 뒤에 서부의 지배자, 불멸의 마도사가 있다고 당당히 선언할 수 있는 유일한 존재가 타라였다.

고귀한 왕도 여왕도, 아름다운 공주도 못 누리는 자신만의 권리. 감각도 없는 오랜 환부를 찬물로 씻어 낸 듯 환희가 치밀어 오른다. 그녀는 이제 혼자가 아니었다.

제 안에 웅크리고 있던 거인이 고개를 든 것처럼 타라는 기이하게 상쾌한 기분으로 이제 아무 말도 하지 못하는 아벨라를 똑바로 바라보았다.

벨벳 성은 쥬다의 집이다. 그러니 아벨라 따위가 쥬다의 호의를 받는 자신을 부당하게 대할 수 없었고, 쥬다의 공간에서 함부로 굴 수 없었다.

차갑게 굳은 타라는 모든 이들이 낮잡아 보던, 익히 아는 타라와 다른 사람 같았다. 무가치한 것을 보듯 냉엄한 조그만 얼굴 위로, 서늘하게 짓밟듯 내려다보던 쥬다의 얼굴이 겹쳐졌다.

그리고, 새빨갛게 반들거리며 노려보는 저 눈. 아벨라는 저도 모르게 흠칫 물러났다가 굴욕감에 어깨를 떨었다.

사방에서 그녀를 무시하고 업신여긴다. 심지어 저 타라 계집애까지. 자신이 왜 이런 취급을 당해야 하는지 이해가 가지 않았다.

우그러뜨릴 듯 주먹을 쥐자 긴 손톱이 부러지며 망가졌다. 아벨라는 평정을 가정하려 애쓰며 피식 억지웃음을 지었다.

결론만 보자면 타라의 말대로 지금 그녀를 적대해서는 곤란했다. 아벨라가 아델하이트 여왕에게 환심을 사면서 중앙 왕국으로 돌아가려면 타라가 필요했으니까.

"좋아. 사과할게. 대단한 후견인 덕에 말주변은 늘었구나."

"……."

"내 용건은 하나야."

대꾸하지 않는 타라에게 아벨라가 팔짱을 끼며 턱을 치켜들었다. 사교장에서의 우아한 레이디처럼.

"타라, 네 어머니가 널 찾으셔."

전혀 일말의 기대나 상상도 해 본 적이 없는 일이 생기면 순간적으로 어떤 대응도 못 하는 법이다. 타라는 마비된 것처럼 멀뚱히 아벨라의 비웃는 듯한 입꼬리를 보았다.

뭐? 어머니가, 그 냉정하고 아름다운 사람이 나를? 여러 복잡한 의미로 심장이 빠르게 뛰었다.

—네 숙부가 이제 널 맡아 줄 거다. 거슬리지 않도록 하렴.

마지막까지 그 쉬운 동정이나 안타까움 한 푼 없이 단 한 번도 뒤돌아보지 않았던 어머니였다. 타라는 믿기지 않아서 다시 아벨라를 뚫어져라 쳐다봤다. 혹시 나를 놀리는 건가?

"정말이야. 내가 왜 그런 쓸데없는 거짓말을 하겠니? 장난도 아니고. 네 말마따나 그럴 만한 사이도 아닌데."

하지만 아벨라가 품에서 꺼낸 편지 하나에 시야가 새하얗게 변했다. 타라는 손가락 하나 잘못 대었다가 몸뚱이 전체가 잡아먹힐 수도 있을 조그만 괴수를 보듯 편지 봉투를 응시했다.

어쩔 수 없이 받아 드는 손끝이 조금 흐트러졌다. 그 동요를 눈치챈 아벨라는 회심의 미소를 지었다.

여왕이 아벨라에게 요구한 건 터무니없었다. 타라를 돌아오게 설득하라는 것. 아벨라는 그녀가 저를 버리려는 건가 싶어 어처구니가 없었다.

이곳에서 잘 먹고 잘사는 게 뻔히 보이는데 타라 저 계집애가 미치지 않고서야 돌아오려 하겠는가? 하지만 여왕은 딸의 마음이 바뀔 거라고 생각하는 듯했다.

반신반의했지만 바로 흔들리는 타라의 표정을 보건대 그녀의 확신은 신빙성이 있었다.

마음껏 사랑받는 것과 별개로, 근본적인 혈육에 대한 결핍과 공허함이 다 가시기엔 소녀는 아직 비 온 뒤 덜 마른 젖은 땅과 다를 바 없었다.

타라는 볼 안쪽의 여린 살을 짓씹으면서 여왕의 직인을 뜯었다. 얄팍하게 다림질된 두꺼운 천의 올을 풀듯이 느렸고, 손에 옅은 땀이 뱄다. 편지는 짧았다.

—네가 그곳에서 잘 지내고 있다는 소식은 들었단다. 하지만 너무 오랫동안 널 보지 못했구나. 다시 돌아오렴. 가능하다면 이른 시일 내에. 기다리마.

기다리겠다—는 단어가 콕콕 눈가를 바늘처럼 찔렀다. 타라는 우뚝 그 자리에서 붙박였다.

기다린다고? 나를? 어머니가? 왜, 라는 의심보다 그거 하나에 바보처럼 되뇌었다. 내면의 덜 자란 어린아이가 칭얼대듯 고개를 내밀고 있었다.

"막상 네가 가고 난 뒤 숙모님은 무척 허전해하셨어. 직접 이렇게 편지까지 쓰셨는데 나와 함께 돌아가는 건 어때?"

이번에는 방어적인 무응답이 아니라, 혼란스럽고 경황이 없어 아무 말도 하지 못했다. 공황 상태인 타라를 쓱 보고 다시 여유를 조금 찾은 아벨라가 픽 웃었다.

"생각 좀 해 봐. 뭐, 네가 여기서 꽤 호의호식하는 건 알겠는데, 어머니가 딸을 부르시는데 응당 찾아가야 되지 않겠어?"

네 안위보다는 가족이 먼저지. 내 생각은 그렇다는 말이야.

아벨라가 어깨를 으쓱거리고는 먹이를 찾은 철새처럼 빠르게 사라진 뒤에도 타라는 복잡한 마음을 감출 수가 없었다.

향기가 나는 편지 귀퉁이, 어머니의 서명과 안부 인사를 만지작거리다가 어색하고 조심스럽게 주머니 안에 집어넣었다. 복잡하고 엉망이었다. 이 편지를 보기 전까지는 아무 문제도 없었고, 오히려 아벨라에게 한 방 먹여서 기뻤었는데.

아, 아니다. 이것 외에도 책을 몰래 가지고 나왔지. 친부에 대한 궁금증을 못 이기고.

결국, 타라가 처한 모든 문제의 원인은 그녀의 혈육, 가족이었다. 정확히는 그것들에 대한 타라의 집착.

터벅터벅 성의 계단을 오르다 말고 타라는 제 얼굴을 대각선으로 가르는 붉은 석양을 바라보았다.

언젠가부터 거울을 볼 때면 하염없이 보게 되는 제 눈과 닮은 빛깔이 온 세상을 그득 물들이고 있었다.

화살에 맞아 추락한 흰 비둘기의 피가 빠르게 퍼진 수면처럼, 아니면 순식간에 목숨을 빼앗는 치명적인 붉은 독처럼. 죽어 가는 태양 빛을 향해 손을 뻗으며 타라는 생각했다.

부모의 존재를 궁금해하는 게, 그들의 애정을 구하는 게 나쁜 걸까?

내가 또 괜한 욕심을 부려서. 현재에 만족하지 못하고 과한 걸 바라는 걸까.

머릿속에 작열하는 사방의 붉음과는 다른 정반대의 색이 떠올랐다. 차갑고, 간결하고, 존재하지 않는 하늘의 색깔. 홀로 고고하고 완벽한 그를 도피처처럼 그리워하고 갈망했다.

항상 그런 것처럼 그가 뭔가 정확한 답을 내려 줄 것만 같았다. 또다시 멍청한 욕심을 냈다고 혼나더라도 쥬다가 너무 필요하고 보고 싶어서 타라는 어쩔 줄 몰랐다.

이것 봐요. 나는 무지하고 부족하기 짝이 없는 어린애라 당신이 잠깐 나를 놔두었다고 벌써 이렇게 금이 가요.

쥬다의 말을 어겨서 이렇게 벌을 받는 모양이다. 타라는 다시 호주머니 속의 편지를 만지작거렸다. 그녀는 정말 많이 바뀌어 버렸다. 그 사실을 어머니의 편지를 받으면서 새삼 깨달았다.

지금 당장 어머니에게 달려가기 위해 짐을 꾸리지 않는 것도, 당연한 귀환 대신 이렇게 고민하는 것도 예전의 타라라면 어림도 없는 일이었다.

겨울 성으로 돌아간다는 건 이제 더 이상 타라에게 당연한 것이 아니게 되었다. 왜냐하면…… 겨울 성은 그녀의 집이 아니었기 때문이다.

내 집은, 겨울 성이 아니라…….

동그란 이마가 툭— 유리창에 부딪혔다. 시야를 찔러 대는 석양을 피하듯 눈을 감았다. 눈꺼풀이 가려 줘도 계속 세상은 붉었다.

도망가고 도망가도 제자리를 맴도는 황야의 사막 쥐처럼, 불그스름하게 달아오른 속눈썹이 움찔 떨렸다.

쥬다, 빨리 돌아오세요.

당신이 없는 이 성은 텅 빈 것 같아요.

*　*　*

이번에야말로 겨울 성으로 돌아갈 수 있을 거라 확신한 아벨라는 득의양양해 있었다. 그녀는 신이 나서 여왕의 전령에게 곧 여왕께서 원하는 것을 얻으실 수 있으리라 자못 당당하게 말했다.

하지만 아델하이트는 아벨라가 생각했던 것보다 훨씬 냉담하고 갈라진 해저처럼 속을 모를 인사였다.

"네? 뭐라고 하셨어요, 숙모님?"

—그것으로는 모자란다고 했단다. 아벨라, 설마 내가 타

라 그 아이 하나 데려오자고 널 거기까지 보냈다고 생각했니?

안타깝구나. 네 가치를 그렇게 스스로 폄하할 줄은.

아벨라는 여왕의 말을 대신하고 있는 새하얀 공작새를 망연자실한 얼굴로 내려다보았다. 치맛자락을 움켜쥔 손이 부들부들 떨렸다.

밉살스러운 공작새의 황금 부리를 부러뜨리려는 걸 겨우 참았다. 그 속도 모를 여왕의 애완 전령은 서리꽃으로 짜낸 듯한 화려한 꼬리를 하늘거리기만 했다.

참아야 한다. 그녀는 입 안이 다 헐 만큼 자근거리며 속의 열기를 삭혔다.

"그럼, 무엇을 더 해야 하죠?"

—나는 네가 어떤 물건을 나에게 가져왔으면 하는구나.

새의 하얀 머리가 갸웃거리며 아벨라를 쳐다보았다. 새카만 눈이 인형의 생기 없는 눈, 푹 패인 구멍 같았다.

—마레사의 눈.

"마레사라면……."

—그래. 전대 서부의 영주지.

불길했다. 아델하이트가 따로 설명을 더 하지 않아도 이 영역은 제 힘과 능력을 넘어섬은 물론이오, 자칫 목숨도 앗아 갈 수 있다는 게 불 보듯 뻔했다.

망연자실한 아벨라의 귀에 여왕의 다정한 음성이 계속 들려왔다. 끝나지 않는 듣기 싫은 오르골처럼.

—그건 원래 내 것이었어. 이제 주인을 찾을 때가 된 거지.

“그런 것을 누구나 가져갈 수 있을 리가 없잖아요, 숙모님. 서부 영주에게 직접 말씀을 드려 보는 게…….”

—멍청한 소리하지 말렴. 쥬다가 내게 순순히 내어 줄 것 같으니?

말간 소녀처럼 웃음을 터뜨리며 여왕이 아벨라의 말을 잘랐다. 달콤한 어투였지만 한겨울 개울물처럼 차갑디차가웠다.

—물론 쉽지 않을 거야. 하지만 예쁘고 똑똑한 넌 꼭 할 수 있을 거란다. 그렇지?

"숙모님……."

아벨라가 애원하듯 보았지만 입 발린 격려의 말 하나 더 이어지지 않았다. 그녀는 제 어리석음을 확실히 깨달았다.

아인츠와 더불어 그들 남매가 여왕의 특별한 총애를 받는다 한들 그것은 순전히 그녀의 변덕스러운 호의에 불과했다.

예컨대 자신은 지금 아델하이트를 대신하고 있는 저 공작새와 다를 바 없는 신세인 것이다. 머리로는 그쯤이야 잘 알고 있으며, 여왕의 비위를 살살 맞춰 권력과 후광을 이용하는 건 자신이라 여겼는지도 모른다.

아니, 그랬다. 달고 부드러운 것만 취하는 데 익숙해져서 그게 얼마나 거품처럼 허황되고 빈약한 것이었는지 망각하고 당연하게 여겨 왔다.

여왕의 눈에는 그런 게 뻔히 보였으리라. 얼마나 같잖고 우스웠을까. 쉬운 싸구려 애정에 취해서는 모든 이들에게 오만방자하게 구는 게. 뭐라도 되는 양 앞장서서 타라를 헐뜯고 괴롭히는 것도.

사실상 타라나 아벨라나 다를 바 없었다. 이 소녀들의 차이는 단순히 여왕이 원하는 가치가 있느냐 없느냐일 뿐이었다. 예쁘고 애교 많은 아벨라의 가치는 딱 그 정도였기에 사랑받았다.

타라에게는 여왕이 원하거나 기대하는 게 없었기에 버려진 것이다. 그게 무엇인지는 알 수 없었으나 최소한 애완동물에게나 바라는 예쁘장한 웃음이 아니라는 건 잘 알았다.

—내 딸아이가 네가 그것을 찾는 데 도움을 줄지도 모르

겠구나.

"타라…… 가요?"

—그래. 그 애는 내 딸이니까.

어쩌면 여왕이 타라에게 건 기대가 너무 컸기에 반대급부로 그리 불량품 취급을 받은 건 아닐까? 아벨라는 문뜩 생각했다.

딱 한 번, 여왕은 타라의 생에 관여했다. 어리고 철없었던 아인츠 남매와 타라는 몰랐지만, 왕의 사과를 훔치는 건 중죄에 해당했다. 귀족이라 할지라도 목이 잘릴 만한 죄인 것이다.

사실 벨비나 부인이 큰 소리로 성토했던 처벌은 타라의 손목을 자르거나 겨울 성에서 추방하는 것이었다.

하지만 아름다운 여왕이 낙화하듯 시끌벅적한 홀에 들어서자 모든 이들이 입을 다물었다. 그녀는 자신의 남편과 성의 신하들을 둘러보면서 미소 지었다.

—내 딸이 저지른 조그만 실수가 그대들을 흡족하게 했나 보군요. 그런가요, 벨비나?

그 외의 다른 말은 없었으나 더 이상 타라를 처형시켜야 한다는 말소리는 나오지 않았다.

이때다 싶어 꼴 보기 싫은 여왕의 외도 결과물을 성에서 치워 버리려 했던 벨비나 부인은 입술을 삐죽이며 본보기는 보여야 한다고 끊임없이 종알거렸다.

클레멤논 국왕의 젖어미인 그녀는 타라의 탄생이 자신의 사랑하는 왕을 모욕했다며 타라가 자라는 내내 증오했다. 어쨌건 화를 면치는 못했지만, 여왕의 거듦으로 타라는 살아남았다.

심기 불편해하는 숙부와 귀족들의 눈치를 살피던 아벨라는 아델하이트의 얄팍한 웃음 한 조각에서 그 의도를 알아챘다.

여왕은 타라가 죽는 걸 원치 않았다. 길바닥 짐승처럼 구르며 산다 하더라도, 목숨은 붙어 있기를 원한 것이다.

대체 왜? 모든 것을 가진 겨울의 여왕은 무엇을 원하는 걸까.

“서부의 영주가 타라를 무척 아끼는 것처럼 보였어요. 그가 그녀에게 그런 것도 말했을까요?”

그리 말하면서도 설마 했다. 그리 잔인하고 비인간적으로 보이던 사내가 겨우 제 품에 들어온 지 얼마 안 된 여왕의 딸에게 측근도 모를 듯한 정보를 말했을까.

공작새의 방정맞게 작달막하고 고운 머리가 기웃거리며 아벨라를 똑바로 돌아보았다.

섬뜩함이 비늘처럼 돋아났다. 야릇한 미소를 띤 공작새가 여왕의 목소리로 말했다.

—내 어찌 알겠니. 나는 예상보다 그 아이가 나를 더 닮지 않았을까 생각해 본 거란다.

"그게 무슨 말씀이신지……."

—쥬다가 내 남편의 성을 망가뜨린 건 알고 있니?

"네?!"

잘못 들었을까. 그 남자가 겨울 성을 부숴 버렸다고? 겨울 성은 중앙 왕국의 심장이었다. 그곳을 공격했다는 건…… 설마, 전쟁이 난 건가? 그럼 나는? 아벨라가 두려움에 눈을 굴리는 사이 여왕은 흥미로운 듯 들떠서 말했다.

—정말 쥬다다우면서 그 애 같지 않은 일이야. 아, 세상에. 하필이면 내가 겨울 호수에 뱃놀이를 갔을 때 왔다 가다니. 오랜만에 얼굴을 볼 수 있을까 했는데.

"숙모님! 어떻게 된 일인가요? 그가 전쟁을 일으킨 건가요?"

—바보같이 굴지 말거라. 내 남편이 쥬다를 상대로 그리 아둔하게 굴 리 없잖니.

아델하이트는 겁먹은 아벨라에게 면박을 주었다. 아벨라는 입을 꾹 다물었다. 여왕은 마치 쥬다가 어떻게 나오건 국왕 클레멤논이 그의 비위를 다 맞춰 줘야 한다는 식으로 말하고 있었다.

전 율리아의 상징적인 지도자가 클레멤논이란 걸 생각해 보면 이상한 뉘앙스였다. 아무리 서부 영주가 이티오팔의 무법자요, 살아 있는 전설이자 공포의 대명사라고 해도 말이다.

—넌 네가 할 일에 집중하도록 해. 쥬다가 성을 비웠으니 마침 참 좋은 기회가 아니니.

공작새가 날아오를 듯 길고 우아한 날개를 폈다. 하얀 거품이 파도를 타고 올라오듯이 눈부시다.

—길어도 사흘일 거다. 그 애는 나와 이야기하는 걸 아이처럼 싫어하니 말이야.

"그를 만나 보시려고요?"

—어머, 벌써 하루가 지났구나. 그럼 잘해 보렴.

아벨라는 떠나려는 하얀 눈 빛깔의 새를 다급히 불러 세웠다.

"잠깐만요! 숙모님, 저는 그것이 어디에 있는지도 모르고, 어떻게 생긴지도!"

—마레사의 눈은 대양(大洋)의 심장처럼 짙푸른 빛이었단다.

그래, 마치 그가 떨어져 죽은 바다의 끝처럼.

아른거리는 독백이 진주 가루처럼 나부끼다 고요해졌다.

* * *

미성숙한 아이에게 무서운 것이 있다면 그건 바로 어둠일 것이다. 게다가 텅 빈 집에 혼자 있다면 더더욱 그렇지 않겠는가.

타라는 이불을 꽁꽁 뒤집어쓰고 있다가 반짝 눈을 떴다. 사방은 고요하고, 창문 밖의 먼 황무지에서는 쓸쓸한 바람이 우는 소리가 들려왔다.

안티오크가 항상 신경 써서 난방이 부족하지 않을 텐데도 이상스레 추운 밤이었다. 뒤척이며 다시 돌아누웠다. 떠오르는 잡생각으로 머릿속이 소란스럽다.

벌떡 일어나서 조그만 등을 켰다. 텅 빈 둥지가 들어 있는 것처럼 허한 가슴을 문지르다가 슬리퍼를 신고 두꺼운 카디건을 걸쳤다. 그녀는 한쪽 팔에 담요를, 한 손에는 등불을 들고 방을 나갔다.

그 후 정해진 듯 쥬다의 서재로 향했다. 주인 없는 그곳은 사람의 기척이 없었지만 제 방보다는 아늑했다. 붉은 꽃송이 안으로 파고드는 작은 풍뎅이처럼 커튼 틈으로 기어들어가 온기 없이 싸늘한 침실을 둘러보았다.

타라는 랜턴을 내려놓고 새벽에 갓 내린 설원처럼 말끔하기만 한 침대 위로 올라갔다. 감히 제멋대로 어지럽힐 생각조차 못 하듯 이불 위에 제가 가져온 붉은 담요를 둘둘 말고 잠을 청했다.

여전히 보고 싶은 이의 숨결 하나 없고 윙윙거리는 바람 소리가 희미하게 맴돌고 있었지만, 마음은 더 편하다.

붉은 눈이 깜박거리다가 천천히 느려졌다.

이대로 잠들 수도 있을 것 같아…….

막 눈꺼풀이 감기던 순간 얕은 소리가 신경을 건드렸다. 끙끙거리고 앓는 듯한 묘한 소음. 사람의 것은 아니었다.

타라는 벌떡 일어나 무기처럼 등불을 들어 올렸지만 방 안은 여전히 조그만 움직임 하나 없이 고요하기만 했다.

"쥬다?"

대답은 없었다. 타라는 담요를 더 꽁꽁 둘렀다. 번데기가 실을 뿜어 갑옷처럼 두르듯이. 부산스러운 가운데 그 소리가 또 났다. 낑낑…….

오싹, 소름이 돋으면서 머리칼이 곤두섰다. 예전 요정이 몰래 성에 들어왔을 때 그의 마법에 속아서 위험에 처했던 기억이 아직 생생했으니까.

찰나 붉은 눈에 기묘한 빛이 감돌았다가 사라졌다.

"아?"

타라는 사방의 촛대에 밝혀진 불을 보고 영문을 몰라 두리번거렸다. 마치 파티장에 온 것처럼 침실 안의 모든 촛불이 반짝이고 있었다.

설마, 내가 한 거? 제 양손을 보며 얼떨떨해하다가 고개를 들었다. 구슬픈 울음이 들려왔다. 아니 애달픈 목소리가…….

[추워. 배고파.]

타닥, 바닥에 맨발바닥이 부딪쳤다. 타라는 바닥에 질질 끌리는 담요를 조이면서 돌로 조각된 늑대 상 앞에 엎드렸다. 조각상이 우는 것 같은 착각이 들었다.

하지만 귀를 대 보니 소리는 조금 떨어진 다른 곳에서 울렸다. 귀를 기울이며 따라가다 장대한 책장 중 하나의 앞에 멈춰 섰다.

[외로워.]

마치 그녀를 움직이는 마법의 언어 같았다. 타라는 담요도 떨어뜨린 채 책을 한 번에 몇 권씩 밖으로 끄집어냈다. 목소리가 더 뚜렷해졌다. 두꺼운 장정을 한 손으로 잡아당기자 얼얼하니 아팠지만 그것도 몰랐다.

그러다 얇은 책 한 권이 투둑 바닥에 떨어지는 순간 거대한 책장이 문처럼 덜컥거리며 미끄러지듯 열렸다. 까맣게 드러난 공간에서 한기가 밀려왔다.

타라는 황망하게 서 있다가 서둘러 등불을 가져와 안을 들여다보았다. 긴 계단이 아래로 이어져 있었다.

"비밀 통로구나."

쥬다가 타라를 데리고 갔던 지하의 정원도 이런 통로가 몇 군데나 뚫려 있었다. 타라는 조금 고민했다. 차라리 안티오크를 부를까? 그런데 저 목소리, 꼭 어디서 들어 본 것 같아.

[난 버려졌어.]

아.

〈다음 권에 계속〉